U0549710

# 目 ✝ 錄

## contents



When the
Third Wheel Strikes Back

# CHAPTER 16

## 輾轉難眠

——轟隆隆！

「這到底是……」

克勞迪娜．格林愣愣地喃喃自語。

她視如家人、當作親骨肉般珍惜的旅館，正在大火包圍下熊熊燃燒。眼前的景象實在太突然，也太荒唐，她的腦袋完全無法運作。

「裡面、裡面真的沒有人了嗎？」

「莫里斯，冷靜點！所有人都出來恭送皇子殿下了，沒事的！」

熟悉的聲音讓克勞迪娜回過神來，她猛然轉過頭。

只見幾名旅館員工抓住想衝進火場的莫里斯，周圍的村民也全都驚慌失措，愣愣看著火勢。不知何時，孩童和年長者已經全數被疏散到廣場另一頭了。

直到那一刻，她的胸口才翻湧起熾熱的情緒，如同火苗般一觸即燃。

「你們都在幹什麼！還不快打水過來！不會滅火嗎！？」

克勞迪娜氣急敗壞地尖聲大喊。如落雷般的怒吼，讓眾人縮起肩膀，面面相覷。有人往後退，有人猶豫著邁出一步，場面一片混亂。

「你們想眼睜睜看著旅館消失嗎？那些賞賜、小費，都要放給它燒光嗎？快點動起來！」

女人圓睜的眼角淬著狠戾，句句話都不無道理。但奇怪的是，沒有任何人站出來行動，這種氛圍和十年前那個冬天截然不同。克勞迪娜心裡不由得煩躁起來，急得直跺腳。

「莫里斯！別傻傻站著，快去打水！」

「阿姨……」

「別再欺負妳外甥了。」

這時，有人挺身而出，擋在青年面前。克勞迪娜立刻認出了她，是那些沒用的村莊代表之一。

「瑪麗。」

「無論是莫里斯還是我們，今後都不會再聽妳命令了，我們是認真的。」

儘管聲音微微顫抖，瑪麗的眼神卻堅定無比。克勞迪娜氣得咬牙切齒。

「你們瘋了嗎？沒有西普路，盧卡村也完了，結束了！」

「不會的，如今村莊的園藝農業發展順利，而且我們還有儲備的糧食。」

瑪麗平靜地這麼回答。克勞迪娜看著她，臉上的表情彷彿被人從背後狠狠捅了一刀，怒火在胸口翻騰，苦澀在口中化作一股惡氣。

就是這些人，肯定是這些人放火燒了旅館！

「一群忘恩負義的傢伙！我供你們吃、供你們穿，你們竟然這樣對我……還算是人嗎？」

克勞迪娜高聲痛罵，隨即大步朝水井衝去，腳步所到之處，眾人如退潮般主動讓開。她剛才咬傷的嘴唇還在流血，憤怒的神情隱約透著瘋狂。

「你們這些禽獸不如的東西！村裡的狗都比你們有良心！」

克勞迪娜一邊打水，一邊不停咒罵。刻意穿上的漂亮禮服被水浸濕，皮鞋也弄髒了，但克勞迪娜毫不在意，提著水桶來回奔走。

村民在對未來的惶恐與對克勞迪娜的畏懼之間顫抖著。但他們緊咬牙關，閉上雙眼，拼命堅持。只要大家都在一起就沒事，明天肯定也可以過得去。

「等我救了旅館，你們就給我走著瞧！從今以後，賞賜必須分出八成給我。」

——嘩啦！

克勞迪娜朝旅館一樓潑水，然而，令人難以置信的事發生了。

「咦……？」

她打來的水，在碰到火焰之前，竟然就一點一滴飄散了。浮在空中的水珠，像是要返回故鄉般，慢悠悠地朝水井的方向飄蕩而去。一旁目睹奇蹟的孩子們連連驚呼。

「什、什麼啊？這是怎麼回事！」

克勞迪娜嘶吼的聲音在廣場上迴盪，她氣急敗壞地又舉起水桶，衝向水井。

「克勞迪娜，住手。」

有人出聲勸阻，她猛然回過頭。是那位被她視為眼中釘的村莊代表——泰迪，他站在所有老弱婦孺前方，像是在保護他們一樣。

「閉嘴。」

「妳父親也好，妳也好，這些年來確實都辛苦了。但妳們父女施予恩惠的對象，並不是我們。」

「我叫你閉嘴！」

「是那座旅館才對。妳搶了我們的錢去照顧、珍惜這旅館，不是嗎？」

「你們懂什麼！」

克勞迪娜大聲咆哮，額角青筋暴起。她抱起第二桶裝滿的水，又跑回旅館前，將水桶舉至胸前，用力潑灑出去。

——唰——！

散開的水珠紛飛，點綴在空氣中，但仍然沒有半滴水碰觸到火焰。

克勞迪娜呆滯地站在原地，身體晃了晃。不知這些該死的村民用了什麼邪門歪道，肯定是他們聯手要讓旅館毀滅。這樣下去火根本滅不了，克勞迪娜癱坐在旅館前。

「你們憑什麼抹殺我父親的功勞！你們這些傢伙算什麼東西！」

她放聲咆哮，脖子上冒出青筋，雙眼布滿血絲，漲紅的臉彷彿馬上就要爆炸般抽動。

「是父親和我把這間旅館培養成如今的規模！」

「欺負別人的孩子來餵飽自己的，這不叫培養，而是毀掉。」

就在這時，一道清朗且堅定的聲音響起。

克勞迪娜和村民同時望向聲音的來源。

身穿藍色外套的女爵——克莉絲朵．德．薩爾內茲，就站在廣場中央。

——轟轟……

「哇……」

雖然已經事先聽說會這樣，但實際見到還是覺得很不可思議。我緊緊抱著狄蜜，欣賞著眼前的壯觀景象。

小熊貓舉起兩隻前掌，朝著紛飛的火花亂抓。

「天啊，怎麼會……」

「主神旨意，是主神的旨意啊……」

村民們你一言我一語地議論紛紛。

克莉絲朵像主角般登場，又講出了主角般的臺詞後，西普路旅館的火勢瞬間熄滅了。

與其說是「熄滅」，這情景比較接近「消失」，猶如海市蜃樓一般，熊熊大火在空氣中飄散無蹤……

「我的天！」

「哇！」

旅館本身甚至沒有留下任何損害！人群發出一連串驚嘆。

本該燒得僅剩焦黑骨架的旅館，現在除了外牆稍微有些燻黑，其他全部完好無缺。連花壇上的植物都依然欣欣向榮，沒有半分起火的痕跡。

與克莉絲朵一起行動的我也同樣震驚。

「女爵，您買這種魔法道具到底是為了做什麼？」

「發出爆炸聲響但不會爆炸的魔法道具」就算了，可是「虛張聲勢的假火魔法道具」到底是什麼鬼？不管是拿這種商品出來賣的人，還是想購買的人，感覺出發點都不怎麼單純。

我開始認真擔心，這樣放任勒戈綜合交易所不管真的沒問題嗎？甚至有點懷疑，克莉絲朵是不是打算利用第二次人生來場揭竿起義？

一咬下去便漸漸融化的紅色味道……[1]

「哎唷，突然消耗太多以太，我的頭好暈哦。」

1 出自韓國女子音樂組合 Red Velvet 專輯主打曲〈紅色味道（Red Flavor）〉歌詞。

克莉絲朵居然顧左右而言他。對了，差點忘了這件事。

「請把手給我。」

克莉絲朵咧嘴一笑，迅速伸出右手。她剛才為了阻止克勞迪娜朝旅館潑水，花了很多力氣從遠處細膩地操控以太。於是我扶住克莉絲朵的手肘，透過身體接觸補充以太給她。

看臉色又不像是嚴重缺乏以太，難道她是那種不外顯的類型？

「辛苦了。咦？」

我突然感覺腳下一空。那是以太從體內源源不絕流失、奇妙而熟悉的感受，隨之而來便是一陣暈眩。

與此同時，有人從後方扣住了我的後頸……不對，應該是被扣住之後以太才開始流失？我驚慌地往後看。

「殿下？」

「……」

這傢伙的臉色怎麼蒼白成這樣，是怕克莉絲朵真的燒光旅館嗎？

「還請您鬆手。為什麼您看到人站不穩的時候，不是選擇去扶，而是抓住脖子？」

皇子像是推一把那樣放開我的後頸，克莉絲朵也緊接著向我道歉。

「對不起啊，王子閣下，可能是因為我太累了，才不小心吸走太多以太。」

「沒關係，下次注意一點就好。」

畢竟我們已經事先協議過，需要速戰速決的時候，可以用身體接觸來供給以太。再說，這是克莉絲朵第一次用這種方式補充以太，本來就不太容易掌控。

等等，我剛才是不是順口承諾了「下一次」？

「不！準伯爵大人！」

忽然，一聲大喊劃破空氣，我們同時轉頭看去。而村民的視線，早已齊齊圍觀著那個方向。

「克勞迪娜．格林，妳犯下侮辱皇室、奪取盧卡村民財物等罪行，我將奉菲德莉奇女皇陛下之令逮捕妳。」

「不是的，準伯爵大人！我是被冤枉的！」

模樣狼狽的克勞迪娜，被士兵扣住兩臂拉了起來。

昨天在午宴結束後，皇子就通知了本地的領主城堡派人過來支援。從清晨開始潛伏在村莊外圍的士兵，此刻帶著押送馬車現身，拿出繩子把克勞迪娜綑綁起來。

「證據！沒有證據，您憑什麼抓我！」

「當然有證據，就是這個，這是妳外甥莫里斯所保管的佣金繳納帳簿。」

「……您說什麼？」克勞迪娜睜大了雙眼。

伊莉莎白爵士面無表情，從懷裡掏出一疊陳舊紙張，灰色眼眸如劍鋒般令人發寒。

「這是過去十年間的紀錄，雖然筆跡要經過鑑定才能確認，但想必屬於妳。」

「那個、那個為什麼會……」

克勞迪娜的嘴唇微微打顫，那張總是掛著和氣笑容的臉，瞬間青一陣白一陣，非常嚇人。

「莫里斯！我不是要你馬上拿去燒掉嗎？」

「阿姨，那樣做是不對的，您明明知道……」

「你這個只會吃飯不幹活的傢伙，現在還要扯我後腿？你這樣還算家人嗎？」

克勞迪娜朝莫里斯吐口水，但在落到莫里斯臉上前……

——唰啦！

一顆水球猛然砸在克勞迪娜的臉上。她被混著自己口水的冷水從頭潑下，一時間只能呆愣地盯著前方。

「姐姐，妳為什麼非得活成妳父親那樣呢？」

不知何時走到兩人之間的克莉絲朵，帶著惋惜的神情低聲開口。整顆頭還滴著水的旅館老闆茫然地望著她。

「我知道妳很珍惜那個由父親築起、巴掌大的小世界，也能理解妳對熟悉的生活有所依戀。只是，如果一直困在裡頭，難免會讓人覺得悲傷。妳不是才三十二歲嗎？」

「我、我……」

克勞迪娜的聲音微微顫抖，大概是打從出生以來第一次聽到這種話。

「前天在夜市裡聽到姐姐在做的那些事，我都笑了……突然覺得，原來不管在哪裡，人活著的方式都差不多啊。可是，那種生活為什麼要繼續一代一代傳下去，為什麼要這樣對待只有一次的人生？」

「我父親……」

「姐姐也把這當作是第二次的機會，從監獄出來以後，選擇重新做人吧。」

「……」

說完，克莉絲朵頭也不回地轉身就走。

伊莉莎白爵士這才像是被拍醒似地回過神來，用下巴朝士兵示意。

押送犯人的馬車停在旅館門前，士兵們將克勞迪娜架上車，準備出發前往領主城堡。原本是旅館老闆的那張臉，如今失去了所有，蒼白得像張白紙。

禁衛隊驅散圍觀的人群，再次整隊，為皇室馬車的出行做好準備。

克莉絲朵朝這邊走來，對著傻傻站在那裡的我和面無表情的皇子，展開了明亮的笑容。

「您是說，要我一起去見皇子閣下？」

「嗯，如果可以的話……是，麻煩了。」

我眨了眨眼。站在我這輛馬車外的克莉絲朵，說出了不得了的話。

克勞迪娜被帶走之後，村民哭著向我們行禮致謝。雖然還有旅館經營的問題或政治上的問題，但那些都不是我能插手的事了。

總之，這次的事件算是平安落幕。原本以為現在只要前往杜漢侯爵領就可以了，但主角似乎有話想對賽德瑞克皇子說。

「……我明白了。」

我用眼神向班傑明和加奈艾表示沒關係，將狄蜜掛到脖子上，然後下了馬車。

以前的我可能會直接拒絕，叫她自己去。但自從來到盧卡村後，克莉絲朵和皇子好像親近許多。感覺只要稍微推一把就能送作堆，對我也沒有什麼壞處。

他們兩人還一起在旅館的後院散步，討論今天的作戰計畫。撇除我之後的畫面看起來真的很完美——值得給五星好評！

——叩叩。

「殿下，葉瑟王子閣下及克莉絲朵女爵求見。」

其實根本不需要走遠，皇子的馬車就停在我的馬車前面。車門一打開，橙色的目光立刻射過來，彷彿早就在等我一樣。

冷靜點，目標不是我。

「殿下。」

克莉絲朵優雅地行禮，皇子這時才把視線轉向她。

「有事？」

「那個，嗯……就是……」

克莉絲朵小心翼翼地開了口，我則緊張地注視著她。

如果當相親的介紹人，應該也是這種心情吧。

「感謝殿下願意聽我的提議。您原本大可直接將旅館老闆送進監獄，但您沒有，而是給了村民機會。」

「照顧陛下的子民，也是我的義務。」

他用不帶情緒的中低音回答。

「還有今天……也感謝您在各方面的盡力費心。」

克莉絲朵刻意在「力」字上加重語氣。結果皇子的目光立刻轉向我，瞪了我一眼。

等一下，我又怎麼了？

「要說的就是這些？」

「是的，就這些。」

面對皇子不加掩飾的冷淡，克莉絲朵以爽快的語氣回應，他們兩人活像是迅速完成交易的二手賣場會員。

這畫面沒有我想像中那麼浪漫……比起我這個母胎單身，還以為浪漫奇幻小說的男女主角應該會更懂戀愛呢。

「那我就先告退了。」

賽德瑞克皇子微微頷首，於是克莉絲朵行了一禮，便快步遠離馬車。

我原本打算一起走人，卻突然想起自己其實也有事要找皇子說。

目送克莉絲朵的背影漸行漸遠後，我靠近馬車。

「皇子閣下，我也有話想和您說。」

他沒有回應，只是挑起一邊的眉毛。這傢伙，還真是個肢體語言高手。

我盡量平靜地繼續說下去。

「雖然波帝埃樞機主教殿下應該已經提過了，但我覺得還是應該向您親口說明。」

皇子應該知道，我已經答應和他合作了。

雖然不確定自己是否幫得上忙，但我會在魔獸大討伐中協助他取得神器「火星之慧劍」，可是卻還沒直接和當事人說過。我最好藉這個機會，明確地表達我的動機和想法。

我先看向坐在皇子對面的侍從——大衛，觀察他的反應。

「是有關賽迪的事情，大衛可以一起聽嗎？」

「咳咳、咳咳！咳咳！咳！」

大衛突然劇烈咳嗽起來。他滿臉驚慌地從懷裡掏出手帕，捂住自己的嘴一陣猛咳。

「大衛，您還好嗎？要幫忙找宮廷醫師過來嗎？」

聽到中年人喘不過氣的聲音，我不由得擔心起來。大衛搖了搖頭，一邊咳嗽一邊擠出回應。

「口水、咳咳！只是被口水嗆到了、咳咳咳咳！請別在意、咳咳！」

「大衛都知道，不用管他。」皇子低聲說道。

也對，他輔佐皇子這麼久，怎麼可能會不知道他有私生子。

我左顧右盼，打量四周。大家都在忙著準備出發，皇子的馬車附近正好都沒有人，於是我把音量壓得更低。

「名義上，我是以告解神官的身分參加魔獸大討伐，但我希望您能取得慧劍，因為……這件神器……是要給賽迪用的，對吧？」

皇子馬上皺起眉頭。他一副想說些什麼的表情，卻又不知道該從哪句、哪裡開始講起，只是沉默不語。

我無端覺得不安，只好又補了個問題：「我說錯了嗎？」

「……理論上是正確的。」皇子停頓了好一段時間，才這麼低聲回答。

對就對，理論上的正確又是什麼？這種不真誠的回答讓我在心裡嘖了一聲，然後把最重要的一句話說出口。

「那我也會盡我所能幫忙，只希望您的兒子不要再受苦了。」

「你在說什麼——」

「葉瑟王子閣下？」

這時，後方傳來馬夫找我的聲音，看來現在是真正該出發的時間了。

我可不想再聽到有人說是因為我才耽擱，於是向皇子低頭致意，連忙快步離開。

臨走前我又看了大衛一眼，只見他依然把臉埋在手帕裡，不知道是不是真的沒事，總覺得有點擔心。

「王子閣下，這裡可以看到領主城堡了！」

「嘰。」

加奈艾興奮地喊著，聲音裡滿是雀躍。狄蜜一直想爬上車窗，我托起牠黑色的小肚子，讓牠可以看見窗外。班傑明也順著加奈艾指的方向望去。

「哇……」

「和皇宮的感覺很不一樣吧？杜漢侯爵家的城堡可謂歷史悠久呢。」班傑明在一旁溫聲解說。

那確實是一幅令人忍不住連連讚嘆的風景。飄渺的薄霧有如一件披風，輕柔地籠罩著法蘭索瓦・杜漢侯爵的領主城堡，昂然挺立的古堡散發著孤傲威嚴的姿態。

城堡以灰棕色為主調，後方則是猛獸獠牙般尖銳高聳的巨大山脈。山頂上掛著片片雲彩，儼然是一座托襯城堡的雄偉屏風。

離開盧卡村後，整整奔波了三天，我們才終於抵達杜漢侯爵領。

「皇都那一帶都是平地，沒想到東邊有這麼多山呢。」

「是啊，這個方向接近國境，所以全是連綿的山脈。除了有河流經過的南端，帝國東部大多是這種地形。」

這樣侃侃而談的班傑明，就像一位經驗老到的導遊。

他每次教導我一些事情時，臉上都會帶著愉悅的神色，所以我只要有什麼不懂的，都喜歡來問他。

「慧劍應該就插在那一帶。不過現在距離太遠，還看不太清楚。」

班傑明又補充一句，抬手指向領主城堡前方的原野。在那片荒野上，形似芒草的植物正隨風輕輕搖曳。

我點了點頭，一面認真欣賞離我們越來越近的領主城堡。心裡不免想，要是恩瑞和哥哥也能一起看到這樣的景色就好了。

「王子閣下，您可以在領主城堡內好好休息到明天。雖然今天有杜漢侯爵舉辦的歡迎宴會，但因為皇子殿下不愛熱鬧，規模大概也會偏小。至於魔獸大討伐，會在後天早上正式展開。」

加奈艾輕聲為我說明接下來的行程安排。

「既然提到了皇子……」我微微皺眉，提出了疑問。「你們不覺得他這幾天有點奇怪嗎？」

聞言，兩人都歪了歪頭。不對啊，不可能只有我有這種感覺吧？

「雖然他平常也是這樣，但大概從三天前開始，他的態度感覺變得特別冰冷。不只每到一間旅館就盯著老闆吹毛求疵，還不分晝夜在庭院練劍，不是嗎？」

「嗯。」

「這個嘛……」

這反應讓人不怎麼滿意。

「畢竟在盧卡村遇到了那種情形，殿下來到其他村莊，會去翻查旅館帳簿或訊問老闆，都是能理解的事。」

班傑明冷靜地回答，而這一點我也同意。作為未來的皇帝，皇子當然無法容忍克勞迪娜．格林那一類的案件，也會擔心同樣的惡行重複上演。

但就算是這樣，皇子這幾天的態度還是比平常更冷漠。該不會是食物不合胃口吧？

「還有……」加奈艾小心翼翼地接著說，「皇子殿下本來就是那樣的喔，王子閣下。」

「嗯？」

「現在回想起來，好像是從王子閣下來到皇宮的那段時間開始，殿下才變得比較溫和。」

那叫溫和？

看見我臉上的表情，班傑明又補充解釋。

「過去能在殿下面前說上話的人屈指可數，或許就只有女皇陛下、樞機主教殿下、伊莉莎白爵士和大衛閣下這幾位而已。就連杜漢侯爵見到殿下，都會安靜下來。」

「是啊，《李斯特雙週刊》還幫皇子殿下取過外號喔，好像是『冰山貴公子』吧……」

還真做作，這手筆大概又是出自喜歡幫人取綽號的貝利亞爾爵士……

「真剛好，您看，杜漢侯爵就在那邊呢。」

班傑明抬手示意，我重新望向窗外，果然見到一名男子正朝這邊揮手。

淡粉色的眼眸如櫻花般繽紛奪目，華麗的動作就像在進行舞臺表演……侯爵還是一樣浮誇呢。

「再次誠摯歡迎皇子殿下與各位蒞臨我的城堡，萬分感謝！」

「皇子殿下萬歲！」

「乾杯！」

法蘭索瓦．杜漢侯爵朗聲高喊，舉起了葡萄酒杯，現場立刻響起雷鳴般的掌聲和歡呼。

不愧是專業嗨咖，即使主賓是毫無回應的冷漠皇子，侯爵也一樣能營造出熱烈的宴會氛圍。我還是生平第一次見識到這麼會炒熱氣氛的人。

正如加奈艾所說，出席歡迎宴會的人並不多。包括我在內的皇子一行人，加上侯爵的家人與親信，總數大概不超過五十人。

我坐在宴會廳最前方那張長長貴賓席的末端，一邊享受著窩在角落的悠閒自在，一邊努力填飽肚子。

在我左邊的是伊莉莎白，貴賓席最右邊則是杜漢侯爵和克莉絲朵。他們兩人已經在拼酒了，而且竟然把啤酒和葡萄酒混著喝……

「基本上，大討伐就像在山上玩尋寶遊戲。」

「伊莉莎白爵士，魔獸可不是寶物。」

「但是每獵到一隻就累計得分，獲得最高分數就能奪冠，這和尋寶也差不多了。」

禁衛副隊長笑得很開心，一邊啜飲著雪莉酒。

抵達侯爵領後終於可以下班的伊莉莎白，現在就像春季舞會隔天那樣，一臉神清氣爽地享受飲酒時光。

雖然她之前說過，自從加入皇室禁衛隊以後，就沒有再觀看過魔獸大討伐，但不愧是帝國的貴族，依然對比賽的規則與流程倒背如流。

「過來的路上您應該也有看到連成一片的山脈吧？在最低的那座山峰上，有個無敵巨大的洞窟，我們稱之為『杜漢地下城』。」

地下城……真是什麼都有、什麼都不奇怪的世界觀啊。

我默默咀嚼軟嫩的烤鴨肉，等著她繼續講下去。鴨肉不只肉汁豐富，搭配的橙醬也好吃得不得了。

「每年的這個時期，地下城裡的魔獸都會跑出來，攻擊領主城堡和附近的城鎮。因為每年出沒的魔獸種類都不同，就算設下結界也沒什麼用，總是會有幾隻漏網之魚從山上溜下來。這也是為什麼比賽是從山上開始，最後會在領主城堡的原野結束。」

這部分我也知道。據說即使皇室和貴族聯手出動，每年的討伐賽還是會有魔獸趁亂逃脫，試圖靠近火星之慧劍。那是因為牠們對神器本能地感到排斥，才會死命去摧毀。

「理論上獵到越多隻魔獸越有利，但通常是打倒越大隻、越殘暴的魔獸，獲得的分數越高，重質不重量喔。」

「原來如此。」

我一邊回答，一邊偷偷觀察坐在伊莉莎白左邊的皇子。那張帥氣的臉上沒有任何一絲笑容。本來就整天散發低氣壓的傢伙，到了東部更慘，已經變成熱帶性低氣壓了。

「皇子殿下會奪冠嗎？」

「那是當然。」伊莉莎白毫不遲疑地回答，「雖然承認這種事會讓我心裡不太痛快，但現今帝國內，能靠武力贏過殿下的人寥寥無幾。」

「可是我看他最近的狀況不太好。」

「殿下嗎？」

她那雙灰眸瞪得圓圓的，轉頭看向自己的左邊。察覺到視線的皇子，冷冷瞥了過來。

他的眼神依然銳利如刀，不管怎麼看，都是一臉被奪冠壓力逼得神經緊繃的樣子。如果不是因為壓力，我實在無法理解他最近為什麼處處帶刺。

我若無其事地迴避了那對橙眸的目光，拿起柳橙汁潤喉。臭小子，該拿出點二十四歲的樣子了吧。

「……他以為我是我兒子。」

「哎呀！你終於發現啦？哈哈哈哈！」

伊莉莎白驚呼著爆笑出聲。她的笑聲幾乎要震破貴賓接待室的牆壁，只好一頭埋進大衛遞過來的沙發靠墊裡。不然聲音傳出去，杜漢侯爵跑來問發生什麼事，最後大家一起笑死那可怎麼辦。

伊莉莎白差點笑出眼淚來，幾乎喘不過氣，還不停拍打站在旁邊的大衛。侍從以他磨練多年的健壯手臂穩穩承受了一切。

「大衛閣下，你怎麼忍得住？這麼有趣的事，竟然只有你一個人知道。」

「準伯爵閣下，我敢說這是我這一生中遇過最大的難關。」

「啊！我不行了！葉瑟王子閣下！」

「喬治。」

賽德瑞克喊她中間名的聲音，能感受到隱隱燃燒的火氣。

聽得出來皇子在警告她適可而止，但伊莉莎白實在是忍不住，又把頭埋進了靠墊裡。

她當初知道葉瑟王子誤會的時候，也是笑到差點暈過去，更別說現在當事人總算發現真相了，她簡直死去活來。

這、這件事真的太誇張了，伊莉莎白最終還是笑到流出了眼淚。

「我早就、嗚呵、早就說過了吧！換作是我，與其被這樣誤會，還不如照實坦白。」

「……為何不會認為是同一人？」

「你又在說什麼！是寧可被人發現嗎？」

伊莉莎白用手指著皇子，一邊擦眼淚。

皇子心情複雜地看著眼前的好友。事實上，他過去這三天的心情都很混亂。

不知道自己究竟該對隱瞞誤會至今的伊莉莎白發火，還是該冷遇妄自推測他有私生子的王子。但沒有仔細聽她暗示的是自己，把一切賭注押在王子善意之上的也是自己。這種令人無所適從的不穩定狀態，和變成小孩子的時候又有什麼區別。

「咳咳、嗯，不過王子閣下會這麼想也情有可原吧？雖然以太枯竭的症狀千奇百怪，但你這種情況真的是前所未見，連書上都沒有記載。」

伊莉莎白清了清喉嚨，好不容易控制住了笑意。

「而且你能使用以太這件事又是機密，他會以為你是不同的人，也算合情合理。」

「追根究柢還是我的錯。」

「唔呵呵、呵、呵呵。」

準伯爵再度把臉埋進靠墊擦眼淚。皇子低聲嘆了一口氣。

「您喜歡領主城堡嗎？應該很難不喜歡啦！」

都幫自己下結論了，那幹嘛還問我？

「相當不錯，這裡美得就像一幅畫。」

「哈哈哈！我常聽別人這樣說呢，王子閣下果然眼光獨到。」

此刻，我正與那位一大早就興致高昂的法蘭索瓦．杜漢侯爵，一同策馬穿越領主城堡前方的原野，準備去看火星之慧劍。

視線所及之處全是芒草般的植物，一整片隨風搖曳、沙沙作響。而耳邊全是侯爵滔滔不絕的聲音，一個人就填滿了周遭的空氣。

至於我為什麼會落入這種境地，要從一件小事說起。

昨晚歡迎宴會結束後，我一路睡到了今天早上的十點半。晚起的我慢悠悠地吃早餐，享受著珍貴的修整時間……

「咕嚕嚕嚕！」

「對喔！狄蜜，我們得去見你的朋友們。」

我看著在飯桌邊纏著要人抱的狄蜜，猛然想起這件事。

我們此行目的之一，就是去看看小熊貓家族的另外兩隻神獸。除了讓狄蜜和朋友久違地團聚，也想確認牠們過得好不好。

原本是計畫讓班傑明和加奈艾陪我一起來，結果在走廊上碰巧遇到了杜漢侯爵……

在那之後的發展，嗯……都在預料之中。

「請您務必賜予我陪同前往的莫大榮幸！」

侯爵說自己是最常接觸神獸的人，熱情地表示必須親自護送我過去。我看著隱隱露出疲態的兩位侍從，就讓他們都留在客房休息了。

於是，才會出現眼下這種尷尬的組合。當然，覺得尷尬只有我，侯爵看起來樂在其中。

「嘰咿！」

「狄蜜，不要在馬背上調皮搗蛋，馬在工作呢！」

——噠噠、噠噠……

我一把抓住試圖爬到馬頭上的狄蜜，將牠緊緊抱在懷裡。

雖然這是我生平第一次騎馬，但幸好葉瑟王子的身體奇蹟般地還記得騎術，不然差點就要被當成長到二十八歲還爬不上馬背的王子了。

明明就懂這些，為什麼偏偏不會丟短劍啊……

「那裡正在搭建帳篷，我們最好從這邊繞過去。」

「啊，好的。」

從領主城堡出發時，我還覺得原野上沒什麼人。走近一看才發現，為了準備明天的魔獸大討伐，現場擠得水洩不通。

我跟隨侯爵的指引繞過帳篷，眼前馬上出現令人目瞪口呆的景象。

「……這些全都是觀眾席？」

「沒錯！您是不是嚇到了？肯定嚇到了吧！這場比賽，將會是史上最大規模的一屆！」

侯爵笑瞇瞇地介紹，淡粉色的眼睛彎成兩道新月。

我來回看著長長兩列橫貫原野的十層樓看臺，驚訝得幾乎合不攏嘴。

面對面相望的兩座觀眾席相距約一百公尺，各長約三百公尺。不管從哪個角度看，都像是一座巨型的露天競技場。

為了遮蔽五月豔陽，潔白的帳篷不僅覆蓋看臺上方，連背後與兩側也仔細圍起，考慮得相當周到。

負責拉緊布條的人、打樁的人、大聲地不知道在喊些什麼的人，還有用手臂畫著圓圈指揮的人，各式各樣的工作人員散布四處。其中一些人發現了我和侯爵，恭敬地彎腰行禮。

我一一點頭致意，目光掃過遠方的山脈與眼前的競技場。

「原來是要把山上出現的魔獸拉到兩側觀眾席中間啊。」

「準確來說，是魔獸拖著參賽者過來，因為火星之慧劍就插在那裡。」

杜漢侯爵抬手指向競技場的中央。

遙遠的那一頭，一道反射著溫暖陽光的黑色輪廓映入眼簾。我一陣恍惚，下意識策馬靠近。

「嘰。」

「沒錯，我們快到了。」

也許是按耐不住，懷裡的狄蜜順著胸口往上爬，最後蹲坐在我的肩頭上。我只好一手托著牠，一手扶著馬鞍，隨著侯爵一起翻身下馬。

侯爵撥開草叢慢慢向前，我的視線也固定在前方，沒走多久，神器就出現了。

那一瞬間，我幾乎忘了要呼吸。

隨意插在泥地裡的劍身，是任何光線都無法穿透的純然漆黑，雖然有一半埋入地底，能看見的部分卻一塵不染。劍柄與劍顎同樣漆黑無光，劍柄末端鑲嵌著一顆如血滴般鮮紅的寶石。

整把劍鮮亮奪目，彷彿昨日才被人插下，卻又同時散發著神秘古老的氣息，像是亙古以來便矗立於此的最初之物。

這就是千年來無數人試圖拔起，卻無人能成為其主的神劍——火星之慧劍。

「……好龐大的以太。」過了好一段時間，我才終於說出感嘆。

狄蜜從一早開始就特別纏人，以及我現在這種站在巨型篝火前的感覺，全拜這把劍所賜。雖然實際上既不熱也不燙，但火屬性以太充滿壓迫的存在感卻完全不容忽視。

我再一次意識到，原來神器就是這樣的存在。

比起人類為了便利生活自行製造的物品，神器從存在的理由開始便完全不同——那是主神意志的體現，其力量的具現。

「神官們也都是這麼說呢！」

侯爵的語調輕快，像是在哼著一首歌。

「您不覺得很美嗎？魔獸為了攻擊神器前仆後繼，參賽者則緊追在後匯聚於此，這把慧劍，可說是這場大賽的靈魂之花啊。」

說到一半，侯爵突然用目光示意草叢某處。狄蜜的反應比我還快——

「嘰！」

「咕！」

「呼嚕！」

兩隻小熊貓在轉眼間現身了。

看來侯爵之前說得沒錯，神獸真的總是待在神器附近。兩隻看起來也都很健康，真是太好了。

我把掛在右臂上搖搖晃晃的狄蜜輕輕放在地上。能在遙遠的侯爵領地再次看見這些小傢伙，我也不自覺露出笑容。

「咕嚕嚕嚕……」

「嘰？」

「呼嚕！」

就像分開那天一樣，三隻小熊貓又黏成一團，骨碌碌地在地上滾來滾去。我留心地看著，擔心牠們會不小心碰到慧劍受傷。

這時，侯爵又開口了。

「話說回來，我聽說您和他們幾位要組成一隊參戰，也就是皇子殿下、王子閣下、伊莉莎白爵士和克莉絲朵女爵。」

我眨了眨眼，回頭看向侯爵。這件事我還是第一次聽說……

我幫助皇子是既定事實，伊莉莎白也一樣。至於克莉絲朵，她就像萬能拼圖，放在哪裡都可以，所以最後就出現這種組合了吧。

反正這只是臨時結盟，等回到皇宮之後就會解散了。

「這麼說也不算錯。」

我拐著彎回答，侯爵則笑著換了個問題。

「我能相信王子閣下嗎？」

「……您剛才說什麼？」

此時我才意識到，不知從何時開始，侯爵就只有嘴角揚起，眼神卻收斂了笑意。那雙淡粉眸底染上了懷疑，原來他也會露出這樣的表情啊。

「請恕我直言，我知道兩位殿下已經選擇相信王子閣下，但是……我是誓言效忠菲德莉奇陛下之人，只要陛下尚未完全信任您，我也不會鬆懈。」

依舊掛著笑容的侯爵微微低頭，算是對我表示歉意。

我只是沉默地凝視著他，在心裡整理自己的思緒。

也就是說，女皇和波帝埃樞機主教或賽德瑞克皇子不同，她還沒有真正信任我。

老實說，就連皇子那傢伙居然相信我這件事，我的腦袋都還沒辦法消化了，更別說考慮女皇對我的想法這種事，實在壓力有點大。

就問我是做了什麼，才會讓女皇另眼相待？從任何角度來看，不讓她注意到我才是上策，可是……

「既然侯爵是陛下的親信，那應該也知道皇子閣下的祕密吧？」

雖然不想引起女皇注意，但我也沒必要讓侯爵對我留下懷疑。以我目前的處境，可不能輕易樹敵。

「祕密……？」

「總不能對生病的孩子視而不見嘛，不是嗎？」

「天啊。」

原先從容的年長者面孔瞬間僵住，侯爵一手掩唇，目光顫抖地看著我。看來他果然也知道這件事。

「我這麼做，不是為了從陛下或皇子閣下那裡獲取什麼，只是心裡過意不去才會幫忙，您不必想得太複雜。」

「……沒想到王子閣下會知道這件事，我的天呀！」

「只是湊巧得知而已。我也沒有告訴任何人，請放心。」

話才說完，只見侯爵突然單膝跪在我面前，我嚇得往後倒退一步。

「您這是在做什麼，大家都在看。」

「果然，皇子殿下如此依重您是有原因的。」

「誰依重誰？我們現在說的是同一位皇子吧？」

「我竟不知您幫助殿下是出自於無瑕的善意……請原諒我的愚昧無知！」

等等，三分鐘前的你還很嗆耶？雖然不是不知道，但這人的反應也太極端了吧？

「您剛剛才說會對我保持懷疑……」

「我今天會去進行告解聖事，如果詢問我有什麼罪過，我會說和王子閣下見面後……」

「在您反省的期間，我要去摸幾下慧劍。」

唉，不管他了。我丟下那個浮誇的男人，上前一把抓住火星之慧劍。

原本想慢慢觀察，但這傢伙的胡言亂語實在讓人無法淡定。可惡。

「但是劍拔不出來，我就用腳踹了，對不起。」

**【原來如此，那確實是索菲的不對。】**

我盡可能柔和地回答，接著就聽見木窗另一邊傳來小孩子急得跺腳的聲音。

我好不容易才忍住笑意，斟酌著接下來要說的話。雖然這段時間已經進行過不少告解聖事，但還是第一次遇到如此可愛的告解者。

此刻的我，正在履行在杜漢侯爵領應盡的「本分」。

身為神官，我的工作就是聽那些魔獸大討伐參賽者的告解。由於侯爵早上臨時決定開放領主城堡告解室外，行程也因此提前了半天。

反正我明天肯定會忙得團團轉，先處理部分工作也好。

不過那位侯爵真是……一張好好的臉，配上了一顆不太正常的腦袋。多虧了他，小小的告解室外從傍晚開始就擠滿了人。來到領主城堡作客的貴族全部蜂擁而至，排出一條長長的隊伍。

而此刻坐在告解者位置上的小索菲，她說自己快滿五歲了，是參加大賽的媽媽帶她一起來的。換成韓國計算方式的話，索菲大概是六歲左右吧，恩瑞也曾經只有這麼大呢。

「那我現在要受罰了嗎？」

**【不是很重的懲罰，因爲索菲年紀還很小，只要接受小小的懲罰就好。】**

「我也不想要小懲罰……」

**【其實啊，叔叔剛才也試著拔了一下慧劍，可是沒成功。】**

「王子閣下也踢了劍嗎？」

**【沒有，因爲旁邊有某個大叔在看，我不敢踢。】**

聽我這麼說，小女孩咯咯地笑了起來，我則是無奈地露出苦笑。

準確來說，我其實不是要拔劍，而是許願。我怕神器聽不懂我說的話，還先誠心誠意地向主神祈禱，抱著嘗試一下的想法釋放以太。

然後雙手緊緊握住劍柄，非常虔誠地許願，拜託它讓我回家。

結果呢？就是現在這個樣子。

沒錯，哪有可能那麼輕易就讓我回家。

**【索菲從今天起，一個禮拜都要把蔬菜吃光、不能剩下。還有，踢球一定要去外面，朝什麼東西都沒有的方向踢。這就是索菲的補贖。】**

「唔……青椒很難吃耶……」

面對我故作嚴肅的態度，小女孩的聲音聽起來就像洩了氣的皮球。就這樣窸窸窣窣地摸了好一段時間後，索菲才終於推門走出告解室……

——砰！

「再見，王子閣下！」

然後她又匆匆推開門，回頭向我道別，顯然是索菲的媽媽問她出來前有沒有記得打招呼。

等我笑著和小女孩說再見後，沒多久外面又傳來鬧哄哄的動靜。似乎是有新客人上門了，那就再多聽一位告解再去休息吧。

——砰！

此時，告解室隔間的門又被粗魯地推開，我聽見衣物擦過木牆的聲音。

「索菲？」

「那又是誰？」

熟悉的中低音猝不及防地刺進耳膜，我驚愕地看向木窗。

「皇子閣下？」

「連那個叫索菲的人也說過了？」

這又是在說什麼，我立刻側身湊近木窗。透過木窗花格繁複的空隙，那雙彷彿燃燒著熾熱火焰的灼灼橙眸映入眼簾，高大的身軀倚靠著那張不堪重負的小小座椅。

一時之間，我實在想不通這傢伙為什麼會在這裡，是為了明天的魔獸大討伐嗎？

「您要告解嗎？您該不會插隊了吧？」

「現在連侯爵都知道了。」

「您是指什麼？」

「……」

賽德瑞克皇子又緊閉雙唇，不發一語了。連四歲的小蘇菲都比他更會表達想法。

如果是來告解那就告解，如果是有什麼事要追究，那就好好發問啊，皇子都這麼大的人了，怎麼還表現得像他兒子一樣。

這種行為根本是業務妨害！

# CHAPTER 17

## 激戰魔獸

「所以您後來怎麼處理？」

「我直接告訴他，如果什麼話都不打算說的話，那就請回吧。」

「噗哈哈哈！」

伊莉莎白爵士猛然掏出手絹把臉埋進去。她從早上開始精神就非常好，不管我說什麼，她都帶著笑容，或是像這樣放聲大笑。

我一邊輕撫趴在腿上的狄蜜背部，一邊看向高臺前方。

背對著我們的法蘭索瓦・杜漢侯爵，正朝觀眾席激情發表魔獸大討伐的開幕致詞。

「不論身分貴賤、男女老少！為討伐之戰而齊聚於此的英勇靈魂們……！」

「然後呢？皇子殿下就走了？」

坐在我右邊的克莉絲朵悄聲詢問，我點了點頭。

「看來是真的沒有話要說，他像進來時那樣直接甩門就走。後來我去看，告解室那一邊的門都快掉下來了。」

「哎呀，脾氣大到連別人家的門板都拆了。」

聽見克莉絲朵的感嘆，伊莉莎白又是一陣無聲悶笑。

此時，我們正排排坐在高臺後側的貴賓席上。賽德瑞克皇子坐鎮主位，依舊頂著那張面無表情的雕像臉。

雖然不清楚他現在的狀態到底如何，但伊莉莎白爵士說過好幾次，這次的大賽冠軍肯定是皇子，應該是不用擔心。

「前來送上無數鼓勵與支援的各位貴族，以及我最摯愛的領民，魔獸大討伐歡迎你們！」

杜漢侯爵終於說完了最後一句開場白……

「哇啊啊啊啊！」

「皇子殿下萬歲！」

「冠軍！冠軍！冠軍！冠軍！冠軍！」

緊接而來的，是震耳欲聾的歡呼聲。

克莉絲朵和伊莉莎白爵士也挺直腰背，收起臉上的嘻笑，進入了公眾模式。

這是我穿越到這世界後第一次看見這麼密密麻麻的人群，光是今天就已經第六度感到震撼了。

雖然皇都人也不少，但並沒有像這樣幾千人擠在一起，情緒高漲到幾近沸騰。之前在勒戈綜合交易所見過的景象，相較之下根本只是小兒科。

我從眼前這些群眾身上感受到的瘋狂程度，幾乎可以與韓日大戰相提並論。

「杜漢！杜漢！杜漢！」

「團結起來！夠厲害！分散開來！輕鬆殺！」

不知出處為何的口號迴盪在整片原野上，蒸騰的熱情直衝天際，破開晴朗無雲的五月晴空。

觀眾席上五彩繽紛、熱鬧非凡，有些人手持寫滿標語的醒目海報，也有人揮舞著手中的花束和手絹。

連一心只想保住自己和狄蜜，打算撐到結束就好的我，都受到現場的能量感染，內心激動不已。

「皇子殿下、各位貴賓，請從這邊下臺！」

杜漢侯爵不知何時已經來到高臺後側，姿態優雅地示意一旁的階梯。

皇子最先起身，在侯爵的護送下走下臺。我讓克莉絲朵走在前面，不動聲色地觀察四周。

「李斯特帝國萬歲！萬歲！萬歲！」

「賽德瑞克皇子殿下萬歲！萬歲！」

觀眾席分為左右兩座，左側是貴族區，右側則是平民的座位，由於兩邊全都坐滿了觀眾，所以也有相當多人站在座位間的走道上。

雖然平民的加油聲明顯更響亮且更粗魯，但意外的是，貴族這邊也毫不遜色。畢竟參加者大多是貴族劍士或魔法師，他們的親朋好友大概也習慣了這種氛圍，有不少人已經開始邊喝酒邊大聲喧嘩了。

「只要走到中間的傳送門就可以了。」

侯爵停下腳步，修長的手指指向競技場的中央處。

皇子一言不發地繼續向前，我們一行人跟著走上場。見狀，在一百公尺寬的場地兩側，十層樓高的觀眾席間爆出更熱烈的歡呼聲。

我摸了摸耳後，確認早上貼好的傳送門防暈貼片。

為了比賽特地設置的臨時傳送門，據說有一百座以上，一夜之間便填滿了剛整理好的空地。其他參賽者都就位了，只等我們最後一組站上中央那座傳送門，開幕式便正式結束。

「參賽者們皆已準備就緒！」

「喔喔喔喔——！」

場邊的侯爵靠近細長的魔法道具宣布，競技場內響起他洪亮的聲音，以及觀眾的又一波歡呼。

他身為一地領主，居然還兼任主持人，怎麼看好像都不太合適。但以侯爵的個性來看，他哪有可能把這麼有趣的活動交給其他人。

「我們又見面啦。」

「哈哈哈哈！」

踏上傳送門的克莉絲朵裝模作樣地打招呼，伊莉莎白爵士也放聲大笑。就像昨天侯爵說的那樣，這兩人和我、狄蜜，以及皇子分到了同一組。

明明沒有說好，卻還是湊在了一起，確實讓人啼笑皆非。嗯，至少這樣應該就不會有人死掉了。

「王子閣下，這是您的背包。」

坐在貴族席一樓的班傑明和加奈艾匆匆跑來，把他們準備的一只皮革包遞給我，裡面裝了簡單的食物、水和常備藥物等東西。

我把皮革包繞過胸口，側背在身後。看了看四周，其他參賽者似乎也忙著利用空檔清點武器和糧食。

「謝謝。我會平安回來的，別擔心。」

「是，我會替您祈禱。」

「魔獸才需要擔心吧！加油，王子閣下！」

他們兩個人熱情地鼓勵我。我回以微笑，然後看向肩上的狄蜜。

「狄蜜，要不要現在下來，跟班傑明他們回去呢？接下來會很危險，你可以不用一起去。」

「咕嚕嚕嚕嚕。」

小熊貓輕輕地啃咬我的肩膀，並不會痛。那雙黑豆般的小眼睛裡全是不滿。

「知道啦，我不說廢話了。」

我揉了揉小傢伙的腦袋，加奈艾和班傑明也轉身返回觀眾席。

「好！接下來就啟動傳送……」

——轟隆隆隆！

侯爵的話被突如其來的震天巨響打斷，雷鳴般的聲音來自遠方的山脈。

隨後，大地像是地震來襲般劇烈晃動起來，甚至有幾名參加者因為站不穩而跌倒。

興奮與不安交織的觀眾席頓時陷入騷動。

「……是第一次山鳴，預言應驗了！魔獸的進軍已然迫在眉睫！」

杜漢侯爵提高音量，大聲宣告。

「喔喔喔喔！」

「討伐！討伐！討伐！」

觀眾席的氣勢宛如即將出征的斯巴達軍隊。

我下意識感到不安，開始在腦中複習臨時抱佛腳的知識。

「山鳴」是指在魔獸大討伐開始前會出現的聲音，也就是大批魔獸湧出地下城的前兆。

魔獸通常會在三次山鳴後現身，所以在那之前，參賽者們最好盡快上山找好位置，做好戰鬥的準備。

而「預言應驗了」這句話的意思是，預測魔獸會在今天出現的魔法師們沒說錯。

「我們是不是應該先擬定戰略？」我開口問大家。

只見傳送門邊的魔法師們已經開始進行注入瑪那的準備。

等一下大家會被隨機傳送到山上的某個地方，所以事先說好一些計畫，總比臨場手忙腳亂來得強。

克莉絲朵和伊莉莎白爵士一齊轉頭看向我，目光變得嚴肅。

「至少先簡單討論一下各屬性魔獸的應對方式……」

「你怕了？」

低沉的聲音鑽入耳際。我抬起頭，望向面前那雙旭日般的橙色眼眸。這傢伙昨天那樣甩頭就走，今天開口第一句話竟然就是挑釁。

「不，我可是比外表看起來強上許多的神官，只是覺得我們之間好像有人連話都不會說才開口詢問。」

「呵呵呵……」

伊莉莎白爵士又一次失去表情控制，皇子微微皺眉。

「……那就沒什麼可擔心的。」

——轟隆隆隆！

第二次的山鳴撼動了整座競技場，數千人同時驚呼的聲音如浪潮般席捲四方。

我環顧四周，發現大約一半的參加者已經利用傳送門移動到山上了。

一位年輕的魔法師站在我身後，一臉無措地觀察我們的動向。看來這位就是我們今天的傳送門魔法師。

「皇……皇子殿下，請容我為傳送門注入魔……」

「沒必要。」

「沒關係，你去休息吧。」

「咦？可、可是……」

皇子和我的回答讓魔法師瞪大了雙眼。

現在連事先告知都省了，皇子直接對傳送門灑出磅礴的赤紅瑪那。小小的傳送門就像丟進熔爐的鐵塊，瞬間燒得熾紅。

——嗚嗡！

「嘰咿。」

「狄蜜，對不起，這輛車坐起來完全沒有舒適感可言吧？」

我撫摸著一直往懷裡鑽的小熊貓，用幾乎聽不見的耳語安慰著牠。

緊接著，視野被一片潔白取代。

「這裡好像還沒什麼動靜呢。」

最先聽到的是克莉絲朵清亮的聲音。

我睜開眼，看到她握著深藍色皮鞭，正小心翼翼地踩穩腳步。地面上有許多長滿青苔的碎石子，看起來很容易滑倒。

我輕輕放下狄蜜，開始觀察四周。映入眼簾的是稍微傾斜的地面、一條寬闊小溪蜿蜒流淌，周圍散落著大小不一的岩石與樹蔭。

從山上吹來的風帶著清涼，我們抵達的地方是一座溪谷。

「水這麼多，對我來說很理想呢。」

「這樣正好，克莉絲朵女爵，接下來就拜託您啦。」伊莉莎白爵士爽朗地回答，同時拔出了劍。

確實，這裡的環境對克莉絲朵來說非常有利。她調動以太作戰的適應力本來就很不錯，而且有我在，她也不需要擔心以太補充的問題。

雖說地面不太平整，但對兩位劍士而言應該不成問題。

——轟隆隆隆隆！

「唔。」

就在那一刻，第三次、也是最後一次的山鳴炸響。震耳欲聾的轟鳴與劇烈震動撲面而來，在原野上聽見的前兩次完全無法相提並論。

我本能地皺起眉頭，努力維持平衡站好。溪水泛濫四濺，濕透了我們四人的靴子，小石子與泥土彷彿被震醒般彈跳四濺。

山體劇烈搖晃，震得我們的骨頭都要跟著嘎吱作響了，好不容易才平息下來。伊莉莎白輕輕甩了甩頭。

「這開場還真是熱鬧。」

「來了。」

——錚——！

皇子的低語聲未落，我已經展開了聖所。

雖然我無法感知魔獸的氣息，但清楚記得書裡寫著，第三回山鳴結束後，魔獸就會開始第一次的進攻。

「大家請先進來環內。」

「好。」

狄蜜的尾巴高高豎起，張大了嘴巴。

——撲簌簌！

「嘎嘎——！」

就在那個瞬間，一群羽色漆黑的飛禽從樹梢竄出，朝我們猛撲而來。伊莉莎白爵士立刻擋在我們前方。

——颼！

——砰砰！

她的劍毫不猶豫地斬向天空。劍氣以肉眼追不上的速度擴散出去，一瞬間便解決了數十隻寬度有手臂那麼長的魔獸。長得像蝙蝠的怪獸一隻隻掉落地面。

「……不對勁。」

伊莉莎白爵士甩了甩劍尖，眉頭深鎖。我立刻意識到她在說什麼，確實……

「嘎啊啊！」

──撲簌撲簌！

這些魔獸從我們上方一掠而過，看都不看被斬落的同伴。前仆後繼飛來的魔獸之中，竟然沒有一隻對我們表現出興趣，只是毫不遲疑地朝山下飛去……

「牠們在逃跑。」

我喃喃說道，四對目光立刻在空中交會。

──咚！

大地再度震動，但這一次與之前都不同。

那不是山鳴，而是某種沉重之物踏上大地的聲響，就像是……

──咚！

就像是《侏羅紀公園》電影裡出現的音效。見鬼了。

──砰！

「嘰咿！」

狄蜜發出凶狠的叫聲，猛然用後腿直立起來，周圍瞬間竄出粗壯的荊棘藤蔓。

我在掌心凝聚出幾顆以太球。與我目光相接的克莉絲朵，已經召出粗壯的水流，圍繞在我們四周作為防禦。

──砰！

皇子也抬起左手，一把抽出劍。這時我才發現，原來這傢伙是左撇子。

──劈啪！

──啪嚓……

伴隨著附近樹木被折斷、輾碎的聲音，巨大的壓迫感正逼近我們。

狄蜜的荊棘藤蔓上長出了鍋蓋大小的食人花。

我盡力擴大聖所的面積，但直徑三十公尺就是極限了。這可惡的主教級。

——咚！

「吼——!!」

伴隨著劃破空氣的咆哮，那隻龐然大物終於穿過樹林現身。我、克莉絲朵和伊莉莎白爵士，三人異口同聲地倒抽一口氣。

出現在我們眼前的，是一頭四層樓高的黃褐色巨獸，黃色豎瞳布滿著瘋狂的血絲。

那粗壯的後腿，以及彷彿一甩就能把骨頭砸碎的尾巴，全都充滿了壓倒性的暴力感。而滿口尖銳的錐形獠牙和短短的前肢，散發著令人一見難忘的不和諧感……總覺得哪裡不太對。

「那是暴龍……」

「暴君電龍。」

克莉絲朵呆愣的喃喃自語，被皇子確信的聲音打斷。

「是陛下當初奪冠的魔獸祭品。」

意思是說你媽單槍匹馬獵下了一隻黃金暴龍？

「這不對勁，殿下。那種等級的魔獸據說兩百年才會出現一次，怎麼可能才隔兩年又……」

伊莉莎白爵士的目光震動，但皇子沒有回答。畢竟已經逃出地下城的魔獸，並不存在重新送回去的方法。

「這是電屬性，用水對付會有些棘手。」皇子回頭看了我們三人一眼——準確來說，是看向了我。「我們需要戰略。」

——咚！

「吼——!!」

那頭暴龍……不對，是暴君電龍已經發現我們了，我感覺自己的腦門冒出了冷汗。

面對這種荒唐的發展，我終於忍不住吐出屬於韓國人的靈魂怒吼——

「現在才提戰略？你這瘋子！」

「……你生氣了。」

「不生氣才奇怪——」

——砰！

嚇死人了！我們立刻抬頭看向天空。

暴君電龍不知何時已經逼近，巨大的下顎毫不留情地搗向我展開的聖所。就像個想把雪花球裡的小人偶掏出來玩的熊孩子，牠一陣猛咬，巨大的獠牙一次次搗落。

——砰！咚！

「王子閣下……您果然一如傳聞，是個厲害的神官呢。」伊莉莎白爵士不由得出聲讚嘆。

我從來不曾像現在這樣受到來自上方的攻擊，每當電龍用力咬下，我的聖所就閃現金黃色的穹頂。原來環不只能水平抵禦，面對空中攻擊也能有這種護罩效果。

聖所的功能是阻擋所有對神官產生威脅的力量，但只有在對手神力比自己弱的時候才能發揮作用。不過，既然電龍是魔獸，那神力當然不可能比我強。

況且我現在的以太狀態不只是充足，而是源源不絕，真的是謝天謝地。

——砰！咚！砰！

「吼——!!」

魔獸似乎對毫無動搖的聖所極度不爽，張開巨嘴朝我們怒吼。

狄蜜縮在我的腳下，除了皇子，我們其餘三人都本能地捂住耳朵。繼續這樣下去，還沒被咬死，耳膜就要先炸裂了。

——砰！砰！

「魔獸懼怕水和火，難道水之力對這傢伙真的完全行不通嗎？」

「我來試試看！」

聽見我對皇子吼出的詢問，克莉絲朵搶先應和。那雙亮晶晶的青灰眼眸透著一股莫名的興奮，她小心地移動右手指尖。

先前像屏障一樣包圍著我們的水牆，緩緩地抬升。電龍的注意力都在我們身上，似乎沒有察覺到變化。

——砰！咚！

——唰——！

水牆砸向電龍巨大的腦袋瓜……

——滋滋滋滋！

「吼——!!」

足以輕易烤熟四個人的電流火花四處飛濺，電龍再一次大聲咆哮。

那些水連碰都沒碰到目標就全數蒸發，電龍黃澄澄的皮膚上連一點擦傷都沒有。

一股涼意從我的後腦順著脊椎直竄而下。

「……電屬性抵消了魔獸對水的弱點啊。」

——砰！咚！咚！

也許是被我們的挑釁激怒了，電龍撕咬聖所的架勢比剛才更瘋狂。我耳朵一陣刺痛，腳下彷彿整座山都在震動。

即使同樣是電屬性，但如果體型較小、比較弱，或許用剛剛那招還能打得過。偏偏現在的對手，是兩百年才會出現一次的傳說級魔獸。

為什麼會在這麼短的週期內，而且還是在第一次進攻就出現……還得確認一件事，我看向賽德瑞克皇子。

「我們試試看金屬碰到牠會有什麼反應。」

那雙橙眸精光一閃，他似乎理解了我的意思，緊接著……

——啪噠。

掛在他靴側的短劍猛然飛上天，準確地射向電龍的眼睛……

——滋滋滋滋！

「吼——!!」

劍刃卻在碰到空中的電氣後炸得焦黑，應聲墜落。

「……哈。」

也就是說……只要拿著劍踏出聖所範圍，就如同抓著避雷針等著被雷劈成焦炭。而水不只沒辦法有效攻擊，大概只能吸引牠的視線或激怒牠而已。

不過，我們還有今天的MVP——神獸大人！

——砰！砰！砰！

「攻擊後腿，牠身體的重心在那邊！」

聽見我的大喊，伊莉莎白爵士重新握好手中的劍。克莉絲朵提了一些意見，而皇子依然一言不發，只是以波瀾不驚的目光凝視著我。

在這種情況下，我居然想起了妹妹——那個在七歲時，夢想成為暴龍的小傢伙。

「狄蜜，你辦得到嗎？今天你也是主攻唷。」

「嘰咿咿！」

小熊貓擺出凶惡的表情，揮舞著短短的一對前掌，從白白的臉頰到抖動的鬍鬚，全都寫滿了幹勁。我將狄蜜抱在胸前，替牠補充滿滿的以太。

克莉絲朵確認我和狄蜜就緒後，緩緩聚起水珠。

——砰！砰！砰！

「喂！蠢龍骨頭[2]！」

蠢龍骨頭……她居然直接喊出來了。而那頭電龍居然也一副被汙辱到的不爽樣，張嘴大聲咆哮。

「吼——!!」

克莉絲朵嫣然一笑，操控著細細的水流，從側面猛戳那傢伙的腦袋。

——滋滋滋滋！

2 蠢龍骨頭（용가리뚱뼈），韓國俚語，暗諷空有力氣的厲害人物。出自韓國經典怪獸電影《용가리》系列。

電龍不耐煩地將頭轉向左側，張嘴射出一串電流火花。

「狄蜜，就是現在！」

「嘰！」

——轟隆隆！

電龍右邊的地面忽然隆起，瞬間竄出一株巨大的食人花。直徑將近兩公尺的粗壯綠藤直衝雲霄。在食人花旁邊，一棵癒創木也跟著生長起來。

異樣的動靜吸引了電龍，牠的腦袋隨之轉到反方向。

——唰唰——！

「吼——!!」

兩顆健身球大小的水球在電龍眼前炸開，牠奮力甩了甩頭。果然有別於皮膚，眼睛對水的抗性比較低。

——喀嚓嚓……

就在這一瞬間，那株比房子還大的食人花張開血盆大口，裡面的空間大得能放進整顆電龍腦袋。

我感覺到狄蜜正不停從我的體內抽走以太，接著……

——劈啪！

「吼吼——!!」

食人花猛然咬住了電龍的頭！

被封住嘴巴和視野的電龍劇烈掙扎，瘋狂左右甩頭。食人花葉片立刻燃起了電流火花，但狄蜜毫不退縮，死命撐住。

——滋滋滋滋！

「還想跑！」

就連我的聖所也被電流火花波及，但幸好環依然完好如初。當初在波帝埃樞機主教面前摔摔滾滾培養出來的耐打程度，可不會輕易被區區魔獸擊潰。

慌亂的電龍拚命掙扎，但牠的前肢太短，沒辦法抓掉頭上的食人花。機會來了。

——躂！

皇子根本不需要我下指示。他毫不遲疑地飛身躍出聖所，轉眼間來到電龍的左後腿處。

而幾乎是同時衝出去的伊莉莎白爵士，從另一邊瞄準了電龍的右後腿。

「女爵！」

「好！」

克莉絲朵已經蓄勢待發。下一秒，皇子與伊莉莎白爵士箭步向前，雙雙舉劍橫斬，兩道劍光冷冽如六月冰霜。

——咻咻！

——唰！

「吼吼——!!」

電龍粗壯的後腿各被劃出一道深紅血痕，兩名劍士迅速後撤，避開暴起的巨尾，躲到附近的大樹後方。

電龍因劇痛而瘋狂暴動，踉蹌地往後退……

——劈哩劈哩……

牠的腳下出現了真正的冰霜——是一層憑空浮現的冰面！

電龍立刻因打滑而失去平衡，左搖右晃，笨重的身軀就像慢動作般轟然倒下。

克莉絲朵這才呼出一口氣，展顏露出一絲淺笑。

——轟隆隆！

「吼——!!」

那一刻，宛如整座山林都在震顫。地面搖晃，倒下的魔獸痛苦嘶吼——差不多了。

「伊莉莎白爵士！」

「交給我！」

我將狄蜜培育出的癒創木丟給相對較近的伊莉莎白。她用左手一把抓住樹枝，迅速躍起，舉高右手的長劍……

——砰！

「吼嗚——！」

瞬間貫穿了電龍的尾巴，牢牢釘進地面。魔獸流著口水發出痛嚎，她俐落地放開劍，再度跳起。

——轟！

——滋滋滋滋！

伊莉莎白爵士一騰空，電龍便猛然釋出一串電流火花。只要稍微晚一點就會觸電，但準伯爵相當冷靜，左手握著的癒創木行雲流水地換至右手……

——砰——！

「吼吼——!!」

電光石火間，癒創木已深深刺進電龍的眼球。伊莉莎白爵士額頭青筋畢現，用盡全力將木枝推至最深處。

我緊緊抱住狄蜜，緊張得喉頭乾澀，深怕電龍臨死前再度反撲。

「吼……」

——砰咚！

電龍吐出最後的悲鳴，終於垂下腦袋。

伊莉莎白爵士大口大口地喘著氣，落在充滿碎石的地面上，額頭微微被汗水打濕。

「真是辛苦了，伊莉莎白爵士。」

「嗯，這簡簡單單啦。」

「哈哈哈哈。」

非常符合她性格的反應讓我們笑出聲，緩解了緊張氣氛。

我解除聖所，將狄蜜放下。這時，伊莉莎白爵士開口詢問。

「王子閣下，您怎麼會想到要用癒創木？」

「這是朱利耶宮重新裝修時使用的木材。原本的裝潢使用的是紫檀木或黑檀木，但我擔心房間之後又會被破壞，他們聽說之後，就選擇了這種更堅硬的木頭。」

也就是說，這是我所知道最堅固的木頭。狄蜜竟然能聽懂我的要求，催生出正確的樹種，真是太了不起了。

木頭不導電，我認為這會是最安全的武器。幸好，伊莉莎白爵士真的沒有受傷。

「這樣摺倒牠的感覺真微妙，我小時候的夢想可是要成為暴君電龍呢。」

克莉絲朵笑著這麼說，聞言，另一頭的伊莉莎白爵士也笑了。她一邊笑，一邊邁開腳步走向我們。

我嘴角一僵，就在這個時候……

「吼吼——!!」

「伊莉莎白！」

電龍的咆哮與皇子的大喊聲同時爆發。

——滋滋滋滋！

——砰咚！

倒地的魔獸口中猛然噴出一道巨大的電流火花，伊莉莎白爵士首當其衝，整個人被轟飛出去！

「唔呃！」

「伊莉莎白爵士！」

我和克莉絲朵立刻衝向她倒下的地方，手足無措地半跪在她身邊。

「伊莉莎白爵士，您還好嗎？」

「我……沒事……」

克莉絲朵小心地將她轉過來仰躺，還好，沒有看到出血。她應該不是正面中擊，而是站在旁邊，被電龍吐息的衝擊波掃到，我這才緩緩吐出一口氣。

準伯爵的臉頰上有幾道劃過的傷口，所幸不深。只見她緩慢地以腰腹使力，艱難地坐起上半身。

「殿下……」

「既然無恙就下山去，這是命令。」

不知何時走近的皇子低聲說道，他的長劍上還滴著魔獸的鮮血。

我轉頭望去，電龍的屍體靜靜躺在地上，顯然被皇子補上了最後一擊。

「你在說什麼？我好得很。」

「斷臂還能握得住劍？」

「……」

伊莉莎白緊咬下唇，我和克莉絲朵驚訝地望向她的右臂。

在皇子提起之前，我們誰都沒發現異狀，現在看到那無力垂落的傷肢，我的心一沉。

雖然為了今天的大賽，我事先多背了幾種治癒環，但沒有任何一個能治療這種程度的骨折。我咬緊牙關。

「抱歉，伊莉莎白爵士。我身為治癒神官，能力卻遠遠不夠。」

「不，葉瑟王子閣下，是我自己太大意了。」

準伯爵笑著這麼說，但額頭卻冒出一顆顆冷汗。

「通知侯爵吧。我可不想聽妳未婚夫的埋怨。」皇子冷冷說道。

這句話讓伊莉莎白爵士終於輕輕點頭。她用左手在懷裡翻找，掏出了一顆透明的珠子，這是每位魔獸大討伐參賽者都會發配一顆的一次性魔法道具。

她那戴著閃亮黃鑽戒指的左手，用力一握珠子。

——喀嚓！

珠子碎裂的瞬間，一道赤紅的瑪那光束射向天空。

我順著筆直的光線望去，只見晴空中出現了一道道同樣的紅光。這意味著，目前選擇棄權的參賽者數量正逐漸增加。

「天啊，伊莉莎白！」

接著，熟悉的聲音從溪谷的方向傳來。以魔法特性「瞬間移動」出現在我們面前的法蘭索瓦・杜漢侯爵，一臉焦急地奔向我們。

他既是本次大賽的主辦人，也是唯一的急救隊員。

正如他弟弟杜漢禁衛隊長所言，他不斷地磨練魔法，就是為了在出現今天這種狀況時救人下山。

「手臂怎麼會這樣？天啊！你們居然只靠四個人就獵到這傢伙！」

侯爵淡粉色的眼睛大為動搖。他的表情有些無措，面對電龍屍體和出乎意料的傷患，似乎一時之間不知該先驚訝哪一個。

伊莉莎白爵士皺起眉頭。

「大叔，我們還是趕快下山吧……」

「對對，我得動作快一點，不然肯定會被卡拉瑪爾動爵罵的。你們居然打倒了電龍……」

侯爵的視線掃過我們每個人的臉，一邊將手輕輕按上伊莉莎白爵士的額頭，看來只憑這樣的接觸，就能帶人一起瞬間移動。

克莉絲朵輕輕握了握準伯爵的左手，低聲對她說：「待會見。」

此時皇子開了口。

「侯爵。」

「是，殿下。」

「到底怎麼回事？」

皇子手中的劍一揮，劍尖直指侯爵的下巴。他眼底的情緒起伏不定，就像恆星的表面活動那樣灼灼燃燒。

「皇子。」

「安靜。」

我本來想勸阻，他卻把我的話擋了回去。雖然我也對這場大賽的發展感到疑惑，但在伊莉莎白爵士受傷的當下，應該不是說這些的時候，這傢伙還真是冷血。

「曾是兩年前冠軍祭品的傳說級魔獸，竟出現在第一次進攻中，這是常有的事嗎？」

「還望殿下明察，這是初次發生這種情況。」

「那你的推論是？」

磁性的中低音不容置疑地發問，侯爵緩緩閉上顫抖的眼簾，而後又睜開。

這人比帝國中的任何人都更熱衷於研究魔獸和魔法道具，既然如此，他心中必定已經有了判斷。

「……應該是因為，這片土地上的神器，並不只一件。」

誰都沒有料到，會從他口中聽到這樣的解釋。

「雖說目前還只是我個人的推測……殿下，神器和魔法道具不同，並非使用過一次力量便會永遠消失。因為神器的存在本身，便是主神的意志。」

侯爵的語氣帶著一絲顫抖。

趁著這段時間，我從皮革包裡掏出用好幾種草藥磨碎製成的止痛藥。如果無法盡快結束話題，那至少得減緩傷者的痛苦。

克莉絲朵似乎是察覺到我要做什麼，只見她迅速製造出清水給我。伊莉莎白對我們點點頭，爽快地吃下我遞給她的藥。希望這樣多少能有些幫助。

「是指薩爾內茲女爵？」

「是的。女爵體內吸收的滄海之祝福並未就此消失，仍在發揮著水之力，既然如此，那股存在感應該也依然強烈。」

皇子和侯爵的視線雙雙投向我們這邊，準確來說，是落在克莉絲朵身上。主角平靜地回視，但我心中卻開始冒冷汗。

如果連被融入體內的神器也算在內，那麼……我也算其中之一。

「僅憑一把火星之慧劍，就足以讓此地年年湧出具攻擊性的魔獸，每隔一兩百年還會出現暴君電龍那種等級的傢伙。如今甚至多了一件滄海之祝福。」

而且，還要加上我。我緊張得不得了，努力把視線固定在伊莉莎白爵士身上。

我會一夜間獲得如此龐大的以太，還有克莉絲朵的母親不得不拿滄海之祝福來救女兒，大概都是因為邊境神殿的神器用在了我身上。

也就是說，此時此刻，整整有三件神器同時位在這個區域。

「藥效發揮作用之後，感覺好多了。謝謝您，王子閣下。」

伊莉莎白爵士努力朝我笑了笑，似乎是看到我嚴峻的表情，覺得必須給我一些安慰才行。

我苦笑了一下。我當然也很擔心伊莉莎白，但現在心裡都是「這場魔獸大討伐完蛋了」的想法。

之前以為有兩位強大主角坐鎮，應該可以輕鬆解決一切的我，實在是太天真了。

男女主角當然不可能會死，不管碰上怎樣的事件都能化險為夷，可是同樣的，也會遇到與主角身份相稱的試煉和難關。

可惡，我怎麼沒想到這點？

「第二次進攻開始了嗎？」

「是，大多數都是比往年更強的魔獸，溪谷的另一邊也出現了去年的冠軍祭品，幸好成功擊殺了。」

「死傷人數？」

「包含伊莉莎白在內，共有七十幾位負傷者，無人死亡。帝國的戰士都很強大，請殿下不必太過憂心。」

我在腦中迅速整理目前的情勢。

因為有火星之慧劍、克莉絲朵和我，導致今年的魔獸大討伐比過往任何一年都棘手。第一次進攻中就出現了傳說級魔獸，而我們擊敗牠的同時，第二次進攻也早已展開，還出現了去年的冠軍祭品。

照這種模式，就算在最後第三次進攻時又出現另一頭冠軍祭品，也不會讓人意外。

皇子眼底的火焰沉靜了下來。

「去吧。」他收起指向侯爵的長劍，氣場仍舊不減分毫，令人屏息。

「……皇子殿下萬歲，願您奪得勝利。」

法蘭索瓦．杜漢侯爵向皇子恭敬地行了一禮，這還是我第一次見到他露出如此認真的表情。

侯爵再次將手覆上伊莉莎白的額頭。這回是真的到了下山的時候了，準伯爵抬頭看了皇子最後一眼。

「賽德瑞克，你不是想相信王子閣下嗎？那就放手去相信。」

「……」

……我？

不知所措的我正想開口，侯爵和伊莉莎白爵士的身影便散發亮光，破碎成一粒粒光點。花粉般的粉色光粒朝四面八方飛散，消失得無影無蹤。

寂靜的溪谷裡，只剩下我、狄蜜、克莉絲朵和皇子。

他們剛才提到的是我嗎？

「竟然是因為我才讓情況變得複雜，心裡有點不是滋味呢。」

「並沒有不同。」

皇子反駁了克莉絲朵。不過，主角看起來並不沮喪，皇子對已經發生的狀況也沒有抱怨。

也對，這場討伐並不是說取消就能取消的普通比賽。要是無法在這裡阻止魔獸，牠們遲早會突破結界下山，攻擊領主城堡與周邊城鎮。

「那我們就休息一下吧？」

話才說完，兩雙眼睛便齊齊轉來盯著我，這陣仗有點嚇人。

「我們得先填飽肚子，再制定下個階段的對策。能休息的時候就休息，也是實力的一環。」

「咕嚕嚕。」

狄蜜像是在表示贊同，小小地叫了一聲。看吧，連小動物都餓了！

「好燙。」

菲德莉奇迅速放下手中的咖啡杯，濃郁的手沖咖啡今天好像特別燙口。

望著她那皺成一團的臉，歐蕾利・波帝埃將頭歪向一邊。

「為什麼要喝得那麼急？」

「這時候不是應該先關心一下嗎？」

「哈哈哈。」

歐蕾利彎起溫柔的米色雙眼，輕聲笑了。兩人坐在女皇的辦公室內，像往常那樣各做各的事。

女皇正在看南部某座小村莊發生的恐嚇勒索案相關報告，樞機主教則是遲至今日才在翻閱五月一日發行的《李斯特雙週刊》。

「看來幾個孩子順利解決案件，那位旅館老闆的女兒已經被關進領主城堡監獄了。」

「嗯，果然就像妳之前說的那樣。」

樞機主教點頭，慢慢啜飲手中的咖啡。

她已經成功用理智說服自己孩子們都很好，現在聽到新消息也不會再憂心忡忡了。這是她從契約者——女皇身上學來的應對之道。

歐蕾利自在地輕輕翻動雜誌。

「十年間敲詐了六成的賞賜品，用在旅館或自己身上的錢卻不到兩百萬法朗。」

「這就有點可疑了。」

「是啊，得好好查一查那位領主，旅館也要重新掘地三尺徹查一遍。」

女皇瞇起了櫻桃色的雙眼。

十年前，她和樞機主教在整頓盧卡村時，情況非常單純。當時只認為，這些膽敢在皇室下榻處詐賭的人，又能有什麼了不起的陰謀詭計。實際上，也沒有在那些人身上找到什麼特別的線索。

但是這次的案情卻不同，根據報告內容，大筆現金不知流向何方，像是憑空消失了一樣。

「難道是領主向女人收受賄絡？若真是如此，可能得清查帝國上下，類似的情形應該不只一兩起。」

「那不正是我平常的工作？」菲德莉奇沒沒好氣地說道。

她說得也沒錯，所以歐蕾利只是笑得像幅畫，沒有再多言。還是換個話題比較好。

「妳看這個，薩拉・貝利亞爾爵士寫的報導竟然挺和善的。」

「那老太婆再怎麼和善也一樣是老太婆。」

「不是，妳聽我說，王子的採訪報導……讀起來一點都不帶刺，以前有過這種情形嗎？」

「大概是年紀越大越反覆無常吧。」

女皇不耐煩地回答。雜誌發行當天她就收到報告，得知葉瑟王子的獨家專訪意外正面。雖然她沒有親自去讀，但聽說內容並沒有侮辱皇室，也沒提到與神國之間敏感的關係。

這樣就夠了，女皇又拿起咖啡靠近嘴邊。

「該死，還是這麼燙。」

「慢慢喝，妳明明就不愛燙的東西。」

女皇又把咖啡杯擱回辦公桌上。這次，樞機主教注視她的目光參雜了一些擔心。

菲德莉奇突然開口：「我有不好的預感。」

「嗯？」

「那些孩子有順利獵到魔獸嗎？」

「這是沒必要的擔心，伊夫。是不是因為最近工作變多，妳才會比較焦躁？」

怎麼有種和一週前情況顛倒的感覺？那時是她擔心得坐立難安，現在卻換成女皇開始多此一舉地憂心兒子一行人。

樞機主教輕笑一聲，然後叫來了侍從長。

「讓他們換成涼涼的冰咖啡吧，心情會好一點。」

「來，請嘗嘗看。」

「……」

賽德瑞克皇子瞪著我手中的牛肉乾，誰看了都會以為上面塗了毒。

「這是朱利耶宮廚房特別烘製的，要填飽肚子，狀態才會好吧？」

「如果您不要，那就給我吧？真的很好吃耶！」

站著一旁的克莉絲朵雙眼亮晶晶地看過來。她吃光三分之一加奈艾準備的小牛犢肉乾後，似乎胃口大開。

這款肉乾既不會太鹹，也不會太硬，吃起來特別順口，連狄蜜都興致勃勃地湊過來。

「您不想吃的話，那就給女爵……」

——啪！

這傢伙用迅雷不及掩耳的速度搶走我手中的牛肉乾，我的指尖陣陣發麻。

「餵你吃東西還真累。」

我低聲嘀咕一句。不知道皇子是真沒聽見還是假裝沒聽見，他一口咬下牛肉乾咀嚼起來。

記得恩瑞五六歲的時候，如果她在飯桌上不專心，我就會用湯匙假裝成火車或飛機餵她吃飯，雖然也累，但至少比較有樂趣。

皇子這傢伙，到底哪裡像是想相信我的樣子？

「哦，又來了！狄蜜，好好看著姐姐啊。」

原本還在冷笑的克莉絲朵，突然爽朗地喊了一聲。正窩在我懷裡啃著心形花朵的狄蜜，立刻探出頭來。

只見從山腰那邊，有什麼東西來勢洶洶地朝我們衝過來。

——咚咚咚咚！

「噗咿噗咿！」

穿越森林衝出來的，是一頭像卡車一樣大的野豬。

正確來說，是長得像野豬的食人魔獸，只要被咬到一口，就算活下來也會被強烈詛咒纏上。所以牠才會有「詛咒黑豬」這種恐怖的名字嗎？

聽說在普通情況下，只要打倒這種等級的魔獸就能獲得不錯的分數了。但光是這種程度的傢伙，我們今天就已經幹掉第五隻了。

「長得那麼好吃還這麼不安分！」

克莉絲朵大聲斥喝，揮舞的手中的皮鞭。這麼一說，這頭魔獸是不是有點像濟州黑豬？

——嘩啦！

——唰唰——！

白色浪花聚成巨大的扇形，猛然拍向詛咒黑豬。

視野完全被遮蔽的魔獸在波浪中失去方向感，開始原地亂轉。接著，現場傳來一聲貨真價實的殺豬聲。

「嚄咿咿咿咿！」

——滋滋……

那傢伙巨大的身軀一碰到水就立刻癱軟，整隻搖搖欲墜。粗黑外皮融化成一片血紅，畫面有點噁心。

詛咒黑豬像隻無頭蒼蠅轉圈跺地，最後，龐大身軀砰一聲倒地。克莉絲朵趁勢製造出一顆大型水球，像頭盔一樣罩住魔獸的腦袋。

「咕嘟嘟、咕嘟、咕嘟嘟……！」

「這招用久了，都抓到訣竅了呢。」

她說得稀鬆平常。接觸到神聖之水的魔獸，溺死也只是一眨眼的事。

說實話，這已經是重複上演的橋段了。這段時間，只要有零星的魔獸朝我們攻來，克莉絲朵和皇子就會輪流起身處理。

我則是一直坐在自己展開的聖所內，負責投餵水或零食給兩人一神獸，並依據來襲魔獸的屬性制定戰略……只是多數時候根本用不上什麼戰略。

打倒那頭暴君電龍之後，出現在我們面前的魔獸都只是詛咒黑豬這種等級的貨色。隨便一個人出馬，沒幾秒就能解決完畢。

「狄蜜，剛剛那頭幾分呀？」克莉絲朵轉頭問小熊貓。

只見在詛咒黑豬衝進來的溪谷隘口，長了兩棵矮小的蘋果樹。左邊那棵樹上結滿了橙色果實，右邊那棵則掛著青灰色果實。

雖然顏色看起來挺微妙，但既然是狄蜜種的，應該還是好吃的吧？

「嘰咿。」

狄蜜揮舞著前爪上的紫色花瓣，右邊那棵蘋果樹的枝頭，一眨眼就冒出了新果實。

「是三分嗎？謝謝，是最高分耶。」

新長出來的蘋果總共有三顆。克莉絲朵優雅地行禮，朝狄蜜致意。

「兩位終於平手了呢。」我笑著說道。

這樣橙色蘋果有十一顆，青灰色蘋果也有十一顆，雙方正式平分秋色。

雖然評審只有狄蜜一個，評價難免有點主觀……

——喀嚓！

聲音響起的同時，皇子已然起身，抽出了劍。我有點嚇到，立刻轉頭看過去。

「你剛剛有聽到嗎？」

「嗯。」

「是。」

看來他們兩人都聽見了那個動靜，就像是有誰清脆地一口咬下……

——喀嚓！

一顆原先掛在樹上的橙色蘋果，突然只剩果蒂孤零零地飄在半空中。

我頓時倒吸一口氣。那不是錯覺，絕對不是。

雖然四周籠罩著灰濛濛的山霧，但親眼所見的景象和留下的證據都太過一目瞭然，根本無法用眼花來解釋。

等等，山霧？

「什麼時候開始……皇子，您要去哪裡！」

我一把抓住正要踏出聖所的皇子衣袖。因為我突然起身，懷裡的狄蜜不太舒服地哼了兩聲。

「抱歉，狄蜜，我不是故意的……」

「父親。」

咦……？一股說不出的不安感襲上心頭。

你爸不是已經過世了嗎？我立刻擋在皇子面前，仔細地端詳他的臉。

「該死。」

那雙總是如兩簇火焰灼灼燃燒的眼睛，此刻卻詭異地失焦，只留下一片空茫。

我迅速掏出手帕包住狄蜜的臉，再用袖子捂住自己的口鼻。

這絕對不是單純的霧氣。

# CHAPTER
# 18

## 不會錯過

「這是怎麼了？」

耳邊傳來克莉絲朵清亮的聲音，我急忙回頭去確認她的狀況。

一如既往澄澈的青灰雙眼直視著我。

「您還好嗎？」

「咦？我當然很……」

就在那一剎那，克莉絲朵的聲音突然變得含糊不清。我發現她眼神中的靈動也消失了，一陣寒意猛然從後腦勺竄至腳跟。

她就像隻被綁上吊線的娃娃，緩緩轉過頭，凝視著正前方，彷彿有什麼人就在那兩棵蘋果樹後面一樣。

但無論我再怎麼睜大眼睛看，那裡別說是人了，就連一隻麻雀都沒有。

「薩爾內茲女爵？」

「……」

沒有回應，我吞了口乾澀的唾沫。

霧氣瀰漫的溪谷、眼神失焦的兩人，從遠處山上隱約傳來的嘶吼與慘叫聲，還有……

——喀嚓！

那該死的咀嚼聲，我咬緊牙關。不知不覺間，樹上只剩下四顆蘋果了。

雖然沒有確切證據，但我可以肯定，是那個蘋果小偷害這兩人變成這樣的。媒介……恐怕就是這片突然出現的霧氣。

「父親，都是我的錯。」

賽德瑞克喃喃說著，邁開了腳步，我急忙跨一步擋住他的去路。

我的一雙手光是遮住狄蜜和自己的口鼻就不夠用了，但即使這樣，也必須阻止皇子走出聖所。

「皇子閣下，能聽到我說話嗎？」

「別為了我犧牲自己，我寧可……」

「別說那些奇怪的話。」

我打斷皇子，見到他發白的臉色和渙散的目光，不由得皺緊眉頭。

親王離世時，這傢伙應該還很小，怎麼會出現這麼極端的想法……想到這裡，我心裡有些難受。

難不成，他一直都懷抱這樣的心情活著？

「姐姐為什麼會在這裡？」

此時，一道顫抖的聲音在耳邊響起。我回頭看向克莉絲朵，心裡有種不好的預感。

「姐姐不是結婚了嗎？不是該過著幸福的生活嗎？妳在這裡做什麼呢！」

她的聲音裡混雜著悲傷與依戀，沉重的情感讓人喘不過氣來。

看來不管是哪一位，似乎都看見了已經離開身邊的家人。

不知道這些幻覺還會變得多嚴重、中招者的情緒會被激化到多麼失控，不能再繼續下去了。哪怕只是暫時的，也得讓他們立刻清醒過來……

「快走，這裡很危險，快去找姐夫！快點！」

「女爵，您不能出去！」

可惡！我迅速跨出另一隻腳擋在她前面。男女主角的距離太遠了，我的雙腿開始打顫。

**【給我清醒過來，你們兩個！】**

我直接下達神諭。散發著淡淡金光的聖所裡，瞬間冒出一道道耀眼光芒，朝兩人猛然傾瀉而下。

神諭只對待在環內的生命體有效，所以在對抗魔獸時我才沒用過。畢竟我的反射神經差成這樣，讓魔獸靠近半徑十五公尺以內簡直是找死。

——沙沙……

沒多久，神聖的光芒便放開那兩人。在漸漸散去的光束之間，我看見克莉絲朵眨了眨她那雙大眼。

看來行得通，我鬆了一口氣。

「咦？剛才、剛才姐姐……」

「您恢復神智了嗎？請快點摀住口鼻，皇子閣下呢？」

克莉絲朵手忙腳亂地從懷裡掏出手絹。她的眼角仍然紅紅的，可能意識到了剛剛是怎麼回事，她並沒有再多說什麼。

於是我轉而看向皇子……

「……」

立刻撞進一對燃燒著滔天怒火的橙色虹膜。那股沸騰的灼熱，足以焚盡視線所及的一切事物。

即使知道這股怒意並非針對我，但本能的恐懼仍然沿著背脊流淌全身。他的神智很明顯是清醒了，但我無法確定這副模樣還能不能視為理性狀態。

我體內的以太不安地翻湧……咦，這是我的以太沒錯吧？

「……魔獸之輩……」

「皇子閣下，請您冷靜。避免又看見幻覺，請先用布……」

「居然敢拿我父親……」

男人的聲音低沉得像是要鑿穿大地。漆黑髮絲微微飄動，整個畫面就像什麼不祥凶兆。

而後，他脫掉了左手的手套。

我說不上來為什麼，一股緊張感湧上心頭，只覺得指尖一陣發麻。

「您現在不能衝動，那傢伙還躲著，離開聖所會有危險，霧氣可能會讓您再度看見幻覺。既然女爵手上有可以引發爆炸的魔法道具，就用那個……」

「絕不饒恕。」

他左手五指收攏，像花苞般合起。這個動作……好像在哪裡看過。

——啪！

彈指聲響起！克莉絲朵一陣乾嘔、癱坐在地。

我和皇子的視線驀然交會。

——轟轟——！

四周頓時陷入一片火海。

從男人手中綻放的赤紅火花，挾著震怒之勢，一口氣吞噬了聖所範圍以外的所有地方。霧氣、溪谷、岩石和苔蘚，還有花草、森林及大地，世界在頃刻之間染上腥紅。

像個孩子那樣肆意妄為，又如暴君般冷酷無情。

我看著這副光景，只覺得腦袋也跟著發燙，恍惚地反應不過來。

「唧———！」

那頭一直藏身在附近的魔獸，發出極為悽厲的慘叫。

砰砰！接著傳來了某樣龐然大物倒下的動靜。

某人的以太劇烈地流動，這一切並沒有就此結束。

「嘎嘎———！」

「吼嗚！吼！」

「吱吱吱吱！」

我猛然抬起頭，從山頂、山腰到山腳……各處的不同魔獸正發出垂死哀鳴。有些咆哮從非常遠的地方傳來，有些呻吟聽起來驚人地靠近。

只見那遙遠的高聳山巔，此刻就像燃起烽火般映著赤紅。皇子的震怒，就這樣主宰了侯爵領的整座山脈。

乾燥的空氣灼燒著我的喉嚨，驚愕和詫異則灼燒著內心。他究竟為什麼要隱藏這樣的力量……

「嘰、嘰、嘰。」

糟糕。

「狄蜜，沒事吧？」

我抱緊往懷裡鑽的小熊貓，一面胡亂把手帕塞進口袋。急遽轉變的事態讓我的腦袋一片混亂，一時不知該做出怎樣的判斷，但看到瑟瑟發抖的狄蜜，心不由得沉了下去。

霧氣已經全被燒光，那應該就不是因為霧氣產生幻覺。難道牠是在害怕火……不對，等等。

腦中後知後覺地亮起紅色警示燈，我立刻轉過頭。

「皇子閣下，請住手，這樣大量使用以太非常危險……」

突然有個小小的身體向我倒來，我反射性伸手抱住，撲通一聲跌坐在地。

幾乎就在同個瞬間——

——轟轟……

緩緩吞噬整座山脈的漫天烈火，像一場夢境般驟然消散。那副景象就算親眼看見，依然讓人難以置信。

無數火星乘著春風，輕飄飄地飛散、崩解，融進令人目眩的陽光之中。就像剛剛發生的一切不過是一場微不足道的變天，只是被小火光一時晃花了眼。

沒多久，眼前便只剩下……

「真是的，不管看幾次都覺得很離譜。」

一片翠綠如昔的蒼鬱山林。我聽見克莉絲朵喃喃低語，她似乎還沒完全回過神來。

我感受著枕在腿上的體溫，視線迅速掃過四周。

那片審判魔獸的火焰以太，在萬頃山巒中只留下幾處焦黑的碎石與岩塊，便徹底消失無蹤。

眼前的景象讓人一時難以理解。多麼壓倒性的力量，而比力量更讓人震撼的，是那份精準的控制力。

我瞠目結舌，怎樣也闔不上嘴。

「嘰咿咿！」

狄蜜一溜煙地從我臂彎裡跑出去，黏在克莉絲朵的腿邊。我這才低下頭，默默看著渾身發燙的孩子。

「啊……」

感覺有一口氣堵在喉嚨，我像舌頭被釘住般，什麼話都說不出來。

雖然失去意識的小鬼沒有睜開眼睛，但我知道那雙眼睛是什麼顏色。還有這頭黑髮，以及固執起來時緊抿的唇形，我全都十分熟悉。

我謹慎地俯下身。少年的衣物像蓋毯一樣掛在身上，不合身的上衣飄飄蕩蕩，小小的額頭像往常一樣直冒冷汗。

「……賽迪。」

我低聲喊出皇子的名字。

「侯爵大人，森林大火消失了！」

「喔喔，主神在上……！」

「是主神在庇佑帝國啊！」

「奇蹟！這是奇蹟，我的天啊！」

填滿觀眾席的數千群眾齊聲驚嘆，淚水與歡呼此起彼落。無論是貴族還是平民，全都將手裡的東西往空中拋。

掌聲和口哨、讚頌與祈禱、擁抱及安慰，在席捲整片原野的喧鬧之中，法蘭索瓦·杜漢一臉茫然地望著地下城的方向。

方才發生的奇蹟，毫無疑問是出自皇子的力量。

除了皇子以外，帝國還沒有任何人能施展火屬性的以太。不，在這片土地上，皇子甚至是從古至今唯一一位伴隨著聖騎士資格降生之人。

這樣的皇子，如今第一次公然展現自己的力量，理應是一件可喜可賀、令人振奮的事，然而……

「呼。」侯爵握拳輕捶胸口，焦灼的心情讓該處悶得發緊。

此刻，那位尊貴的青年，恐怕又變成了小孩的樣貌。而處在這種脆弱狀態的皇子，能託付的對象，卻是以質子身分來到帝國的神國王族神官。

就算皇子和樞機主教再怎麼信任對方，甚至就連自己也決定要認可這位王子……

但在這樣的狀況之下，身為臣子，侯爵還是難以平息內心的不安。

「還是我乾脆再上去看一下……」

「大叔，別鬧了，這樣很煩人。」

一道清亮的嗓音在耳邊響起，侯爵猛然回身。只見戶外的臨時病床上，一隻手臂綁著固定板的伊莉莎白斜靠著床頭，正直直看著他。

「……手臂如何了？」

「不會痛。」

「卡拉瑪爾動爵也在這裡，妳能不能回答得有誠意一點？」

聞言，伊莉莎白這才稍微收斂態度，回頭看向床邊。從她下山之後就沒離開過半步的加奈艾，此刻仍帶著淚痕，一臉擔心地看著她。

讓他白擔心一場，伊莉莎白心裡有些不好受，這又不是多嚴重的傷。

「……治癒神官已經幫我把骨頭復位了，我平常身體也很健康，很快就會好起來啦。王子閣下給的止痛藥很有效，那是你準備的吧？」

「咦？啊、對，沒錯。」

加奈艾蜂蜜色的眼睛總算彎起，幸好他是愛哭又愛笑的個性。

準伯爵重新轉向侯爵，繼續不客氣地說下去。

「現在山上發生的那些事，全都是因為殿下相信王子閣下才會硬來。所以大叔就別擔心了，乖乖坐著欣賞吧。這裡不就是最好的特等席嗎？」

「什麼特等席？」

「當然是欣賞皇子拔出慧劍的特等席囉！您如果不想坐，那我就要請班傑明閣下過來了。」

「那……那可不行！」

侯爵立刻將屁股黏在椅子上。伊莉莎白輕輕地嘆了一口氣，再次懷疑這樣的人為何能占據侯爵之位。

「那邊的天空出現信號了，請您快去救援吧。」

太丟臉了。

這是我反覆思考後得出的結論，真是丟臉丟到家了。

「哇，原來以太枯竭的症狀，還有導致身體縮小這種情形呢。」

「就是說啊……」

「睡著的時候根本就是天使，天使！太可愛了吧。」

克莉絲躲戳了戳熟睡中的賽……皇……總之她戳了一下這個小不點的臉蛋。而我則是讓男孩平躺在聖所上，握著他一邊的手肘。

這傢伙到底用了多少以太啊，就算靠身體接觸，也沒辦法達到快充效果。

現在得盡快讓他恢復原本的尺寸，可惡，不管是要繼續比賽還是要下山，他都需要先變回去才行。

我在頭暈目眩的情況下，努力維持最大限度的理性思考。

「王子閣下原先就知道嗎？殿下會使用以太這件事。」

「……今天好像……是第一次見到。」

我沒有說謊，因為之前看到他使用以太的時候，都是小孩狀態。

真是瘋了，又不是在演《名偵探柯南》……

「這麼說，在皇室親信以外的人裡面，真的就只有我一個人知道了耶。難怪他要用以太的時候條件這麼多，原來是一不小心就會變成小孩啊。」

妳怎麼就不稍微暗示我一下。我在心裡默默咆哮，同時努力控制自己的表情。

原來克莉絲朵之前說知道的「皇子祕密」，指的就是他會用以太這件事。

我寧願自己知道的是這個，讓克莉絲朵知道我知道的那個祕密，這樣情況會好上幾百萬倍。想到這裡，我簡直委屈得想哭。

「也難怪他得隱瞞了。小時候長得和本人根本一模一樣，一看就知道是皇子殿下。考慮到他的身分，變小會是一大弱點吧。」

「……」
滿心的羞恥讓我耳根發燙。
不對啊，看見長得超像的人，第一個會想到的都是血親吧？這能怪我嗎？
「不知道情況的人……也可能會有其他的解釋吧？」
「嗯……個性或說話方式差得很多的話，或許吧。但感覺殿下不會演到那種程度。」
別再鞭了，都要見骨了啦……
「嘰、嘰咿。」
狄蜜在我們身邊轉來轉去，還對睡著的男孩嘰嘰喳喳說話。仔細一想，狄蜜應該也早就知道了。
「哈……」
等皇子醒來，我該怎麼面對他的臉？乾脆現在就咬舌自盡，搞不好就能直接回家了。
我懊惱得咬牙切齒，但還是小心翼翼地把掌心放在男孩的額頭上。好像沒有剛才那麼燙了，呼吸也平緩很多。
「您好像很習慣照顧小孩呢，王子閣下。」
克莉絲朵佩服的語氣很輕鬆，說者無心，我卻莫名感到心虛。
就像投入了零錢的自動販賣機，我反射性開始辯解。
絕對不是因為我幫這傢伙處理過幾次這種情況，才會這麼熟練的！
「因為我有妹妹。」
「啊，我有聽說過。您上頭有位姐姐，下面還有一位妹妹對吧？」
「沒錯。」
雖然我不認為葉瑟王子和兩位公主之間會有什麼和睦的手足情，但這是掩飾目前情況最好的藉口了。反正我確實有個年紀小很多的妹妹。
我瞄了一眼男孩的狀況，然後抱起爬上膝蓋的狄蜜。
「話說回來……您剛才看起來不太舒服，狄蜜也是。現在沒事了嗎？」我問道。

剛才皇子的火焰一爆燃，克莉絲朵就癱坐在地上乾嘔，狄蜜也掙脫我的懷抱逃去了她那邊。好在火勢消失後，他們看起來馬上好多了。

「是，我很好。剛剛是因為皇子殿下的以太帶來的威懾太強，我才會瞬間有點反胃，狄蜜大概也差不多。」

「以太威懾」……我惡補知識的時候有讀過，這好像是聖騎士之間特有的概念，但我身為神官，又不會被影響，所以只是粗略瀏覽過去。沒想到這種狀況也適用於神獸。

等回到皇宮之後，是不是要認真觀察一下？

看著我的克莉絲朵莞爾一笑，從地上站了起來，走出了聖所。我沒有阻止她，畢竟山裡的魔獸都被皇子清光了。

「威懾這麼猛烈，居然還能只殺掉魔獸，那種控制力真的很驚人。實在太強了，也讓我燃起一點好勝心了呢！」

好勝心的話……應該是好事吧？我對克莉絲朵鼓勵地點點頭。

畢竟男女主角要談戀愛，總得鋪墊一點情緒當第一塊踏腳石。

不是都說愛的相反詞是冷漠嗎？只要這兩人不是對彼此漠不關心，我現在對任何進展都是雙手雙腳歡迎。

「哎呀！好香，狄蜜以後乾脆去開一座果園好了。」

克莉絲朵讚嘆著，一面摘下那兩顆蘋果樹上僅剩的四顆蘋果。

完好如初的山林間一片寧靜祥和，不遠處還能聽到悠然的清脆鳥鳴。只要清掉幾顆燒得焦黑的小石頭，大概沒有人會相信這裡曾被大火吞噬。

克莉絲朵拿著蘋果回到聖所。

「我也有個問題，王子閣下好像沒有看見幻覺……？」

「對，我也對這點感到疑惑。」

我們腳下這個可以讓所有威脅無效化的以太環，竟然沒有空氣清淨功能，這件事已經讓我很震驚了。但比起那個，更讓人在意的是幻覺的效力範圍。

「最早對霧氣產生反應的人是皇子閣下，接著才是女爵。至於狄蜜，可能是因為我用手帕替牠摀住口鼻，所以沒有明顯的反應……不過牠是神獸，也可能是本來就不會中幻術。可是我明明也吸入了霧氣，卻沒有受到影響。所以，雖然是我個人的猜測……」

克莉絲朵把三顆蘋果遞了過來，我拿起一顆橙色蘋果，掰成兩半放到狄蜜面前。

小傢伙馬上伸出前肢抓住蘋果，津津有味地啃起來。光是聽牠咀嚼的窸窸窣窣聲，感覺就很美味。

「謝謝。總之，我在想，對瑪那的感知力越強，會不會就越容易產生幻覺。」

除此之外，我想不出其他能解釋我們三人對於霧氣反應出現落差的原因。

也就是說，因為我的瑪那感知力基本等於零，就算魔獸把幻覺丟到我眼皮底下，我可能也看不到。慶幸的同時又有些淡淡的哀傷。

「聽起來滿有道理的。殿下畢竟是魔法師……他看見的幻覺說不定比我還要真實，這樣也能理解他為什麼那麼生氣了。」

克莉絲朵點點頭，咬了一大口青灰色的蘋果。

「如果又有那傢伙的同類跑下來，那該怎麼辦？」

「我想應該不會吧。」

「萬一呢？搞不好牠有一群家人朋友，氣不過就來找我們報仇了。」

克莉絲朵抬手指向溪谷的盡頭。

兩棵蘋果樹中間，有一隻結合了蜈蚣和蠍子特徵的魔獸翻肚躺著，整隻燒得焦黑，死得非常徹底。就算從這邊望過去，牠的大小也相當醒目。

我皺了皺眉，收回視線看向克莉絲朵。

「我看，還是先用女爵的爆炸魔法道具暫時驅散霧氣比較好。」

「好，不過應該只能撐一下而已。勒戈綜合交易所販賣的魔法道具全都受過審核……只提供派對使用。」

「等等，這是派對用的？」

「發生大爆炸會有危險嘛，他們可不賣武器喔。」

這樣說起來……好像哪裡怪怪的。

「那盧卡村又是怎麼一回事？妳不是說買了虛張聲勢的假火魔法道具，可以假裝燒掉整個旅館？」

我的眼睛瞇成一條線，她露出一抹無辜的笑容，後退了半步。

我立刻低下頭，來回看著睡著的男孩和她，這才恍然大悟，像被人拍了後腦勺一掌。

我說啊……這些人！

「別告訴我，那時候是皇子使用了能力？那天吸收我以太的人也是……」

「閣下，請聽我解釋。」

難怪皇子要抓我的脖子，怪不得感覺和傳送以太給賽迪的時候差不多！

「殿下堅持一定得從您身上取得以太，他說除了您，誰都不行。但又不能讓您知道他擁有以太，偏偏又得幫助村民，他的條件太多了，這也是無可奈何！所以我只好夾在中間，說了善意的謊言。」

「您……」還真是能言善道！

「我錯了，真的很抱歉。」

「……唉。」

我忍不住嘆了口氣。事到如今，生氣又有什麼用，發脾氣又能幹嘛？

「所以兩位才會形影不離，就是為了制定這樣的作戰計畫？」

「我們也沒有一直一起行動，畢竟靠得太近彼此都很辛苦。」

她一臉嚴肅地聲明。這裡最累的人明明是我吧。

「往後……如果需要以太請直說，我無法容忍說謊的行為。」

「是。但您為什麼不對皇子殿下說，只對我……」

「他現在還在睡。」我一語打斷了她。

克莉絲朵眨了眨那雙青灰色的眼睛，乖乖點了點頭。

我瞬間覺得胸口一陣煩悶，抬頭仰望天空。

澄澈無瑕的藍天在今天看起來特別無情，《辭異女》原先就是育兒系浪漫奇幻小說嗎？我明明沒聽說有登場角色生小孩的橋段，為何現在卻有種多了兩個小孩要照顧的感覺？

「如果那頭幻覺魔獸又出現的話，我會用神諭讓兩位睡著，用背的也會把兩位背下山。」

我嘆了口氣，開始說明作戰計畫。

「下山後，不管兩位是要夢遊去挖慧劍，還是要說夢話棄權，都不關我的事。因為我不會戰鬥，只能這麼辦。請兩位好自為之吧。」

反正那件神器沒有應允我的願望，而我想幫助的賽迪，居然就是賽德瑞克皇子本人。真是夠了，對於這場大賽，我已經一點留戀都沒有了。

「會不會太重了？」

「我個子很高，力氣也不小。」

「加上狄蜜會有三個……」

克莉絲朵臉上寫滿了不放心。明明做了壞事，結果不只轉頭就忘了，現在居然還敢頂嘴，真是讓人哭笑不得。

就在這個時候……

「王子閣下，殿下他……」

我連忙轉頭去看那個小鬼。男孩的身體浮出了小小的金色光團，一顆顆飄蕩著升起——是我已經熟悉到不行的「充飽電」提示。

每次只要一到這種時候，這小鬼就會從我房間的陽臺離開。是啊，難怪要馬上走人，畢竟身體會開始長大，這種場面怎麼可以讓人看見。

可惡，就算有錯的是隱瞞實情的傢伙，最後丟臉到想死的人還是我。

當初如果不是講兒子，而是問他有沒有不對外公開的弟弟，這樣會比較好嗎？都一樣？

「……女爵。」我開了口。

「請說。」

「就像您和皇子之間有共同祕密一樣，我們之間也可以有個祕密嗎？」

「什麼？」

她睜大眼看著我，顯然沒有聽懂我在說什麼。

「皇子變成小孩這件事……希望您能當作沒看見。」

「咦？」

「我是質子，要是被人知道我目睹這麼重要的皇室機密，我的立場會變得很危險。一直以來女皇陛下都對我抱持放任態度，是因為我不會造成實質威脅。」

一旦下定決心，說詞便滔滔不絕地傾瀉而出。我輕輕咬住因緊張而顫抖的下唇。

其實是因為自己誤會私生子的事實在太丟臉，才想裝作不知道，但我絕對不會向克莉絲朵坦承真正的前因後果。

腦中又浮現伊莉莎白爵士那張笑到哭的臉，混蛋。

「您的意思是，不要讓皇子殿下知道今天發生的事？」

「對，嗯，反正……就告訴他，他因為以太枯竭暈倒了，然後我幫了點小忙，這樣帶過就好，如何？」

我不由得兩頰發燙，連我都知道這是在自欺欺人。

克莉絲朵歪了歪頭，「反正我很會說謊，所以是沒差……」

妳還很驕傲咧。

「可是王子閣下沒問題嗎？」

「是，我可以。」我很有自信地回答。

連穿越這種事我都適應得差不多了，說謊這點小事還是難不倒我的。總比被皇子那傢伙嘲笑，或是接收他鄙視的視線好多了。

反正回到皇宮之後，我們又會變回毫無交集的陌生人。

「那就好。恭喜，您現在也有分享祕密的朋友囉。」

克莉絲朵甩了甩粉色馬尾，朝我露出燦爛的笑容。

聽到朋友這個字眼，我立刻背脊發寒。我才不是為了和主角變熟才提議這個……

——轟隆！

就在這時，山頂那端爆出一聲巨響。克莉絲朵猛然從地上跳起身，我也急忙收拾東西，然而……

「呃啊啊啊！」

「快逃啊，快點！」

從遠處傳來參賽者慌亂的尖叫和警告，緊接著便是類似巨石滾落的一陣噪音。

「第三次進攻好像開始了。」

克莉絲朵握住了她的皮鞭，我匆匆低頭察看還躺在聖所上的男孩，伸手覆上他乾爽的額頭。看來體溫恢復正常了……

「瘋了，變大了啊。」

我像燙到一樣，從他的臉頰上猛然抽回手，在衣服上用力擦了擦。原本飄浮在空中的以太光團，已經在不知不覺中消失得乾乾淨淨。

該死，他什麼時候又長到超過一百九了？

「殿下怎麼了？」

「身體恢復了，但意識還沒有。女爵，您一個人可以嗎？」

「請交給我。」

那雙水色的虹膜晶光閃閃，手中的鞭子在午後陽光下閃著危險的光澤，仿佛隨時準備迎戰。

克莉絲朵壓低聲音喃喃道：「來了。」

「哇，太重了，我的腰要斷了！」

「嘰咿。」

小熊貓的前掌扒上我的肩膀，像是在幫我加油。

我搖搖晃晃地邁步前進，背上綁著兩位體型健壯的成年男女。如果低下頭，還能見到一片巨大的綠葉緊緊捲在我、克莉絲朵，以及那個混蛋皇子的腰上。

兩人都睡得很熟，只聽得到平穩的呼吸聲。

這種事，我到底有多久沒做過了啊，我忍不住失笑。現在我身上這個襁褓，是來自狄蜜的友情贊助。

「魔獸根本是萬惡根源、萬惡根源！非得搞到這個地步不可。」我咬牙切齒地碎念。

在執行作戰計畫前，我做了最後一次檢查，確認狄蜜的鼻子和嘴巴都用手帕遮好了。霧氣讓周圍的景色一片灰濛濛，幸好還能看清楚近處的東西。

沒錯，就是這傢伙的霧氣。這個混帳。

「唧——！」

「叫你來，還真的來啦？」

我挖苦眼前的魔獸，對方夾著巨大的螯足回應，身體猛然直立，看起來充滿威脅感。

雖然待在聖所內很安全，我還是反射性退後一步。看著來者的造型，我的胃不由得緊張地揪起。

這隻魔獸的整體外觀像隻蠍子，但越靠近尾巴處，看起來就越像蜈蚣。深棕色外殼閃著油光，硬度堪比混凝土。一眼望去，身長至少超過二十公尺。

怎麼看都像被皇子幹掉那頭的媽或爸，塊頭差距非常大。

「唧——！」

「好，你等等。」我一邊嘀咕一邊翻找皮革包。

要不是這傢伙真的現身，要不是牠噴出這些致幻霧氣，要不是牠引來了其他魔獸……事情就不會變成現在這樣了。

很快我便撈出了兩顆蘋果，這原本是要留給我和皇子的份，但看來現在只能變成牠的點心了。

「你也喜歡蘋果吧？和之前死掉的那傢伙一樣，所以你才會跑過來，對吧？」

我故意大聲酸了一句，把蘋果舉到半空中。

「唧！唧——！」

魔獸銹紅色的眼珠子不斷閃爍，骨碌碌轉個不停，喙部噙著類似口水的白色泡沫，一滴滴往下淌。

我緊緊閉上眼睛，又睜了開來。雖然還是怕，但是時候下山了。

「給你了，公車錢！」

我將蘋果高高拋起，隨即解除了聖所。

——砰！砰咚！咚！

「喂喂！慢點！走慢一點！」

唔！我差點咬到舌頭。速度也太誇張了，下山的坡度比我想得更陡。

咚咚！雖然有克莉絲朵和皇子綁在背上，可是我的身體還是在蠍背上起起伏伏地彈跳。我一隻手緊緊抱著狄蜜，另一手死命握住轡繩並壓低身體。

這也是狄蜜用藤蔓做給……要瘋了！前面那不是懸崖嗎？

「左轉、左轉！哇啊！」

「唧——！」

魔獸甩動長長的尾巴和毒針，竟然從懸崖邊飛竄而出。

這個連翅膀都沒有的傢伙在幹嘛！

我的腦袋有種被抽離的失重感，耳膜一陣發麻，心臟更是像掉到了腳底下去。

愛寶樂園[3]的雲霄飛車跟這個比起來根本是幼兒園程度。

---

3 愛寶樂園（에버랜드），位於韓國京畿道龍仁市的主題公園，是全世界最大的主題樂園之一。

「嘰咿——！」

「狄蜜，沒事的，要死也是哥哥和你一起死。」

這種話真的不該對小朋友講，可是眼前的情況實在太瘋狂，說出來的話也不正常了。

我偷偷瞥了一眼下方，黑壓壓的山谷像張開的巨口，深不見底。

我緊緊閉上雙眼，在內心默默吟誦求救的祈禱。山谷強風在耳際呼嘯，背上那兩位睡死的傢伙也在呼呼吹著我的後頸。

——砰！

「唧——！」

我們的公車平安越過懸崖，在山谷對面穩穩著陸。還來不及喘口氣，我已經掏出了第二顆、也是最後一顆蘋果。

好在到目前為止都還照著計畫進行。肯定是因為我背著男女主角，才能獲得主角運氣的加持。

「收下追加車資吧！」

我把那顆青灰色的蘋果朝正前方一扔，搞不清楚到底是蠍子還是蜈蚣的幻覺魔獸又再次踩下油門。

加速度讓我的上半身猛然往後傾，我忍不住吞了口唾沫。

這傢伙簡直瘋狂迷戀蘋果。稍早我不過是朝溪谷扔出一顆蘋果，牠就像受到召喚一樣立刻衝出來了……

「唧！唧——！」

「哇，外殼太滑了！超可怕！」

「嘰、嘰！」

從那之後，這傢伙就一路瘋狂追逐骨碌碌滾下山的蘋果，完全不管我和狄蜜是不是抓在牠身上。

魔獸再度往下飛竄，全速穿過高聳的樹木和茂密草地，在岩石間爬上爬下，螯足不停喀喀響。

看到牠跑出滿嘴泡沫，我竟然默默有點同情。難道是被世世代代吃不到蘋果就死掉的鬼附身了嗎？

「唧、唧！唧！唧——！」

就在這時，牠突然停了下來，反應和之前截然不同。我以為是蘋果卡在了某個石縫裡了，於是探頭查看。

結果出現在我眼前的，是個比蘋果卡住好太多的消息。

「我們快到了。」

霧濛濛的視野盡頭，隱約矗立著兩座圍著白帳的巨大看臺。那是設置在杜漢領主城堡前遼闊原野上，可容納數千人的觀眾席。

看來火星之慧劍終於刺激到這隻魔獸的神經了，從這一刻起，牠大概已經顧不了什麼蘋果不蘋果，只會直奔競技場而去了。

這樣正好，魔獸大討伐也能就此結束。

「喔喔喔喔……！」

「……萬歲！萬歲！」

遠方隱隱約約傳來陣陣歡呼，不知道是不是觀眾發現我們了。

我調整呼吸，費力地回過頭查看。透過粉色與漆黑交錯的髮絲縫隙，能見到魔獸尾巴上那根長得像筆尖的毒針在晃動。

「狄蜜，我們必須處理掉那個東西。」我悄聲說道。

「嘰。」

這是肯定要做的。在叫醒男女主角前、在這隻該死的大蠍子毀掉比賽前，得做好最低限度的準備。

「唔！」

「唧——！嘎嘎！嘎！唧！」

我的頭被猛然甩向一邊，這傢伙發出前所未有的暴躁嘶吼，朝前方狂奔。我死命抓住韁繩，盡力不讓自己失去平衡，另一隻手迅速在背包裡面翻找。

彷彿有誰在耳邊低語。

**【兩位，該醒來了。】**

——啪沙！

賽德瑞克．李斯特緩緩睜開沉重的眼皮，全身僵硬得發痛。

然而，眼前仍是一片朦朧。無法確定自己是不是還在作夢，抑或已經恢復意識，甚至連失去意識前人在哪裡、做了什麼都記不清了。

四周一片死寂，宛如沉入灰燼之中。他慢慢動了動指尖。

——劈啪、劈啪……

賽德瑞克渾身一震，整個人像觸電般猛然坐起。他垂眸望向自己的左手指尖，一絲絲火星不斷升起又熄滅。

他的手沒戴上手套。

那件日復一日勉強抑制自己不穩定以太流動的強大魔法道具，並不在他手上。沒有戴上手套的指尖，是隨時都能點燃燎原之火的火山口。

賽德瑞克眉頭深鎖，這樣的狀態太過危險。畢竟，他就是如此不祥的存在。

「……」

這時，他才注意到周圍的景象。

舉目所及，盡是一片混濁的灰白。

他回憶起自己在昏迷之前，也曾見到類似的情景。準確來說……

「父親，都是我的錯。」

「別為了我犧牲自己，我寧可……」

那幅畫面中，是一頭烏黑柔順的長髮，以及一雙深海般蔚藍的眼眸。

那是亞歷山大親王，身披與辭世當日相同的服裝，容顏未改。他映著溫柔笑意的眼眸，以及唇角的慈祥弧度，滿是對年幼兒子的深情。

「沒事的，賽迪。多虧了你的火焰才能這麼暖和，不是嗎？」

這句話，直到幾個月前為止，都還會固定出現在賽德瑞克的噩夢之中。

他本能地察覺到這是幻覺，不過是區區魔獸賣弄的微末把戲。即使如此，那道身影依然好似對準心頭的一記重擊，讓他無法壓抑灼灼燃燒的憤怒。

「……魔獸之輩……」

「居然敢拿我父親……」

「絕不饒恕。」

而後，便是滔天的赤紅火光。

天地遭烈焰吞噬，思緒也隨之沸騰，無法分辨方向與現實。

侯爵領的巍峨山脈化為一片火海。野獸的咆哮聲與某人似是安撫的語調混雜糾纏，亂哄哄地迴盪在耳畔。

受詛咒的力量暴走了，全因為自己無法壓抑一時的怒意。

於是，無數生命被焚盡。賠上一個父親，竟不足以讓他學會教訓。

而眼下，那片霧氣再度瀰漫。

「呼呼……」賽德瑞克的呼吸亂了。

那些折磨人的幻象，隨時都可能再度來襲，將他變成真正的怪物。直到他焚盡世上的一切，什麼都不剩下。

一如化為焦土的那座溪谷，灰燼如雪，覆蓋了無生氣的死寂大地。

他猛然握緊左手。

「皇子閣下，如果您休息夠了就麻煩幫個忙。」

一道清亮的聲音驟然出現，賽德瑞克抬眼望去。

「還是不太舒服嗎？明明已經給您很多以太了。」

在聲音主人凌亂的淺金髮絲間，一小道血跡自潔白的額頭流下。那雙迎上自己目光的紫色眼眸，就像紫水晶般璀璨閃耀。

明明受傷的是葉瑟王子本人，語氣中卻滿是對皇子的擔憂。

「……」

下一秒，灰霧的世界如謊言般破碎，耳際滯悶模糊的聲響豁然清晰。

「喔喔喔喔喔！」

「王子閣下，入口那邊就交給我來守住！」

「薩爾內茲！薩爾內茲！薩爾內茲！」

數千名觀眾被討伐賽的氣氛點燃，吶喊與歡呼陣陣迴盪。同時間，還有近在咫尺的厚重海浪拍打聲、克莉絲朵．德．薩爾內茲的高喊聲，彷彿身處人潮洶湧的海邊。

至少賽德瑞克可以肯定，這裡絕非被自己焚盡的山脈，感覺像是瞬間移動到了不同的地點。

「這裡是競技場，我們已經下山了。有我在，您可以放心使用能力。」

「……這霧氣……」

「是雲飄到地面了，就只是普通的霧而已。我割掉了蠍子魔獸的毒針，牠現在無法再噴霧……哇啊！」

——砰！

一隻突破霧氣現身的魔獸，奮力攻向王子的環。雖然沒有造成實質傷害，但王子看起來依然受到了不小驚嚇。

見狀，賽德瑞克慢慢撐起身體站了起來。他渾身骨節隱隱作痛，像是剛從山坡上滾下來。

——劈啪、劈啪劈啪……

可能是因為聽見燃燒聲，王子垂下視線，定定看著他的左手。那一刻，賽德瑞克心頭一緊——王子應該全都知道了。

畢竟，他親眼見到了施加在自己身上那殘酷詛咒的真實面貌。

「怕嗎？」

「不，只是……」王子露出了有點為難的神情，「我下來的時候沒拿到您的手套，本來是想撿回來的，結果忘記了。」

「……」

「既然你自己有火，冬天肯定很暖和，這樣也不錯嘛！你的手就不會冷了。」

王子朝他一笑，重新把懷中的神獸抱好。

——砰！

那頭魔獸再一次衝撞聖所，外型看起來是狼與獅的混和體，但魔力不怎麼樣，大概是受到慧劍的以太刺激而從哪裡竄下來的雜碎。

「狄蜜，交給你來嗎？要對牠喊『你這混蛋』，再教訓一頓嗎？」

「嘰！」神獸興奮地揚起雙掌。

皇子一言不發地望著一株綠色藤蔓猛然竄出原野的泥土，被藤莖勒住頸項的魔獸發出痛苦的抽氣。看著這樣的畫面，他卻胸口一輕，久違地感覺到自己能夠暢快呼吸。

「您如果繼續發呆，冠軍就要被女爵搶走了喔。」

王子提醒了一句，賽德瑞克這才眨了眨眼。

「喔喔喔喔！」

觀眾席上爆出驚嘆，遠處響起一陣巨浪拍岸的動靜。

「看，火星之慧劍就在那裡。」

王子抬手指向皇子身後，但他沒有回頭去看。畢竟慧劍的存在感如此強烈，就算遮蔽五種感官也能察覺。

即使如此，也遠不及擺在他面前的這碗以太純粹。

「看來你真的不怕。」

「上山前不就說過了？我可是個厲害的神官，才不會逃。」

皇子唇間洩出微小的氣音，聽起來幾近笑聲。下一秒，他忽地伸出左手，扣住王子的腦袋。染血的額頭上，混入了溫暖的火花。突然具現的力量，讓王子有些慌張地出聲。

「等等，這是……」

「別忘了。」

皇子毫不留情地抽取王子體內的以太，那對紫色虹膜映出他的身影，眼神彿見到了瘋子。

「剛才已經灌那麼多以太給你了，你現在還要抽?!」

「說不會逃的是你。」

——我不會放手。橙色眼眸灼灼閃爍。

這是他的最後機會，也是唯一的機會。

「唔……完全就是個瘋子。」

頭好暈。雖然還不到暈倒的程度，但以太肯定已經流失到差不多快暈倒了。加上剛才從蠍子魔獸背上跳開時，右腳踝好像也有點扭到，現在站著更是吃力。

我緩慢地彎下身，在原地坐了下來。哎唷，渾身痠痛。

「嘰、嘰、嘰。」

「哥哥沒事，皇子那傢伙的腦袋不太好才是問題。」

皇子離開前的眼神分明不太正常。

狄蜜邊叫邊爬上我的胸口。那副擔心的模樣，讓我忍不住笑出聲來。

這點小傷讓治癒神官幫忙一下，馬上就能痊癒了。可惜治癒力不能用在自己身上。

「唧——！」

「這次真的是最後一擊啦！」

克莉絲朵朝氣蓬勃的聲音響徹整座競技場。我將雙腿伸直，只轉動上半身朝她的方向看過去。

在霧濛濛的競技場中央，可以看見一道嬌小的人影高高躍起，飛身向前。
藍色的外套在風中飄揚，而她右側的空氣中，懸浮著一把超級無敵長的水之長矛。
克莉絲朵瞄準的目標，正是已被聖水溶掉兩隻螯足的蠍子魔獸。
「喝！」
「唧——！」
克莉絲朵在空中大力揮動鞭子，水矛也同步飛射而出。
數千名觀眾屏住呼吸，緊張地握拳注視著那一瞬。
——嗡！
空氣猛然震盪。
——颼颼——！
「呃！」
隨之而來的是劇烈的衝擊波，席捲了整座競技場，我連坐都沒坐穩，直接被撞倒在地上。
嘴裡嘗到了沙子的味道，我下意識將狄蜜摟進懷裡，身體蜷縮成圓形屏障。
「咳咳咳咳！咳咳、咳咳！」
突然灌進喉嚨的塵土讓我咳嗽不止，因為不知道發生了什麼事，腦袋還沒轉過來。
是魔獸嗎？但除了那頭蠍子魔獸以外，其他魔獸大多都很弱。
第一、二次進攻時冒出的魔獸早就被皇子燒光了，成功下山跑到競技場的也只是零星幾隻……
「討伐到此為止。」
熟悉的中低音劃破了人群的喧囂，我搖搖晃晃地從地上爬起來，尋找聲音的主人。
不知不覺間，場上的視野清晰了許多。剛才那波衝擊似乎驅散了所有霧氣。
「皇子殿下！是皇子殿下……！」
鴉雀無聲中，有觀眾突然高聲喊了出來。那是個女人的聲音，激動得幾乎要破音。
緊接著，驚愕、讚嘆、恐懼與崇拜的聲浪，立刻如野火般蔓延至觀眾席的每一個角落。

那名男子，就站在原先插著慧劍的位置，傲然俯瞰整片原野。

我愣愣地看著皇子。

準確來說，是看著他左手上握著的漆黑鋒利神器。

「呵……」

居然有這種還沒奪冠就先吃下獎品的傢伙……

「殿下，那樣是犯規！」

克莉絲朵啼笑皆非地喊著，此刻的她也滾倒在地上。

皇子充耳不聞，將手中的劍舉至胸前，然後……

——轟！

從劍顎到劍尖，瞬間燃起熊熊火焰。

那火焰的顏色，正與他的瞳色如出一轍。

# CHAPTER 19

# 菲德莉奇・李斯特

那把劍是神器，應該具備某些特殊能力。雖然心裡有數，但我沒想到還能根據主人的意志在劍身纏繞熊熊火焰。

其實火勢不算猛烈，反倒更像美麗搖曳的燭火，我猜那大概是皇子刻意壓抑了力量。

賽德瑞克皇子沒有半點猶豫，高舉左手中的慧劍。

「難道他要這樣直接……」

我已經差不多能預測到他接下來的行動了。

不知不覺間，數千位貴族和平民屏息凝神，專心一意地注視著皇子一人。

「唧——！」

「吼！吼吼！」

還沒斷氣的蠍子魔獸選在這一刻再次狂暴起來。周圍殘存的幾頭魔獸也勉強振作，搖頭晃腦地爬起身。

我現在才看清楚，其實成功抵達競技場的參賽者意外不少。克莉絲朵也興味盎然地看著前方，眼神晶光閃閃。

「唧唧！唧！唧！唧——！」

「吵死了。」

皇子冷冷說完，舉劍橫空一揮。

——嗡！

空氣再度震動。

即使知道他的火力不會波及到我，我還是本能地把頭壓低，將狄蜜藏進懷中。熾熱的劍氣幾乎擦著我的頭髮掠過。

——唰！

——轟轟——！

這也是一種浪濤。

不是聖水，而是由聖火構成的滔天巨浪，瞬間吞噬整座競技場。但火與水在本質上是截然不同的存在，當烈焰急速燃盡周圍空氣時……

——颼颼——！

餘波的衝擊緊隨而至，魔獸哀鴻遍野的競技場上刮起颱風般的風暴，觀眾紛紛抱頭壓低身體。風勢將帽子和手絹等物品捲至高空，我也閉緊雙眼，準備迎接四腳朝天的衝擊。

「沒事的，王子閣下。」

就在這時，耳邊響起了親切的聲音。

我睜開雙眼，只見眼前豎立著一面巨大的盾牌。準確來說，是一道清澈透明的水之壁。透過嘩嘩流動的水面，能看見另一端的皇子身影。

我身上並沒有受到任何衝擊。

「……薩爾內茲女爵。」

「殿下看起來很開心呢，我能理解，因為我第一次發動能力的時候也是同樣的心情。」

這速度真是讓人不敢置信，她剛剛瞬間趕來，在我面前展開了防護罩。

克莉絲朵撥開幾縷滑落的粉色髮絲，朝我露出笑容。我正想道謝，這時……

「唧——！唧……」

「吼、吼、吼嗚……」

魔獸們最後的哀鳴響徹整座競技場，我立刻轉頭看去。

——砰！

——咚！

——轟隆……

大大小小的怪物遭到赤紅烈火吞噬，一頭接一頭倒在原野上。除了牠們以外，其他一切全都毫髮無傷。

被皇子壓倒性力量震懾住的其他參賽者，紛紛將武器扔在地上，看向這邊的臉上混合了又是敬畏又是讚嘆的複雜表情。

沒有人敢先開口，也不敢輕舉妄動，寂靜壓制著眾人，不知道到底過了幾秒還是幾分鐘。

克莉絲朵慢慢收回了她的水牆。正如皇子所說，討伐賽到此為止了。

「……聖曆一六一三年魔獸大討伐的冠軍是——賽德瑞克皇子殿下！」

最後，只聽法蘭索瓦．杜漢侯爵的聲音響起，雖然顫抖，卻在整座競技場迴盪。在一拍的空白之後……

「喔喔喔喔喔！」

「皇子殿下萬歲！」

「李斯特萬歲！萬歲！萬歲！」

「冠軍！冠軍！冠軍！冠軍！」

數千觀眾的狂熱歡呼幾乎震碎耳膜，掌聲如爆竹般接連炸開。

明明與我無關，我卻莫名有些熱血沸騰，大概是因為所有人的情緒都如烈焰般燃燒起來了吧。

就在這時，春日的晴空之中忽然落下花雨。而不知何時走到我面前的皇子，正垂眸俯視著我。

就在我們四目相接的瞬間，一束從遠處觀眾席扔出的花束正巧落到我腳邊。

「嘰！」

狄蜜豎起尾巴，像在示意我般叫了一聲。我轉頭望向花束飛來的方向。

「是伊莉莎白爵士！」克莉絲朵開朗地喊道。

準伯爵身旁還有加奈艾和班傑明作伴，三人一邊笑著，一邊用力揮手。就站在他們身後的杜漢侯爵，正在用手絹擦拭眼淚。

「哈哈哈哈。」

我終於忍不住笑了出來，狄蜜溫暖的體溫傳來，貼在我的肩上與臉側。

全身就像被胖揍一頓那樣痠痛發麻，衣服也變成了慘不忍睹的破布，不過，這樣的第一次外出，我覺得其實也還不錯。

一片淡粉色花瓣，悄悄落在皇子的靴尖上。

我根本想不起來自己是怎麼回到皇宮的。

「啊呃……」

我勉強將疲憊不堪的身體轉個方向，繼續癱在床上。

在治癒神官的幫助下，額頭的撕裂傷和扭傷的右腳很快就復原了。可問題是，我們在討伐賽結束隔天就立刻動身離開領主城堡，一身疲憊根本還沒消退，又累積了旅途的勞頓。

過去兩週所承受的身心壓力，大概還需要很長的時間才能恢復。雖然得趕快打起精神，研究如何回家，不過現在的我，連思考這件事的餘力都沒有。

「嘰咿。」

「狄蜜，再多躺一下嘛，現在還不到十點呢。」

我把原本壓在手臂上的神獸輕輕移到肚子上。

久違地在熟悉的床上翻來滾去，緊繃的四肢終於放鬆下來，軟綿綿地癱著不想動。接下來有一週的正式休假，我只想吃喝玩樂睡個飽。

——叩叩。

「……請進。」

可惜，我身邊的人實在太勤快了。

我看著輕手輕腳走進來的兩道身影，不禁噗嗤笑了出來。好吧，十一個小時確實是睡了很久。

沒多久，床上的遮簾被拉開來收攏，加奈艾那雙蜂蜜色的眼睛憂心忡忡地看著我。

「早安，葉瑟王子閣下。您身體有哪裡不適嗎？需要幫忙找宮廷醫師來看看嗎？」

「不用了，我還好，只是有點累。你也早安，加奈艾。」

「我本來不想打擾您休息，但您已經睡超過十二個小時了……因為實在很擔心，我才會進來。」

少年越講越小聲。

我嚇了一跳，再看了一眼時鐘才發現，現在竟然不是十點，而是早就超過了十一點。昨天最後的記憶停在回來梳洗完後倒在床上，真的是昏死得很徹底。

「也是，再睡下去腰會痛，該起來了。」

我一口氣坐起身來，加奈艾的臉上露出放心的微笑。正在拉開窗簾的班傑明也露出慈祥的表情，溫聲向我打招呼。

「希望您有獲得一夜安眠，王子閣下。」

「早安，班傑明。」

陽臺的門很快被打開，微風徐徐吹入，室內頓時充滿了春日的明媚陽光。

而後，就是我回歸日常之後最期盼的事——熱鬧的朱利耶宮早午餐時間正式展開。

「真好吃，我還活著真是太好了。」

「哎，王子閣下！您怎麼能說這種話。」

坐在我對面的加奈艾嚇得瞪大雙眼。我燦爛一笑，大口吃下加了魚子醬的歐姆蛋。

這種對於空腹來說多少有點油膩的蛋料理，搭配稍鹹的海鮮味和發酵過的酸奶油，演繹出清爽可口的絕妙滋味。入口即化的柔軟蛋皮，加上一顆顆魚卵在嘴裡爆裂開來的口感，簡直滿分。

杜漢侯爵家或羅米洛宮的主廚們當然都很了不起，但說到料理的靈魂，朱利耶宮的勞倫斯主廚還是無人能匹敵，完全符合我的喜好。

「我真心感謝您平安無事。當您背著皇子殿下和薩爾內茲女爵下山時，我們都嚇壞了。」

班傑明一邊說著，一邊在我的盤子裡放了一片烤吐司，吐司上頭鋪了滿滿的普羅旺斯雜燴[4]。我點頭致謝，有些不好意思地開口。

「那是……為了盡快下山，也沒有其他辦法了。而且一定得讓那兩位睡著才行。」

「但您是騎著魔獸下山啊，王子閣下！」

加奈艾提高了音量，臉上還帶著那一日的興奮與驚魂未定。

4　普羅旺斯雜燴（Ratatouille），法國南部普羅旺斯和尼斯的特色菜餚，是一道燉煮各種蔬菜的雜燴。

「您當時的身姿實在是非常帥氣，可是也非常可怕，我們擔心要是有個萬一……對了！皇宮裡所有人都想見您呢，連那些負責守衛神殿的騎士也是一大早就前來問候了。」

少年揮舞著叉子，把火腿可麗餅戳得亂七八糟。我不禁瞪大了眼睛。

「我？為什麼？」

「就是……在我們返回皇宮的路上，消息便已經傳遍整座帝都了。他們說王子閣下駕馭要塞大小的龍從雲端降臨，用愛的力量喚醒皇子殿下和女爵……」

「那才不是龍，而且我也沒有使用那種力量！」

「細節不重要啦。總之接下來，甦醒的女爵召來神聖之水唰唰清光魔獸，而殿下帥氣地拔出火星之慧劍……然後，杜漢領主城堡前面就出現了宏偉的瀑布和溫泉！據說那是主神的喜悅降臨世間的證明呢！」

加奈艾眉飛色舞地說明，激動地揮舞著手中的湯匙。見狀，班傑明只好微微抬手制止他。

我一臉困惑地來回看著這兩人。從我們下山到返回皇都這短短幾天，這次大賽到底都被誤傳成什麼樣子了，我完全想像不出來。

「班傑明，這到底是怎麼回事？」

「我也是今天清晨才大致掌握了現況。」

他拿起餐巾，從容不迫地擦了擦嘴角。我端起香氣濃郁的槲寄生茶喝一口，做好心理準備。

「如此看來，皇子殿下奪冠並獲得神器的事已傳遍帝國全境。甚至有人說，這是自殿下出生以來最大的喜訊。也有傳聞說，皇子會在今年八月誕辰時登上皇儲之位。」

「神器變成私人用物，帝國人民都沒有什麼反對聲浪嗎？」

我這麼問班傑明。因為他是皇子，所以就沒關係？

「除了殿下本身就有極高人氣外，最重要的是，慧劍至今從未有人成功拔出。如今世人都深信，殿下就是傳說中的『天選之人』。不僅如此，殿下本身又展現了聖騎士的能力……應該也有很多人因此認為，皇子有資格使用神器。」

這樣想確實能理解。我點點頭，然後咬了一大口吐司。隨著喀沙一聲，熱呼呼的番茄香與茄子的濃厚滋味在舌尖綻開。

「而且，連最有權勢的薩爾內茲公爵家也出現了聖騎士，這是帝國千年以來從未有過的奇蹟。在一天之內就出現兩位之多的聖騎士，會被傳成英雄傳說也不足為奇。」

聽完班傑明沉穩的解說，我一邊細細品嘗燉菜的風味，一邊默默思考。

就算是這樣，傳聞也誇張得太過頭了吧……這道菜就算冷掉應該也很好吃……

「我完全沒想到殿下會有那樣的神力，三位看起來簡直就像神話裡走出的人物呢。在回程路上，大家都搶著想找王子閣下說話，您沒注意到嗎？」

加奈艾把蒙地安巧克力[5]放進我的點心盤，嘴上嘰嘰喳喳說個不停。有這回事？

「謝謝。我一路上都在打瞌睡，記憶有點模糊。」

我老實回答。雖然回程路上也留宿了幾家旅館，但在我的記憶中都只剩下睡了一覺的印象。只記得下馬車時讓克莉絲朵扶了一下結果被笑了、錯把伊莉莎白爵士的藥當成茶一口喝掉，還有半夢半醒間誤闖皇子寢房又默默倒退離開，能想起來的就只有這些糗事而已。

「……我應該是精神失常了。」

「『不瘋狂不成事』嘛，這可是名言喔，王子閣下。」

加奈艾用驕傲得不得了的眼神望著我。這是在罵人嗎？

這時，沉重的敲門聲響起。

「請進。」

我出聲回應，感覺好久沒有見到朱利耶宮的其他侍從了。

「王子閣下，侍從長求見。」

侍從長？我見到熟悉面孔的開心瞬間冷卻。

說到侍從長，那可是直接侍奉菲德莉奇女皇的最高階侍從，同時也管理著所有宮廷侍從，是皇

5 蒙地安巧克力（Mendiant），一種法式傳統甜點，又稱四果巧克力。

宮中舉足輕重的存在。

更重要的是，自從我穿進《辭異女》之後，從來沒有見過這號人物。

我瞥了一眼班傑明和加奈艾的神情，然後點了點頭。

隨後，一名中年女性的身影出現在年幼的侍從身後。她有著一頭整齊盤起的麥田色頭髮，整體給人嚴肅謹慎又冷靜睿智的印象，行禮的姿態更是端莊得無懈可擊。

「參見葉瑟．威涅諦安王子閣下，願主神的祝福與您同在。我是服侍女皇陛下的侍從長——曼迪公爵家的蘿拉．曼迪。」

「幸會，蘿拉。」我淡淡地回答。

侍從長會親自來到別名「冷宮」的朱利耶宮，那理由只會有一個——她是奉女皇的旨意而來。

我立刻開始在腦中搜索，最近自己有沒有惹出什麼麻煩。難道是我直接叫皇子瘋子這件事被發現了？可是那傢伙會被這麼說明明就是活該。

「偉大的女皇陛下正式邀請您，出席賽德瑞克皇子殿下的魔獸大討伐優勝慶功宴。」

「什麼？」

「陛下非常關注王子閣下在這次大賽中的表現，對於您挺身協助皇子殿下的勇氣和善意，陛下深受感動，希望藉由皇室與各方貴族重臣齊聚一堂的宴會，親自嘉獎王子閣下。」

……親自？

「……請問優勝慶功宴是在何時舉行？」

「後天晚上七點正式開場，我會在六點恭候王子閣下大駕。」

在後天……不是今天，也不是明天，而且女皇還是派侍從長來正式邀請，根本找不到任何推辭的理由。

生病這種藉口也是要看對象，如果隨便用在手握我生殺大權和飯碗的女皇身上，只會留下不好的印象

這就好比不去參加一個月一次的公司小組聚餐，和不去參加老闆出席的年度大會，完全是不同

層級的問題。

我悄悄深呼吸，冷靜地調整好情緒。

去就去吧，只要低調地吃完飯再閃人就行了。說是要嘉獎我，但那場宴會的主角當然還是皇子。只要咬牙撐過幾個尷尬時刻，應該很快就能回來朱利耶宮了。

「我明白了。」我答覆道。

侍從長蘿拉．曼迪一臉溫和，像是聽到了滿意的答覆。

我差一點就要禮貌地送客，幸好沒有忘記要問最重要的事。

「請問那些人這次也會來嗎？」

「那些人是指……？」

「那些每次來為我著裝打扮的人。如果他們上午要過來的話，我也得事先做好準備。」

班傑明和加奈艾立刻露出「問得好」的表情，在旁邊點頭。

畢竟如果女皇又打算一大早派皇室裁縫和梳化團過來，我可要先想好對策。要是他們又想幫我洗澡或編頭髮，絕對是敬謝不敏。

「並沒有這樣的計畫。這是一場僅邀請陛下親近之人的小型晚宴，還請王子閣下以輕鬆的心情，穿著舒適的服裝前來就好。」

蘿拉帶著淺笑這麼回答。我則有些勉強地點點頭。

出乎意料的女皇邀請，讓我的睡意和疲憊感一掃而空，腦袋轉個不停。

這樣我該穿什麼去才好？

「唉，到底該穿什麼衣服啊？」

可悲的是，這個問題直到慶功宴當天我都還在煩惱。

不只是班傑明和加奈艾，連平時幫我打理生活的其他侍從也都聚集在會客室內，展開了一場嚴肅的服裝會議。

長長的沙發上鋪著幾套進入最後決選的服飾，連同搭配的鞋子整整齊齊排成一列。

離出發只剩下兩個小時，我恨不得隨便套上一件就走，但這不是皇子，而是由女皇親自主持的宴會，再怎麼樣我也不能太馬虎。

這根本和工作面試時要求穿的「商務休閒」服裝沒兩樣，聽起來很簡單，但到了管理階層面試關卡，連休閒的定義都會再上網查三遍。

萬萬沒想到，穿越了到浪漫奇幻世界，竟然讓我重新體會畢業那年拼命找工作的焦慮。

「王子閣下，您還是穿紫色這套去如何？彰顯『我就是威涅諦安的王子、我就是神國之月』這種感覺。」

平常負責為我泡茶的侍從，一臉自信地指著那套紫色禮服。話才一出口，其他侍從立刻嚇得齊聲阻止。

「皮埃爾，王子閣下不喜歡太顯眼啦。」

「沒錯，王子閣下本身已經很美了……再說，這套衣服可能會讓人覺得有政治意味。」

聽到「政治」兩字，班傑明也面露擔心地直搖頭。

這時，一位面熟的侍從拿起旁邊的金色禮服，他是平常幫我換床單和窗簾的那位。

「金色如何呢？這套的色調比較內斂，應該不會太搶眼。」

說完，他小心地把衣服比在我身上。我乖乖站好，任他們打量……感覺還不錯？

「哎呀，這套行不通。」

「不行，真的不行。」

反對聲此起彼落。我不明所以，尷尬地看向加奈艾，而少年一臉為難。

「這太適合王子閣下的髮色和瞳色了……看起來簡直就是今晚的主角。」

哇，這可不行，我迅速退開。

一位等在旁邊的侍從舉起一套黑色禮服，上頭點綴了些許金色和紅色。

「果然黑色才是經典不敗，對吧？去哪都能撐起場面，王子閣下。這是完美的基礎款。」

「說得對，王子閣下。貴族之中應該也會有人穿黑色前來，很容易混在其中。」

站在一旁的侍從隨即補充。大家的臉上都寫著「這套沒問題」，但我有些遲疑地開口。

「可是，一眼就會讓人覺得是皇子的喜好。」

「啊……」侍從們這才恍然大悟，齊聲嘆息。

參加有皇子出席的宴會還穿黑色，就像參加婚禮時穿白色一樣白目，至少在我看來是這樣。幾位侍從用手揉了揉臉。

「舒適的服裝」怎麼會這麼困難、這麼讓人茫然？

目前我「接觸」菲德莉奇女皇的經驗，就只有上個月春季舞會時，在史卓達宮陽臺上遠遠看過一眼。

從我進入皇宮至今，她從來沒有私下召見過我，就連一句簡單的問候都沒有過。前天也是侍從長第一次踏足朱利耶宮，這就是我們全部的交集。

雖然多少聽說過一些傳聞，但關於女皇是怎樣的人、喜歡什麼又討厭什麼等等，我完全無從得知。

這兩天我絞盡腦汁回憶，但鄭恩瑞對女皇的評語就只有「姐姐，擁有我吧」和「酷！帥呆了！」，毫無參考價值。

……所以說，這確實很困難，又讓人茫然。

為了活命，我不能得罪女皇，但也不能太出風頭，還不如就交給裁縫長和梳化長來決定。

「再把白色和紅色那套拿過來看看吧。」

「可是，王子閣下要是穿白色，就太像聖人了！」

「金髮配上紅色禮服，感覺就像命中註定要推翻王儲，自己登上王位的第三王子。」

到底是哪來這麼具體的設定？

——叩叩。

這時，某人敲響了會客室的門，應該是那位去拿藍色禮服的侍從回來了。

「請進。」

「王子，你好啊。」

身後傳來一道非常熟悉的女聲，甚至讓人感到親切。我嚇得轉過身。

「這麼漂亮的臉蛋瘦得只剩一半啊。」

「殿下。」

是歐蕾利．波帝埃樞機主教。她一現身，所有侍從立刻閉上嘴，齊齊後退一步，向她深深鞠躬。

距離上次見到樞機主教已經時隔半個月，突然聽到她溫柔的聲音，不知道為什麼，心裡有個角落沒來由地微微酸澀。

身後跟著好幾位侍從的樞機主教走過來，輕輕地捧住我的臉龐，然後一面用嘴唇發出「啵、啵」聲，一面將自己的雙頰輪流貼上我的臉部兩側。

雖然這種只在電影裡看過的法式親吻問候讓我有點手忙腳亂，但還是很高興能見到她。

「你看起來受了很多苦，身體如何了？」

「都沒事了，殿下最近還好嗎？」

「你們都不在，讓我心裡空落落的呢。」那雙米色眼睛溫柔地彎起，「直到昨天為止都在忙著準備對外公告和晚宴，沒辦法過來看你，不過……」

她掃視了我和朱利耶宮的一眾侍從，以及堆滿會客室沙發的各式衣服。

「看來我現在來得正是時候呢。」

我只能回以微笑。六點之前要到女皇宮，現在都超過四點了還沒挑好衣服，看起來確實需要外援。

「今天我是王子的社交女伴，當然要助你一臂之力。」

樞機主教這麼說著，抬手朝自己的侍從輕輕示意。

社交女……咦？

「真的穿這樣就可以了嗎？」

「菲德莉奇不會說客套話，既然要你穿『舒適的服裝』，那就穿輕鬆點去就可以了。」

樞機主教站在朱利耶宮前，親暱地對我微微一笑。

我身上正穿著她幫忙挑選的淺米色便服，沒有穿繁複的禮服，倒是搭配了比平時華麗許多的袖釦，並穿上嶄新的長靴。還戴了一條也是樞機主教親自挑選的項鍊，細細的銀鍊上掛著一顆琥珀色的鑽石。整體打扮說不上奢華，但是以幾件配飾提升了精緻度。

這就是所謂精心打造的隨興感嗎？是這麼講嗎？

「狄蜜，你就在這裡和朋友玩，哥哥吃完晚餐會早點回來。」

「嘰咿。」

像是在回話一樣，神獸叫了一聲，從我懷裡跳了下去。正在庭園裡奔跑玩耍的其他小熊貓也靠了過來，團團圍住狄蜜。

我朝滾成一團的三隻小熊貓揮手道別，然後上了樞機主教的馬車。班傑明、加奈艾和其他侍從則搭乘後面的馬車。沒等多久，車輪便慢慢轉動起來。

「那幾隻神獸我們一起帶回來了……不過，是不是該送他們去更適合的地方比較好？」

我望著窗外逐漸遠去的狄蜜與小伙伴，開口詢問樞機主教。

原本送到杜漢侯爵領的兩隻小熊貓，在牠們守護的火星之慧劍找到主人後，便無處可去了。我實在沒辦法放牠們在原野上自生自滅，最後還是一起帶回了皇都。

這場討伐賽讓我親身體會到，神獸和魔獸是完全不同的存在。

無論神器是哪種型態，魔獸都能感應到以太，並展現強烈的攻擊性。神獸卻不同，只要神器選擇了主人，或是隱匿蹤跡，牠們就會失去使命，四處遊蕩。

所以小熊貓才會感應不到被克莉絲朵吸收的滄海之祝福，而當皇子拔出了慧劍，牠們也同時失去了對神器的關注。

雖然神獸被稱為「主神使者」，但感覺比起動物，牠們更像是某種精靈。

「帝國的北部和東部地區也有神器存在，若有機會，送牠們過去也不錯。」樞機主教這麼安撫我，「伊莉莎白每年六月份都會去北方領地避暑，正好可以讓牠們同行。」

說到避暑，之前在盧卡村夜市時好像也聽伊莉莎白爵士說過。

我一邊想著這些，一邊扶著樞機主教下馬車，決定在小熊貓啟程之前好好照顧牠們。

我讓樞機主教挽著我的手臂，護送她走上女皇宮的階梯，同時向她提起困擾我一段時間的疑惑。

「我還是不太懂，聖所能夠將所有的威脅無效化，為什麼偏偏無法阻止會讓人產生幻覺的霧氣呢？」

「或許是因為主神的善變吧。」

「殿下。」

我不滿地嘟囔，樞機主教卻呵呵笑了，領著我走向一樓宴會廳。

今日的女皇宮比平常更加華麗，侍從全都盛裝打扮，見到我們便遠遠行禮。大理石地板上鋪著延伸至戶外的長長紅毯，擦得晶亮的枝形吊燈看起來格外五彩絢爛。

「大概是因為，那霧氣沒有殺死你們的意圖吧。」

「那是什麼意……」

「如果那霧氣有毒，聖所肯定會擋下。因為毒的意圖是『殺生』，可幻覺只是誘發意識混亂，甚至反而能帶給某些人快樂。在這種情況下，聖所自然沒有理由阻止。聖所的判斷方式就是這麼主觀呢。」

「……」

「就好比，聖所也不會阻止天上落下的冰雹。因為冰雹沒有殺害神官的意圖，不過是一種惡劣的氣候而已。」

我慢慢走在被晚霞暈染的走廊上。雖然很難理解，但同時又好像可以理解。

就像第一次見到「賽迪」那天，我雖然施展了聖所，但小鬼的短劍還是從我腦袋邊掠過……因為那傢伙盯上的並不是我，而是掛在我身後的拉繩。

還有上週，皇子使用慧劍時的衝擊波之所以可以把我掀倒在地，也是因為那不是針對我的「攻擊」……就是這種概念吧？

「有點難懂，可能還需要一點時間才能體會。」

「這就是所謂的主神的善變。」她的語調像唱歌般輕盈。

不知不覺間，我們已經繞到最後一段長廊，十多位侍從無聲地跟隨在後。

「我們的神諭看似無所不能，卻不能直接奪取生命，不是嗎？」

「是。」

這是《主神教神學入門》第一章最基礎的知識之一。神官無法藉主神之言下達死亡之令，那種裁決，只能交由主神親自決定。

「聖所也一樣，雖然可以保護你免於傷害，但是否將來襲者視為威脅，取決於主神的判斷。」

怎麼這麼麻煩。明明在《辭異女》的世界觀中，魔法師和聖騎士根本和超能力者沒兩樣，就只有神官受到一堆限制。除了一大堆要先學過才會用的能力，還有一大堆要背的東西。

我開始合理懷疑，作者會賜死男配角，搞不好就是因為設定太複雜，寫不下去了。

「啊，我的小聖騎士已經到了呢。」

此時，樞機主教以愉快的語調開口，我這才把目光從她身上轉向前方。

在高聳至天花板的巨型宴會廳大門前，幾名侍從簇擁著一名男子在此等候。

青年的目光凝視著這邊，那光滑發亮的臉龐感覺不出一絲一毫的疲憊。

果然沒穿黑色是對的。

「殿下。」

「你好，賽德瑞克。」

「參見皇子殿下。」

「……」

皇子的沒禮貌依舊穩定發揮。他只是淡淡地掃了我一眼，連聲招呼都不打。這種態度也不是什麼新鮮事了，因此我只是站在波帝埃樞機主教身邊安靜等候。

確認完賓客名單的侍從，抬手向守在入口兩邊的騎士示意。全身被銀色盔甲包得密不透風的兩位騎士，立即如鏡像般同步行動，推開那扇巨大的門。

「賽德瑞克皇子殿下、歐蕾利樞機主教殿下，以及葉瑟．威涅諦安王子閣下進場！」

伴隨大門敞開的聲音，侍從高聲宣布我們的到來。

直到這時，緊張感才悄悄湧上我的心頭。再過幾分鐘，我就要與這個帝國的主人見面了。

我不經意地看了一眼皇子和樞機主教的裝扮，兩人都沒有穿著特別正式的禮服。

「不用擔心，王子，大家對你都抱持著友善的關注呢。」

也許是看出我的不安，身旁的樞機主教柔聲安撫我。

大門終於完全打開，寬敞的宴會廳頓時映入眼簾，甚至無法一眼全部看完。我努力闔上不自覺張開的嘴，也努力不讓視線到處亂飄。

女皇宮本來就是一個大得驚人、奢華至極的地方，宴會廳也不例外。光是掛在挑高天花板下的水晶燈就超過十座，左右兩排大理石寬柱直聳天際，柱與柱之間則安置了管弦樂團，正在輕柔演奏。入口前方的區域空蕩蕩的，顯然是跳舞用的舞池空間。此處的規模及氣氛，和在杜漢侯爵領裡舉辦的歡迎會根本不是同一個等級。整座宴會廳都閃爍著白金色的光芒。

「那些人都是與菲德莉奇關係親近，或至少維持著良好關係的大貴族喔。」

樞機主教露出優雅的微笑，輕聲向我介紹。皇子站在我們前方，三人一起緩緩步入會場。

伴隨著我們入場的腳步聲，不僅音樂停下，廳中的貴族更是齊齊起身，目測……大概兩百人左右吧。雖然對我來說是個驚人的數字，但對帝國統治者而言，恐怕真的只是一場小型的社交聚會。

前方並排著三張又長又寬的宴會桌，賓客們分坐在左右兩張長桌旁。不僅桌面是潔白的卡拉拉大理石製成，連椅子上也鑲滿了金飾，華麗得不講道理。

「別有壓力，放輕鬆，想些開心的事吧。比如說，今天能從菲德莉奇那裡敲詐什麼好處之類的。」

「殿下。」皇子低喚樞機主教一聲。

我知道樞機主教是為了讓我放鬆才故意開這種玩笑，所以只是捧場地笑了笑，沒有當真。

不知不覺間，我們已經走到中央這張主桌的最前方。全場貴族鴉雀無聲，深深地鞠躬行禮。

「馬上就是你的生日了，有什麼想要的東西嗎？」樞機主教繼續說道。

「什麼？」

馬上就是我的生日了？聽見這個意料之外的情報，我瞪大了雙眼。

訓練有素的侍從迅速上前，恭敬地替我們拉開主桌的椅子。

長桌前方那張主位空著，一看就知道是女皇的位置，右手邊第一席坐了樞機主教、左手邊則是皇子，而我的位置就在樞機主教的右側。

一想到離女皇這麼近，就讓我開始頭暈目眩。竟然和老闆坐同一桌，這下逃都逃不掉了。

「讓音樂繼續奏響吧。」

樞機主教溫柔地朝前方說道，衣冠楚楚的侍從優雅行禮，揚手一揮。

——♪♩……

下一秒，彷彿有人按下了暫停後的播放鍵，管弦樂隊的優美演奏如環繞音響般在宴會廳裡迴盪。貴族們像是接收到了某種暗號，一起回到座位坐好。室內便在一瞬間熱鬧起來，彷彿剛才的肅靜不曾存在。看來在我們到來前，一直都是這種氣氛。

「各位好，樞機主教殿下、皇子殿下，葉瑟王子閣下。」

這時，熟悉的清脆嗓音越過主桌傳來，開口的是今天坐在賽德瑞克皇子身旁的人。她露出燦爛的笑容，粉色長髮隨之搖曳。

「那種蠍子魔獸的名字是『幻象彩蟲』，是七年前魔獸大討伐中的冠軍祭品，當時的我差點就見不到明日的陽光！」

坐在我右邊的法蘭索瓦・杜漢侯爵正激動地高談闊論。開始有些醉意的貴族們也在宴會廳各處大聲地有說有笑。

現在已經超過七點了，女皇仍然沒有要出現的跡象。而坐在我對面的克莉絲朵，正在熟練地將白蘭地倒入侯爵的黑啤酒裡，直接升級成貨真價實的深水炸彈[6]……

「可是樞機主教殿下說，那頭魔物噴出致幻霧氣，並不是為了殺生。」

我趕緊插話，看來有問題得趁侯爵醉死之前盡快問。

克莉絲朵將裝著深水炸彈的酒杯推給侯爵，又盛了些紅酒燉牛肉給坐在她左邊的伊莉莎白爵士。主角的心地果然很善良呢。

爵士的右手臂還用簡易的夾板固定著，聽她說只要未來一週好好照顧，就能順利康復了。

「您說得沒錯，雖然我看到的幻象令人心碎，但同時也讓我充滿喜悅。那是我三位妹妹之中的一位，突然帶了結婚對象回來的場景。」

侯爵戲劇化地假意拭淚，一邊描述那個畫面。

他有三個妹妹？為何我在侯爵領地時都沒有見過？

「兄長非常疼愛妹妹們，看見那個幻象後，他哭了整整一小時呢。」

「艾維！你怎麼能在各位高貴的大人面前說謊？我明明哭了兩小時。」

坐在伊莉莎白爵士左邊的艾維．杜漢禁衛隊長開口說明，卻被侯爵氣急敗壞地糾正，我忍不住噗哧一笑。

原以為由女皇主辦的優勝慶功宴會是個威嚴又拘謹的場合，沒想到氣氛其實相當自在。或許是因為在討伐賽中立功的人都被安排在主桌，因此附近有不少熟悉的面孔。

「竟然還能看見那種喜事，看來那傢伙的迷霧真的只是為了擾亂人心，現在感覺比較能理解樞機主教的指導了。」

「因為王子是位好學生啊。」

聽見我的話，樞機主教慈祥地笑著回應，一邊舀起一口馬鈴薯千層派。濃郁的馬鈴薯香氣讓我

6 深水炸彈（Bomb Shot），一款用啤酒和烈酒混合調配的雞尾酒，以一口杯將烈酒沉入大杯啤酒的視覺效果得名。

的鼻頭發癢，不用吃也知道一定很美味。

我點了點頭，伸手去舀桌面中央的卡酥萊砂鍋[7]。

「對了，王子閣下。」

「是。」

侯爵側過身來面向我。

「我家妹妹中，排行最大的那位下週就要締結星約了。而且承蒙陛下浩蕩寬宏的恩典，儀式得以在皇宮神殿舉行。」

「原來如此，恭喜。」

我將從砂鍋中盛出的白扁豆、山雞肉和鵝肉堆滿湯匙，大口吃下，接著一邊細細品味有如焗烤般入口即化的口感，一邊回想「星約」是什麼。

星約的正式名稱是「雙星盟約」，是一種李斯特皇室或旁支成員與神官締結的伴侶契約。簡單來說，就是兩人在主神面前立誓成為靈魂伴侶、也就是「宗教伴侶」。

李斯特皇族會尋求強大的神官作為伴侶，鞏固自己的宗教地位和相應支持；神官則是藉由成為皇族伴侶，獲得財富、名聲以及種種特權。就我所知，至少近年都是基於這些功利目的而締結契約。

聽說杜漢侯爵家也是皇室的分支，所以他們和神官締結星約並不奇怪。

菲德莉奇女皇和波帝埃樞機主教也是締結了星約的伴侶，當然，據說兩人早在那之前就累積了深厚的情誼。

另一方面，聽說締結星約之後，就能感受到彼此的情緒，也能聽見彼此的心聲……不過是真是假就不得而知了。至少在《李斯特雙週刊》上連載的浪漫小說是這樣描述的。

「然而，目前還缺少一位見證人。締約時需一名侯爵階級以上的貴族，以及兩名主教級以上的神官在場見證。」侯爵接著說道。

我一邊點頭，一邊將盤中的卡酥萊燉菜吃得一乾二淨。

7 卡酥萊砂鍋（Cassoulet），以名為卡酥萊的陶土砂鍋燉煮的法式菜餚，於英法百年戰爭時發明，用以慰勞前線的士兵。

對面的克莉絲朵和伊莉莎白爵士似乎也覺得星約的話題很有趣，雙雙將視線投過來。

「因此，如果可以的話，方便請王子閣下出席作為見證人之一呢？」

「我嗎？」

我眨了眨眼。如果不用出皇宮，也不是擔任主持人或證婚人，只是去見證的話應該沒什麼困難。

而且，星約只是兩名當事人之間的誓約，與家族或教區無關，所以見證人日後也不太可能惹上什麼麻煩。儘管杜漢侯爵是女皇的心腹，但既然恩瑞連一次都沒有提起過，想來在《辭異女》裡應該也不是什麼重要角色。

我轉頭看向樞機主教，如果她同意，那我就去擔任見證人，不同意的話那天就當放假，反正對我來說都沒什麼損失。

「我贊成，這對王子而言會是不錯的經驗。」

樞機主教爽快地同意了。

「那我也沒問題。」

聽見我答應後，侯爵開心得用雙手捂住了臉。坐在侯爵對面的杜漢爵士也露出爽朗的笑容，向我點頭致意。

「高貴的王族神官竟然願意擔任見證人，安東妮一定也會非常開心。」

原來他的妹妹叫作安東妮，果然是戲劇性十足的一家人。

侯爵的語調也因激動而拔高了八度。

「請問您有什麼想要的謝禮嗎？我聽說三十一日就是您的生日了，可以一起當作禮物送上。只要是我這微末之身辦得到的，無論什麼都可以！」

「這個嘛……」

也就是說，五月三十一日是葉瑟王子的生日。我自己的生日是在二月，因此根本沒想過他是什麼時候生日。

這也讓我再次意識到，我對葉瑟王子還有太多不了解的地方了。生日是今天才知道，中間名卻到現在都還不清楚，他不可能沒有中間名吧？

「王子閣下，您就請他送您去避暑吧。」坐在一旁的伊莉莎白爵士悠哉地說道。

我看向主桌對面，克莉絲朵和伊莉莎白爵士並排坐著，兩對亮晶晶的眼睛就這樣盯著我。

這種視線讓我壓力好大，只好移開目光，結果正好和旁邊的皇子四目交接。這裡果然不是個好位置。

「恕我失禮，但侯爵似乎無法決定我能不能離開皇宮。」

「確實如此，不過如果您希望如此，我可以替您請求陛下。」

這樣不會造成反效果嗎？

「不用了，我不需要去避暑。」

「王子閣下，李斯特的六月非常炎熱，還是請您再好好考慮一下。」

伊莉莎白爵士笑著搖晃手中那杯青蘋果汁。

再怎麼熱，也不會比連瀝青都能融化的韓國夏天熱吧？

「我和伊莉莎白爵士決定要在六月吹起焚風時去北地玩喔。」

克莉絲朵愉快地分享。看來她們在魔獸大討伐之後親近了許多，甚至還規劃好一起過暑假。那我就更應該乖乖待在皇宮了。

「不然就請陛下賜您一座行宮好了，王子閣下這次不是在討伐賽中立了大功嗎？」

聽見伊莉莎白爵士的話，克莉絲朵便輕拍爵士的背一掌，驚呼：「哎呀、哎呀！」

伊莉莎白爵士朝皇子的方向使眼色，露出調皮的笑容。這些人到底是怎樣？

「芥末很香辣呢，您應該會喜歡，女爵。」

我硬是岔開話題。克莉絲朵心虛地笑了笑，但一聽見是道辣菜，還是立刻接過我夾給她的羊排。

就算再怎麼愛開玩笑，身為正義的主角，她應該會守口如瓶吧。

雖然不知道女皇和樞機主教對現在的情況有多少了解，但我絕對不可能親口承認自己已經知道了皇子的「真面目」。

「怎麼了嗎？」

我若無其事地移開視線，結果又和皇子對上眼，他的表情看起來非常嚴肅。

「……你真的想要宮殿？」

給我等一下，你為什麼又自己腦補這麼多啊？

「女皇陛下駕到！」

就在那時，一道鏗鏘有力的宣告從主桌前方傳來。

樂團的演奏又停了下來，熱鬧的宴會廳裡，空氣彷彿在瞬間凍結。所有貴族都迅速收起表情，從座位起身。

全場似乎只有樞機主教看起來依然從容不迫。我也連忙用餐巾將嘴角擦乾淨，跟著樞機主教一起站起身。

「看來各位都玩得很開心。」

一道略帶沙啞的低沉嗓音，如同破冰船般打破沉默。聲音傳來的方向和我們剛才進場的入口相反，我轉頭看向宴會廳前方。

正對主桌主位的壁面上，一扇的厚重大理石門正緩緩打開，露出門後那位站姿隨興的中年女性。原來那裡也有出入口啊。

「各位也知道，我兒子在這次的魔獸大討伐中奪取了優勝。」

女子的語氣慵懶，透過那件敞開的珍珠色外套，能看見一把掛在腰際的森寒長劍。在整座皇宮中，能配戴武器的唯有她一人。而那頭俐落的銀色短髮，在燈光下顯得耀眼奪目。

不知道為什麼，我一時感到難以呼吸。

「所以各位儘管飲酒作樂，誰也不准提早離席。」

菲德莉奇女皇如此宣布，目光如黃蜂般銳利地掃視全場。那雙櫻桃色瞳眸精準地鎖定我，彷彿一對釘子將我定在原地。

我的背脊發涼，看來今天是別想早點回去了。

「坐吧。」

菲德莉奇女皇話音剛落，宴會廳裡的所有貴族便一絲不亂地坐下。剛才明明有些人已經略有醉意，但女皇一出現，全都像瞬間清醒般肅穆。

在這種壓迫感十足的氣氛下還能淡然微笑的波帝埃樞機主教，不禁讓我心生敬意。

「來乾杯吧。」

在我走神的時候，女皇已經在主位入座。近距離一看，就連她袖口鬆鬆扣起的鈕釦，還有眼角細微的皺褶，都透出難以靠近的威嚴氣場。

我輕輕舉起裝著蘆薈汁的杯子。而蘿拉．曼迪侍從長上前為女皇倒了杯新開的玫瑰紅酒。

「敬李斯特的無盡繁華，以及吾兒的永恆安康。」

「乾杯！」

兩百多人的響亮應和震得回音四起，樂團也立刻重新奏起音樂，宴會廳轉眼間又熱鬧起來。貴族們好像忘了剛才還一臉緊繃，舉起酒杯在座位間穿梭，與其他人暢飲聊天，鬧哄哄得像是午餐時間放風的高中生。

「平常陛下對貴族多採取放任態度，因為陛下認為這樣比較省事。」

我腦中浮現班傑明說過的話，所以這也是放任的一部分嗎？不過該聽話時，似乎還是很聽話。

「覲見降臨凡間之陽！」

「法蘭索瓦，我說過坐下了。」

「是。」

坐在我旁邊的杜漢侯爵剛剛一躍而起，又立刻縮回椅子裡。

主位上的女皇右手舉著酒杯，目光緩緩掃過我們。

現在明明不是梅雨季，空氣卻滯悶得讓人難以呼吸。旁邊兩桌的貴族感覺根本是把主桌上的我們當成祭品上貢給女皇，自己隔著安全距離喝得不亦樂乎。

「大家在那小子的領地時都辛苦了，今晚就盡情吃喝，玩得開心一點。」

「感謝陛下的恩澤。」

伊莉莎白爵士以無懈可擊的恭敬姿態行禮，我和克莉絲朵連忙跟著低頭致意。

隨後是短暫而安靜的用餐時光。儘管皇子偶爾會與母親交談幾句，但話題都沒有波及到我們這邊。

而我則和克莉絲朵、伊莉莎白爵士，以及杜漢兄弟，達成一種心照不宣的共識，打算迅速填飽肚子，然後抓準時機撤退。誰都不想拖長折磨的時間。

「教廷派來的聖騎士，應該抵達薩爾內茲公爵家了？」

「……是，陛下。」

突然間，女皇的注意力無預警轉向克莉絲朵。我默默切著藍帶肉排[8]，一邊仔細聆聽桌上傳來的新情報。

「什麼時候開始接受訓練？」

「從下星期一開始。」

「真快，這樣正好。」

看來樞機主教向教廷申請來教育克莉絲朵的聖騎士，終於抵達帝國了。這也就代表，她不用再跟我一起「補習」了！

我盡可能壓住不自覺上揚的嘴角。儘管克莉絲朵人很好，能力也很優秀，但我實在不想繼續和主角牽扯在一起。

我將一大塊藍帶肉排放進嘴裡，酥脆的外皮裹著熟悉又新鮮的滋味，在舌尖炸開，心情同時明亮起來。

女皇繼續說道：「如果妳不介意，希望也能讓我兒子一起接受指導。」

「您是指……皇子殿下嗎？」

哇喔，我忍不住抬頭看向斜對面的位置，只見伊莉莎白爵士正艱難地抿著嘴，用盡吃奶的力氣

8 藍帶肉排（Cordon Bleu），一種經典的法式料理，在豬排或牛絞肉中夾入起司和火腿片，再裹上蛋液、麵粉及麵包粉煎炸而成。

忍笑。再看下去我大概也會笑場，只好趕緊低下頭。

克莉絲朵拿著蝴蝶酥的手就這樣僵在半空。

「沒錯。如今整座帝國都知道皇子覺醒了聖騎士的力量。雖然皇室也會另外請教廷派遣聖騎士前來指導，但在那之前先一起學習不是也很好嗎？」

「母親。」

「我知道你對受封為聖騎士沒興趣，但別連怎麼正確使用力量都打算逃避。」

女皇的語氣不容置疑，對皇子這麼說道。

我咬緊下唇，盡可能不把內心的喜悅表現得太明顯。

也就是說，不只克莉絲朵不會再和我一起上課，她還必須和皇子一起接受課外團體輔導。我是在作夢嗎？

「……能與皇子殿下一同接受教育，實在是我的榮幸。」

克莉絲朵盡可能鎮定地回答，但後半句話越說越含糊。

儘管聽起來像提議，但女皇說的話其實就和命令沒兩樣。克莉絲朵手中的蝴蝶酥默默碎成了兩半。

「……」

皇子則是一副要用刀叉再肢解一次盤中豬肉的架勢。

我再次帶著一種莫名的感慨，看著這對男女主角。雖然他們不顧長輩在場，各頂著百般不情願的表情，但這兩人坐在一起的畫面仍然非常登對。

看來作者終於要正式推進男女主角的主線劇情了。

經過春季舞會和魔獸大討伐，這兩人也累積了足夠的情感基礎，現在確實是更進一步的最佳時機。我被迫夾在兩位主角中間度過的痛苦時光猶如走馬燈，一一在腦海中浮現。

「給我打起精神，不准再起衝突。既然眾人都知道你們是聖騎士了，全國一定有許多貴族神官等著和你們締結星約。雖說薩爾內茲家族不是皇室分支，但也沒有多少聖職者會對你們的權勢視而不見。」

女皇說完後，將杯中的紅酒一飲而下。儘管樞機主教在旁邊勸她喝慢一點，但女皇依然不當一回事，又接過新的一杯酒站起身。

「差不多該去管教一下其他桌了。」

離開前，女皇還不忘留下這種經典臺詞。

時間來到晚上十一點，法蘭索瓦·杜漢侯爵宣告陣亡。

「侯爵，不能睡在這裡，要睡就回家睡。您家在哪裡啊？」

我搖搖侯爵的肩膀。在受到克莉絲朵的深水炸彈重擊後，侯爵如今毫無反應地把臉埋在桌上。

更別說，剛才女皇遞來的蒸餾酒少說也是伏特加等級，他卻加了點葡萄柚果汁就毫不猶豫地一口喝下……

「要幫您叫侍從嗎？」

「噗嗚……」

差點說就成幫他叫代駕，我迅速掃視四周。

克莉絲朵移到了左邊那張長桌，和薩爾內茲公爵夫婦坐在一起說話。伊莉莎白爵士也在那一桌，手忙腳亂地照顧醉倒的母親。至於艾維·杜漢禁衛隊長，此刻正用與侯爵一模一樣的姿勢，倒在桌上呼呼大睡。

這兩位除了髮色和膚色以外，完全沒有任何相似的地方，但現在這樣一看，又覺得果然是兄弟沒錯。

總之，就先隨便抓著一個經過的侍從幫忙，然後我也差不多可以打道……

「謝謝你幫了我的兒子。」

我被突如其來的聲音嚇了一跳，猛然轉頭，原來是不知何時回到主桌的菲德莉奇女皇。

她依然拿著酒杯，但臉上一點醉意也沒有。而皇子還坐在他原來的位置，從頭到尾喝的就只有水。

「聽說多虧了你，他才能得到火星之慧劍。」

「……不敢當。」

我低下了頭。這就是女皇準備的「嘉獎」嗎？幸好她不是當著眾人的面公開表揚。

「我也很感謝你，王子。多虧有你，才能讓我的教子穩定了一些。」

「這沒什麼。」

一直如畫像般沉靜地坐在位置上的樞機主教，此時也接口致謝。她說的「穩定」，指的是皇子的以太枯竭症狀改善了。

如果慧劍蘊含著強大的火屬性以太，那確實可以幫到皇子。所以「賽迪」……他現在不會再變成那個樣子了嗎？

「你知道賽德瑞克是怎麼拔出慧劍的嗎？」

「雖然我沒有親眼看到，但我想應該是注入了和神器相同的火屬性以太。」

「果然。」

女皇笑著這麼說，一面舉杯喝了一口紅酒。我好想回家。

「那麼，你對我兒子還了解多少？」

「什麼？」

我一抬頭，便看見那雙如紅酒般深沉的目光，靜靜地凝視著我。

「菲德莉奇。」

「我得聽聽他的回答。」

儘管樞機主教出聲勸阻，女皇的語氣依然不容置疑。除了絞盡腦汁思考外，我現在什麼都做不了。

女皇現在是在試探身為敵國王子的我，對皇室的祕密有多少了解。我的求生本能和直覺都告訴我，必須說出她想聽見的答案才行。

「我什麼都不知道。」

「……什麼？」

開口的不是女皇，而是皇子。他微微蹙起眉頭。

「我只知道殿下能使用火屬性的以太，其餘一無所知。」

「呵。」

只有傻子才會在掌握自己小命的人面前，說出「我知道令郎的祕密」這種蠢話。畢竟是神國先拋棄了王子，如果帝國的女皇想殺我，根本不必付出任何代價。

女皇輕呵一口氣，像是感到無奈。我則盡可能維持表面上的冷靜。

所以說，如果這就是女皇所樂見的，那我當然得變成一無所知的人才行。

而且……反正我本來就不好意思承認自己誤會了，乾脆就繼續裝作不知道。

短暫的沉默在主桌上一掠而過。

「看來你還差得遠呢，賽德瑞克。」

女皇說著，拍了一下兒子的肩膀。樞機主教也輕輕嘆了口氣。

咦，話題突然跳轉了嗎？

「贏得他人的信任可不是件容易的事，繼續加油吧。」女皇以玩笑般的語氣總結。

我偷偷瞥了一眼對面的皇子，那雙橙色眼眸正狠狠盯著我，彷彿要當場把我燒成焦炭。

我知道他現在確實辦得到這種事，不禁打了個冷顫。我到底又是哪裡惹到你了？

「我欠你一份人情，而且聽說你的生日就要到了，想要什麼儘管說吧。」

女皇把話題轉回我身上，看來除了我之外，所有人都知道我的生日。

「不敢當，陛下。」

「好了，時間不早了，回去休息吧。」

好耶！我努力壓住不自覺上揚的唇角。

老實說，我原以為今晚得撐到天亮才能走，沒想到能在午夜前獲釋出獄，簡直就跟中大獎一樣。

看見我如此開心，樞機主教不禁苦笑了一下。她好像也想一起撤退，但身不由己的樣子。

我叫住一名經過的侍從，把侯爵兄弟託付給他。交代完之後，我向還在座位上的三人行過禮，立刻轉身離開。

我腦袋裡塞滿了對生日禮物的想法。雖然不是我真正的生日，但作為質子，難得有機會能開口要東西，我得好好思考該怎麼把握。

四周的貴族兩兩牽著手，在舞池中緩緩旋轉，而思緒也在我的腦海中不停盤旋。

月升之地，大陸東方的威涅諦安神國。

一名男子歇斯底里地敲著摺扇的尾端，在這座寬廣的王城宮殿裡，不停響起「叩、叩」的單調聲響。

站在一旁的侍從們不知如何是好，只能小心翼翼地觀察男子的臉色。每個人臉上都寫著緊張，不知道椅子或花瓶何時會飛過來。他們俊美的主人儘管偶爾如天使般善良，但更多的時候，簡直就是個惡魔。

而今天穿越國境而來的急報，足以將他變成後者。

「他為什麼還活著？」他開口問道，卻不是在問侍從。

男子雖已年過五十，但臉上肌膚依然光滑，只是怒意在上面刻出了幾道猙獰紋路。他開始反覆開合手中的摺扇，紫羅蘭色的扇面正好與他的淺紫色短髮相得益彰。

「皇子得到神器就算了，連公爵家的千金都成為了聖騎士，而這一切都多虧那骯髒的私生子……」

「殿、殿下，葉瑟王子的表現應該是誤傳……」

「給我閉嘴！」

——砰！鏘啷啷！

男子終究掀翻了茶几，開口的侍從嚇得縮起肩膀。不只是壁紙和地面，連侍從們的衣服都濺上了滾燙的茶水，但沒有任何人敢輕舉妄動。

神國的沃爾諾親王深吸一口氣，撩起垂落額前的髮絲。

「那時他沒有死，就已經讓我夜難安寢了，如今竟然還在西邊建立了勢力？」

「殿下，他絕對不敢這麼做的，帝國的女皇也不是省油的燈，絕對不會放任王子的名聲繼續增長。」

親王凶狠地瞪了侍從一眼。遭了，他不該用「名聲」這個詞的。

「你這傢伙……」

——喀嚓！

「父王！」

這時，一名年幼的女孩沒有敲門就闖了進來。親王的臉色瞬間變得慌張，侍從們也抓準時機，趕緊收拾滿地殘局。

跟在不速之客後面趕來的侍從臉色發青，她們竟然讓服侍的主人直接闖進親王臥房，簡直罪該萬死。

「公主。」

「父王，您聽說了嗎？兄長獵到了一隻巨大的獅鷲！而且還用一個吻喚醒了熟睡的皇子和女爵……」

「全是無稽之談。」親王淡淡打斷女兒興奮的話。

年僅七歲的二公主康莉森還不知道如何喜怒不形於色。她的臉頰紅潤，固執地搖頭。

親王輕鬆地抱起女兒，伴隨著玻璃碎片在鞋底破裂的清脆聲響，他讓公主坐在自己的手臂上，面不改色地走向窗邊，就像剛剛什麼都沒發生過一樣。

陽光灑落，映得女孩象牙白的髮絲閃閃發亮。

「哥哥說，只要我乖乖睡一百個晚上他就會回來了。可是我沒想到他會去冒險耶！」

「冒險。」

親王輕笑一聲，那對巧克力般的深棕瞳眸蒙上陰影，漆黑得猶如午夜。

「冒險可不怎麼安全，得隨時賭上性命才行。」

# CHAPTER 20

## 就好好享受吧

一週後，我收到了第一份「生日禮物」。

準確來說，是波帝埃樞機主教欣然地接受了我的請求，但這仍然是一份了不起的收穫！

「這邊請，葉瑟王子閣下。」

女皇宮的侍從恭敬地為我開門，守在門口的銀甲騎士也整齊地行禮致意。女皇宮裡除了正門和大廳外，其他地方對我而言都像座迷宮，今天要去的地方又是另一個全新的空間。

「您應該已經聽樞機主教殿下說過了，不過還是容我再為您簡單介紹一次。在這座皇室書庫的最深處，也就是左側盡頭那邊，設有古老的以太結界。除了直系皇族外，任何人都禁止出入。其餘書架都能自由閱覽，但書籍一律不得攜出。書庫全年開放，您可以隨時前來。」

「好，謝謝你。」

「那就祝您度過一段豐富的時光，如有需要，請隨時吩咐。」

侍從俐落地行禮，隨即退了出去。我的臉上不禁浮現笑容。

剛穿越時，別說是書庫了，根本連女皇宮都進不來，如今居然想來就能隨便來。看來和樞機主教建立良好關係，以及幫助賽德瑞克皇子，還是很值得的，畢竟這裡可是「皇室書庫」呢！

「王子閣下，我們也在外面等您。」

「加油喔，王子閣下。」

班傑明和加奈艾體貼地對我說。我請女皇宮的侍從為他們準備休息的地方後，便揮了揮手轉過身，看著眼前巨大的藏書空間。

海量的情報正等待我去挖掘，多到有點擔心自己能不能找到派得上用場的資訊。

「想回家的話就得好好利用才行。」我一邊喃喃自語，一邊邁開腳步。

正對入口的那面牆壁，填滿一扇扇延伸至天花板的華麗巨大彩窗。晚春的陽光從窗外灑入，空氣中的塵埃如溶入水的顏料，在光影中緩緩捲動、飄散。我深深呼吸，讓舊書獨有的氣味填滿肺部。

貼著右方壁面的巨型書櫃足足有三層樓高，數不清的書籍陳列其上。到二樓高度為止的書都可以利用梯子取得，三樓高度的地方則有個類似樓中樓的空間，供人坐下來閱讀。

而書庫左側比較類似大學的圖書館，一座座烏木書架密集排列。

一眼望去，簡直就像電影中的場景。我嚥了嚥唾沫，拿出懷中的記事本。

「我要先找……神器。」

我決定先從左邊的書架開始翻。加奈艾帶給我的全都是市面上流通的書籍，儘管大多讀起來很輕鬆，內容也實用，但偶爾會缺少必要的情報。畢竟我想知道的內容，有很多不是太敏感就是太機密。

比方說，邊境神殿那件神器的相關情報。邊境神殿是隸屬教皇的領土，一般人無從得知神殿內部的事，也沒有理由知道。但對於帝國皇室來說，就不是這麼回事了。

我一直想弄清楚，到底是什麼力量讓我穿進了這本書。

「找到了。」

過了好一段時間，我終於從書架角落翻出一本又舊又薄的書。只是，可愛的封面感覺和皇室書庫的宏偉名號一點都不搭，再仔細一看……

「這不是童話書嗎？」

我不自覺勾起笑容。如果想要理解某種複雜的概念，沒有比童話書更適合的媒介了。

我大致翻閱了一下。這本書是在講某位少女的冒險故事，不只提到帝國的神器，連邊境神殿和神國都包含在內。每一頁都是滿滿的手繪圖案和手寫文字，內容溫暖而鮮活。我津津有味地翻到封底，上面有一行簡潔的手寫字。

**伊芙琳大公，寫予他摯愛的孩子**。

伊芙琳大公啊。雖然不知道他是誰，但絕對是個好爸爸。

我將書夾在腋下，找了張閱讀桌坐下。今天的研究書籍，就決定是你了！

早上「獨自」去找樞機主教上課，兩人一起吃午餐，然後「獨自」去皇室書庫，最後回到朱利耶宮度過悠閒時光——我最近都過著這樣的美好日子。

這就是我穿書之後追求的生活，沒有比這更幸福的事了。我心情愉悅地翻開記事本，那一頁整理著伊芙琳大公的經典巨作——《噹啷啷！夏娃的大冒險》的摘要。

「哇啊！皇子殿下屈居下風！」

「噓，皮埃爾！會被聽見！」

「今天的濕氣很重，所以薩爾內茲女爵閣下一定會贏。」

雖然不關我的事，但男女主角的處境似乎不太一樣。

——鏘！

「哇，剛才快得都看不到劍了！」

「女爵閣下躲開了？真的假的？」

今天的會客室陽臺也同樣熱鬧非凡，已經成為這一週以來的固定風景。一群朱利耶宮的小侍從擠在陽臺上，手心冒汗地望著另一頭的戶外練武場。

我複習著記事本裡的筆記，偶爾抬起頭看看陽臺。侍從們的反應很有趣，正好能幫我消除睡意。

「殿下真的太帥氣了，根本不是凡人。」

「但我賭五百法郎，今天一定是女爵閣下贏。」

「你幹嘛這麼氣啊？」

我差點禁笑出聲，這不就像在YouTube上看別人的「REACTION」影片嗎？

關於男女主角的現況，要從上週一說起。

那一天，克莉絲朵和皇子開始接受教廷聖騎士的「團體輔導」。在女皇的提議下，上課地點定在皇宮。然而麻煩的是，室內練武場還在整修中，因此朱利耶宮後面的戶外練武場就被緊急設置成教室。

由於皇室現在也不打算隱瞞他們是聖騎士了，因此也沒有限制其他人圍觀。結果當天晚上，皇宮內立刻四處流竄「朱利耶宮會客室陽臺是最佳觀景地點」這種小道消息。

「王、王子閣下，如果您不介意，能不能……」

那些早就對皇子與女爵的對練好奇得要命的朱利耶宮侍從，甚至提前完成了晚上才要做的工作，扭扭捏捏地結伴來問我。

可能是看我這個「上司」就坐在會客室裡看書，他們認為需要得到我的同意才能在這裡觀戰。這些人長這麼大了，行為卻這麼可愛，我忍不住笑了。

「去看吧，我不介意。」

「太好了！」

「王子閣下聖恩浩蕩！」

就這樣過了幾天，一到男女主角的上課時間，我的陽臺就會被侍從擠得水泄不通，而我就在這種喧鬧的白噪音中享受和平的午後時光。

今天也是如此，狄蜜窩在我的腿上睡午覺，而我用酸甜的茴香茶暖胃，配上鬆軟綿密的橄欖油蛋糕，簡直是絕配。真希望恩瑞和哥哥也能享受這樣的奢侈美味。

「王子閣下，我又為您送點心來了。」

「謝謝。」

加奈艾笑著將第二盤橄欖油蛋糕放在我的面前。我回以微笑，然後把注意力轉回記事本上。

——轟轟！

「天啊，右手也冒出火焰了！」

「女爵閣下似乎想直接用拳頭……」

今天的研究主題是「祈願之聖盤」，就是那件邊境神殿供奉的神器。根據伊芙琳大公的介紹，聖盤的外型是一只大銀盤，裡頭裝滿了聖水。不過，那不是克莉絲朵所運用的「水」，而是自古就裝在聖盤裡的神之物。

「**夏娃，不可以喝那個，那不是水。**」

「**不然是什麼？**」

「**那是以太的最純淨形態，也是至高無上的主神權能。**」

「**少鬼扯。**」

童話書的主角「夏娃」個性很嗆，儘管故事中她的朋友「尼奇」認真向她解說神器，她卻全部當成耳邊風。至於我，當然是選擇相信尼奇。

**△邊境神殿失竊的神器：祈願之聖盤**
**並非失蹤，而是可能已被某人使用：O**
**—是誰許下了願望？：未知**
**—其他神器也有實現願望的能力嗎？：否，已透過慧劍確認**
**—對我造成的影響：穿越、時光倒流、成爲以太富翁**
**—特性：用血許願就能實現、只有教皇能用**

這就是問題所在。我用羽毛筆點了點筆記上的最後一行字。

根據《噹啷啷！夏娃的大冒險》的說法，只有教皇能使用聖盤許下「血願」，但是……

「加奈艾，教皇是從什麼時候開始從缺的？」

「唔，確切的年分我也不清楚，但伊蓮諾教皇陛下是在羅米洛陛下在位期間離世……因此應該一百年左右了吧？」

太扯了吧？現在明明就沒有教皇，卻還是有人用了神器讓我穿書，這合理嗎……不對，也許是未來的教皇做的？

太牽強？那……還是伊芙琳大公真的只是在鬼扯？

「不過，王子閣下，是不是該阻止他們一下比較好？」

「嗯？」

「我是指皇子殿下和薩爾內茲女爵。」

——砰！

劇烈的衝擊聲響震撼空氣，陽臺上的侍從嚇得一陣騷動，有人遮住耳朵、有人捂住嘴。我只是瞥了那邊一眼，便又把視線轉回加奈艾身上，少年看起來憂心忡忡。

「萬一真的受傷……」

「只是在對練而已，不用擔心。而且還有教廷派來的導師在場不是嗎？就交給導師處理吧。」

「我一開始也是這麼想，可是那位導師好像有點招架不住。」

「就當作是在打架中成長吧，打著打著就會變朋友，然後再從朋友升格夫妻。」

「哎唷，王子閣下……」

加奈艾一臉無法苟同地看著我。我有點冤枉，畢竟那兩人註定會在一起，不管怎麼看都是天作之合，為什麼要表現得好像我說了什麼不可思議的妄想？

「總之，那兩位還有教廷派來的神官可以幫忙補充以太，用不著我出面。」

「話雖如此……」

「那就更沒什麼好擔心的了，你也休息一下再走吧。」

我笑著拍拍身旁的椅子。好不容易過了一週不用看到男女主角的自在生活，我沒有理由自己去打破這片安寧。所以只要是他們的上課時間，我就連陽臺都不會靠近一步。

加奈艾猶豫了一下，還是乖乖坐了下來。

「杜漢侯爵家的星約儀式是十一點嗎？」我問道。

「沒錯，侯爵閣下說只要在上午十點三十分前抵達神殿就行了。」

我點點頭。上次我答應擔任見證人的雙星盟約，已經決定會在明天舉行儀式了。

我切了一小塊蛋糕放入口，撒滿蛋糕表面提味的北海鹽粒，更加激起了我的學習熱誠。

——唰唰——！

——轟轟——！

「喔喔喔喔！」

克莉絲朵的水舞秀和皇子的火焰秀音效，加上觀眾的驚呼讚嘆，組成了我的讀書背景音樂。

隔天。

「您好，王子閣下！真是萬分感謝您前來共襄盛舉。」

「你好，侯爵。」

聽說這個月都會待在皇都的法蘭索瓦．杜漢侯爵，跑到皇宮神殿的大門外迎接我。

我直接無視他伸出的手，自己走下馬車。那對淺粉色眼眸依然亮晶晶，看起來完全沒有受到打擊，在我們走到神殿入口這段短短的距離，一路上滔滔不絕。

「您決定好想要的生日禮物了嗎？方便問問您向女皇陛下提出了什麼心願嗎？」

「還沒決定，也還沒對女皇陛下說。」

「王子閣下真是慎重，實在令人期待您最後會選擇什麼樣的禮物！」

侯爵用浮誇的動作為我推開神殿的大門。平時需要兩名騎士才能打開的厚重門扉，侯爵卻用瘦削的身軀一把推開，力氣實在驚人。

連跟在我們後面的班傑明和加奈艾都忍不住瞪大雙眼。

「安東妮！將見證妳信仰之心的葉瑟王子閣下到了！」

聽起來好像哪部音樂劇裡的臺詞。

「天呀，哥哥，我現在死而無憾了！」

響徹神殿中堂的回覆甚至更加戲劇化。我不知道該怎麼回應，只好微微一笑。

只見前方的聖臺上，站了一位年紀看起來和我差不多的女子。她有著和侯爵一樣的深麥膚色和淺粉色雙眸，棕色長髮俐落地高高綁起。

侯爵帶著我走上臺，她也慌忙整理身上的禮服，然後俯身行禮。

「參見神國之月葉瑟．威涅諦安王子閣下。我是安東妮．杜漢！」

「妳好，杜漢女爵，恭喜妳締結星約。」

聽見我的恭賀，安東妮女爵開心地連連道謝。

不管是她本人還是侯爵，全都一臉幸福洋溢，雖然我們並不熟，但見到這種畫面，還是讓我慶幸自己有來這一趟。

我也向臺上的另外兩位神官——女爵的誓約對象，以及另一位見證人——簡單打了招呼。星約和婚約不同，除了兩名當事人、見證人，以及侍從之外，現場沒有其他的觀禮來賓。

「那我們就立刻開始嗎？」

「並不是喔，還有一位見證人未到場。」侯爵簡單地回答。

原來如此……咦？

「你不是見證人嗎？」

「嗯？我負責的是主持儀式。」

我愣了一下。星約儀式除了兩名神官，還需要一位侯爵階級以上的貴族來擔任見證人，我還以為理所當然會是杜漢侯爵本人出馬。我試著回想樞機主教上週在慶功宴上介紹的其他大貴族的長相。

——砰！

——嘰咿……

就在這時，神殿的大門從中敞開，看來和平常一樣是由騎士來開門。眾人的目光立刻聚集過去，侯爵則開心地打招呼。

「啊，最後一位見證人到了。皇子殿下！」

……？

好吧，沒有什麼好驚訝、也沒什麼好慌張的。

我向皇子行禮，就算照常被他無視，也保持著沉著的表情。

這沒什麼大不了的，不管我有多想避開他，但只要我們住在同個生活空間裡，就難免會碰到面。只要同時有好幾個家庭擠在同個屋簷下，就一定會冒出各種事件，電視劇和電影不都這樣演嗎？

《一個屋簷下的三個家庭[9]》、《搞笑一家親[10]》、《寄生上流》……

「王子閣下。」

「是，侯爵。」

9 《一個屋簷下的三個家庭（한지붕 세가족）》，八〇至九〇年代於韓國播出的長青國民電視劇。

10 《搞笑一家親（거침없이 하이킥！）》，二〇〇六至七年間於韓國播出的知名家庭情境喜劇。

正在準備儀式的法蘭索瓦．杜漢湊近我小聲搭話。

「皇子殿下請我向您傳話。」

傳話？我看了一眼站在遠處的賽德瑞克皇子，他看起來和平常一樣面無表情又討人厭。另一位神官見證人站在我和皇子之間，我們三人形成一道弧形，將締結「雙星盟約」的雙方當事人半圍在中央。

「最早被邀請擔任見證人的人，是我。」

「……」

「皇子殿下三十秒前這麼說。」

「關我什麼事？」

哎呀，內心話不小心脫口而出了。我立刻假裝無事發生，抬手擦了擦臉。

侯爵眨了眨眼，好像有點反應不過來。

「什麼？」

「不，沒什麼，不用幫我傳話沒關係。」

「原來如此，我知道了。」侯爵彎起淡粉色的雙眼，退回原本的地方。

我無言地來回看了看侯爵和皇子，剛才因為皇子無預警出現而混亂的心情，立刻消失殆盡。

先受到邀請又怎樣？這一位非得說這種幼稚發言，而那一位竟然真的一字不漏照說，到底是想幹嘛？

「那麼，現在開始締結雙星盟約。這不僅是兩名人類的結合，更是兩件容器合為一體，成為一件祭具的神聖過程。見證人將證明契約者的信仰，主神也將考驗契約者的虔誠。首先，請主神的女兒，安東妮．杜漢上前……」

侯爵流暢地開始主持儀式。如此神聖的儀式應該不能自己隨便編臺詞，侯爵卻連小抄都不用看，就能一字不差地背出來，真了不起。

我收起雜念，把注意力放回侯爵妹妹安東妮的星約儀式上。

等神官契約者也就定位後，一位侯爵的侍從小心翼翼地走到臺前，在兩名契約者之間放下一朵花——一朵鮮豔奪目的紫色鬱金香。

我腦中突然有個畫面一閃而過。

「鬱金香季馬上就要到了，現在每個宮廷園丁都忙得團團轉。您從神國遠道而來，我們本來也想讓您看看紫色的鬱金香……」

記得有位朱利耶宮的園丁這麼對我說過，還一臉惋惜，應該是我穿越到小說世界一週左右的事。那時聽完我並沒什麼特別的想法，現在看來，紫色鬱金香應該是有宗教方面的象徵意義，才會在締結星約時使用。星約是李斯特帝國特有的習俗，威涅諦安神國不會有這種儀式，也就見不到紫色鬱金香，難怪園丁會這麼想讓我看看。

「請在主神的旨意之前起誓。」

聽從侯爵的指示，安東妮在神官契約者的腳前跪下，那位神官則是展開一座僅能容納彼此的聖所。

聽說兩名契約者是從四歲就玩在一起的青梅竹馬，可能是因為這樣，在星約儀式的過程中，他們只要一對上眼就會忍不住偷笑。看來在彼此什麼糗樣都見過的情況下，就算是在這麼莊嚴的場合，也很難嚴肅得起來。

「咳咳，我以杜漢侯爵家的第一女爵，安東妮·帕特里克·杜漢之名，請求與你締結星約。」

那雙杏眼的眼角微微抽動，神情半是尷尬，半是害羞。原來在締結星約時，還需要報出中間名啊。

「你將成為我的守護聖者，而我將與你的靈魂並肩同行，從此以往、直至永恆。」

「**唔呃！**」

安東妮對著契約者無聲哀號，專注聆聽的神官也被肉麻得指尖抽搐。

確實啦，不管是必須對摯友說這種話，或者被摯友說這種話，肯定都羞恥又尷尬。就連旁觀的我都忍不住被逗笑了。

「……共度所有無法成眠的遙夜，以及舉步維艱的長日……」

「噗。」接受誓言的神官直接用雙手捂住臉。

「不要笑，馬里爾！」

「唔，我真的忍不住。」

名叫馬里爾的神官聲音顫抖。杜漢侯爵也哈哈大笑，繼續進行儀式。我原本聽說星約儀式非常神聖，可是當事人全都嚴肅不起來，氣氛就變得相當輕鬆。

「安東妮．杜漢，妳身為盟約之主，是否承諾將竭盡全力保障守護聖者的幸福？」

「那當然了，我到現在都不曾讓馬里爾餓過肚子！」

「安東妮？」

「我承諾。」安東妮咬了咬下唇，聲音低了下去。

從我們打照面到現在，安東妮說話的方式就像杜漢侯爵那麼浮誇，我以為兩人的性格也差不多，沒想到她竟然會害羞。而且，明明臉都紅透了嘴上還要硬撐，實在很有趣。

根據書上的介紹，締結星約的兩名契約者中，神官是守護聖者，簡稱為「守聖」，而皇族或旁支成員則是盟約的主人，也就是「盟主」。

由於皇室是擁有更多權力的一方，可以從星約稱呼上看出其主導地位。不過，如果沒有神官的同意，這份契約便無法成立，而且據說如果契約者之間的關係變得疏遠，承受痛苦的也只有盟主這邊。這樣一看，雙方又達成了微妙的平衡。

「現在請起身，兩位閉上眼……」

星約儀式不知不覺來到了尾聲，聽說儀式很短，沒想到真的只花了約二十分鐘而已。不用給禮金也不用吃喜宴，簡單俐落，真是不錯。

「在此，我宣布兩位正式成為宗教伴侶，願主神祝福你們。」

侯爵笑容滿面地宣告。聞言，神官馬里爾在自己的聖所上釋放以太……

——沙沙……

只見擺在兩人之間那朵紫色鬱金香，竟在眾人眼前碎裂成無數光點。這是我今天目睹最神奇的一幕。

神官和聖騎士不同，他們不能用以太對生命施加傷害，也無法向無生命之物下達神諭。然而剛才，一朵鮮活的鬱金香竟然在聖所中消失了。

我靜靜地注視著金色光點飄向空中。那麼，這代表的就是……

「主神認可了兩位的盟約。恭喜你們，馬里爾，以及我的妹妹。」

侯爵溫柔的聲音裹住兩位契約者，當我意識到時，已經不自覺地發出「哇」的讚嘆聲。主神的旨意，居然就這樣直觀地展現在那朵紫色鬱金香上。

在《辭異女》世界觀中，主神是不容置疑的唯一真神，祂的權能日日透過遍布全大陸的以太展現。不過知道這種理論，和親眼目睹無形之神藉由鬱金香來表達意志，兩者的感受簡直天差地別。

我頓時起了一身雞皮疙瘩，心中冒出遲來的領悟——原來主神真的存在。我懷著這種感慨抬起頭，望著上方的主神教象徵。整片神殿中堂的天花板，都裝飾著向下指的箭頭紋章。

「我們是第一次在這裡見面。」

就在這時，一道熟悉的嗓音在耳邊響起，我回過神來，轉頭一看。

杜漢家兩兄妹和馬里爾團團抱在一起，另一位神官見證人已經打完招呼，準備要離開了，聖臺上就只剩下我和皇子兩人。

那雙顏色和芬達橘子汽水一樣的眼睛，正一眨也不眨地盯著我。

「對，確實……」

等等，不對吧？我的眉頭微微蹙了一下。雖說成人版是第一次，但我在這裡已經見過「賽迪」好幾次了。他明明也知道，為什麼還要說這種讓人誤解的話……

答案很明顯，他在試探我是不是真的「對皇子殿下一無所知」。真是討人厭的傢伙。

「……是這樣沒錯，即使在神殿裡見面，感覺卻了無新意呢。」

「……」

「那麼，我就先行告退了。」

我不等皇子回答，便頭也不回地走下聖臺。雖然好像有瞄到皇子握緊了拳頭，但應該是看錯了吧。畢竟神殿裡嚴格禁止暴力行為。

「王子閣下，今天真的非常感謝您來擔任星約見證人，我們杜漢侯爵家將永遠銘記您的恩澤。」

杜漢侯爵帶著深受感動的表情，動作誇張地向我行禮。安東妮和馬里爾也深深地鞠躬致意。這兩人不知道在樂什麼，始終眉開眼笑。

「這也不算什麼難事，希望兩位……擁有幸福的信仰生活。」

我盡可能說出最合適的祝詞。此時，坐在信徒席上等待的班傑明和加奈艾已經收拾好東西，準備動身回去了。

今天實在是大開眼界，又看見杜漢家那麼開心，感覺這個週末上午過得充實無比。

我向坐在另一側信徒席的皇子侍從們——特別是大衛，輕輕點頭打招呼，然後便離開了神殿。

「聖騎士、聖騎士、聖騎士……」

我蹲在皇室書庫的一隅，翻找著書架上的書。

天氣逐漸變得炎熱，我解開了上衣的兩顆釦子，袖子也乾脆捲到手肘上。

有關這片大陸上的神器情報，我已經從《噹啷啷！夏娃的大冒險》那本書裡掌握得差不多了，今天打算找些聖騎士相關的資料。

既然《辭異女》的男女主角雙雙覺醒成聖騎士了，我當然不能對這部分一無所知。

「早知道就直接拜託加奈艾，這裡的資料實在太少了。」

我嘆了一口氣。儘管皇室書庫藏書量龐大、內容豐富，但真正對我有用的資料不多。這並不是因為書庫的水準不足，而是因為這裡是李斯特帝國。

首先，這個國家直到最近才誕生了有史以來頭兩位聖騎士。再來，帝國的神官並不受皇室管轄，在某種程度上可說是另一個權力集團。最後，李斯特帝國與威涅諦安神國斷交，已經整整快三十年了。

所以說，要在皇室書庫找到一本介紹聖騎士是怎麼訓練、怎麼成長，或是聖騎士和神官之間怎麼相處的書，就和大海撈針差不多。

就算是加奈艾好不容易找到的那本《以太的自我介紹——聖騎士六週養成》，在神國也已經是四十年前出版的老古董了。

「唉……」

我毫無形象地一屁股坐到地板上。儘管我猶豫了好幾次，要不要請書庫的管理員幫忙找找看，但我總覺得讓女皇宮的人知道我對聖騎士有興趣，好像也不是什麼好主意。

我都翻了快兩小時了，就不能從天而降一本祕笈給我嗎？

——咚！

「啊！」

我嚇得抬起頭，一本薄薄的書掉在了我的腳邊。難道我把內心話說出口了？

「……童話書？」

仔細一看，書封感覺非常眼熟。我緩緩伸手過去，輕輕撿起那本書。

**《噹啷啷！夏娃的大冒險：夏娃．布朗凱與不死鳥聖騎士團》**

這是什麼副標題？抄襲嗎？

**伊芙琳大公，寫予他摯愛的孩子**。

翻過來一看，封底也寫著這句話，連筆跡都一模一樣。

我從地上爬起來，隨手翻了翻這本書。為了方便小孩閱讀而寫得大大的字體，以及精心著色的可愛手繪插圖，整體風格就和介紹神器的那本童話書一模一樣。至於主題……

**「夏娃，聖騎士一定要有神官搭檔喔。」**

**「少鬼扯。」**

**「哪有，是眞的啦。如果沒有搭檔，以太不夠用的時候會很辛苦的。」**

正好就是關於聖騎士！看到這麼忠於副標題的故事內容，我都覺得剛剛懷疑這本是抄襲作有點對不起人家了。

我上下掃視眼前的書架，在一排排書籍之間，找到了這本書掉出去之後留下的空隙。奇怪，我剛才有翻過這層嗎？

「你好呀，王子閣下。」

「哇！」

我的心臟被迫體驗了一回高空彈跳。我嚇得往後跳，結果一頭撞上背後那排書架。

「啊！」

「哎呀，我嚇到你了？」

透過書架縫隙，可以看到克莉絲朵不好意思的眼神。廢話，當然會嚇到啊！書和書之間突然冒出一顆藍色眼珠耶！

「非常抱歉，我不知道你的反應會這麼大……」

「我、我才沒有。」

「是是，王子閣下說得都對。我只是看你好像在找聖騎士的相關書籍，才會推一本推薦的書過去你那邊。」

克莉絲朵的聲音明顯含著笑意。我揉了揉後腦勺，努力平復呼吸。

果然不能相信電視上演的那種浪漫邂逅。男女主角用這種方式在圖書館相遇，怎麼可能會心跳加速，根本是不小心就嚇出心臟病好嗎？

「女爵，呃……原來您也可以來皇室書庫？」

「是啊，從上星期一開始，陛下特准我進來閱讀皇室藏書，努力學習，好成為一名優秀的聖騎士。」

克莉絲朵一邊說，一邊繞過書架走過來。那頭粉色長髮在頭上盤成了一個甜甜圈，看起來就像頂帽子，青灰色雙眼今天也閃閃發亮，充滿了朝氣。

此時此刻，我突然意識到，之前因為「皇室書庫」這個名號太令人興奮，我完全忘了一個非常重要的事實——這裡不只我能來，其實皇子、現在還多了克莉絲朵，全都能自由出入。

「好久不見，你用過餐了嗎？」

「用過了，女爵呢？」

我們理所當然地先問候彼此的胃，之後話題才回到書上。

「你明明連一次都沒來看過我和殿下的課程，沒想到竟然也對聖騎士有興趣呢。」

……聽起來怎麼有點帶刺。

「畢竟知道一些也沒有壞處。」

我盡可能地採取防守態度。只見克莉絲朵輕輕點頭，但比起相信我的話，感覺更像是「既然你這麼說那就當作是這樣吧」。希望只是我想太多了。

「我還以為我和皇子殿下被你討厭了呢。」

「不會，怎麼會討厭……」

我慌張得連話都說不清楚了。雖然我絕對不想因為和男女主角變熟而被拉去戰場，最後落到領便當的下場，但也不至於對他們有什麼反感。

畢竟是鄭恩瑞這麼喜歡的角色，我怎麼可能會討厭？但皇子那傢伙確實讓人有點煩躁就是了。

「那真是太好了。」

克莉絲朵的表情變得開朗了一些。我想著該怎麼轉移話題，於是晃了晃手中的童話書。

「謝謝您的推薦，這本書您也讀過了？」

「嗯，我請書庫管理員幫忙找的，可是關於聖騎士的書就只找到這一本。感覺在這裡讀書的話，比起成為優秀的聖騎士，應該會先成為優秀的歷史學家。」

確實是這樣，我苦笑了一下，帶著克莉絲朵來到另一座書架。畢竟她都幫我找了書，我也想回報一下。

「這是關於神器的童話書，也是伊芙琳大公撰寫的。」

「他真的很愛兒子呢，還為兒子寫了這麼多童話。」

「是啊，插圖好像也是親自畫的。」

克莉絲朵接過我抽出的《噹啷啷！夏娃的大冒險》，翻了翻封面和內容後，微笑著向我道謝。

既然已經決定成為聖騎士了，對她來說當然是盡可能多搜集一點珍貴的情報、越早獨當一面越好，這樣應該也能遇到不錯的神官搭檔吧。

不過，她剛才是說「兒子」嗎？

「對了，王子閣下，請問你有什麼想要的東西嗎？」

「怎麼突然問這個……」

「馬上就是你的生日了呀。」

看來除了我以外，所有人都很在意我的生日。但是女皇和杜漢侯爵的禮物就算了，我可不能平白接受主角的好意。如果就這麼大喇喇地收下禮物，等到她生日的時候勢必得回禮，我可不想這樣有來有往地和她變熟。

「大家最近都在聊我的生日呢。」

「因為《李斯特雙週刊》上寫了你是五月三十一日生日，帝國裡大概沒人不知道吧。」

原來罪魁禍首在這裡，難怪在慶祝宴上見到的每一位貴族都知道我的生日！

「這個嘛，陛下平時已經很照顧我了，所以沒有什麼其他需要的東西。」

「哎唷，生日禮物又不是為了得到需要的東西，而是一種氣氛。」

我從來沒有這麼想過，所以沒有回答，只是尷尬對她笑一笑。

克莉絲朵見狀，輕輕嘆了口氣。

「我明天就要和伊莉莎白爵士出發去北地了，大概要到六月才能回來。」

「您是指兩位要一起去過暑假的事吧。」

我點了點頭。在魔獸大討伐之後感情明顯變好的克莉絲朵和伊莉莎白爵士，之前有說過要在吹起「六月焚風」的時候，結伴去帝國的北部地區玩。

現在才五月，雖然出發時間比我預期的更早，但只要主角離開皇都，對我來說都是好消息。

「是啊，我們原本打算六月再去，但魔法師們改變了預言。快的話明天，最晚後天開始就會吹起焚風了。」

今天早上班傑明也說過類似的話。

帝國裡有著負責預言魔獸出沒和皇都天氣的魔法師顧問團，直接聽命於女皇，聽說他們昨天臨時更改了預言。

根據新發布的預言，焚風會比往年提早一週以上吹到皇都來。這不該叫預言，根本就是氣象播報吧。

「北地一定很涼爽，祝兩位度過美好的時光。」

「謝謝，應該會很有趣。其實伊莉莎白爵士是順道去視察領地的，現在正是海盜在北海出沒的時期。」

等等，等一下。

「海盜？」

「對呀！真希望可以親眼看到。他們並不會每年都出現，好像是在威涅諦安神國和帝國的領海之間活動……」

那雙滿懷期待的青灰眼眸，閃出了星星般的光芒。克莉絲朵滔滔不絕地說個不停，我則是因為腦袋一片空白，全都左耳進右耳出。

恩瑞的聲音彷彿梅雨季的大豪雨般猛然灌進我的腦海，清晰得就像本人貼在我耳邊說話。

「克莉絲前陣子不是被海盜綁走了嗎？那時候大家還為了她會不會領便當吵翻天了。」

「結果還是沒棄坑呢。」

「這麼有趣為什麼要棄坑？而且其實也沒有很虐啦，葉瑟和塞垃圾馬上就連手救她出來了，劇情推很快。再說，故事本來就不可能讓主角一路爽到底，也是要出現一些危機啦。」

難、難道是那段綁架劇情……

「王子閣下？」

「嗯？」

「你好像沒有在聽我說話。」

「……抱歉，可能是天氣太熱，我不小心恍神了一下。」

「哎呀，你確實流了很多汗。」克莉絲朵一臉擔心，掏出了一條手絹遞給我。「現在天氣還沒熱到那種程度，看來你很怕熱呢。」

儘管我自己也有手帕，但腦中正亂成一團，所以錯過了拒絕這份好意的時機。我只好默默接下手絹，擦了擦額頭上的汗珠。

在《辭異女》原作中，克莉絲朵有被海盜綁架過。雖然我不清楚事件的前因後果，只是聽恩瑞隨口抱怨過而已，但剛才克莉絲朵不只提到海盜，還說明天要出發去靠海的北方，顯然劇情就快進行到這一段了。

說是這麼說……

「謝謝您的手絹，我會洗乾淨再還您。」

「不客氣，那就麻煩你了。」

但主角這次可不會被綁架。我看著笑嘻嘻的克莉絲朵，在心中下了結論。

現在的她，已經不是原作中那個克莉絲朵了。儘管個性差不多，但克莉絲朵在吸收滄海之祝福後，擁有了強大無比的水之力，因此不可能在海邊受到任何傷害，該擔心人身安全的反而是那些海盜才對。

「等你來還手絹的時候，我再將禮物送給你。」

「女爵。」

「雖然還沒有那麼親近，但我們不是朋友嗎？」

克莉絲朵抬頭凝視我，讓我一時無法反駁。畢竟當時，在魔獸大討伐的溪谷中，面對著昏迷的「賽迪」，是我主動請她為我保密，也是我默認了她的「共享祕密朋友」宣言。

「……送我一個小紀念品就行了。」

結果我還是妥協了。

「紀念品也不錯，那就這麼說定了。」

克莉絲朵的笑容彷彿能點亮整個世界。我看著這樣的她，再次下定了決心。

如果這就是主角感化身邊配角的過程，那我就要當那個從頭到尾都不被動搖的，唯一的例外。

「請務必小心海盜。」

嗯，以防萬一還是提醒她一下。

「你是要我小心嗎？」

「畢竟世事難料嘛。」

這次克莉絲朵笑出聲音來。

因為她明天一早就要搭傳送門去北地，我便催她早點回去休息。克莉絲朵或許是看出了我的不自在，沒有堅持要留下來和我作伴，真是謝天謝地。

於是，我一手拿著伊芙琳大公的童話書，另一手拿著克莉絲朵的手絹，再次獨享整座書庫。

隔天也是平靜安寧的一天，然而對我來說，現在卻變得難以「享受」了。

「王子閣下，您很熱嗎？」

「這下不妙了，焚風都還沒正式登陸……」

站在床邊的加奈艾和班傑明焦急地看著我。

我正披著單薄的睡衣，癱在換成涼爽材質的床單上。明明這兩人看起來都還好，就只有我熱到快融化了。

真是不敢相信，葉瑟王子的體質竟然這麼不耐熱。現實世界的我並不特別怕熱或怕冷，沒想到現在居然被這種設定擊敗。可惡。

「我沒事。」

「請別這麼說，如果您今晚還是熱到難以入睡，就真的該考慮去避暑了。」

加奈艾滿臉擔憂，一邊幫我搧風一邊勸說。

記得十天前伊莉莎白爵士建議我去避暑時，我還一口婉拒，結果變成現在這副慘狀後，同樣的提議就立刻真香了。人還真是不見棺材不掉淚。

今天一早，克莉絲朵便帶著教廷派來的老師出發去北地了。至於賽德瑞克皇子，聽說等明天焚風正式吹起時，他也會到某位公爵的領地避暑。不過，這只是侍從們閒聊時提到的小道消息，我也不知道可信度有多少。

上午去女皇宮上課的時候，波帝埃樞機主教也提到接下來她會和女皇一起去夏季行宮避暑的消息。因此從後天起，應該就只剩我留在皇宮了。

要不是這該死的焚風，我就能獨享如此寬廣的皇宮，開啟飯店度假模式了。不對，應該要怪這該死的怕熱體質。

「焚風大概會吹多久？一星期？」

「短的話一週，長的話大約十天。在這段期間，皇都幾乎所有商店都會歇業，平民也會暫停工作、在家休息。」

可惡，我在心中暗罵。如果是我原本的身體，這點熱根本不算什麼，但王子的身體太過柔弱，我實在沒有撐過一週的信心。更何況，現在焚風都還沒正式吹起呢。

「焚風過境後，夏天就會開始像春季一樣舒服喔，王子閣下。白天雖然還是有點炎熱，但晚上會變得很涼爽。」

我一邊聽加奈艾的說明，一邊猶豫要不要厚著臉皮，拜託樞機主教帶我一起走。雖然硬湊一腳女皇和樞機主教的避暑行程有點尷尬……

「再睡一晚看看，如果我真的撐不住，明天我們再來討論避暑的事吧。」

「真是明智的決定。」

班傑明神情慈祥地點頭，將一籃滿滿的信件放到我的床上。這些都是李斯特貴族們提前寄來的問候信，祝賀我即將到來的生日。

禮物當然是全數進了皇室金庫，不過多虧女皇的體諒，像這種簡短的卡片書信還是能送到我面前。我自己是不在意能不能收到啦，但班傑明和加奈艾似乎相當感激女皇的仁慈。

「那麼，我們就先退下了。」

「祝您今夜好眠，王子閣下。如果真的很不舒服，就算是半夜也務必召喚我們過來喔。」

「謝謝你，加奈艾。你們也快去休息吧。」

我向一步一回頭的兩名侍從揮了揮手。等門終於關上，蹲在床角的狄蜜立刻三兩下爬到我的肚子上。

都已經熱得睡不著了，還多了一團暖呼呼的熱源貼到身上，簡直熱上加熱。可是，我也不忍心趕走對我撒嬌的小動物，只好默默忍耐。

我摸了摸牠的耳後，然後開始慢慢拆開那些信封。床邊放的一大盆冰塊正在努力地釋放寒氣。

「現在真的好需要冷氣啊。」

「嘰咿。」

狄蜜用頭蹭了蹭我的胸口，像在回應般叫了一聲。實在太可愛了，我忍不住笑了出來。

雖然現在還撐得住，但明天正式吹起焚風後，就算是為了狄蜜，我也得認真規劃一下避暑這件事了。

「這是杜漢侯爵送來的卡片，這是穆特……伊莉莎白爵士的母親寄來的，這是……」

——啪。

一張摺得像畫片[11]的紙從這疊高級信籤中掉了出來。

我眨了眨眼，有點意外。這是什麼東西，怎麼會混在裡面？

「狄蜜，你看，有人寄了這種東西來耶。」

「嘰。」

11 畫片（딱지），韓國傳統兒童遊戲「打畫片」中所使用的玩具，傳統造型為彩紙交錯摺成的四方形款示。

神獸動了動鼻尖，湊過來聞聞畫片。不過牠很快就失去興趣，癱回我的肚子上，應該是沒有感受到什麼奇怪的氣息。

我一邊想著該不會是哪個侍從的情書混進來了，一邊小心地拆開交疊摺起的紙張。

**親愛的洛絲納：**

**希望你過得平安健康，唯願我們能早日重逢。**

**祝你生日快樂。**

**——奧希洛。**

……肯定不是情書。我一臉僵硬地撐起上半身，狄蜜順勢滑下去，窩在我盤起的雙腿間。

我翻到信件背面查看，又湊到蠟燭邊照了照，確定上頭沒有隱藏的文字。信上的字跡看起來整齊大方，有寫到生日祝福，所以應該是寄給我的沒錯，但收信人和寄件者的名字都很陌生。

有種不好的預感浮上心頭，難道……

——轟轟！

就在這時，臥室中央的桌子突然起火。

「天啊！」

我抱著狄蜜和那張可疑的信，飛快地從床上跳了下來。幸好火勢只有拳頭那麼大，我毫不猶豫地抓起桌上的花瓶，朝火源潑了過去。

——嘶嘶……

「這又是怎麼回事！」我忍不住大喊。

幸好火焰很快就熄滅了。我本來就因為這封詭異的信心神不寧了，結果好端端放在桌上的手絹竟然還突然自燃……啊，那不就是克莉絲朵借我的那條嗎！

「水腥味真令人不悅。」

突然間，一道太過熟悉的童聲穿透耳膜，我嚇得猛然回頭。

「你……」

那雙橙色眼眸緊緊盯著我，一瞬間，我有種臥室再度著火的錯覺。

我頓了頓，還是忍不住開口罵人了。

「你不知道玩火的小孩晚上會尿床嗎？」

「……什麼？」

「賽迪」皺起眉頭，臉上寫滿了「你在鬼扯什麼」。

但真正無言的人是我才對吧？你有話想說，就不能白天堂堂正正從正門進來說嗎？大半夜潛進人家房間還點火，這到底是什麼離譜行為？

哪家教出來的皇子會做這種事？這種皇子還像話嗎？

「我說的是需要幫助可以來這裡找我，但不代表我的臥室直接變你的了好嗎？」

——叩叩。

這時，急促的敲門聲響起。我連忙向賽迪使了個眼色，搭配清楚的嘴型無聲說道：「**躲到床下。**」

男孩卻一動也不動，只是微微挑起眉尾。他明明知道我是什麼意思！

「王子閣下，您還好嗎？」

門外傳來加奈艾焦急萬分的聲音，大概是剛才我滅火的動靜被他聽見了。

加奈艾直到告退前都還在擔心我會熱得睡不著，依照他的個性，會先在臥室附近待命也不奇怪。

「喔！我沒事，只是……」

「我可以進去嗎？」加奈艾直接問道。

這下要被發現了。我立刻把狄蜜放到地上，火速衝向賽迪。

男孩的瞳孔明顯放大了一圈。既然這小鬼的身體如此嬌貴，不願屈尊躲到床底那種地方，那我只好親自動手了。

「嘿咻，稍微忍一下吧。」

我一把抱起男孩，比我想的還輕。恩瑞在這個年紀時可比他重多了。

「你竟敢……」

「噓！」
我抱緊他跑到陽臺上。這個臭小鬼竟然一路狂踢我的側腹，力道之大，感覺明天一定會瘀青。我的命也太苦了……
——喀嚓。
門把轉動的聲音清晰地傳進耳裡，我連忙回頭拉上陽臺落地窗的窗簾，揚聲大喊。
「加奈艾，不用進來沒關係！那個，只是有隻蚊子！」
「蚊子？天啊，我來幫您抓吧？」
「不用不用，我已經搞定了，剛才一把就抓到了。」
我一邊回答，一邊轉過頭。臂彎上方那雙年幼的橙眸狠狠瞪著我，像是要用視線燒死我。幹嘛，我剛剛的比喻不貼切嗎？每次都不請自來吸走我的以太，這和蚊子有什麼兩樣？雖然是我心甘情願給的就是了。
「去休息吧，加奈艾，抱歉這麼晚了還驚擾到你。」
「我還以為您又做噩夢了。」
「沒有啦，不用擔心。」
賽迪一聽見「噩夢」，表情微妙地變了一下。畢竟這傢伙靠著我的以太夜夜好眠，大概連想都沒想過其他人還會做噩夢吧。
「……那我就先退下了。如果您有什麼需要，隨時都可以叫我喔，王子閣下。」
「好，謝謝你。」
我屏住呼吸站在原地，一動也不動地等了一分鐘左右，等到覺得加奈艾應該已經走遠了，才終於抬起頭來。
那孩子早就停下踢人的小動作，正默默地看著我。
天氣本來就夠熱了，一陣緊張後又讓我的體溫不減反增。我長長地嘆了口氣，把賽迪小心地放到陽臺的椅子上。

不知道什麼時候跟出來的狄蜜，輕輕用尾巴纏住我的腳踝。

「要是被發現了怎麼辦？」

「為什麼會做噩夢？」

男孩答非所問，我忍不住苦笑了一下。

「神官的治癒力對自己無效，做噩夢也是類似的道理。」

「……」

自從我進宮後，身旁的人睡眠品質都變好了，據說每晚都能做美夢。但很可惜，我本人完全感受不到那種效果。

當然，我也不是每天都做噩夢，應該和一般人的頻率差不多吧。只是有一次我睡一睡被鬼壓床，好像還發出垂死呻吟，嚇得班傑明和加奈艾穿著睡衣衝進來，實在是不堪回首的回憶。

「我才想問你是怎麼回事？為什麼……會以太不足？」

我謹慎地措詞，絕對不能問出「都有慧劍了怎麼身體還會變小？」這種話。

「我見過這個筆跡。」

「你又要轉移話題了嗎？等等，你是什麼時候拿走的？」

我渾身一震，賽迪手中拿著的正是那封「可疑信件」。

我直覺想搶回來，但動作太慢了。男孩已經把信紙塞進懷裡，一躍跳上了陽臺欄杆。可惡！

「看來『洛絲納』是你的中間名。」

我抿緊雙唇。我自己也是這麼推測的，可是現階段沒辦法百分之百確定。就算是真的，我也不想讓這個臭小鬼皇子知道。

賽迪的雙眼瞬間一沉，「你在和這個『奧希洛』暗中勾結？」

「怎麼可能？」我立刻回答，緊張地吞了吞唾沫。

眼前的男孩雖然是我偶爾會照顧的小鬼頭，但同時也是賽德瑞克皇子。要是造成無謂的懷疑，對我一點好處都沒有。

我看著男孩被冷汗浸濕的額頭，視線停留了片刻，而後展開了聖所。

——啪沙！

陽臺上瞬間亮起比月色更加奪目的金光。狄蜜輕叫了一聲，在陣紋上綻放出幾朵不知名的小花。

「如果你和神國有私下往來……」

**【我從來沒有，也不打算那麼做。】**

我打斷了他，語氣毫不遲疑。突如其來的嗡鳴回音似乎讓賽迪吃了一驚。

**【我在神國已經等同死人，來這裡之後也差點喪命。光是寧靜度日都這麼危險了，我不可能再去做有勇無謀的事。】**

「……」

**【我發誓。】**

——沙沙……

當我用神諭立下誓言的那一刻，聖所瞬間明亮起來，銀白色的以太像瀑布般傾瀉而下。我站在原地，任由以太從頭上澆落，感覺就像在淋浴一樣。

強烈的光芒將視野染成一片潔白，溫暖的氣息籠罩著我的身體，彷彿極輕的一個擁抱。

直到光線退去，我才緩緩睜開雙眼。只見男孩依然危險地站在欄杆上，低頭注視著我。

「你向我許下了聖約。」

男孩開了口，雖然臉上沒什麼表情，但怎麼看都像有點滿意、又有點愉悅，感覺很不妙。

「為何要向『皇室私生子』證明自己？」

可惡……我皺緊眉頭。我還在想他怎麼都沒提這件事，原來是等在這裡。逃不過的黑歷史暴擊，讓我的耳根發燙起來。

我切斷傳遞給他和狄蜜的以太，火速解除聖所。就像關掉了日光燈，陽臺瞬間陷入黑暗。

「嘰。」

「抱歉、抱歉，我們去睡覺吧。」

我把抗議的狄蜜抱進懷裡，小熊貓用黑色的前爪扣住我的肩膀。

「你也別再說奇怪的話了，快點回去吧。」

我毫不留情地下逐客令，男孩卻連眼皮都沒眨，在原地一動也不動。

哇，這種不聽人話的樣子簡直一模一樣，我當初怎麼會傻傻相信是兒子呢？但是正常來說都會認為是兒子吧？

為了趕跑腦中互戰的想法，我立刻轉身走回臥房。反正再怎麼想也只會讓自己心煩而已。

「你一定會先屈服的。」

那小鬼突然從我背後丟出這句話，我立刻心頭火起，猛然回身瞪去。

「你這……」

然而欄杆上早已不見任何人影。只剩下潔白月光、漆黑夜幕，以及徐徐吹來的焚風。

我本來就很熱了，現在被怒火一燒，簡直就要原地蒸發。

「真是明智的決定，您居然主動提議要去避暑，真是太好了呢！」

我快死了。

「侯爵……抱歉，能不能請你小聲一點……」

再這樣下去，我應該會在戰死沙場前，就先熱死登出這次人生了。

「我知道了，不過王子閣下，陛下的辦公室在這邊。那裡是窗戶，您小心別摔下樓了。」

我踉踉蹌蹌地踏出腳步，努力聚焦天旋地轉的視線。跟隨在後的班傑明和加奈艾嚇了一跳，連忙一左一右扶住我的手臂和肩膀。

要不是從清晨起額頭上就不斷換新冰袋，我根本無法勉強維持意識清醒。吹起焚風之後的皇都，簡直就是人間地獄。

「看來您很不耐熱呢，其實這種程度的焚風還不算強烈喔！」

「請……安靜一點……」

我盡可能地保持平靜，不想對一早特地來送「生日禮物」的侯爵發脾氣。侍從也好、侯爵也好，大家看起來都沒事，偏偏只有我感覺快死了。這種不公平，讓我忍不住開始埋怨作者。

到底有哪部網路小說的配角會在一夜之間「中暑中到快掛掉」啊？一般都是透支力量虛弱咳血，不然就是替主角挨刀倒地這種吧？

算了，就算再怎麼酷、再怎麼悲壯，比起經歷那種等級的痛苦，還是中暑好了……

「我們快到了，王子閣下。」

侯爵用哄小孩的語氣安撫我，而在女皇辦公室外迎接我們的侍從長蘿拉，目光極為擔憂地看了我一眼，立刻敲了敲門。

——叩叩。

「陛下，葉瑟王子閣下和法蘭索瓦．杜漢侯爵閣下來了。」

「進來。」

我調整姿勢，自己站穩後，努力整理儀容。雖然不知道是不是自己是辦到的，但總之是可以見人了。

等女皇辦公室的門一開，我便邁步走了進去。

「神國王子，葉瑟．威涅諦安覲見降臨凡間之陽。」

「你比我聽說的還嚴重，看起來都快死了。」

菲德莉奇女皇的語氣帶著嘲弄。我昏昏沉沉地行完禮後，在某人的攙扶下坐到了沙發上。冰涼乾爽的皮革觸感讓我感覺活過來了一點，這時才發現攙扶我的人是波帝埃樞機主教，米色雙眼中盈滿了擔憂。

樞機主教涼涼的手輕撫我的臉頰，我全身的力氣像被抽乾了一樣，瞬間陷進沙發。腦袋又重又脹，隱隱作痛。

「殿下……」

「菲德莉奇，得趕緊送王子去北地才行，再這麼下去會昏倒的。」

「王子不是一天只能搭一次傳送門？拖著那副身軀能去哪裡？」

女皇嘖了一聲。

在我逐漸模糊的意識中，浮現了恩瑞和哥哥的模樣。就這樣死掉的話，可以直接回家嗎？還是說……得從頭再來一遍？

「陛下、殿下，我願意替葉瑟王子擔保，請送他去夏季行宮吧。」

「我贊成，菲德莉奇？」

侯爵率先開了口，樞機主教也轉頭徵求女皇的同意。

我的眼皮已經垂到一半，看不清她臉上的表情，冰袋也不聽話地一直往臉上滑。

「不能讓外人進入伊芙琳。」

「法蘭索瓦不是要為他擔保嗎？而且我們也很快就要過去了。」

「歐蕾利……」

在那之後的對話我便聽不清楚了，可能是在樞機主教面前放鬆下來，我就迷迷糊糊睡著或昏過去了吧。

但女皇應該是很快就同意了讓我一同前往行宮，等我重新睜開眼時，氣氛明顯變得輕鬆了不少。

「蘿拉，通知伊芙琳公爵，葉瑟王子今天也會使用皇室傳送門一同前往。」

「是，陛下。」

我在半夢半醒間，似乎聽見了這樣的對話。

伊芙琳……應該就是寫下《噹啷啷！夏娃的大冒險》系列的那位伊芙琳大公的領地。看來大公也是皇族成員，所以皇室行宮才會設在那裡。不過，帝國有數以千計的貴族，我也不知道實際情況是怎樣……

總之，我又撿回一命了。這次是從該死的酷暑中得救了。

「讓王子的侍從進來，得先帶他過去才能搭傳送門。」

隨著女皇一聲令下，樞機主教將一杯冰水遞到我的唇邊。我喝了幾口，努力擠出微笑向她道謝，臉色煞白的班傑明和加奈艾也在這時走進了辦公室。

兩人先向女皇行禮，女皇卻直接擺手示意他們不必多禮，先來處理我這邊的事。

「陛下，我還有、一句話想說……」

我在加奈艾的攙扶下，勉強起身開口。聞言，女皇微微挑起一邊眉尾，這種表情簡直和皇子一模一樣，原來是母子相傳。

奇怪的雜念一閃而過，居然讓我的腦袋稍微清醒了一點。我清了清喉嚨，直視著女皇繼續說道。

「在不久前的慶功宴上，陛下承諾過，我可以向您請求一件事。」

「沒錯。」

「如果您允許的話……請容我在這裡說出我的請求。」

女皇輕笑一聲。畢竟前一秒還半死不活的人，突然瞪大雙眼說有事相求，也難怪她會啼笑皆非。然而對我來說，這可是攸關日後生存的大問題。

昨晚和賽迪說過話之後，我想通了一件事，而現在就是付諸行動的時候了。

樞機主教輕輕把冰涼的杯子塞進我手裡，班傑明和加奈艾則是一臉震驚地望著我。

「可以，你說吧。」

女皇單手撐著額側，櫻桃色的眼眸閃爍著興致盎然的光芒，勾起唇角笑了。

我深吸一口氣，緩緩地開了口……

# CHAPTER 21

# 北方大公領地

真是涼爽。

「王子，你現在有好點了嗎？」

氣溫舒適宜人，我的嘴角揚起，緩緩睜開了雙眼。

「他醒了，菲德莉奇，來看看這孩子的眼睛。」

「都看過幾次了，有什麼好大驚小怪？」

天花板看起來很陌生。不，這次是真的很陌生。我眨了眨眼，盯著感覺特別近的天花板，過了片刻才發現它在輕輕晃動。

隨著意識逐漸清晰，也越來越感到不對勁。我明明躺在床上，天花板卻不停晃動，窗外還傳來馬蹄聲和馬夫的吆喝聲……

「啊！」

我猛然坐起身，材質涼爽的薄被從我肚子上滑落，一起骨碌碌滾下去的還有三團栗子般的小熊貓。

「嘰。」

「嘰咿。」

「嘰嗚。」

「哎呀，對不起，我沒發現你們。」

我一邊道歉，一邊輕輕拆開滾成一大球的神獸。狄蜜見到我醒來了好像很開心，蹦蹦跳跳地撲進我的懷裡。

我摸了摸小熊貓溫暖的身體和長長的尾巴，這才真切感受到自己復活了。現在既不熱也不冷，好像正在一輛移動中的馬車上。

「看來你沒發現我和樞機主教也在。」

我猛然轉頭看去。只見一旁的天鵝絨長沙發上坐著兩人，分別是蹺著腳斜眼看我的菲德莉奇女皇，以及帶著一臉放心笑容的波帝埃樞機主教。

我嚇了一大跳，趕緊在白色床鋪上坐正，恭敬地向兩位行禮。腦中開始浮現一連串問號——為什麼我會和這兩位尊貴人物搭同一輛馬車？為什麼只有我躺著，而她們卻坐著？

「覲見降臨凡間之陽與樞機主教殿下！」

「問候就免了，現在身體如何？」

「感覺好得不能再更好了……感謝皇恩浩蕩。」

我的回答讓女皇輕哼一聲，彷彿在說「知道就好」。樞機主教也溫聲開口了。

「這是施了冷氣保存魔法的特製馬車。這種馬車目前只有一輛，因此只能讓你和我們共乘了，希望你能諒解。」

「不，我才是打擾了兩位尊貴的大人，非常感謝兩位的寬宏大量。」

原來是內建空調和床鋪的高級馬車，我深深低下頭向她們致謝。

現在記憶也慢慢回籠了。事情是這樣的，我為了請求避暑的事，和杜漢侯爵一起去見女皇……

「請容我在這裡說出我的請求。」

「可以，你說吧。」

聽完我的請求，女皇露出饒有興致的淺笑。其實我原本不抱什麼希望，沒想到她竟欣然答應了我的要求。

與其說是因為信任我，感覺更像是念在我幫助過她的兒子——也就是賽德瑞克皇子，才會對我大發慈悲……但不管怎麼說，對我而言都是好事一件。

「班傑明，這幫我放到金庫裡……」

「是，王子閣下。」

就算熱得暈頭轉向，我還是強撐著，把女皇當場送出的「生日禮物」藏進房間的最深處。

總有一天，一定會派上用場……印象中，這是我腦中最後的念頭，結果安心下來後就失去了意識。

「你還記得自己是怎麼上馬車的嗎？」
「好像有聽見要去勒戈綜合交易所。」
「沒錯，我們在那裡搭上皇室專用傳送門，來到了伊芙琳。」
眼前一閃而過侯爵替我貼上防暈貼片的殘影。
「既然是皇室專用……」
「沒錯，就是只有我和菲德莉奇、賽德瑞克能使用的傳送門，可以直達伊芙琳。就算要讓侍從同行，也只限於核對過身分的心腹。」
我點了點頭。也就是說，我在半昏迷的情況下搭上了傳送門，如今身處的地方已經不是皇都，而是帝國北部的伊芙琳。
我悄悄探頭看向窗外，蔥蔥鬱鬱的高大針葉林立刻填滿了我的視野。地毯般的綠意在車前鋪展開來，遠方聳立著一座巍峨山峰，山巔還戴著一頂潔白的雪帽。在蔚藍的天空中，幾朵毛茸茸的雲朵彷彿在和陽光玩著捉迷藏。
視線往後一移，能看到幾輛跟隨的馬車，我想班傑明、加奈艾，以及其餘侍從應該都在那邊吧。
「連累兩位也得提早出發，實在是非常抱歉。」
我回過頭，朝車內兩人慚愧地低下頭。
說是「皇室專用傳送門」，肯定是具有資格使用的人在場才能啟動魔法陣。也就是說，為了把我送來伊芙琳，女皇和樞機主教必須配合我一起搭上傳送門。
對於區區一介質子，這樣實在是禮遇過頭了。
「這沒什麼，反正我們原本也打算今晚過來。」
樞機主教優雅地笑著，遞給我一只冰涼的玻璃水瓶。瓶中蕩漾的金黃色茶水，在冰塊的映襯下顯得晶瑩剔透。
女皇小聲咕噥了一句：「這是用山楂果煮的茶，帶點酸味，能讓你提提神。」
「謝謝。」

我正好有點口渴，立刻打開瓶蓋大口喝下。三隻小熊貓見狀抓住我的手臂，好奇地歪著頭。我輕輕笑了，輪流點了點牠們的鼻頭，這幾隻也是意料之外的旅伴呢。

「伊莉莎白爵士為什麼沒帶走牠們呢？」

「因為我說由我來帶。北方的神器就在伊芙琳，比穆特伯爵領近多了。」

樞機主教輕描淡寫地說明。我正看著開始在我腿上打鬧翻滾的三隻神獸，聞言抬起頭來。

「我不知道伊芙琳也有神器。」

雖然穿進《辭異女》已經超過兩個月，但我不知道的事還是遠遠多於已經知道的部分。除了從恩瑞那聽來的零碎情報，我就只能從本地的書上自行拼湊世界觀，而且大部分都是臨時抱佛腳學來的知識。

記得剛來到這裡的時候，就連刀叉的使用順序都要死記硬背。

「雖然我有在書上讀到『飛廉之方舟』在帝國北方，但都沒有寫是在伊芙琳呢。」我回憶道。

就連伊芙琳大公自己寫的那本《噹啷啷！夏娃的大冒險》也沒有提過，如果我沒記錯……

**「夏娃，我們家後院也有神器喔。」**

**「尼奇，我說過少鬼扯了。」**

**「是真的啦，那是主神的羽翼，叫做『飛廉之方舟』。」**

嗯……所以「我們家後院」指的是自家領地嗎？那我沒話說了。

「畢竟伊芙琳是比較近期才劃分的領地嘛。那麼，你對伊芙琳大公有什麼了解嗎？」

感覺樞機主教詢問的語氣有點可疑，但我還是老實地回答。

「我只讀過伊芙琳大公撰寫的童話書，對於本人其實一無所知。」

「童話書？」

那雙米色眼眸圓圓睜大，立刻看向身旁的女皇。這次換成櫻桃色的雙眼微微瞇起。

「該不會是什麼夏娃大宴會那套吧？」

「對，是陳列在皇室書庫裡的《夏娃的大冒險》系列。」

「哈哈哈哈！」
樞機主教開懷地大笑出聲。女皇略帶不悅地斜睨她一眼，又將視線固定回我身上，顯然不太想繼續童話書的話題。
「先別管童話書了，你說你不知道伊芙琳大公是誰？」
「是的，真的很抱歉。」
「不必道歉，那個稱號本來就只在領地內使用，神國的王子如果知道才奇怪。」女皇一邊鬆開領結一邊說道。
我在腦中整理從兩人口中聽到的情報，像拼拼圖一樣試著湊出輪廓。
首先，雖然伊芙琳大公是皇族，但他的領地是近年才設立的。再來，「伊芙琳大公」這個稱呼只在這座領地使用，因此他應該還有一個對外的稱號。最後，他為自己的孩子寫了童話書，而女皇和樞機主教好像也都知道這件事。
……不行，還是想不出來。這樣東拼西湊下來，實在有太多可能性了。
畢竟帝國的皇室旁支和貴族人口據說多達數百萬，光是葉瑟王子的家族關係就夠讓我頭痛了，哪還有餘力去記住皇室的家譜。
「所以，你也不知道伊芙琳公爵是誰？」
女皇又問，而我點了點頭。
「是的，我也不知道。不過，既然是公爵，想必是大公的孩子吧。」
「沒錯。」
雖然女皇認可了我的猜測，但她淺淺勾起的一邊嘴角，就像克莉絲朵亮晶晶的眼神那樣，讓人在不同意義上感到不安。我忍不住一把抱起三隻小熊貓，像花束一般圈在懷中。
「公爵現在正在領地外圍巡邏、掃蕩海盜，過幾天就能見到他了。我想應該很值得一見。」
為、為什麼值得一見？
「菲德莉奇，別捉弄單純的孩子了。」

「我哪有捉弄他？真要捉弄的話，是像這樣才對。」

女皇將銀色髮絲往後一撥，嘴角掛著一抹慵懶笑意，另一手將拆下的皺巴巴領結塞給樞機主教。

「從現在起，任何人都不得向葉瑟王子透露伊芙琳大公和公爵的身分，這是女皇的命令。」

「克莉絲朵女爵！左邊！」

「好！」克莉絲朵高聲回應，立即策馬轉向。

透過林木間隙，能見到伊莉莎白爵士那頭橄欖色髮絲隨風飄揚，幾乎與綠意融為一體。頭頂是層層疊疊的枝葉，馬蹄踏過褐色松針鋪就的地毯，兩人如疾風般穿梭於這片北地森林。而在她們之間，有隻獵物正使勁吃奶的力氣全力逃竄——那是一頭魔獸。

「呦——！」

乍看之下只是隻平凡的麋鹿，但頭上那對鐵角卻鋒利得像磨好的刀。每當牠發出尖銳的吼叫，周圍的普通士兵無不痛苦地捂住耳朵。

像這種情況，自然只有身為八級劍士的伊莉莎白，或是像克莉絲朵這樣的見習聖騎士才能應對。這頭魔獸速度極快，還會發出彷彿指甲刮過玻璃的刺耳音波擾敵。無論是伯爵領的神箭手、伊莉莎白的匕首，或是克莉絲朵的水流攻擊，都無法一擊命中那傢伙。

剩下的選項，就只有驅趕圍獵了。

——噠噠、噠噠、噠噠！

「多利安，我要使出水之力囉，別嚇到了。」

克莉絲朵輕撫身下馬匹的鬃毛，柔聲提醒。她也不忘先在馬耳邊製造出一點水聲，讓牠提前適應。微微的流水聲似乎讓多利安耳朵發癢，輕輕甩了甩頭。

克莉絲朵再次看向前方，在逐漸稀疏的林木之間，湛藍得近乎刺眼的北海撞入視野，一片陡峭的懸崖近在眼前。

「女爵，我先向後退！」

「沒問題，交給我吧！」

伊莉莎白慢慢讓馬匹減速，堵住魔獸的退路。

「喝！」克莉絲朵隨即揚聲大喊，威嚇前方的獵物。

魔獸沒發現堵在左側的準伯爵已經失去蹤影，反而加速往前飛奔。顯然是在感受到威脅後變得更加激動，嘴角不停滴落灰白唾液。

「呦呦、呦——！」

唰！森林驟然被拋至身後，眼前豁然開朗，無邊無際的大海撲面而來。突如其來的景色變化讓鹿形魔獸猛然驚起，鋒利的前蹄在空中轉向，準備回頭逃離……

——唰唰——！

瞬間，雪崩般的巨浪鋪天蓋地拍向那頭魔獸。

「咳咳、呦——！」

——劈哩劈哩——！

克莉絲朵在空中一甩皮鞭，只見以鞭尾指向處為原點，冰霜迅速擴散至整片打上懸崖的浪頭。鹿形魔獸無處可逃，就這樣在原地被凍成一座巨大的冰塊。

這麼做不只能一擊斃命，也能防止魔獸的體液滲入地面或擴散到周圍，雖然效率不及火屬性的騎士，但克莉絲朵還是對自己的收尾方式很滿意。

「辛苦了，女爵！這次也非常俐落呢！」

「謝謝妳，伊莉莎白爵士，妳也辛苦了。」

伊莉莎白策馬上前，臉上掛著爽朗的笑容。克莉絲朵的胸中也充斥著痛快的解放感，對她燦爛一笑。

開闊的海面、涼爽的鹹風、淡淡的松香，以及要好的友人相伴。自從穿越之後，她很少覺得如此享受，回頭一看，落在遙遠後方的那些伯爵領騎士終於騎著馬趕到。

薩爾內茲公爵家的人確實都對她呵護備至，其中至少有一半帶著憐惜的目光。可是，對於幾乎不曾得到父母關愛的「咸佳潾」來說，這樣的關心既讓人感動，也讓人吃不消。

所有人都親切得像排練過一樣，有時候反而讓克莉絲朵毛骨悚然，彷彿站在某場話劇的舞臺上，身邊的善意看似自然，卻隱隱帶著一絲僵硬。

只有少數人不會讓她有這種違和感。例如站在這裡的伊莉莎白爵士，和她的母親——穆特邊境伯爵，再來還有菲德莉奇女皇、波帝埃樞機主教、自己的「師弟」賽德瑞克皇子，以及那位有著清澈以太的葉瑟王子。

這些人之中，皇子和王子是最特別的存在，感覺就像……

——砰！

一聲巨響乍然爆發，克莉絲朵猛然轉頭朝海面望去。她還沒看清楚是什麼狀況，準伯爵已經揚聲大喊。

「有海盜！立刻通知邊境伯爵！集合士兵，往海灘去！」

遠處的海面上漂著一艘船，距離太遠，以致於看不清旗幟上的圖案，但從那個方向確實傳來了大砲聲。

「讓住在海邊的居民都去避難，帶上貴重物品，全部前往伯爵府！」

「遵命，準伯爵閣下！」

騎士們顯然非常熟練，沒有半個人露出驚慌之色，反而眼神更加堅定，隊列也更加穩固。

克莉絲朵看著井然有序行動的邊境伯爵家騎士，也冷靜地向伊莉莎白開口。

「伊莉莎白爵士，我也來幫忙。」

「那就太感謝妳了，女爵。」

伊莉莎白瞇起灰色雙眼笑了，用和平時相同的口吻說道。或許是因為經常應對海盜，她的態度不見半點慌亂與急躁，只是比平時更寡言一點而已。

「也請約翰老師和神官過來吧，說不定會需要他們的幫助。」

聽見克莉絲朵這麼說，伊莉莎白立刻點頭。

「去為女爵傳話，馬爾尚，交給你了！」

「遵命，準伯爵閣下！」

被指派為傳令兵的騎士飛快策馬奔向伯爵府，克莉絲朵看著他的背影，陷入短暫的沉思。

那位名叫「約翰・海恩斯」的男子，是教廷派來指導她和賽德瑞克皇子的聖騎士導師。雖然他對任何事都漠不關心，連用餐都嫌麻煩，但應該不至於袖手旁觀弟子自行對付海盜。

而且，也需要請他帶司祭級的神官一同前來，才能補充以太。雖說和葉瑟王子那種純淨的以太比起來，他的以太簡直像雜牌零食……但總比沒有強。

葉瑟王子啊，克莉絲朵迎著海風笑了。

來到這個世界後，她只在兩人身上感受過那種鮮活的存在感，王子就是其中之一。

儘管不知道確切原因，也因為感覺太過主觀，而無法好好用語言描述……但只要皇子和王子在她身邊，周圍的一切就會變得鮮明生動，而且，也會比任何時刻都更加強烈地感受到，自己正切切實實地活著。

雖然伊莉莎白爵士和波帝埃樞機主教也能帶給她類似的感覺，但還是比不上那兩名青年。王子和皇子，是克莉絲朵見過最「清晰」的存在。

當然，那兩人給她的印象截然不同。

賽德瑞克皇子和自己，是藉由針鋒相對，發洩彼此怒氣和壓力的關係。只要全力以赴和他較量後，就能感受到一股聖騎士特有的解放感，讓她身心舒暢。

克莉絲朵本能上對皇子感到抗拒，因此作為對練的對象再合適不過。每次打到精疲力盡躺倒在地時，整個身體都會迴響著「我還活著」的生命感。

葉瑟王子則是有點特別，比如說……

「請務必小心海盜。」

那時她實在是覺得太荒謬，忍不住笑了出來。

葉瑟王子是個奇妙的人，儘管待人親切，卻總是保持著距離，雖然是個溫暖的人，但偏偏裝出一副冷漠姿態。

就算不像皇子一樣和自己交過手，但光是王子的存在，便能讓她感受到無法置信的生命力。彷彿整個世界都是ＨＤ畫質，只有他一個人切到了４Ｋ的超高解析度一樣。會有這種感覺，是因為他體內那龐大得異常的以太嗎？

──砰！

──嘩啦──！

海上又傳來一聲炮響，這次在離海岸非常近的地方炸起一道巨大的水花。所有人都面色凝重、準備迎戰，只有克莉絲朵露出一抹耀眼的微笑。

為了未解之謎鑽牛角尖，並不是「咸佳濼」的風格。她拋開腦中對於兩名美男子的思緒，重新握緊手中的深藍皮鞭。

克莉絲朵早已下定決心，只要不給這具身體原本的主人添麻煩，那麼自己想做什麼就去做。而今天的目標是──

「送我一個小紀念品就行了。」

「紀念品也不錯，那就這麼說定了。」

「海盜船也可以當紀念品吧？」克莉絲朵用哼歌般的輕快語氣說道。

初夏的陽光照耀在白色峭壁和湛藍海面上，雖然沒有在這麼遠的距離下使用過能力，但前方就是大海。

那麼，不妨放手一博。

老實說，我根本不好奇伊芙琳大公是誰，伊芙琳公爵又是哪位。

我完全、完全不感興趣，就算沒有任何人告訴我也沒差。光是顧好自己都忙不過來了，哪有空去管別人家的親戚？

我一邊在心裡碎念，一邊從馬車上跳下來，邁開大步往前走。坐在肩膀上的狄蜜和懷中的兩隻小熊貓不停發出「嘰、嘰咿」的可愛叫聲，班傑明和加奈艾則提著輕便的行李跟在我後面。

「有兩年沒來行宮了，想必會是段愉快的避暑時光。」

走在前頭的菲德莉奇女皇似乎很享受捉弄我，嘴角一直掛著隱約的笑意。只有波帝埃樞機主教在一旁嘟囔著「真是白長年紀了」、「我都替妳害臊」之類的話。她應該是帝國僅存的良心了。

「能在這裡見到您真是家族的榮幸，葉瑟王子閣下。」

「我也很高興見到你。」

大公宅邸的侍從長對女皇及樞機主教行完禮後，也恭敬地向我打招呼。

我們一行人的馬車奔馳兩個多小時後，終於抵達伊芙琳大公宅邸。或許是事先收到通知，侍從和僕役全都在門口列隊迎接。

別名「夏季行宮」的大公宅邸果然大氣堂皇，只是人手意外不多。不過既然是女皇的私人別墅，進出自然受到嚴格管制，所以傭人的數量也因此刻意精簡了吧。

「聽聞您在魔獸大討伐中表現出類拔萃，主神必將賜您無盡的祝福。」

「我也沒做什麼。」我擠出微笑回應，並看了看四周。

夏季行宮是座令人印象深刻的豪宅，藍色屋頂配上獨特的橙色牆壁，外牆四處鑲上華麗的金飾，而巨大的壁龕裡，則嵌著精美的雕像和銀製的精緻魔法燈。一左一右的巨大階梯通往行宮正門，彷彿宅邸正張開雙臂迎接賓客。

主建築的前方是一片草坪陡坡，中央佇立著一座用各色寶石點綴的噴泉。水池面積目測超過兩百平方公尺，就算放艘小船進去也綽綽有餘。

「真是美麗的地方。」

「謝謝您的讚美。」

聽見我的讚嘆，侍從長立刻彎腰回應。

與能感受到皇室權威的女皇宮不同，行宮看起來確實是個適合度假休養的地方，少了點皇宮的莊嚴氣派，多了更加大膽繽紛的色彩。雖然冬天應該會很冷，但現在吹著涼爽的微風，非常宜人舒適。

說實話，我原本還覺得臨時插一腳女皇和樞機主教的避暑之旅有點尷尬，可是親眼看到這種景色後，現在的感想是只有這點尷尬也不是不能忍。

「殿、嗯，伊芙琳公爵殿下通常會在那片草地上閱讀。」

「公爵殿下？」

「是的，聽說王子閣下也喜歡閱讀……因此想推薦您這個好地點。」

侍從長輕咬下唇，看他一提到伊芙琳公爵就強忍笑意的表情，就知道「皇令」已經傳達下來了，我不禁嘆了口氣。竟然為了捉弄區區質子，嚴肅地下達這種微不足道的命令……

「謝謝你，請先帶我去臥室看看吧。」

「是，這就帶您過去。」

侍從長向行宮的侍從們使了個眼色。女皇和樞機主教早已不見人影，似乎是先走一步去自己的房間了，只剩下我和侍從們一起踏上花崗岩階梯。

話說回來，公爵的敬稱為什麼是「殿下」？

對耶，他是大公的孩子，所以也是皇室成員，敬稱殿下也不奇怪。不是啦，我才不好奇呢。

「哇，太棒了，真希望能一直住在這裡。」

「我也是，王子閣下。這還是我第一次來伊芙琳，真是太美了。」

「嘰咿咿！」

我、加奈艾以及三隻小熊貓並排躺在野餐墊上。笑著旁觀的班傑明，為我們倒了些清涼的蜜灌木茶。

耀眼的陽光、涼爽的草地、清涼的樹蔭，還有身邊親近的同伴和可愛的寵物神獸。來到夏季行宮後，一切都是如此完美。如果我能一邊享受這樣的時光，一邊保住小命平安回家，那人生就真是太幸福了。

女皇說她要去打獵，順便抓點晚餐回來，樞機主教也理所當然地跟去了。而那位外出掃蕩海盜的伊芙琳公爵，則是幾日後才會回來。也就是說，我可以獨享這麼夢幻美好的行宮。

「對了，為什麼伊芙琳會禁止外人出入？有什麼特別的原因嗎？」

我突然想到這點，順口問了出來。加奈艾那雙金眸浮出一絲糾結。

「王子閣下，這是因為……嗯……」

「是因為伊芙琳原本是皇室的私有土地，將這裡稱為伊芙琳並劃分為獨立領地，都不過是近年的事。這是特別賜給大公的土地，因此除了最親近的家人和賓客外，外人皆無法出入。」

「原來如此。」

班傑明代為解釋，在不提到伊芙琳大公或公爵身分的前提下就解答了我的好奇心，果然厲害。

我點點頭，坐起身來。接著一手抓起水蜜桃，另一手拿起羽毛筆，翻開記事本。

「不過，我也不是好奇大公或公爵的身分才問的。」

「咦，這麼突然？」

我補充的話讓加奈艾一臉困惑。見狀，我默默轉開視線，遞出水蜜桃。

狄蜜立刻湊過來，抱著我的袖子啃起果肉，不過另外兩隻小熊貓看起來就沒什麼興趣。

我維持著這個姿勢，在記事本上寫下那些真正重要的事。

**△賽迪與可疑信件**

其實這才是我最在意的地方。昨晚，我在葉瑟王子收到的生日問候信中，發現了一張奇怪的信籤。那是某個叫「奧希洛」的人，寫給「洛絲納」的信，從內容來看，擺明就是神國的某人在詢問我的近況。

雖然那張信籤很快就被賽迪那小子搶走了，但因為字數不多，我已經全記起來了。而讓我在意的是……

**△賽迪與可疑信件**

**——奧希洛是誰？**

**──洛絲納是我的中間名嗎？**

**──賽迪怎麼處理那封信了？**

……諸如此類。

「奧希洛、奧希洛。」我小聲唸著。

從信籤內容看來，和我原先推測的不同，神國那邊其實還有人擔心著葉瑟王子的安危。信上的口吻不像是戀人，更像是家人或朋友。

朋友的話我一點頭緒都沒有，但如果是家人，倒是有幾個候選人。

**──奧希洛是誰？：我不知道的朋友、克莉絲汀娜女王、愛麗莎王儲**。

我咬了咬羽毛筆的尾端。女王有必要這麼偷偷摸摸送信給我嗎？只要她想要，隨時可以大大方方公開捎來給兒子的書信，沒必要遮遮掩掩。但是王儲……

「他們說──王儲和親王，並沒有站在同一陣線。」

「您這是非常危險的發言。」

我想起上個月《李斯特雙週刊》主編薩拉．貝利亞爾對我的採訪。那時，貝利亞爾爵士確實說了這種話。

她還說，帝國和神國在國界發生武力衝突，是愛麗莎王儲的自作主張，沃爾諾親王並不知情。

想到這裡，我微微皺起眉頭。

會不會是王儲避開親王的耳目，偷偷送信給我？換句話說，神國王室的手足三人，搞不好關係並不差？

「嗯……」

雖然是個合理的假設，但輕易下結論還是太危險了。畢竟當時貝利亞爾爵士也說過，這些都只是傳聞。更何況，信籤也有可能是我不知道的第三方送來的。

光憑這些線索，就判斷王儲和我站在共同陣線，或者神國那邊還有我的同伴，都還太早了。

我調整了一下手上拿著的水蜜桃，以免狄蜜吃到果核，然後視線又移回記事本。躺在一旁的加奈艾，不知道什麼時候已經睡著了。

**——洛絲納是我的中間名嗎？**

與此同時，我的腦中也自動跳出熟悉的男孩嗓音。

「看來洛絲納是你的中間名。」

八成就是，但這點只能靠葉瑟王子的家人或摯友才有辦法證明。

恩瑞沒說過《辭異女》角色的中間名，就算有，我也記不得。想到這裡，腦中突然浮現一串對話……

「我選北方大公。如果一部浪漫奇幻小說裡有很多潛在男主角，那一定要選北方大公。」

「西方的不行嗎？」

「哥，西方才沒有那種設定啦。假設有皇儲、國王、北方大公和魔塔之主，那一定要不管三七二十一抓住北方大公。」

「為什麼？北方常常被襲擊，不是很危險嗎？要是婚禮舉行到一半領便當怎麼辦？」

「別再看《權力遊戲》了。」

……對耶，這裡正是浪漫奇幻世界裡的「北方」，而且還是「大公」的領地！

我立刻收起慵懶的姿勢，猛然坐直。一旁端著馬林糖[12]準備投餵我的班傑明，被我嚇得一愣。

我倒也沒有特別好奇，但右手卻像被鄭恩瑞附身一樣，開始在紙上動了起來。

**△北方大公的特徵**

**——沉默寡言**

**——認真嚴肅**

**——很帥**

**——穿著毛皮斗篷（夏天可能不會穿）**

**——態度冷冰冰**

12 馬林糖（Meringue），一種由蛋白和糖打發烤製的甜點，又稱蛋白霜。

## ——只對戀人溫柔？

「……很好，完全不懂。」我喃喃自語道。

這種傢伙豈止一兩個啊？照這種設定來看，皇子也能算是北方大公了。

「北方大公」的謎團依舊未解，晚餐時間就這麼到了，但這種情報知不知道都沒有影響啦。

「今天我請客。」

夕陽正要沉入伊芙琳的地平線，狩獵歸來的菲德莉奇女皇帶著一臉滿足的笑容宣布。

平常也都是她在請客，今天幹嘛要這樣特別強調？我正這麼想著，出門一看就懂了。

「哇，這裡根本是傳說中的超高檔莊園別墅。」我低聲驚呼。

夏季行宮的遼闊腹地有著各式各樣的休閒設施，甚至還有專門用來舉辦營火晚會和烤肉派對的巨大草坪。

我們在行宮侍從的帶領下來到宴會現場，一眼就看到女皇親手獵回來的巨大麋鹿，大小和一輛休旅車差不多。嚴格來說，那是長得像麋鹿的魔獸。

「竟然能品嘗到陛下親手獵捕來的魔獸……這簡直是連子孫都會代代銘記的榮耀啊！」

加奈艾那雙金眼亮得像裝了ＬＥＤ燈，我也驚訝得合不攏嘴。

行宮的主廚帶著助手前來，現場進行解體秀，一旁還有一群目不轉睛的圍觀僕役。

「原來魔獸也可以吃，我都不知道呢。」

「包含穆特伯爵領在內的北部地區冬日漫長，常有糧食短缺的問題。因此自古以來，北地居民便會合力獵食魔獸，後來這種料理方式也流入了貴族之間。」

班傑明一邊為我拉開椅子，一邊說明。真是有趣的背景文化。

「謝謝。不過，魔獸的毒素和體液該怎麼處理呢？」

「請看那裡，廚師們全都戴著手套進行料理。而且北地魔獸的毒性不像中南部那麼強，通常只要充分烤熟，就能去除危險成分。」

我點了點頭。聽見這麼貼近生活的小知識，我差點忘記自己身處的是小說世界。

草坪中央的巨大營火熊熊燃燒，火光把每個人的臉都映得一片橙紅。能和班傑明、加奈艾以及其他侍從一起用餐，讓我很開心。平常如果不是我強烈要求，或是地點僅限在我的房間，基本上沒有機會這樣同桌吃飯。

夏季行宮的階級制度確實比皇宮寬鬆許多，想來也是女皇的刻意為之。在優勝慶功宴上我就感受到了，這位女皇的性格其實比我想像中灑脫，也更親民。

「真的好好吃，入口即化，一點腥味都沒有。」

「是啊，王子閣下，而且肉汁也很鮮甜。」

「沒想到鐵冠鹿的肉質竟如此美味。」

雖然主廚有加上一些調味料，但撇開這點不談，肉本身的味道還是令人驚艷，幾乎沒有一點腥羶味。我一邊驚嘆，一邊細細咀嚼柔嫩的魔獸肉。

其他桌的侍從們也一邊享用美食酒水，一邊輕鬆地聊天。在我們這張桌子下，兩隻小熊貓蜷成一團睡得正香，狄蜜則是獨自抱著一顆李子，奮戰得熱火朝天。宴會的氛圍平和又溫暖，讓人不自覺感到身心放鬆。

就在這時，我突然有點好奇，克莉絲朵和賽德瑞克皇子現在正在做什麼。

我只是個配角，就算沒有我，《辭異女》的劇情也能好好進行下去。但男女主角可不一樣，說不定正在某個地方經歷什麼爆發性的成長，或是在某事件中大大活躍。想到這裡，我不禁有點期待起來。

「……」

為了壓下這種莫名的悸動，我喝下一口加了蘋果醬的氣泡水，正好與坐在對面那一桌的女皇四目交接。只見那雙櫻桃紅眼眸，被火光染成了斑斕輝映的橙色。

這樣的眼眸讓我再次想起賽迪，還有那封可疑信件。我連忙點頭問候，藉機避開她的視線。

那小子會不會已經把信籤交給女皇了？

「王子閣下，沾點雷莫拉醬[13]一起吃看看吧。這裡的雷莫拉醬比皇宮的多了些辣味，和魔獸肉很搭。」

「嗯，謝謝。」

我接過加奈艾遞來的醬料，順勢垂眸盯著碟子。

不對，不可能。如果那封信真的送到了女皇手上，她應該會把我叫去問話才對。儘管我對女皇的認識不多，但她肯定不會放任這種事不管。

也就是說，信籤還在賽迪手中？

為什麼？他又打算做什麼？

……我可以信任皇子嗎？

「你好呀，王子，魔獸肉還合你的口味嗎？」

耳邊傳來熟悉的溫柔嗓音，打破了我的沉思。一抬頭，便看見波帝埃樞機主教正微笑著站在餐桌前。她自己端著餐盤和香檳杯，身邊沒有半個人跟著，就連她的侍從總管娜塔麗都不在。

班傑明和加奈艾連忙起身行禮。

「不用了，沒關係，我只是想和各位一起坐坐。」

她輕輕搖頭，語氣像風一樣柔和。兩名侍從僵硬地再次坐下，我則是笑著歡迎這位老師。

「非常美味，您也吃了嗎？」

「嗯，菲德莉奇一直勸我吃，結果現在有點撐到了。」

樞機主教一臉無奈，在我身旁的座位坐了下來。她的盤子上確實只裝了一些簡單的甜點和水果。

我將魔獸肉切成一口大小，沾了點雷莫拉醬。

「所以，你找出伊芙琳大公是誰了嗎？」

她的語氣帶著打趣，米色眼睛笑意盈盈。我不自覺皺起眉頭，原本因為賽迪和信籤而沉甸甸的心情，瞬間煙消雲散。拜託，我又不是傻瓜。

13 雷莫拉醬（Rémoulade），一種常作為魚類及肉類沾醬的蛋黃醬，法式製法是以美乃滋為基底。

「雖然還不能確定，但心目中已經有第一人選了。」

「哦。」

米色雙眼睜得圓滾滾，神情就像逗小孩一樣誇張。明明中午還在說女皇幼稚，結果可能是狩獵時被女皇傳染了，現在也滿臉寫著想一起捉弄我。

我將魔獸肉細嚼慢嚥吞下，這才沉穩開口。

「嗯，我覺得是亞歷山大親王殿下。」

「哇！」

「天啊。」

「哎唷，王子。」

加奈艾、班傑明和樞機主教皆同時倒抽一口氣。甚至有個正在送香檳的侍從也頓住腳步，看了我一眼。大家都瞪大雙眼，感覺眼珠隨時都會掉出來。

完蛋，看這個氣氛，我好像猜錯了。

「……看來是我說錯了。」

「真是沒想到。」

樞機主教垂下眉梢，苦笑著搖搖頭。班傑明和加奈艾也一臉認同地看著我。

我小心翼翼地提問：「如果不冒犯的話……我可以請問親王殿下生前是怎樣的人嗎？」

「嗯。」

她笑意微斂，目光有點遙遠，彷彿在追憶過去的某段時光。我正想說不方便回答也沒關係，但樞機主教已經開口了。

「他對每個人都很溫柔。」

「……原來如此。」

「正直、睿智，不管菲德莉奇做了什麼，他總是笑著包容。就算我惹是生非，他也一樣寬縱。」

「殿下會惹是生非？」

「我可是每天都和菲德莉奇待在一起，就算只是闖點小禍，也會像滾雪球一樣變得很嚴重。亞歷山大從小就一直在幫我們收拾善後。」

樞機主教輕輕笑了，語氣裡滿是懷念。

果然，女皇的丈夫和鄭恩瑞口中的「北方大公」設定差距甚遠。他似乎不是那種面癱的冰山王子，而是一名溫柔體貼的寬和男子。

我原本還以為這位伊芙琳大公就是女皇的丈夫，但現在看來，應該只是女皇的親戚或叔叔吧。

「他也是一位非常了不起的魔法師。」

「這我也有聽說。」我點頭附和。

據說親王是帝國有史以來最強大的魔法師，甚至獲得「顫慄的大魔法師」這種稱號。不僅曾經在魔獸大討伐中奪冠，就連身為劍術大師的女皇本人，也不一定能在每次對決中贏過他。而且和多數魔法師不同，他擁有兩種瑪那特性。

「而且非常疼愛賽德瑞克。」

樞機主教的語調有如哼唱般輕柔。

我想起在魔獸大討伐中暴走的皇子。他在看見父親的幻影後勃然大怒，幾乎焚盡整座山脈。可見那對父子的感情，真的非常親密深厚。

對話暫時告一段落，樞機主教低聲哼著搖籃曲般的旋律，慢慢喝著手中的香檳，而班傑明、加奈艾和我繼續默默進攻烤肉。

我一度有點後悔自己提了不該問的問題，偷偷瞄了樞機主教一眼，但她只是笑盈盈地看著我。

「逆著紋理垂直切開的話，肉吃起來會更軟嫩喔。」樞機主教溫柔地提供建議，接著像是突然想到般繼續說道，「這麼說來，明天你就能知道大公的名字了。」

「是嗎？」

「我們不是要一起去神器所在的鐘塔嗎？」

我想起來了，那確實是明天的行程。

今天是避暑的第一天，所以我們決定先好好休息，明天再帶著三隻小熊貓一起去看神器。北方的神器飛廉之方舟，和直接插在荒野裡的火星之慧劍不同，也不像滄海之祝福那樣保管在薩爾內茲領主城堡裡，據說是被供奉在伊芙琳領地的鐘塔之中。以收藏地點來說，感覺有點奇妙。

這時，樞機主教給出了謎語的最後一塊拼圖。

「而大公也在那座鐘塔裡長眠。」

「殿下，照目前來看，明天一早就能收隊回去了。」

夜色籠罩的營地中，騎士團長簡潔地做出報告。

男子——也就是伊芙琳公爵，將視線固定於地圖上，不發一語地頷首。

營地裡瀰漫著沉靜而嚴肅的氣氛，就和騎士團的主人一樣。營火在林間悄悄燃燒，橘黃的光暈映照在圍坐的騎士臉上，有人喝著咖啡，有人捧著熱可可，正享受著短暫的休息時光。

公爵的視線掃過地圖的最後一角，確認今天巡察的區域。戴著手套的手指輕點伊芙琳的右邊，也就是穆特伯爵領。

卡洛琳．穆特邊境伯爵，是帝國屈指可數的九級劍士，也就是所謂的劍術大師。

儘管年輕時，穆特伯爵與菲德莉奇女皇互不相讓，是彼此實力相當的競爭者，如今隨著年紀增長，兩人的關係也變得相當親近。畢竟穆特伯爵家世代忠於皇室，兩方沒有理由交惡。

穆特伯爵的領地東側緊鄰帝國邊境，北側則是直面海盜時常出沒的北海。因此，絕大部分的海盜襲擊都是由邊境伯爵騎士團擋下，在過去二十五年間，僅有兩艘海盜船成功攻至伊芙琳領地。

然而，每年都有些漏網之魚藏身於伯爵領地的松樹林，越過領地交界後潛入伊芙琳。這種海盜多半只是滿腦子幻想的愚蠢之徒，以為這座神祕且封閉的領地內藏著無數寶物，只等他們來大發一筆。

真正做過幾年海賊的老手，從來不敢踏入伊芙琳，但世界上總是不缺沒見過世面的傻瓜。由於伊芙琳不收稅金也不徵兵役，這些海盜餘孽便偷偷在樹林裡蓋起破木棚藏匿搶來的物資，甚至長住下來。

儘管年輕的伊芙琳公爵待在領地的時間不多，但是只要他一來，便會立刻率騎士團出巡，將這些宵小一網打盡。

如果有一天，這座領地也向平民開放的話，伊芙琳公爵想讓這裡成為全帝國最為安全宜居的地方。

「這次的掃盪似乎比往年更快結束。」

「邊境伯爵功不可沒。」

公爵低聲回應團長。一天之內完成掃蕩並不常見，但今年來襲的海盜數量明顯比往年少，算是一個好徵兆。再加上同樣開始進行夏日視察的伊莉莎白準伯爵，應該也展現了不俗的實力。

公爵姿態優雅地起身。

「殿下，明早是否要直接前往鐘塔？」

「我要先去見陛下和殿下一面。」

隨著他的動作，魔獸毛皮製成的斗篷如烏雲翻湧，在夜風中無聲蕩開。

團長恭敬地鞠躬，向公爵稟報：「我們收到通知，威涅諦安神國的葉瑟王子閣下明日會前往鐘塔，陛下與樞機主教殿下也會同行。」

「……」

公爵闔上美麗的雙眼，又緩緩睜開。

那座峭壁之上的神殿及鐘塔，不僅守護著風屬性的神器，還有他父親的陵墓，確實不可能讓王子獨自前往。

他沉思片刻，接著再次開口：「既然如此——」

「海盜船！發現海盜船！」

站哨的騎士大聲呼喊，營地瞬間嘈雜起來。騎士們一絲不亂地熄滅營火、整頓隊伍，公爵也毫不遲疑地站到隊伍前方。

——唰！

伴隨著俐落的劍鳴，男子抽出一把古老神祕的長劍。他筆直望向前方，堅定地邁出步伐。

不消片刻，就如揭開的布幕般，森林邊緣的草木豁然開朗，籠罩在黑暗中的懸崖輪廓出現在眼前。公爵的長靴踏上被鹽分與海風侵蝕的土地。

——嗖嗖嗖！

數十支長槍無預警騰空而起，懸在整齊列隊的騎士上方，瞄準大海的方向。然而，沒有任何騎士對此感到驚慌。

公爵瞇起眼，凝視著海平線。在伸手不見五指的漆黑海面上，船隻的燈火如日出般緩緩升起。

儘管距離雖遠，但看得出來，那確實不是普通的商船，也不是某位貴族的遊艇。

「不必稟報陛下，」公爵低聲宣布，「直接解決掉。」

他的手套不知何時已被摘下，就在這時，副團長大力揮動手中的魔石望遠鏡。

「殿下，是白旗！那些傢伙高舉著白旗！」

# CHAPTER
# 22

## 世上沒有壞神器

在公司上班時，我也經歷過類似的事。

當初明明是下定決心再也不要做這種事，才毅然決然轉職，結果沒想到穿進浪漫奇幻小說後，竟然還會有一樣的遭遇。一早就讓我覺得太荒唐，忍不住笑了出來。

「那國境巡察就照原定計畫進行？」

「嗯，沒理由再拖延了。」

我喘著粗氣，看向走在前面的兩人。菲德莉奇女皇和波帝埃樞機主教一邊慢慢散步，一邊討論著國事。女皇手拿一束鮮花，將雙手背在身後，樞機主教則是兩手空空，看起來輕鬆自在。

而我呢，肩膀上掛著兩隻小熊貓，左臂還夾著一隻，右手則拎著一個沉甸甸的野餐籃，亦步亦趨地跟在她們身後。

由於大公陵墓所在的那座鐘塔禁止侍從靠近，我實在不好意思讓長輩提東西，所以才自告奮勇，沒想到野餐籃比我想像的還重。

更麻煩的是，小熊貓們不知道為什麼，一直賴在我身上不肯下來。明明越接近神器，牠們應該會越受到吸引，真不知道發生了什麼事。

「我原本以為只是輕鬆的健行，沒想到一上遊覽車，才發現大家都是登山愛好者。」

「嘰咿。」

我看著狄蜜嘟囔，都是些在前公司時的鬼故事。前公司是一間規模不小的企業，我本來想在那裡工作幾年、累積經驗，沒想到對於大學剛畢業的新鮮人來說，那裡實在是太過殘酷的職場。

「整個部門大概有二十七個人吧，他們居然叫我一個人準備全員的登山零食和飲料，而且月底才能跟公司請款，所以我每隔兩週就要花私人的錢和時間做這種事。」

越靠近鐘塔，林間小路就越陡峭，我一邊喘氣一邊碎碎念。狄蜜就像聽得懂一樣，發出同情的嚶嚶聲。

前公司每隔一週的星期六會舉辦登山活動，我因為是菜鳥，所以當天得從天還沒亮就去買齊大家的食物帶上山。

「這些都過去了，後來去的公司很不錯，我只是突然有感而發。」

我笑著將狄蜜抱起來，輕輕用額頭碰一下狄蜜的小腦袋。其實和那時相比，現在這樣根本不算什麼。雖然野餐籃裡的紅酒瓶很重，但裡面也裝了不少是我自己要吃的東西，所以拿得還算甘願。

「王子，很重嗎？」

溫柔的聲音從前方傳來，我抬頭一看，不知何時停下腳步的樞機主教和女皇站在森林邊緣等著我。

「沒關係。」

我笑著回答她。王子的身體和我原本的體格差不多，雖然他幾乎沒有運動神經，也很不耐熱，但體力和肌力其實還不錯。

然而樞機主教還是走到了我身邊，抱起一隻小熊貓。

「嘰。」

「謝謝。」

「他加強訓練體力都不夠了，妳怎麼還幫他？」女皇不滿地說道。

我們從行宮出發之後都已經爬一個小時的山了，這程度應該算體力不錯了吧？

「王子不是賽德瑞克，他是來避暑的，不能讓他太辛苦了。」

樞機主教對我溫柔一笑，便繼續向前走。可是一想起皇子，又讓我心煩意亂起來。

沒多久，我們漸漸走出了森林。

「對了，那件事後來怎麼樣了？孩子們住過的那間旅館，不是有人私吞了賞賜嗎？」

「我交給西蒙處理了，但調查似乎要再花上一點時間。」

「為什麼？」

「旅館主人供稱把錢埋在山裡，結果派人去看時，已經都被挖走了。」

「事情變麻煩了，會是盜賊嗎？」

聽起來，樞機主教在問的，應該是之前在盧卡村發生的案件。至於西蒙，應該是指西蒙・德・

薩爾內茲，也就是克莉絲朵的父親。

看來盧卡村的事件是交給薩爾內茲公爵負責處理了。也是，帝國的女皇哪有空親自主持這種長期調查。

「快到了。」

女皇話音一落，頭頂的天空便開闊了起來。

一走出森林，燦爛的陽光便包裹住我們，我立刻抬頭看向前方。

「哇……」

我不忍不住感嘆。眼前出現一片遼闊的翠綠草地，再往前，便是白色的懸崖及無邊無際的湛藍大海。

我愣愣地將這片景色收藏進腦海中。涼爽微鹹的海風吹拂而過，花草一遍又一遍地低伏又立起。越過峭壁，可以見到北海及藍天將無垠世界一分為二。

而在這幅美景的中央，佇立著一座小巧的神殿與高大的鐘塔。整幅畫面充滿異國風情又震撼人心，美得不可思議。

「就是那邊嗎？」

「嗯，現在可以放神獸們下來了。」樞機主教輕聲回答我。

我望著那棟白色的建築與深藍色屋頂，小心翼翼地將兩隻小熊貓放到腳邊。可是，牠們還是沒有離開我的跡象。本來平常就是我在養的狄蜜先不論，但另外兩隻神獸怎麼也沒反應？

難道是感應不到神器的氣息？怎麼會？

「我們得再靠近鐘塔一點試試看。」我只好開口說道。

女皇看著那些像麻花捲般纏在一起的神獸，點點頭同意，臉色看起來不怎麼好。我們默默越過草坡，來到鐘塔前方。

「……那就是神器嗎？」

「嗯，那就是風屬性的神器，飛廉之方舟。」

聽著樞機主教的說明，我不禁皺了皺眉。

從地面仰望鐘塔頂端，可以看見頂樓只由四根石柱撐起屋頂，四面毫無遮蔽，而屋頂之下正懸浮著一件龐大又黯淡的東西。

滄海之祝福在書上的插圖是精心雕琢的藍寶石，火星之慧劍則是一把華麗的黑劍，但是那個……

「看起來好像發霉的杏仁。」

我簡單總結第一眼的印象。所謂的「方舟」，怎麼看都像是一團皺巴巴的錫箔紙。除了那是一顆豎立的橄欖球形狀之外，很難說出其他外觀特徵。

不管是加奈艾為我找來的神器圖鑑，還是《噹啷啷！夏娃的大冒險》裡的插圖，都和眼前這東西天差地別。

至於三隻神獸，牠們忙著追逐彼此的尾巴玩耍，對神器完全無感。而我自己也無法從神器上感受到絲毫以太，這實在太詭異了。

「先進去確認看看吧。」樞機主教苦笑著說道。

女皇不發一語地拿出懷中的鑰匙，打開了鐘塔的大門。

——喀嚓，嘰咿……

偌大的雙開門扉輕鬆地敞開。大概是有經過特殊處理，儘管長年受到海風吹蝕，門板及鉸鏈上也沒有任何腐朽或變形的痕跡。

我跟在女皇與樞機主教身後走進鐘塔。

「哇，狄蜜，你看上面。」

「嘰嗚。」

鐘塔內部並沒有樓層，從地面到頂樓底部之間一覽無遺，螺旋狀階梯沿著內牆蜿蜒而上，通往大鐘和神器所在之處。

多虧從石造鐘塔的縫隙間灑入的陽光，即使沒有照明，室內也意外明亮。而在巨大的圓形地板中央，橫陳著一塊寬大的長方形石板。

石板上放著一束花，雖然有點凋零，但還沒完全枯萎，應該是昨天剛放的吧。

「……」

女皇走上前，將手上的花束放到那束花的旁邊。

這裡，就是伊芙琳大公長眠之地。

「沒關係，王子，你可以靠近一點。」

與女皇並肩的樞機主教，輕輕握住女皇的手再放開，而後以溫柔的語氣呼喚我。

我正不知所措地站在一段距離之外，聽她這麼說，便小心翼翼地上前。我先把野餐籃放在門邊，再低聲叫小熊貓們乖乖在原地等，然後才走到兩人身邊。

我低下頭，看見了刻在墓碑上的文字。

**摯愛的丈夫、慈祥的父親、偉大的魔法師，**

**亞歷山大．妮可．李斯特，**

**一五六四—一六〇〇。**

「咦？」

我的眼珠差點瞪出眼眶，腦袋瞬間被太多念頭淹沒，讓我一時說不出任何話。

女皇瞥了我一眼，輕笑一聲。

「沒錯，伊芙琳大公是我的丈夫。」

「那……」我的腦袋根本轉不動，直接脫口說出最先想到的話，幸好沒有咬到舌頭。「非常抱歉，我應該也要準備鮮花才是。」

「無妨，反正只有我和我兒子會在這裡放花。」

女皇看起來真的無所謂，但我的耳尖還是滾燙起來。

「你明明可以去大公的書房偷看的，捉弄你還真有趣。」

「我已經如此麻煩兩位了，怎麼還能做出那麼無禮的舉動？」

「你也沒威脅侍從告訴你。」

「畢竟隨便威脅其他人也不好。」

我一邊回答，一邊慌張地望向樞機主教，感覺額頭都開始冒汗了。昨晚我猜對的時候就應該告訴我啊，今天我就不會兩手空空，只提著食物就過來了！

「可以給他一點祝福嗎？」

「什麼？」

然而樞機主教卻說出了毫不相干的話。

「亞歷山大生前連一次都沒見過王族神官呢。」

樞機主教這麼說著，唇角彎出淺淺的弧度。

我眨了眨眼，所以是要我過去拜一下，向親王打個招呼？我看向女皇，而她也輕輕頷首。於是，我緩緩在墓碑前單膝跪下。

亞歷山大．妮可．李斯特，連他的中間名都刻在碑文上了。難道，在《夏娃的大冒險》中登場的尼奇就是大公本人？

一想到這點，便讓我感到一陣鼻酸。

他帶著無限的情感，創作出世上獨一無二的童話書，如此滿懷愛意教導的對象，正是賽德瑞克皇子。

我抬起一隻手，輕輕覆在他的名字之上。

——啪沙！

金色的以太從我的指尖流瀉而出，像燈泡般耀眼。線條簡單的環包圍著我和大公的陵墓。

——嗡！

——砰！

遙遠的天花板上方，突然傳來一聲巨響。接著，一股劇烈的衝擊席捲整座鐘塔。

——轟隆隆隆！

「呀！」

地面劇烈震動，樞機主教一時失去平衡，跌倒在地，女皇立刻撲過去將她扣進懷裡。我則衝過去抱住三隻小熊，緊緊趴伏在地上。下一刻，震動像騙人一樣戛然而止。

可惡，剛才那是怎麼回事？

「……天呀，菲德莉奇，神器好像醒來了。」

樞機主教說了一句讓人摸不著頭緒的話。我維持著展開的聖所，緩緩抬起頭。從天花板的方向，有一道劇烈的亮光傾瀉而下。

——啪啪！啪啪、啪啪！

隨之而來的，是某樣東西振翅的聲響。

伊芙琳公爵佇立在船首，眺望越來越接近的白色石灰岩峭壁及鐘塔。

——唰唰、唰、唰唰……

海面上的清晨美得令人屏息，涼爽的海浪聲不停拍打耳畔。陽光筆直地灑落海面，海水顯得閃耀而透明。空氣也格外清新，每吸一口氣，便感覺肺部受到洗滌。

青年最後一次深深呼吸，然後轉過身。

「哪個無知者，竟然想得出挾持海盜船這種招數？」

他的唇間吐出刺人字句，身上的毛皮斗篷在海風中翻飛，似乎也鼓脹著熊熊怒氣。竟敢讓皇室成員在海盜船上過夜，簡直是不敬至極。他沒有收斂自己充滿壓迫感的氣勢，瞪向眼前的女爵。反正這女人的氣焰也不會這麼簡單被壓過去。

「非常抱歉，殿下，我沒想到那些傢伙會想同歸於盡，竟然發瘋到把舵毀了。」

克莉絲朵楚楚可憐地眨著那雙大眼，淚水在眼眶裡打轉。乍看之下像在懊悔，但仔細一看，只是忍不住打哈欠才眼角含淚而已。

公爵認真考慮要不要在這裡與女爵決鬥一場。這女人的粉色腦袋上，甚至大喇喇戴著一頂海盜帽。

「啊，真的好久沒在船上睡覺了。早安啊，賽德瑞克。妳昨晚睡得好嗎，女爵？」

從船艙那頭伸著懶腰走出來的，正是伊莉莎白。而伊芙琳公爵——賽德瑞克．李斯特怒瞪著她。彷彿在用眼神指責：「要闖禍就在妳自己的領地闖，為什麼把這女人也帶來我的地盤？」

準伯爵尷尬地苦笑。儘管她喜歡故意惹賽德瑞克生氣，或是和克莉絲朵一起胡鬧，但實在不擅長在這兩人之間扮演調解者。這一瞬間，她迫切地想念葉瑟王子。

「我昨天不是解釋過了？我們趁女爵用海浪困住這艘船時衝了上去，那些傢伙卻死活都不棄船，寧願把舵砸毀。最近的海盜還真狠啊。」

「所以就全體淪落到在海上漂流的境地？」

「女爵的以太也有限嘛，光是把船推到岸邊就很吃力了，海流和風向也不幫忙，你們的導師又累得呼呼大睡。對了，是不是該換個神官比較好啊？那位的以太也太少了。」

伊莉莎白的最後一句還刻意壓低音量。年輕的公爵和女爵同時皺起眉頭，畢竟他們本來就對教廷派來的神官有諸多不滿。不但只是區區司祭級，而且以太不僅少，更不如葉瑟王子那樣純淨。

——嗡！

——砰！

就在那一刻，從海岸方向傳來一聲巨響，三人同時轉頭看去。只見矗立在峭壁上的那座鐘塔，頂端正像燈塔般照射出耀眼的光芒。

——轟隆隆隆！

——唰唰——！

懸崖緊接著震動起來，海浪也因此變得格外洶湧。賽德瑞克和克莉絲朵的視線在空中交錯。儘管極其細微，兩人都本能地察覺到，在方才那波以太震盪之中，參雜著一絲熟悉的氣息——

那是葉瑟王子的以太。

我、波帝埃樞機主教和菲德莉奇女皇，一時面面相覷，反應不過來。鐘塔上方持續傳來某種巨大存在正在拍動翅膀的聲音。

——啪啪、啪啪！

「嘰咿。」

最快做出行動的是狄蜜，牠從我的臂彎中探出腦袋和前掌，試圖衝出去。

「狄蜜，不可以，就算是神器，也可能會有危險。」

我連忙抱緊狄蜜，樞機主教剛才有說神器「好像醒來了」。

神器，是主神旨意和權能的具現，也是祂親自賜予這片大陸的禮物。雖然應該是不至於一夕間改變心意，要用神器掃蕩人類，但……如果神器一直處於現在的狀態，那就不好說了。不知道會發生什麼事，最好還是小心一點……

——轟隆隆隆！

「唔！」

劇震再次席捲鐘塔，上下左右的晃動幅度之大，我的膝蓋甚至在石地板上擦出刮傷。

沒想到在一片混亂之中，狄蜜以外的兩隻小熊貓趁機鑽出我的懷抱。

「快回來！」

「嘰、嘰咿！」

這些小傢伙實在太聰明了，沒人教過，卻知道怎麼順著螺旋階梯向上跑。

直到剛才都興致缺缺的神獸，如今卻出現這麼大的反應，看來神器的存在感變強了。

就在天花板開始掉落碎石之際，震盪再度戛然而止。難道震動有某種頻率？還是說……

「歐蕾利，妳先出去。」

「不，我跟妳一起上去。」

女皇和樞機主教試圖說服彼此，而我已經抱著狄蜜拔腿往石階上衝。

就算神器出了什麼事不歸我管，我至少也得確保那兩隻神獸的安全。這些小傢伙要不是這麼可愛，早就被我痛罵一頓了！

「殿下，請照陛下說的做吧。兩位可不能同時身處險境。」

我邊衝上階梯邊往下大喊，樞機主教一臉訝異地看著我。

「不會有事的，我們很快就會下去了。」

女皇是劍術大師，我也不算弱不禁風的神官。雖然我覺得應該不至於出人命，但以防萬一，帝國這兩位重量級人物中，必須有一人先在安全的地方待命才行。

我相信樞機主教也明白這個道理，只見她沉穩地點點頭，站起身來。

女皇確認樞機主教離開鐘塔後，將敞開的大門用一塊石頭卡住，大概是在預防出入口被堵住。

「狄蜜，快叫你的朋友們回來。」

我一步跨兩階往上飛奔，同時輕聲吩咐。蹲在我肩上的狄蜜感覺有些為難，發出了「嘰嗚」的低叫。

也是啦，就連我都感受到了上方湧動的強大風屬性以太，何況是本能地受到神器吸引、負責守護神器的神獸，牠們更難抗拒那股力量。

——噠！

上一秒還在一樓的女皇，只是輕蹬一下便落在我的眼前。這種跳躍力也太扯了吧！

「哇……」

「要我扛你上去嗎？」

「不用了，我可以自己跑。」

女皇露出一抹笑意，隨即拋下我往上飛奔。鐘塔頂樓再次傳來振翅聲，但剛才爆發的那道光芒已經消失了。

「這些傢伙，動作怎麼這麼快？」

「應該是太興奮了！先把牠們哄回來，再帶牠們下去應該比較快！」

瞬間就追上兩隻搗蛋鬼的女皇不悅地抱怨，看來是捕捉失敗了。畢竟她沒有以太，想制服全力奔跑的神獸應該不容易。竟然是連劍術大師都抓不到的小熊貓……

「呼、呼……」

幸好鐘塔實際上沒有從地面目測的那麼高，我在頂樓入口前停下腳步，大口喘氣。女皇正等在那裡，單手按著劍柄。

——啪啪、啪啪！啪啪！

拍打翅膀的聲音變得更大、更清晰，我和女皇輕輕探出頭去，迅速觀察頂樓的情況。

「嘰咿、嘰！」

「嘰嗚——」

那兩隻讓我們操碎心的小熊貓，此刻正懶洋洋地躺在神器附近。而那件神器……

——啪啪！

是翅膀。那是一片有成年男子體型那麼大的翅膀，我不自覺地吞嚥唾沫。

「那個……」

「那是它原本的樣子。」女皇低聲說道。

我驚訝地張大嘴，看著眼前如此超現實的光景。

神器「飛廉之方舟」的真身，是一顆懸浮在空中的巨大豔紫寶石，連接著單邊鋪天蓋地的龐大羽翼。

那些羽毛根根銳利，看似金屬材質，但肯定不是普通金屬。因為神器振翅的聲音，並非鐵器碰撞的鏗鏘響動，而是真正鳥翼劃破空氣的聲音。

翅膀整體上是帶著透明感的銀白色，但在陽光下折射著淡淡的淺紫光澤。

「您說這是它原本的樣子，這是什麼意思？」

我瞥了一眼躺在神器附近的小熊貓，牠們目前還沒表現出什麼奇怪的徵兆。

「意思是，在我丈夫離世前，它就是這副模樣。你剛才說的『發霉杏仁』造型，是在亞歷山大死後才化成的。」

我瞪大了雙眼，思緒如滾輪般迅速轉動。

當亞歷山大親王還在世時，飛廉之方舟一直是這麼活躍的狀態，卻在他長眠以後，以一種類似蛹的狀態將自己封閉起來、陷入沉睡。

簡直就像切斷了與世界的連結，難怪連神獸都無法感知到它的存在。

「親王殿下生前經常接觸方舟嗎？」

「是啊，它是我丈夫的其中一個研究對象。」

研究對象？

「請問親王殿下也是聖騎士或神官嗎？」

「不，他連一點以太都沒有，只是單純的魔法師。」

「那為什麼……」

——砰！

我嚇得趕緊抬起頭。

「嘰咿咿！」

「你在做什麼？」

一隻小熊貓被神器的翅膀掃飛，狠狠摔在地上，我無法控制地大喊出聲。大腦一片空白，瞬間氣紅了雙眼。怎麼可以打這麼小隻的小傢伙！

「冷靜一點，你不是說要哄牠們回去？」

女皇在我衝出去之前，一把抓住了我的肩膀。那雙沉靜的櫻桃色眼眸直直望進我眼底，讓我恢復了一點冷靜。

我深呼吸幾次，緩緩點頭，在這裡意氣用事也沒有幫助。

如果神獸和方舟能和平共處，那我們直接掉頭回去也沒差。但現在方舟展現了攻擊性，就必須把那兩隻小熊貓一起帶下鐘塔。

「我們上去吧。」我說道。

女皇無聲地踏上最後一階，我跟著她一起進入鐘塔頂樓。這裡除了支撐屋頂的四根柱子外，沒有任何外壁，只要一步踩空就會立刻墜樓。

鐘塔之頂沒有欄杆、沒有防護措施，只有一件性情古怪的神器、三隻神獸，以及兩名岌岌可危的人類，三方相互僵持。

——颼颼！

——噹噹、噹噹……

高處的風勢強勁，掛在塔頂的大鐘輕輕搖晃，發出渾厚的鐘聲。

為了穩定身形，我單膝跪在地上，接著立刻展開聖所。

——啪沙！

金環將頂樓照亮，方舟的羽翼也隨之一震。見到兩隻神獸被神器嚇得緊緊抓著柱子低吼，我放輕了聲音，緩緩念出已經想好一段時間的名字。

**【蓋亞、波妮，過來哥哥這裡。】**

「嘰嗚。」

「嘰！」

三隻小熊貓中，體型最大的是蓋亞，第二大而且耳朵是黑色的那隻是波妮。

首先，蓋亞是大地女神，不用解釋。再來，波瑟芬妮住在冥界，感覺比較有黑暗的印象，我才借用了冥后的名字來取名。

兩隻神獸立刻啪噠噠地跑到我的身邊。趁女皇戒備著神器的間隙，我迅速地張開雙臂把牠們抱進懷裡，這下終於安心地喘了口氣。

**【沒事吧，有沒有哪裡受傷？】**

「嘰！」

「咕！」

**【你們以後要乖乖聽狄蜜的話，狄蜜是你們的隊長！】**

「嘰咿咿！」

狄蜜精神抖擻地吼了一聲，眼神認真得彷彿領悟了力量越大、責任也越大的真諦。

「那我們現在可以下……」

——砰砰！

我連忙壓低上半身。方舟的翅膀劇烈地顫抖，鐘塔頂樓的柱子被神器的振翅割出一道道裂痕，女皇也毫不猶豫地拔劍。

——唰！

「請等一下，陛下！」

「少囉嗦。」

「那可是神器，不可能被破壞。您應該也清楚吧？」

「要是放任不管，鐘塔可能會因此倒塌。」

我咬緊牙關。她說得沒錯，考慮到在鐘塔之下長眠的伊芙琳大公——亞歷山大親王，確實不能讓神器這樣大鬧。

但問題在於，女皇是一名劍術大師。根據我對《辭異女》世界觀的了解，劍術大師是能單挑一支軍團的強大存在。

「可是陛下的劍氣太危險了。」

「……」

「受到您的攻擊後，如果神器就此收斂，或是移動到其他地方，那當然最好。但那只是樂觀的假設，萬一神器選擇迎戰，反而釋放更多力量怎麼辦？」

「……嘖。」

女皇終於收回長劍，空氣中的緊繃感也隨之平息。我這才意識到，她也和剛才的我一樣，被情緒一時沖昏了頭，差點就親手摧毀了這座鐘塔。

——啪啪、啪啪！

「一定有辦法可以讓它冷靜下來。神器並不是魔獸，並不會無故傷害生命。」

我一邊說，腦子也一邊快速思考。

首先是女皇剛才無意間透露的線索。親王是魔法師，但生前也有研究神器，而他研究的對象之一正是方舟。

親王過世後便陷入沉睡的方舟，大概是因為我在鐘塔注入了以太，才會再次甦醒。

再加上，我擁有的不是一般的以太，而是來自另一件神器——祈願之聖盤中的聖水……

「那是以太的最純淨形態，也是至高無上的主神權能。」

「少鬼扯。」

我想起了伊芙琳大公——也就是亞歷山大親王寫的那本《噹啷啷！夏娃的大冒險》中的劇情。這是最近才讀過的書，因此內容還記得很清楚。

也就是說，我身上的力量，是最純淨的以太結晶。

「陛下，請問當初將親王殿下埋葬於此，是不是有什麼特殊的理由？」

肯定會有。我以其中一根完好的柱子作為掩護，詢問靠著另一根柱子的女皇。將堂堂女皇的丈夫埋葬於這樣的峭壁邊緣，絕不可能毫無理由。

「這裡是他的領地。」

「您誤解了我的問題。我指的是，為什麼不是埋葬於行宮，而是在鐘塔之下呢？」

「……因為那件神器。」

女皇皺著眉頭回答，這種表情太過熟悉，我彷彿看見賽德瑞克皇子的影子。

「雖然亞歷山大不是神官，但他馴服了那玩意。」

「您是說……馴服？」

我瞪大了雙眼，手臂似乎用了點力，懷裡的三隻神獸不滿地掙動起來。

「嘰咿咿！」

「抱歉、抱歉，我會小心一點。這有可能嗎？不對，請等一下。」

腦中突然閃過童話書的其中一頁。

**「來，夏娃，輕輕拍一拍神器，然後唱搖籃曲給它聽吧。」**

**「少鬼扯。」**

**「妳這句話說不膩嗎？飛廉之方舟就像隻自由自在的小鳥，如果想讓它屬於自己，就必須得到它的信任才行。」**

一道閃電似的領悟直擊後腦勺，我立刻全身泛起雞皮疙瘩，再次望向眼前那展翅的神器。

原來故事中尼奇對夏娃說過的話，不全然是對神器的比喻，而是結合了大公自己親身的經驗。他明明一點以太都沒有，到底是怎麼……不對，現在重要的不是這個。

「必須一邊輕拍方舟，一邊唱搖籃曲給它聽。」

「什麼？」

聽見我喃喃的複述，女皇皺緊眉頭。

「你到底在鬼扯什麼？」

「哈哈哈！」

我忍不住笑了出來，原來「夏娃」就是妳啊。明白這一點之後，即使現在的局面這麼緊張，我也控制不住笑意。

為了心愛的兒子而成為童話書主角的夫妻，世上應該沒有比這更浪漫的故事了。

「《夏娃的大冒險》上面是這麼說的，飛廉之方舟就像一隻自由自在的鳥，必須得到它的信任才能讓它聽話。」

「……哈。」

「您沒讀過丈夫撰寫的這本名作嗎？」

我朝女皇咧嘴一笑，走出柱子後方，讓懷中的三隻神獸跑去女皇那邊。

女皇微微瞇起雙眼，「你想幹嘛？」

「必須由我來做才行。雖然不知道專業爸爸當初是怎麼哄它的，但既然現在這個寶寶是因為我才甦醒，我就必須負起責任。」

「專業爸爸？」女皇疑惑地呢喃。

我又向前走一步，同時瞥一眼身後。

──唰、唰唰……

透過毫無遮擋的柱子之間，可以輕鬆俯瞰陡峭的懸崖，以及下方劇烈拍打岩岸的浪花，彷彿下一秒就要沖垮整座鐘塔。

我有那麼一秒，真的很想拜託狄蜜幫我用藤蔓織一條安全繩。但那樣的話，結構已經被震得很脆弱的鐘塔，在支撐巨大植物時可能會直接整棟坍塌，大概連作為地基的懸崖都會一起崩落。

相較之下，如果是直接墜樓，雖然可能運氣差一點撞到巨石死翹翹，但運氣好掉進水裡的話，或許還能撈回一命。

……應該想著不要掉下去才對。我把注意力放回神器身上，接著非常、非常緩慢地伸出手。

**【嗨，你好啊。】**

──啪啪……

方舟緩緩拍了一下翅膀。我一邊輕聲說話，一邊小心地將以太釋放到聖所中，神器看起來好像沒那麼草木皆兵了。於是，我的手逐漸靠近神器。

**【不用怕，我不會傷……】**

──啪啪！

我的身體頓時騰空，被翅膀搧飛到鐘塔之外，視野立刻被一片湛藍天空取代。

看來我太放肆了。

「不！」

「嘰──！」

我聽見菲德莉奇女皇的大喊，狄蜜也發出絕望的悲鳴。

──颼颼──！

「唔……」

墜落的速度太快，風聲在我耳邊凶猛呼嘯。

我的眼睛睜不太開，好像看見了狄蜜甩出藤蔓想抓住我。第一個閃過的念頭是「這樣鐘塔可能會塌」，遲了一步才感受到墜落的恐懼。我想轉頭確定一下自己的落點，又怕真的看到。

鐘塔迅速遠離了我的視野，我緊緊閉上雙眼，心中瘋狂祈禱能掉到海上。拜託、拜託是水。

——嘩啦！

背後真的撞上了冰涼的水，接著……

——砰！

「咳咳！」

「啊，我的腰。」

「唔。」

我在海面上痛苦地掙扎，等等，好像不是海面……

「啊呃、哎唷喂……」

衝擊力道實在太大，我不由自主發出奇怪的呻吟。墊在我身下的，既不是海面、也不是巨岩，情況太出乎意料，我的腦袋直接宣告當機。

觸感有點硬又有點柔軟，視野全被一片黑色填滿。這是在象徵我的人生現況嗎？還是說，其實我已經死了？

「下去。」

「王子閣下，你還好嗎？」

過於熟悉的聲音，讓我猛然瞪大雙眼。我反射性一把撐起上身坐起來，結果立刻對上一雙燃著怒火的橙玉眼眸，正從下方瞪著我。

「瘋了吧，你怎麼……」

我震驚得連話都講不清楚，眼前的情況已經夠讓我頭昏腦脹了，額頭還一陣陣刺痛。看來剛才八成是一頭撞上皇子的鋼鐵喉結或下巴之類的地方，我一邊揉著額頭，一邊試圖把紛亂的思緒整理成一句話。

「我不是從懸崖上摔下來了嗎？」

「我接住你了。」

「是我先接住的，我用水減緩了你墜落的速度。」

皇子剛不耐煩地說完，旁邊立刻傳來某人開朗的聲音，我連忙轉頭看去。

「……薩爾內茲女爵？」

「我在！不過可以請兩位先讓開一下嗎？我的腳被你們壓住了。」

「啊，非常抱歉。」

我趕緊從人體床墊上跳起來，克莉絲朵也像松鼠一樣輕巧地從縫隙中鑽出來。她揉著腰低聲痛呼，馬上做出一張貼布狀的冰塊貼到自己後腰上。她一定是個天才……不對，重點不是這個。

「謝謝兩位救了我一命。」

總之我先向這兩人道謝，一連串的突發狀況讓我還喘不過氣來。

雖然全身疼痛、額頭好像會腫一個大包，但比起這些，我更想知道現在到底是怎麼回事？

見皇子已經姿態高貴地站起身，我便緩緩環顧四周。

人、船帆和桅杆、木製的甲板，以及後方的天空。

「……這是一艘船吧？」

而且還是飄浮在空中的船。

「是海盜船喔。」

她說什麼？

「王子閣下提醒我要小心海盜，於是我便小心再小心，結果就變成這樣了。」

「因為太小心，所以綁架了整艘海盜船？」

我是擔心她被綁架才叫她小心，沒想到她直接變成綁架犯。劇情怎麼會歪成這樣？

「人生嘛，本來就可能遇到各種意外。倒是王子閣下，您的身體還好嗎？」

耳邊又傳來另一道熟悉的嗓音，我愣了一下才轉過頭。

伊莉莎白爵士搖晃著橄欖色髮絲走近，拍了拍一頂從地上撿起的海盜帽，戴到了克莉絲朵頭上。她的角色是海盜王的左右手嗎？

「我沒事。不過想確認一下，各位是從穆特伯爵領一路搭海盜船過來的嗎？」

我的腦袋終於慢慢找回理性思考的能力，開始問出更具體的問題。

克莉絲朵明明是跟著伊莉莎白爵士回老家消暑，現在兩人卻一起出現在原則上禁制外人出入的伊芙琳領地。就算穆特伯爵領就在伊芙琳旁邊，也不可能透過陸路直接過來。

「這就說來話長了，王子閣下。首先，我們在意外之下開始漂流……」

漂……流？

「鐘塔發生了什麼事？」

賽德瑞克皇子打斷了克莉絲朵，目光緊緊鎖定我，彷彿能將我射穿。

這時我的腦袋才終於恢復連線——對，鐘塔！

「是神器，飛廉之方舟醒了。不過它表現得就像野生動物，非常緊戒怕生，我就是被它的翅膀掃到，才會掉到鐘塔外面來。」

「……看來是因為你的以太才會甦醒。」

「對。雖然神器還沒使用任何能力，但已經展現出足以破壞柱子的攻擊性。如果不快點讓方舟冷靜下來，鐘塔可能會有倒塌的危險。」

我轉身仰望懸崖上方的鐘塔。只見女皇正站在塔頂邊緣俯視我們，三隻小熊貓都在她的腳邊打轉。

雖然摔下來的時候體感像掉了一百公尺，但現在看來，實際的距離大概只有二十公尺左右。

我舉起雙手揮動，想表示我沒事……

「唔。」我下意識按住側腹，一用力肋骨處便一陣刺痛。

「王子閣下，你在墜落時受傷了嗎？」

「沒有，我沒事，這是皇子閣下打的。」

糟糕，說溜嘴了，我立刻閉上嘴。

前天抱起賽迪時被踹出來的瘀青還沒消，剛才偏偏又被神器打到同個位置。不過幸好沒有骨折，看來方舟有控制一下力道。

……還是說，其實它本來就不想傷害我？它會不會根本不是在攻擊？

「天啊。」克莉絲朵喃喃低呼，看向皇子的目光像是看到了什麼不可回收垃圾。

皇子微微蹙眉，「我沒有做過……」

「騎士竟然打手無寸鐵的神官？」伊莉莎白爵士也開口了，灰眼中寫滿鄙夷。「你難道一點榮譽心都沒有嗎？」

「伊莉莎白。」

「是我做了欠揍的事，而且現在最重要的是取得神器的信任。」

我連忙在三人之間打圓場。

聞言，伊莉莎白爵士震驚地看著我，克莉絲朵則是一臉同情地輕拍我的手背。

「怎麼能說自己欠揍呢？做錯事的明明另有其人。」

我尷尬地苦笑。那是因為，那天是我擅自去碰賽迪的身體，被踹也是活該，但現在沒時間慢慢解釋前因後果了。

「好吧，皇子閣下也有不對，但現在的當務之急是安撫神器。兩位也讀過《噹啷啷！夏娃的大冒險》吧？」

——砰！

上方再度傳來巨響，我們同時抬頭望向鐘塔。女皇揮了揮手表示沒事，不過仍有一些石塊滾落峭壁。

「你怎麼會知道那本書？」

皇子低下頭追問，我和克莉絲朵對視了一眼。

「是在皇室書庫裡發現的。那是為皇子閣下寫的童話書，您應該記得內容吧？方舟就像隻自由自在的鳥，若要取得它的信任，就得一邊輕拍，一邊對它唱搖籃曲。」

「……沒錯。」

「那只是個比喻嗎？我剛剛想照著做，但根本無法接近神器。還是搖籃曲指的是某首特定的詩？」

「不是，就是字面上的意思。」

他的目光遙遠，彷彿陷入了回憶。這時，一直靜靜旁聽的伊莉莎白爵士果斷做出決定。

「要讓船再飛上去一點才行，海恩斯爵士！」

海恩斯爵士？

「現在就已經很吃力了……」

這次傳來的是不認識的嗓音。我回頭一看，只見一名陌生的年輕男子靠在隨意堆疊的木桶上。他留著一頭長長的白髮，草草在頸後綁成一束。不只髮型凌亂，下巴的鬍渣也沒有刮乾淨，薄荷色的眼底透出倦意與煩躁，稜角分明的五官幾乎被疲憊的神情埋沒。

「原來是葉瑟．威涅諦安王子閣下。」

男子一看見我，便深深彎下腰，這不是帝國的行禮方式。那雙綠眸似乎閃過一絲異色，但直起身後，目光又變回原本的倦怠。

「我是教廷派來的聖騎士，約翰．海恩斯。」

「啊，我有聽說過，辛苦您了。」

我連忙回禮。原來這位就是從魔獸大討伐結束後，開始負責教育克莉絲朵和皇子的聖騎士導師。年紀輕輕，命卻這麼苦啊。

「在這樣的形況下初次見面，失禮之處還請多擔待。請問是您讓這艘船飄在空中的嗎？」

「對，我是風屬性的聖騎士。」

「那麼，我來提供以太，能請您讓船再升高一點嗎？」

聽見我這麼說，海恩斯爵士的雙眼微微瞪大，又迅速斂下眼簾。

「就這麼辦吧。」

「謝謝。」

我立刻展開聖所，聽見克莉絲朵在旁邊小聲自言自語：「老師怎麼突然這麼配合？」

海恩斯爵士目光灼灼地盯著腳下的金色圓陣，接著緩緩開始吸收我的以太，彷彿細嚼慢嚥地用餐。

隨後，整艘海盜船開始升空。

——颼颼！

不同於海風的氣流從四面八方托住整艘船，船身就像電梯般緩緩上升，白色峭壁不停從眼前掠過。

「不管看過幾次都覺得好神奇。」

克莉絲朵露出燦爛的笑容，看起來樂在其中。

這是我穿越進《辭異女》後，第二次見到風屬性的聖騎士，沒想到他竟然有這麼強大的能力。

一縷若有似無的風拂過我的髮絲，轉眼間，船首就來到與鐘塔頂樓平齊的地方。

「到了。」海恩斯爵士淡淡說道。

站在塔頂邊緣的女皇，對著眼前的荒謬景象詫異一笑。

「我還在想是哪個大膽狂徒，竟敢把船開進伊芙琳。原來是淪為肉票的伊芙琳公爵和貴族出身的海盜團啊。」

「覲見降臨凡間之陽！」

以伊莉莎白為首，船上所有人都恭敬地向女皇行禮。雖然我才剛離開女皇幾分鐘，但還是隨大流一起鞠躬。

飄浮在空中的海盜船、懸崖盡頭的白色鐘塔，以及在塔頂相會的女皇與臣民，這畫面簡直像一幅超現實主義的畫作。

「我們罪該萬死。」

「回行宮之後再聽你們解釋。那麼，王族神官，接下來有什麼計畫？」

女皇姿態閒適地在頂樓邊緣坐下。

我這才意識到，自己身為區區配角，卻這麼不知天高地厚地搶鏡頭，頓時面紅耳赤。

我先朝神獸伸出手，狄蜜、蓋亞和波妮立刻跳上船抓住我的腳。遠遠望去，那件神器的翅膀正微微發抖，看起來有點……膽怯？

「我想再試一次。皇子閣下說唱搖籃曲就是字面上的意思。既然我失敗了，不如換其他人上去試試。」

我冷靜地回答女皇，而克莉絲朵慢慢舉起了手。

「我會唱一點歌。」

所有人的視線立刻集中到她身上，女皇、伊莉莎白爵士和海恩斯爵士都輕輕「喔」了一聲。

這時，我腦中又一次浮現鄭恩瑞說過的話。我對《辭異女》的大部分記憶都像這樣，在遇到類似的情況時才會突然想起來。

「我們克莉絲根本超級完美……臉蛋漂亮、身材高挑、穿衣品味一流、唱歌又好聽。」

「小說裡也有她唱歌的橋段啊？」

「有寫過克莉絲唱了幾句，塞垃圾聽到後露出了微笑。這不就代表她的歌聲好聽到足以融化冰山王子嗎？」

「那就請女爵挑戰看看吧。」

「挑戰！」

聽見我這麼說，克莉絲朵興高采烈地大聲應和，下船來到鐘塔頂樓。

讓皇子聽了都會笑的歌唱實力，肯定是非常強悍。雖然不知道安撫神器的行動怎麼會在不知不覺間變成選秀節目，但克莉絲朵可是《辭異女》的主角。她是最有機會解決這種事件的人，也是作者灌注最多資源的人。

「不可能。」

站在我左側的皇子冷冷說道，一副不看好的樣子，還把左手按在慧劍上。我擴大聖所，將克莉絲朵和神器籠罩在內，然後一邊釋放以太一邊回應皇子。

「女爵一定辦得到。」

「看來你還不懂。」

克莉絲朵緩緩朝方舟伸出手，那片翅膀瑟瑟發抖，折射出柔和的淺紫光暈。

皇子低沉的嗓音既神祕又嚴肅，克莉絲朵也同時啟唇。

「她是音痴……」

「寶！寶睡！快快睡？我們！寶！寶！快！睡！」

咦？

「寶寶睡？快！點睡！」

「天啊，怎麼辦……」

我們身後的伊莉莎白爵士跌坐在甲板上，拚命忍住笑意，憋得眼眶泛淚、臉紅脖子粗。

我則是愣在原地，只能不停眨眼。腳下的小熊貓團團抱在一起，瑟瑟發抖。

就連靠坐在柱子旁的女皇都用拳頭抵住了唇。

「我！們寶寶！快快快快？睡？吧！」

這是什麼？系統錯誤嗎？一個人有可能像這樣身兼音痴和節拍痴嗎？

「……果然是我多慮了。」皇子低聲說道。

你倒是別用那種帥氣又沉穩的語調說出這種話啊，搞得好像真的可以安心了一樣。

——啪啪、啪啪……

神器聽見克莉絲朵的「搖籃曲」後，緩緩收斂翅膀。

我緊張得要命，擔心方舟會用銳利的翅膀拍飛她，或是氣得正式放出攻擊性的風之力。就在那一刻……

「哎呀，真乖。」

神器竟然蜷起翅膀，摟住了克莉絲朵。我的下巴差點掉在甲板上。

「快看，神器好像想掐死女爵。」

作者強行解決問題的方式讓我大受震撼，所以對皇子說出了這種話。

結果那傢伙完全沒發現我已經慌到語無倫次，竟然還認真地回答我。

「不是。」

「你怎麼能這麼斬釘截鐵？你是釘子嗎？」

「你在鬼扯什麼？」

我可能是被克莉絲朵的歌聲嚇傻了，才會開始胡言亂語。

「很遺憾，看來女爵沒辦法和我們一起回去了。」

「這樣正好。」

涼爽的北海微風彷彿在捉弄人般，撩亂我的頭髮後便悠悠遠去。

「不是……這像話嗎？」

我坐在草地上的野餐墊中，仰望著鐘塔頂端，難以置信地呼出一口氣。

白色岩岸一片祥和，彷彿剛才沒有出現任何騷動，鐘塔也靜靜矗立原地，就像神器從來沒有鬧過脾氣。

就連成功安撫飛廉之方舟的本作主角克莉絲朵，也若無其事地坐在我的對面，愉快地吃著焦糖布丁。

真不愧是主角，精神素質竟如此強大。

「你應該嚇壞了吧。」

坐在我旁邊的波帝埃樞機主教，從野餐籃裡拿出一只玻璃水瓶，裡面裝著清涼的綠薄荷茶。

「謝謝。那您還好嗎？」

我也問候樞機主教。雖然無論怎麼看，在座表現得最驚慌失措的人就是我。

樞機主教冷靜地走出鐘塔時，還不忘將野餐籃一起提出來。等我們成功安撫神器，從鐘塔平安回到地面時，她已經在草地上鋪好野餐墊等我們了。

我還以為克莉絲朵會受重傷或是突然覺醒什麼主角設定，結果只有我一個人在緊張兮兮。

「沒事，我也相信你們不會有事。不過，我倒是沒想到公爵殿下會帶著海盜船一起出現。」

聽見樞機主教溫柔的調侃，我忍不住苦笑起來。

當兩位帝國至尊帶著我爬上山崖時，經歷了一場海上冒險的男女主角也剛好到達，看起來確實是奇蹟般的巧合。但我知道，這些都只是作者的精心安排。

就算我和男女主角分隔兩地度假，或是和他們分開行動，終究還是會被捲進故事主線。甚至還得靠男女主角的登場，我們才能毫髮無傷地離開鐘塔。

註定會和男女主角糾纏不清、並因此而死的我，這次卻也是多虧了他們才撿回一命。想到這裡，我心情就像走進了迷宮一樣複雜。

「……就這樣放著神器不管沒關係嗎？」

於是，我刻意換了一個話題。樞機主教抬起一雙米色眼眸，望向鐘塔。

在四面無遮擋的塔頂，可以見到那片映著淡紫光暈的巨大單翼，正隨著海風輕輕搖擺。雖然神器不是動物，卻能從它的動作中感受到心情很好的氛圍。

剛才方舟緊緊抱住了克莉絲朵，在放開後便安靜了下來，懸浮在塔頂輕柔地擺動翅膀。它對皇子表現出了一點興趣，就連我再次伸出手時，也溫順地讓我摸了摸翅膀，表現得簡直判若兩翅。

「當然還是會再觀察幾天，但如果沒有異常，就會維持現狀。畢竟那孩子這麼多年來都是這樣待在懸崖上，從來沒有選擇過主人。」

「它不曾有過主人？」

樞機主教聽出了我的言下之意，她輕啜一口咖啡，然後繼續為我解惑。

「該怎麼說呢？亞歷山大比較像是方舟的朋友。我和菲德莉奇也無法完全理解他們的關係，畢竟世上怎麼會有這種事呢？」

「……」

「方舟和其他神器不同，雖然火星之慧劍與樹木之神弓挑選主人的標準都很挑剔，但至少還有個標準。這孩子可是難搞多了。」

我也喝了一口綠薄荷茶，默默回憶《夏娃的大冒險》的內容。如果「自由自在的鳥」這句其實不是比喻，而是字面意思，那方舟會有這種特立獨行的表現就能理解了。

也就是說，就算人類可以得到方舟的心，也無法成為它永遠的主人。證據就是，克莉絲朵下鐘塔的時候，方舟不僅沒有跟著她離開，也沒對她表現出特別的依戀。

「不過我還真是沒想到，方舟竟然會對女爵的歌聲有反應。」

「是啊，我也很意外。剛才那首搖籃曲，我在塔下也聽得很清楚，亞歷山大唱得可是比那好聽多了。」

「兩位在講我的事嗎？」

正準備啃一口蘭姆巴巴[14]的抒情歌后，睜大了水色雙眼看著我們。

沒錯，主角也可能是個音痴。或許對《辭異女》讀者而言，這樣反而增加了角色魅力。

雖然聽完她唱歌的我感覺後腦勺還在發麻，但這裡沒有能聽我抱怨的鄭恩瑞。

「我們是在說女爵的歌唱實力不同凡響。」

「嗯，我很常聽別人這麼說呢，謝謝你們的稱讚。」

克莉絲朵有些不好意思地笑著，端起她的黑咖啡來喝。

看來本人完全意識不到自己是音痴呢。我默默搖頭，再次抬頭看向鐘塔。

根據大公的童話書，方舟自天地初始便存在於此，鐘塔其實是後來的帝國為了供奉神器才加蓋的建築。

至於旁邊的神殿，也是在當時一起興建而成，甚至因此出現了這種傳說——回應信徒祈禱的方

14 蘭姆巴巴（Rum Baba），一種經典法式點心，以大量蘭姆酒風味糖漿浸漬而成的杯狀蛋糕。

舟，以暴風將入侵帝國的敵軍及海盜擊退。

因此，只要方舟不像主神那麼善變，接下來應該也會繼續守在這裡，擔任帝國的守護者。

「總之，幸好順利解決了。」我喃喃自語。

這樣一個因摯友離世而長年封閉心門的存在，先是被我的以太喚醒，立刻被陌生人嚇壞，最後在聽見熟悉的搖籃曲後終於平靜下來。

明明是擁有主神權能的神器，行為卻像隻小狗……甚至像個孩子，我不禁有點鼻酸。

我捏起一顆小泡芙放入口中，鬆軟甜蜜的滋味一入口，馬上讓人振作起來。

「狄蜜跑去哪了？」

這時，我才發現其中一隻小熊貓不見了，於是仔細環顧周圍。

菲德莉奇女皇和伊莉莎白爵士已經先離開了，她們得回去處理海盜船的後續問題。尤其是準伯爵，必須好好報告「搭著海盜船闖進伊芙琳，就連伊芙琳公爵也搭上了賊船」這種離譜狀況的前因後果。

闖禍的主角還在這邊悠哉吃點心，配角就只能認命收拾善後。就連那些與她們同行的騎士，也都一起被拖走了。

「不在那裡……」

遠處的低矮身影並不是小熊貓，而是男女主角的導師——約翰．海恩斯，他正躺在草地上睡覺。

我轉頭看向另一邊，靠近森林邊緣的地方，蓋亞和波妮正黏在皇子身邊，兩隻玩得不亦樂乎。兩隻小熊貓從剛才開始就一直纏著他，看來是成功騙到了什麼玩具。那團是什麼？一顆球？

「他還會用火花做玩具啊。」

克莉絲朵發出由衷的感嘆，然後說皇子面對她就只會丟出攻擊，沒想到他還能做出這種無害的小東西。

此刻的皇子，正在檢查父親墓地周圍是否有魔獸出沒的痕跡。為了能專心做事，他丟出兩顆四處亂跳的火焰小球，讓兩隻小熊貓在旁邊自娛自樂。

三隻神獸偶爾會像這樣，對皇子表現出格外親近的態度，看來是之前一起往返薩爾內茲公國時，留下了很多美好回憶吧。

「話說回來，明明是來避暑的，皇子閣下為什麼還要裹著毛皮斗篷？」

看著那一大兩小的毛茸茸身影，我忍不住脫口而出。嚴格來說，他又不是北方大公，為什麼要這麼忠於設定？

「那是亞歷山大的遺物，他生前很怕冷。」

「看起來真不錯，我也想要一件了。」

我立刻救場，樞機主教被我逗得輕笑起來。

「在這裡的時候，要稱呼他為伊芙琳公爵。這是我們在這裡遵守的約定。」

「原來如此，我知道了。」

我輕輕呼出一口氣。之前就有猜到亞歷山大親王是伊芙琳大公了，所以現在才把皇子和伊芙琳公爵劃上等號，也不算慢半拍吧……只是有點丟臉而已。

「那公爵閣下以後也會繼位成為大公嗎？」

「那倒不會。」樞機主教接下我遞過去的一盤小泡芙，微笑著回答。

「不會？」

「菲德莉奇規定，帝國的大公只會有亞歷山大一人。」

「……」

我和克莉絲朵不由得目光炯炯地盯著樞機主教。

其實我們大概都猜到了原因，因為《李斯特雙週刊》描述亞歷山大親王是「捨棄爵位、選擇愛情的男人」。所以他可能真的是捨棄了自己的家族，才得以成為親王。

「布朗凱公爵家，是帝國東部擁有悠久歷史的魔法師家族。」

樞機主教最終敵不過我們求知若渴的視線，笑著繼續為不清楚帝國歷史的質子與記憶不完整的女爵補課。

「如你們所知，帝國的財產和爵位都是由長子優先繼承。亞歷山大是布朗凱家族的長子，也是備受期望的優異魔法師。社交界盛傳，亞歷山大是能讓公爵家權勢更上一層樓的天縱之才。因此，當亞歷山大偷偷和菲德莉奇訂婚的消息走漏時，就連公爵家的旁支都群起反對這門婚事。」

「他們不想讓這麼珍貴的人才被皇室搶走吧。」

「是啊，但亞歷山大也是個相當固執的人，在成為公爵繼承人的前一天，他直接打包行李離家出走了。」

「哇，好浪漫喔。」

聽見克莉絲朵的讚嘆，樞機主教露出苦笑。

「當年我們都還年輕氣盛呢。之後，菲德莉奇便催促先皇馬上為他們舉辦國婚。他們兩情相悅，旁人又能怎麼辦？」

「那麼親王殿下和公爵家的關係，後來變得怎麼樣了？」

我津津有味地追問。難怪《夏娃的大冒險》系列的主角會姓「布朗凱」。

「布朗凱家族和皇室長久以來都維持著良好的關係。他們的領地又與神國接壤，因此也需要皇室的軍事支援和資金協助。當時的公爵夫婦沒有蠢到忘記這一點，因此在舉行國婚的日期宣布後，他們也沒有繼續反對。只是……」

樞機主教說到一半，喝了一小口咖啡。我和克莉絲朵彷彿 YouTube 影片看到一半卻跳出廣告，心急地等著她繼續說下去。

「亞歷山大被逐出家門，徹底斷絕了關係。不僅家譜上將他除名，也禁止他和家人往來。」

「為什麼……」

「誰知道呢，可能是為了維護家族的顏面與驕傲吧？我也不清楚，因為我做不到那種事。」

樞機主教的聲音越來越低，我也感到一陣心酸。不論家族的威望有多重要，我都永遠無法理解讓自己的家人變得形單影隻、無依無靠的這種懲罰。

「所以，菲德莉奇才會送一片領地給亞歷山大。她將皇室私有地中風景最美的這一塊劃給了他，還命名為『伊芙琳』。儘管這裡供奉著神器，她也毫不在意。後來即位之後，菲德莉奇便將亞歷山大封為大公，並宣布只要自己在世，就不會有第二人獲得大公頭銜。」

「哇……」

我和克莉絲朵同時張大了嘴，克莉絲朵的表情簡直像墜入了愛河。

「所以賽德瑞克暫時不會成為大公。」

樞機主教悠然地總結。我帶著一股全新的感受，轉頭看向遠處的皇子。所以他才會繼承了父親的領地，卻依然被稱為公爵而不是大公，原因就在這裡。

「嘰嗚。」

就在此時，從我身後傳來了狄蜜的聲音，我立刻轉頭過去。

「狄蜜，你跑去哪了——哦？」

小熊貓從口中吐出了某樣物體，那團東西甚至還在動。我的身體瞬間僵住。

「嗶、嗶唧唧！」

我瞪大眼睛地盯著那小小的生物。棕色的毛絨球體發出憤憤不平的叫聲，胸口起起伏伏。

「哎呀，狄蜜抓到了一隻鳥嗎？」

「嘰咿！」

克莉絲朵哄著狄蜜，而狄蜜也對我自豪地叫了一聲。

「狄蜜，你是為了送我才抓來的嗎？」

「嘰咿。」

「原來如此。」

「王子閣下，現在要先誇牠喔。要是你表現出慌張或是嫌棄的樣子，牠可能會覺得受傷。」

克莉絲朵湊到我耳邊，飛快地低聲提醒。是貓咪才會這樣吧？我將差點脫口而出的話壓回去。

狄蜜至今為止從來沒獵捕過任何東西，畢竟神獸只要有以太就能生存，蓋亞和波妮甚至連人類的食物都不吃。

雖然狄蜜是個例外，特別喜歡吃水果或花朵，可是牠之前也沒吃過肉，怎麼突然……

「哇，做得好，我們狄蜜最棒了，太帥氣了！」

「要抱牠一下才行，快點抱抱牠。」

「過來吧。」

我聽從克莉絲朵的建議，連忙張開雙臂。狄蜜得意地哼哼兩聲，一頭撲進我懷裡。我一邊輕撫牠的白色耳朵，一邊觀察那份「戰利品」。

看起來有點像麻雀，但好像又不是。還好沒有受傷，可是卻也沒有飛走。那模樣也不像是嚇得腿軟，反而還在好奇地觀察我和克莉絲朵。

難道牠也是神獸？

這時，靜靜旁觀的樞機主教緩緩開口：「這是鷦鷯吧。」

也就是說，這種小鳥不像小熊貓那樣沒人見過，應該是這世界本來就有的物種。

克莉絲朵突然信心滿滿地提議：「那就叫牠巧婦吧。」

該不會……是因為鷦鷯的別名是巧婦？

# CHAPTER 23

# 不是我就好

「……女爵，我認為還是先找到這隻小不點的鳥巢比較好。」

我冷靜地回應克莉絲朵。

雖然我知道狄蜜不會做這種事，但萬一牠哪根筋不對，真的去偷襲別人家，抓了這隻鶺鴒回來，也不是完全不可能。所以如果小鳥沒有受傷的話，就應該把人家送回家才對。

我們那身兼音痴與節拍痴，卻充滿取名創意的主角，這才發出「啊」一聲，點了點頭。

「說得也是，牠太可愛了，我一時興奮就忘記了。」

覺得牠可愛，結果卻取名為「巧婦」？

「我也覺得很可愛。」我一邊說，一邊小心翼翼地向鶺鴒伸出手。

小鳥眨著黑亮的眼睛，鳥喙一張一合，雖然神情警戒，卻沒有逃走。伊芙琳領地上沒有領民，所以牠也不會是附近哪一家養的寵物。

「我帶你回家吧。」

「嗶唧唧、嗶嗶！」

出乎意料的是，鶺鴒乖乖跳上了我的掌心。這麼看來，或許牠不是被狄蜜抓來，而是彼此本來就是朋友。

我向波帝埃樞機主教告退後，慢慢地從野餐墊上站起身。克莉絲朵也跟著跳了起來，青灰雙眼如星星般閃閃發亮，似乎有用不完的精力。

「嗶唧唧！」

「狄蜜，你從哪裡叼這隻鶺鴒來的？我們回去看看吧。」

「嘰咿。」

狄蜜感覺是聽懂了，立刻像麵條般流暢地滑下我的臂彎。於是，我和克莉絲朵跟在狄蜜後面邁開腳步。

餘光中，好像看見賽德瑞克皇子在注意我們的動向。

掌心的生物又小又軟，讓我整個人僵硬了起來，感覺稍微施點力就會讓牠受傷。反倒是鶺鴒看起來一點都不擔心，還歪著身子仔細打量我，最後好像覺得逆向前進不習慣，於是轉身正面朝前。還真是個聰明的孩子。

「嘰、嘰咿！」

「……是這裡嗎？」

我們並沒有走多遠，就來到白色峭壁上的草地盡頭，而前方正是今天造成大騷動的那座鐘塔。

狄蜜似乎擔心我會錯意，特地大搖大擺地靠近鐘塔，然後猛然直立起身，用前爪用力一拍鐘塔的外牆，似乎是在說「沒錯就是這裡，別懷疑」。

「你該不會真的是神獸吧？」

我低頭看著鵂鶹呢喃。牠當然也可能只是住在鐘塔裡的普通小鳥。如果牠的巢就築在尖尖的屋頂底下，那也不奇怪，問題是狄蜜什麼時候爬上去過……

「確認一下就知道了。」

磁性的中低音在耳邊響起，我渾身一震。克莉絲朵看起來一點都不驚訝，或許早就察覺他也跟來了，只有我這個普通到不行的人類被嚇一跳。拜託，走路時出點聲吧。

「你有辦法確認牠是不是神獸？」

我維持平靜的語調詢問皇子。他微微側頭，橙眸泛起奇妙的光芒。

我還在納悶這人想做什麼，下一秒他便毫不遲疑地脫下手套，向鵂鶹伸出左手——他是打算點火吧！

「嗶嗶嗶？」

「喂！這樣牠會死掉！」

我以迅雷不及掩耳的速度將鵂鶹護進懷裡，皇子淡淡地開口。

「如果是神獸，就會擋下攻擊。」

「你怎麼第一反應就是攻擊啊！萬一牠是隻普通小鳥，可是會受重傷的！」

皇子只是稍稍挑起一邊眉毛，默默戴回手套。

這人真的是瘋子吧？難怪鄭恩瑞整天開除他的男主角籍。雖然外表俊美得像雕像，個性卻是一地碎渣渣。

你看，就連克莉絲朵也一臉震驚，公爵閣下，現在悔改還來得及啊……

「但鐘塔已然封閉，在修繕結束前，任何人都不得進入。」皇子這麼警告。

這倒也是事實，稍早我們一離開鐘塔，皇子便立刻以伊芙琳公爵之名下令封鎖了。

樞機主教說，自從鐘塔建成以來就只有一些小規模維修，從來沒進行過徹底整建。所以不只是被神器打壞的地方，還有很多年久失修的結構，乾脆趁這次機會大幅翻修。

「那找海恩斯爵士幫忙呢？」我問道。

克莉絲朵和皇子一個抬頭、一個低頭看向我，默默等我繼續說明。這種視線差實在太大，不管多少次都習慣不了。

「雖然再次麻煩爵士很不好意思，但如果是他，就能在不碰到鐘塔的情況下，確認屋頂內部或頂端了。」

都能讓整艘海盜船浮起來了，自己的身體肯定沒問題。如果他們的導師約翰·海恩斯願意幫忙，應該就能知道這隻鵪鶉是不是住在鐘塔上。而且如果鳥巢真的在上面，也可以直接幫牠搬家。

「……」

男女主角同時看向躺在草地一角熟睡的海恩斯爵士。他們沒有反駁，應該是同意了我的提議，但表情看起來還是莫名不滿。

漫長的一天過去，終於到了晚餐時間。

「竟然能在夏季行宮用餐，真是我畢生難得的榮幸。」

換上乾淨衣服下樓的伊莉莎白爵士一臉興奮。不只她，所有人也都梳洗完畢，換上嶄新的衣裝。

我心情複雜地環顧圓桌邊的用餐同伴。女皇的主位還空著，從順時針方向看過去，分別坐著皇子、克莉絲朵、伊莉莎白爵士和我，而樞機主教預計坐在我和女皇之間。

在座除了我，大概都等著聽女皇訓話，所以可以理解伊莉莎白爵士為什麼有點坐立不安。

雖然在菲德莉奇女皇和伊芙琳公爵的體諒下，所有人都可以留宿夏季行宮，但乘著海盜船闖入皇室領地依然是重罪。即使公爵本人就在船上，也一樣不能免責。

「賽德瑞克也錯在沒有積極阻止。」

在我們返回行宮的路上，樞機主教是這麼說的。

確實不能只因為船上有朋友和熟人，就把目的不明的船隻放進領地。我能理解樞機主教為什麼會認為這是草率的判斷，所以也點頭附和。

沒錯，主角和小伙伴闖禍了，就該好好罵一頓。

「準伯爵閣下，請問您想嘗嘗哪種開胃酒呢？」

「請給我水就好。」

伊莉莎白爵士謹慎地回答行宮侍從。大概是覺得自己正等著被訓，這樣還喝酒就更欠罵了。見狀，克莉絲朵也眼明手快地請侍從給她水。

皇子一向只喝水，因此侍從也沒有去問他。

我和皇子的目光在空中短暫交會，腦中立刻浮現那封可疑信件。

我是不是那天晚上就該把賽迪拎起來硬搶回來？但對著小孩模樣的他，我實在下不了手。這是刻進骨子裡的本能，想改也改不了。

既然女皇似乎還不知道那封信的存在，也許下次他再變小來找我時，我可以試著用以太引誘看看。或許他就是為了留著做交易，才沒有告訴母親這件事。

「王子閣下，你覺得巧可愛怎麼樣？」

我正一邊喝著蕎麥茶一邊整理思緒，克莉絲朵卻用甜美的聲音說了句詭異的話。

「巧可愛是指……」

「鵪鶉的名字。」

「……」我一時找不到合適的回答，因此選擇保持沉默。

雖然白天好不容易叫醒了海恩斯爵士，拜託他幫忙查看鐘塔，但還是沒在任何地方找到鵪鶉的鳥巢。

好消息是，一開始我以為小鳥可能是被狄蜜咬過之後就飛不太起來，結果只是虛驚一場。在我們走回行宮的林間小徑上，那隻小不點輕盈地飛到皇子肩上，還啄了他那件毛皮斗篷好幾下。現在則是在我的臥室裡和小熊貓三劍客玩躲貓貓。

所以牠其實只是隻離家出走的鳥……翅膀長硬的青春期？

「巧可愛感覺不太亮眼，我看牠長得很漂亮，叫萊蒂西亞或是埃姆里克怎麼樣？」

旁邊的伊莉莎白爵士也加入話題。雖然名字聽起來很高貴，但太長了不太好叫。於是，我們三人的視線自然而然地轉向皇子。

「……怎麼？」

他微微皺眉，就在此時……

「女皇陛下及波帝埃樞機主教殿下駕到。」

我們立刻起身，椅子紛紛在地上擦出輕響，隨之而來的是充滿威嚴的腳步聲，越過餐廳大門逐漸接近。我彎下腰，向兩位尊貴之人行禮。

樞機主教在我的左邊入座，女皇則是坐上主位。

「坐吧。」

女皇話音一落，大家連大氣都不敢喘，迅速各自就座。侍從們也以此為訊號，動作俐落地開始上菜。

女皇不喜歡對話被送餐中斷，因此除了主菜和甜點以外，其餘餐點都被一齊端上桌。令人壓抑的沉默持續蔓延，大家尷尬地盯著面前的桌布。

「祝各位用餐愉快，若有什麼需要，請隨時搖鈴吩咐我們。」

儘管沒有人看起來愉快，行宮的侍從長還是代表眾人行了一禮後退下。

女皇一揮手，她的侍從蘿拉和樞機主教的侍從娜塔麗也離開了。餐廳裡只剩下我們六人。

「吃吧。」

女皇拿起湯匙發話。以她和樞機主教為首，大家這才緩緩動起刀叉。

我先吃了一口開胃小點。一咬下去，脆餅夾著的馬斯卡彭起司和鮮嫩蔬菜在舌尖完美混合，鮮香無比。而撒在上頭的芝麻和醃洋蔥，為整體增添了濃郁的香氣和微酸。

我好奇口中鹹香的味道從何而來，看了其他開胃小點一眼，好像是用紅酒鹽調味的。吃下這塊小點心，讓我立刻胃口大開。

「真好吃。」

「那就多吃點。」

樞機主教的語氣溫柔，我回以微笑，將第二塊開胃小點放入口中。

「賽德瑞克，你今天做出了魯莽的判斷。」

——喀滋、喀滋滋。

「是，陛下。」

我頓時停嘴，咀嚼脆餅的聲音實在太大了。

「如果沿岸有領地居民，你也會做出同樣的決定嗎？雖然伊莉莎白和薩爾內茲女爵都是值得信任的人，但你身為下任皇帝，必須考慮到所有情況。」

「……」

光用舌頭吃東西果然很困難，所以我安靜地停下動作，等待對話結束。

「身為帝國皇子，登上海盜船也相當不謹慎。你的身體並不屬於你自己，而是屬於這座帝國。」

「我會謹記在心。」

皇子低聲回答。樞機主教看了我一眼，輕聲讓我放心繼續吃，我點了點頭。

「還有，薩爾內茲女爵。」

「是，陛下。」

——喀滋。

「我只說過會幫助妳成為聖騎士，可沒說會幫妳成為海盜，妳還記得嗎？」

「記得，陛下。」

——喀滋、喀滋滋。

我再次停嘴，再怎麼說都有點尷尬。被罵的明明是他們，卻連我都如坐針氈。

就算這也是一種懲罰方式，但我的價值觀和文化認知還是無法接受在飯桌上這麼做。

至少先讓小屁孩吃飽再開罵嘛，今天中午他們連正餐都沒吃到，只用一些小點心墊肚子而已。

「伊莉莎白。」

「是，陛下。」

「雖然我稍早也對妳說過，但再提醒妳一次。妳身為邊境伯爵的繼承人……」

我掃了一眼桌面，發現那三人一口東西都沒吃。我不禁滿懷同情地叉起一塊自己盤中的鴨胸肉。這一看就不是會發出聲音的食物，應該很安全。鴨胸的肉質軟嫩，因此甚至不用在盤子上用刀切小塊。

「我本來不打算說這些，但你們實在太精力旺盛了，看來是到了適婚年齡吧。」

女皇嫌棄地嘖了一聲。

哇，結果氣氛變得像逢年過節的親戚聚餐了。我在內心對這三臺麻煩製造機深深表示遺憾，然後大口咬下鴨胸肉。

通常這種時候只要說「結婚基金您要幫忙出嗎」，或說「不然幫我買房啊」就能堵住親戚的嘴，但問題是這種事情女皇大概都能辦到。

「正好歐蕾利也沒空管你們。你們都知道，下個月李斯特主教會要舉辦年度祈禱會吧？」

——喀、喀喀。

大意了……鴨肉上竟然淋了杏仁醬，我在心中深深嘆口氣，再次停下咀嚼動作。杏仁被糖霜包覆，因此每一塊都香甜脆口，如此美味卻無法大口吞下，讓我有些傷感。

「賽德瑞克、女爵，你們都去出席祈禱會，就在那裡找個合適的對象。伊莉莎白，活動的警備就交給妳了，這就是妳的懲罰。」

「母親。」

「咦？」

「陛下，您不如直接賜死我吧。」

皇子和克莉絲朵的表情瞬間僵硬，伊莉莎白爵士則是臉色發青，彷彿眼前那碗濃湯其實是毒藥。情況看起來相當嚴重。

——喀喀。

不過，這就不關我的事了。

「陛下還真是非常疼惜那三位，否則絕不會處罰得這麼輕。」

班傑明帶著笑意，小心地將冰塊放入溫熱的繡球花茶。

夏季行宮的這座休憩亭，是我們這幾天的最愛。這裡很適合一邊享受下午茶時光，一邊調整心情、整理思緒。

在富麗堂皇的行宮主宅後方，有一座經過精心修剪的小森林。林中點綴著幾座鋪著白瓷磚的橙頂小涼亭。不僅有嶄新的沙發座椅，還裝飾著新鮮的盆栽。

一走出涼亭便會被花草樹木包圍，回到亭頂之下就是精緻的休息室，讓人感到十分驚奇。

「畢竟皇子殿下是陛下的獨生子，伊莉莎白爵士則是殿下獨一無二的好友，陛下想必也是愛屋及烏。至於薩爾內茲女爵，她不僅是西蒙·德·薩爾內茲公爵的掌上明珠，更曾與殿下論及婚嫁，不是嗎？」

「是啊，我也覺得陛下這樣已經罰得很輕了。」

我點點頭，咬下一口貝涅餅[15]。今天的貝涅餅夾著熬煮過的櫻桃和蔓越莓，上頭則撒滿糖粉，在嘴裡像場甜甜的夢一樣融化開來。外觀和味道都很像法式甜甜圈。

15 貝涅餅（Beignet），一種中央處沒有中空造型的甜甜圈。

「而且陛下對他們這樣發脾氣……說不定是因為想起了年輕時的自己。」

班傑明繼續閒聊，我立刻被勾起了興趣。

「我有聽說過，陛下和波帝埃樞機主教殿下年輕時也常常闖禍。」

「這是真的，通常是伊芙琳大公在替她們收拾善後。陛下或許是看到他們那個樣子，心裡覺得很懷念吧。」

原來如此，難怪三天前那頓與女皇和樞機主教共進的晚餐，雖然氣氛尷尬，但最後陛下給克莉絲朵、皇子和伊莉莎白爵士的懲罰都不重。到了上點心的時候，餐桌上的氛圍甚至緩和到大家都喝了幾杯苦艾酒——除了我和皇子以外。

根據加奈艾的說法，如果今天換成他做出這種事，一定會直接被關進地牢。

「如果是來自和陛下關係不好的家族，可能就會被冠上謀逆罪名了。」坐在單人沙發上的少年小聲嘀咕。

也是啦，開著海盜船擅闖皇室領地這種事，怎麼想都不會是小罪。我輕笑一聲，喝了一口繡球花茶。

這三天以來，整座夏季行宮都很寧靜。

女皇和樞機主教本來就只是來避暑而不是休假，所以大多數時間都在各自的辦公室忙著處理國事，派遣騎士奔波於皇都與伊芙琳之間傳遞命令。

而伊莉莎白爵士，早在那頓晚餐的隔天就返回穆特伯爵領了。她說要回去確認那些被扔進海裡的海盜，有沒有被邊境伯爵的騎士團成功收押，後續處理也必須親自過問。

還有克莉絲朵和她的導師約翰．海恩斯爵士，兩人最後都留在了行宮。因為女皇下令，要她這段時間也和皇子一起接受導師指導。不過這次上課時動靜不大，男女主角也沒有再像之前那樣劍拔弩張地對練。除此之外，皇子身為伊芙琳公爵，還要忙著處理累積的領地政務。

至於我，則是獨自享受悠閒平靜的假期，非常自在。

——沙沙……

北地的涼風拂過樹葉和草地，心情也隨之清爽起來。班傑明和加奈艾見我正在快樂享用點心，便拿出各自帶來的書本消磨時間。

這幾天我的日常差不多就是這樣，連覺也睡得特別好。我照例打開記事本，拿起了羽毛筆。

**△避開vs介入**

昨天寫下的字，清清楚楚地映入眼簾。我用看仇人的眼神瞪著這幾個字。

就我目前的實力和處境，根本無法徹底躲開克莉絲朵的主線劇情，這次的事件也讓我強烈地感受到這一點。

我一直以為只要自己謹言慎行、保持距離，打起十二萬分精神避開男女主角，就可以走出一條生路。但兜兜轉轉還是不得不和那兩人在伊芙琳一起避暑後，我開始產生懷疑。

如果《辭異女》的作者堅持克莉絲朵的主線必須有我的存在，那麼下次也會無所不用其極地把我嵌進劇情裡，我根本無處可逃。

再說，那兩人確實救了跌落懸崖的我。想到這裡，我忍不住摸了摸當時撞進皇子頸間的額頭。

**△避開vs介入**

**—介入的優點：能更輕鬆取得情報**。

我寫下第一點分析，然後目不轉睛地盯著紙頁。

在大多數情況下，情報勢必會以主角為中心匯聚。而且克莉絲朵性格開朗又充滿好奇心，肯定是取得各種《辭異女》知識的最佳伙伴。

說不定還能藉此找到回家的線索，畢竟主角的冒險之旅，肯定會充滿書上沒有寫或上課不會教的東西。

但問題在於……

**—避開的優點：可以活到戰爭結束**。

我突然覺得口乾舌燥，咬碎了一塊浮在繡球花茶上的冰塊。

這個屬於葉瑟王子的死亡結局，就是我所有顧慮的原點。

也就是說，如果我避開男女主角、不去干擾原作的故事主線，那麼戰爭大概就會依照原本的劇情進度爆發。那可是賜死我這個超高人氣男配角的場景，作者應該不會隨便刪掉這種關鍵戰役。

到那種地步，能讓我活下來的方法，就只有盡可能減少與男女主角的交集，在安全的地方躲到戰爭結束為止。

「唉……」

可是反過來說，如果我不再刻意避開男女主角，就這樣捲進克莉絲朵和皇子的未來，說不定原本的《辭異女》劇情會連骨架都不剩。

現階段不只是男女主角雙雙成為聖騎士，我也莫名其妙變成正牌神官，職業一開場就已經和原作有落差了，接下來要是再放進我這個不確定因子，風險只會更大。

而且我和那兩人也不一樣，只是個普普通通的凡人。不只常常會失誤、沒有運動神經，又不是主角命格或什麼天生王者。如果我介入太深，導致劇情歪到天邊，反而讓自己的死期提早到來……

「那就傷腦筋了。」我低聲呢喃。

生存，對我而言最重要的就是生存。假設目標一樣是必須讓葉瑟王子活下去，如果換成穿越到女皇或樞機主教身上，我完全可以早早開始行動，做各種避免戰爭爆發的準備。

偏偏我卻穿成王子本人，而且還是個質子。站在處處受限、隨時可能有生命危險的立場，唯一的活路就是保持低調。雖然我已經在這麼做了……但如果還有其他方法能確保我的安全就好了。

「……交易。」

我突然想起幾天前見到皇子時，腦海中浮現的想法。我迅速將記事本翻到前一頁。

**△賽迪與可疑信件**

我有一封必須從那小鬼手上拿回來的信，當時就想過，自己能拿來交換的籌碼，可能就只有以太而已。

但轉念一想，不只皇子，以太交易應該也適用於克莉絲朵，我其實也可以對那兩人主動提出交換條件。問題只在於，他們有那麼需要我的以太嗎？

雖說我的以太確實有著全大陸最好的品質……

「班傑明，打擾一下。」

我最終還是向對面沙發上的班傑明求救，我需要長輩的建言。班傑明立刻抬頭看向我，穩重的眼神讓我稍微安心了一點。

「如果我想和某個人交易，但我手上的籌碼卻不怎麼好，那該怎麼辦呢？」

聽見我的問題，班傑明微微歪了歪頭。

「我擁有的東西品質非常好，甚至可以說是最好的。但是，這種東西很常見……對方可以從任何地方取得替代品。」

皇子只要願意，甚至可以直接召見大主教來獲取以太。克莉絲朵其實也差不多，雖然她試探過我幾次，但那時是因為魔獸大討伐迫在眉睫，情況有點緊急。如果她有時間慢慢尋找搭檔，薩爾內茲公爵家絕對有那種權勢和財力翻遍整座帝國的神殿來挑人。

「不過，任何地方都找不到品質比您更好的替代品對吧？」

「我想……應該是這樣。」

「既然如此，您的手中就握有最上等的王牌了。」

班傑明沉穩地回答。這時，加奈艾也從書裡抬起頭，眨著眼聽我們說話。

「能和您進行交易的人，想必地位一定不低。這類人從不屈就普通品質，只願意追求與自己同等高貴又稀有之物。因此，只要王子閣下開口，對方一定會答應您的任何要求。」

「哦。」

我倒是沒有從階級層面想過，只模擬過「這位客人，最近以太不能只求有，還要求好」之類的話術，原來這就是精準行銷啊。

「若能容我再補充一點……」

「請說，我想聽。」

我坐正身體回答。見狀，班傑明慈祥地笑了。

「儘管如此，最重要的還是信任。若要進行交易，必須先彼此信任才行。」

這句話一針見血，彷彿一眼看穿了我的心思。我苦笑了一下，視線落回桌上，一塊編得像克莉絲朵髮型的蓬鬆布里歐麵包[16]映入我的眼簾。

「王子閣下，您很難信任對方嗎？」

加奈艾似乎以為我想吃麵包，趕緊放下書，幫我切成小片。溫熱的麵包片送到我手上時，我的臉上也浮現一抹微笑。

「謝謝你，加奈艾。我還不確定能不能信任……」

至少克莉絲朵應該值得信任，她可是鄭恩瑞的「本命」，又是充滿正義感的主角。如果我誠懇地拜託她，說不定她會願意成為我的盾牌。至於皇子……

「但我可能會想相信看看。」

「那要不要先給對方一次機會呢？」少年看著我，語氣純真。

機會……嗎？可是在沒有退路的情況下，根本容不得我試錯。

「我會再考慮的。布里歐很好吃，你們也趁熱吃吧。」

我分別遞了一片麵包給班傑明和加奈艾。反正我也不打算立刻提出交易，生命有限的配角必須好好觀察情勢，謹慎地做出決定才行。

「今天是以太特訓，哥哥要釋放聖所囉。」

「嘰咿！」

儘管指揮官穿著睡衣，狄蜜似乎也沒有怠慢軍紀。

行宮分配給我使用的臥室，比朱利耶宮的大兩倍。就算把以太環展開到最大，也不會超出房門，真是太讚了。

明天是葉瑟王子的生日，因此侍從們忙到半夜還在準備，我可不想在這種時候添麻煩。由於女

16 布里歐麵包（Brioche），一種法式傳統甜麵包，以大量奶油製成，口感外酥內軟，可為正餐或甜點。

皇、皇子和樞機主教都就寢了，大家只能躡手躡腳、輕聲細語，但還是營造出熱火朝天的忙碌氛圍。

我不禁心想，對質子這麼好真的可以嗎？

當然我本人是沒意見啦，而且女皇都開口准許了，我也很感激。只是，考慮到我的處境，沒辦法報答大家什麼讓我有點內疚。

「明天要不要來進行告解聖事呢？」

「嘰。」

至少這樣的回饋我還做得到。來到伊芙琳之後，除了頭兩天有去履行神官職責，其他時候我都在放假。雖然沒有人要求我必須盡義務，但既然這是我自己主動提出要做的事，現在卻裝死當作沒那回事，總覺得良心過意不去。

一旁的蓋亞已經失去耐心，小爪子踩了踩我的腳背，似乎是要我快點釋放以太。

「好吧，韓國人果然萬事都求快。」

——啪沙……

我靜靜閉上眼，展開聖所。

一縷以太從體內緩緩流出，金色的光芒立刻照亮整間臥室。牆壁與天花板原本的藍色裝飾折射出綠暈，金飾也閃耀得更加輝煌。

三隻小熊貓興奮地跳來跳去，我看著牠們，想起了波帝埃樞機主教對我說過的話。

「你應該已經從書上看過了，想讓以太環不斷進化，就只有一種方法——時常施展、時常循環、時常運用。」

不過，這還是在有天分的前提下才辦得到。要是一名神官天生容器小或以太少，也可能一輩子都無法晉階。

「王子閣下將來一定會成為優秀的樞機主教，因此不要懈怠，好好運用以太吧。」

在這個世界觀裡，神官以主教的身分退休就是一生的榮耀了，她居然理所當然地把弟子的教育目標設為樞機主教。雖然我覺得照這節奏發展下去，戰爭還沒爆發我可能就先死了，但老師願意投注期待總歸是好事。

「嗶唧唧唧唧。」

就在這時，原本窩在枕頭上打瞌睡的鶺鴒，突然飛到了以太環中間來。

「你還沒睡啊？是來參觀特訓的嗎？」

——滋滋！

我的聖所瞬間晃動了一下，我驚訝地睜大雙眼。看起來就像受到了什麼無線電干擾一樣。

「剛才……」

那絕對不是錯覺。我低下頭，愣愣地看著停在圓陣正中央，東張西望的鶺鴒。

聖所依舊維持著原本的完美圓形，彷彿剛剛什麼事都沒發生。但我很確定，剛剛這隻小鳥一著陸，金色圓陣就像壞掉的電視畫面那樣晃動了一下。

「小不點，你真的是神獸嗎？」

「嗶嗶嗶嗶。」

小鳥無辜地啼叫，而三隻小熊貓一轉眼就躲到了我的腿後。是因為害怕嗎？或者是因為對這隻小鳥還很陌生？

「嘰咿咿！」

狄蜜果斷地跳出來，張開小小的身體擋到我面前，小小的嘴一張一合，努力威嚇。明明是體型最嬌小的那隻，結果真的就像我說的那樣，表現出隊長的姿態。

這副模樣實在太過可愛，我忍不住笑了。

「狄蜜，沒事的。」

我輕聲安撫牠。雖然沒有明確的根據，但我有一種奇妙的直覺，這隻鶺鴒不會傷害我。牠肯定不是普通的小動物，但我心中湧現的並不是害怕，而是好奇。

**【想要以太嗎？】**

我的聲音像是透過麥克風傳出，在臥室內嗡嗡迴盪，小鳥看起來卻一點都不怕。

狄蜜在我的腳邊催生一片幾乎和我上半身一樣大的椰樹葉，似乎是打算必要時用來當盾牌。

我輕輕深呼吸，緩緩釋放以太，傳遞給鷦鷯。我想像著半匙感冒糖漿，穩穩控制著以太量，然而……

「……不吃嗎？」

應該說，我的以太完全沒有被那隻鷦鷯吸收。我有點困惑，又釋出更多以太，但那股能量只是原封不動地返回我體內。

「應該不會這樣啊。」

這隻小鳥剛剛明明還對聖所造成了干擾，但現在卻完全無視我的以太，反應就像個普通人或普通動物。我盤腿坐在環上，向牠伸出手。

「來哥哥這裡，乖。」

「嗶唧唧、嗶嗶！」

鷦鷯跳了幾步，歪頭觀察我，隨後振翅一飛，輕巧地停在我掌心，舒服地窩成一團。

狄蜜、蓋亞和波妮這才安心下來，一隻隻爬到我的腿上趴好。我身上就這樣窩了一隻鷦鷯和一整團小熊貓。

「你也不喜歡被叫巧婦或巧可愛吧？」

「嗶嗶！嗶嗶嗶！」

小鳥叫得特別用力，看來是對克莉絲朵取的名字很不滿意。這隻鷦鷯感覺不只聽得懂人話，還很親近人。說不定牠是神獸的寶寶，所以還不太會吸收以太。

不過我不知道神獸能不能繁衍後代，也可能只是主神本來就把這隻小不點創造得這麼小隻而已。

而且，這隻鷦鷯也和幾乎只窩在我房間裡的小熊貓們不同，過去這三天都在外面飛來飛去。

前天是黏在克莉絲朵的肩上，昨天一整天都沒見到牠，後來才知道是溜進了皇子的臥室睡覺，真是個自由如風的靈魂。

就算我給牠食物或水，牠看起來也沒什麼興趣，不知道是不是都在外面抓蟲吃。

「克莉絲朵好像不能放棄『巧』這個字。」

「嗶！」

這次小鳥好像有點喪氣。今天早上在餐廳見到克莉絲朵時，她還提了「巧妙妙」這個名字。如果解決不了「巧」字的問題，說不定她明天開始會從別的字下手。

**【那巧心怎麼樣？】**

我小心翼翼地給出神諭。這應該是用「巧」能取出的最好聽名字了。

雖然還有其他不錯的備選，比如代表風精靈的「西爾芙」，因為遇見牠的地點是在海風呼嘯的峭壁上；或是「鸞」，期望牠成為一隻帥氣的鳥……但畢竟克莉絲朵也很用心在想名字，因此不能完全忽略她的好意，

**【還不錯吧？無論去到哪都要輕巧聰穎、心懷壯志喔，巧心。】**

鶺鴒眨著那雙烏黑的小眼睛。抱歉，我知道這名字也沒好到哪去。

「嗶嗶嗶唧唧！」

小鳥張大黃色的嘴喙，給出熱情的回應。看牠沒有啄我的手掌洩憤，應該是不討厭這個提案，可能是在說：「看你這麼努力，我就勉強接受吧，人類。」

——啪啪……

巧心拍了拍短小的翅膀，飛到地上，接著把三隻小熊貓的蓬鬆尾巴當作鳥巢，全身埋了進去。

看來小動物的睡覺時間到了，睡眼惺忪的狄蜜打了個哈欠。

「你們先睡吧，哥哥再循環五十圈以太就睡。」

我低聲對牠們說。腿大概很快就會被壓麻，但我決定把這當作修行的一部分。不只是為了自己，也為了能好好照顧這些神獸，我必須成為更強大的神官。

伴隨著「啪沙」的聲音，金色以太再次蔓延整座聖所。

五月三十一日是個風清氣爽、陽光明媚的日子。

「祝您生日快樂，葉瑟王子！」

「謝謝！」

「生日快樂，願主神的榮耀與您同在。」

「謝謝，也祝你有美好的一天。」

無論走到行宮的哪個角落，總會有一群侍從或僕役湧上前來道賀，而我也微笑著一一道謝。今天收到了這麼多善意與祝福，葉瑟王子本人卻無法親耳聽見，真的是太可惜了，我不由得對他感到抱歉。

就連忙於國務的女皇都請侍從長送來了親筆信和花束，波帝埃樞機主教甚至在上班前繞到我的房間，親吻我的臉頰給予祝福。

「王子閣下，這是我們今天清晨親自烤的可麗露[17]。聽說您很喜歡，所以做了一百個左右。」

「哇，做了這麼多啊……我會好好享用，謝謝你們。」

「不會！那我們就送到您的臥室去。」

幾名廚房的僕役深深彎下腰，感覺頭髮都快掃到地上了，行完禮後便退了下去。

不知道北地民風是不是特別豪爽，大家都非常大手筆。早上我還收到一整桌幾乎壓垮桌腳的豐盛生日早餐，就算有班傑明和加奈艾一起幫忙，也花了將近兩個半小時才吃完。

「王子閣下，感覺您今天收到的食物都夠吃一整年了呢。」

跟在我身後的加奈艾笑著感嘆。我點了點頭，又向下一位上前祝賀的侍從回禮。

儘管菲德莉奇女皇對我的態度不算差，但我的身分畢竟是質子，待遇再怎麼好也不可能舉辦正式的生日宴會。至於金錢或貴重禮物，也和平時一樣全都不能收。

反正我本來就不喜歡太過鋪張、讓人心理壓力很大的活動，所以其實很滿意這種處境。沒想到，事情竟然會變成這樣。

不管我走到哪，都會有不認識或不熟悉的人送我親手做的美食。而我又從小被教育不能拒絕他

17 可麗露（Canelé）一種經典法式蛋糕，外型像小巧的鈴鐺，有著天使之鈴的美名。

人心意，只好一一品嘗所有的麵包和甜點。當然，每一樣都非常好吃，但再這樣吃下去，我大概中午就不用吃飯了。

所以說，魔獸大討伐的事件到底被傳得多誇張啊？

「王子閣下，祝你生日快樂！你今天穿得真好看！」

就在這時，耳邊傳來熟悉的聲音。我轉過頭，只見克莉絲朵從走廊的另一端快步走來。

克莉絲朵像平常一樣高高束起長髮，今天卻難得換上了裙裝。她露出如天使般燦爛的笑容，遞給我一個小包裹。

「這是送你的書。其實我原本準備了海盜船當你的生日禮物……」

「什麼？」

「開玩笑的啦！總之，這是最近皇都最熱銷的書，我想你應該會喜歡。我有問過樞機主教殿下，她說送再多書都沒問題喔。」

那雙青灰眼眸閃爍著愉快的光芒，我只好笑著向她道謝。結果最後還是收到了主角送的禮物。

「謝謝您，我一定會仔細閱讀。」

「不用客氣。是說，你也有從公爵殿下那裡收到禮物嗎？」

「沒有。」

別說是禮物了，今天我連他的人影都沒看到。都住在同一個屋簷下了，還能不在意對方的生日到這種地步，也是不容易。

不過，我本來就沒對皇子那傢伙抱持什麼期待，所以也不覺得失望。反而是克莉絲朵驚訝得瞪大雙眼。

「真奇怪，我還以為他會很有皇室排場地送你一份大禮呢。」

「畢竟我們也沒有那麼親近。」

「哎呦，不是什麼祕密都知道的關係嗎？」

她輪流眨了眨左眼和右眼，每次看到都讓我覺得很厲害……等等，話不是這麼說吧？

「那些事您不是也知道？而且嚴格來說，這是我們之間的祕密才對。」

「說得也是。對了，你現在要去哪呢？」

克莉絲朵放棄爭辯，笑著換了話題。我告訴她我要去進行告解聖事，她立刻自告奮勇。

「那請讓我來護送王子閣下，這是給壽星的特別服務！」

於是我們並肩在走廊上前進，班傑明和加奈艾看起來都很開心。

「對了，我幫小鶺鴒取好名字了，叫作巧心。」

「天啊，我很喜歡呢！取得真好。」

在生日當天看到別人比我更開心，感覺還真不錯。

**【不妨依照自己的步調，準備好了再開始告解就好。】**

「是、是，王子閣下……」站在臨時告解室外頭的男子，用顫抖的聲音輕聲回應。

我靜待告解者開口，手裡拿著克莉絲朵送我的旅遊書——《完美導覽：一週征服皇都（附地圖）》。

這是今年四月出版的新書，不只資訊豐富，而且都是最新的情報。我之前怎麼沒想到可以去找這類的旅遊書來看啊？但話又說回來，我根本就不知道這個世界也有出版旅遊類型的書。

光是我手上這本，裡頭就充滿各種歷史書上找不到的知識，雖然現在還派不上用場，但讀起來非常新鮮，就和當初第一次翻閱《李斯特雙週刊》時一樣讓我津津有味。看來我收到了一份比想像中更好的生日禮物。

「那個，我擔心會被後面的人聽見……」

告解者終於說話了。我抬起頭來，這才發現對方幾乎將整個身體貼在木製花格窗上。

由於行宮並沒有設置告解室，現在是臨時借用獨立在主建築外的木造祈禱室來進行告解聖事。所以設備不能說非常完善，也無法保障告解者的隱私，我不禁露出苦笑。

雖然供奉飛廉之方舟的鐘塔旁邊確實有座神殿，但那座懸崖是皇室禁地，其餘人等平時禁止出入。我左思右想，最後是在行宮侍從長的協助下，才徵用了這座祈禱室作為折衷方案。

所以目前是我坐在祈禱室內，告解者站在室外，兩方隔著鏤空的花格窗進行告解聖事。至於其他的告解者，則是在遠一點的地方排隊等候。

**【請放心，在後方排隊的人也都是信徒。主神會見證一切，因此即使他們不小心旁聽到您的告解，也會當作沒聽見的。】**

我盡量從宗教的角度安撫男子。他遲疑了片刻，才終於下定決心，顫聲開口。這位信徒想必是從凌晨就來排隊，才有辦法成為今天的第一位告解者，我不由得有點好奇對方的故事。

「我、我是教廷派來的神官，呃，就是……來負責為伊芙琳公爵殿下和薩爾內茲女爵閣下提供以太。」

**【啊，原來如此，很高興見到您。】**

聽見他壓低聲音，我也小聲回應。

我知道從教廷來的聖騎士約翰．海恩斯爵士，和司祭級的神官「桑德」。雖然只在走廊上擦肩幾次，沒說過話，但桑德每次看到我都會像見到大人物那樣慌張鞠躬，所以我印象很深刻。沒想到他也會來告解。

「但是……我真的太累了，忍不住產生放棄的念頭。雖然我知道能被派來帝國是莫大的榮耀，可是……」

桑德的聲音裡帶著濃濃的鼻音，像是哭了。我一時慌了手腳，連忙湊近木窗。

**【看來您的內心備受煎熬，工作很辛苦嗎？】**

「嗚嗚，豈止辛苦而已，王子閣下……」

透過花格的鏤空，能見到一名身材圓潤的高大青年站在窗前，斗大的淚珠一顆顆滑落臉頰。我趕緊打開旁邊的門，遞了一條手帕給他。

站在遠處的其他信徒嚇了一跳，紛紛探頭張望。

**【沒關係，請慢慢說吧。】**

他將我的手帕緊緊握在手中，肩膀微微顫抖。這讓我想起當兵最後一年時，遇到的一個剛入伍的二十歲新兵。

「女爵還有殿下……實在讓我太痛苦了……」

**【什麼？】**

我嚇得不小心破音了，難道是職場霸凌？

「我向主神發誓，我絕不是想批評那兩位，真的不是。只是我……就算身材再壯碩，也不過是司祭級神官……那兩位實在用太多以太了……嗚嗚。」

他那雙像綿羊般溫馴的大眼，再次盈滿淚水。

**【您的意思是，獨自供應以太給那兩位太過吃力了嗎？】**

「這麼說也沒錯……可是，那兩位真的抽得太凶了。我來到皇宮的第一週，就昏倒了三次……」

等等，他說什麼？

**【您因爲以太枯竭昏過去了？】**

「對……因為女爵取走以太後，馬上又換殿下來抽，連一刻休息時間都不給我。那兩位真的和一般聖騎士不一樣，教廷的聖騎士……沒有人像他們這麼飢渴，嗚嗚。」

我驚慌失措地看著桑德的臉。明明不是我在壓榨他，為什麼現在是我感到羞愧啊？

**【您所謂的飢渴……】**

「就是字面上的意思，那兩人要求以太的頻率太高了，而且一次索取的量又特別大。我真的好累……所以就告訴他們實在辦不到，但女爵卻反問『為什麼辦不到』，公爵殿下則是在一旁嘆氣。嗚嗚……」

桑德最後還是把臉埋進了我的手帕裡。我一時語塞，閉上眼睛不知該如何回應。

也就是說，克莉絲朵和賽德瑞克皇子把這位司祭級的神官當作共享行動電源，不停壓榨他又虐待他。真是無法置信，奧客當得這麼理直氣壯，平常居然還能一臉坦蕩蕩地在宮裡晃來晃去？

**【那個，嗯……您有向波帝埃樞機主教反應過嗎？】**

這話一出口，我就意識到自己說錯話了，桑德當然說不出口。

雖然教廷內部將樞機主教稱為「信仰的公主及王子」，是管理教廷的掌權者，但在此之前，歐蕾利．波帝埃可是皇子的教母，也是女皇的伴侶。就算不提司祭和樞機主教間有著天差地別的地位差異，桑德也不可能直接跑到她面前說「妳的教子是個毫無人性的傢伙」這種話。

「嗚嗚，我怎麼能……」

桑德哭喪著臉看我，我懷著歉意拍了拍他的肩膀。

**【我能理解。那海恩斯爵士都沒管過這些事嗎？】**

畢竟約翰．海恩斯爵士是那兩位的聖騎士導師，如果他們做出不符合聖騎士身分的行為，他應該要第一時間站出來指正才對。

神官與聖騎士是平等的伙伴關係，不該淪為被剝削的一方。

「海、海恩斯爵士在上課時間……不怎麼恪忠職守……」

桑德迅速垂下視線，含糊不清地說著。我頓時想起那天在朱利耶宮的會客室，和加奈艾說過的話。

「只是在對練而已，不用擔心。而且還有教廷派來的導師在場不是嗎？就交給導師處理吧。」

「我一開始也是這麼想，可是那位導師好像有點招架不住。」

整件事的輪廓瞬間清晰起來。我帶著一絲不敢置信的心情開口詢問，甚至特地解除神諭、壓低聲音，深怕其他人聽見。

「所以那兩位每次上課都只有對練，需要以太就不停從你身上拿。而海恩斯爵士只是坐在旁邊看著，完全不管？」

「嗚嗚，對……」桑德吸了吸鼻子，小聲地回答。

我不禁皺起眉頭，這麼荒唐的教學方式，居然到現在都沒人反應？

「我在皇宮從來沒聽說過這件事，公爵閣下和女爵都沒有提出異議嗎？」

「海恩斯爵士和我才來帝國沒多久……那兩位或許是覺得等時機成熟，爵士自然會開始教導。而且，感覺那兩位好像也很享受對練？」

看起來才剛滿二十歲的神官垂下頭，用手帕擦拭眼角。

我好不容易才忍住到嘴邊的嘆氣。不管海恩斯爵士有什麼打算，這樣放任他們下去絕對不是辦法。

身為擁有相同職業的人，我實在無法坐視另一位神官受到這種對待。

「啊，王子閣下……我之所以來懺悔，其實是、是因為我想逃跑。昨天晚上我甚至偷偷打包了行李。嗚嗚，我明知道不能這樣……」

桑德忠於告解聖事的原則，將話題轉了回來。

我靜靜點頭，聆聽他的懺悔，胸中的心煩意亂卻越滾越大。如果一直不知情就算了，現在既然都知道了，就沒辦法再裝作沒聽見。

看來「不是我就好、不關我的事」這種心態，也有到達極限的一天。

護送葉瑟王子到臨時告解室後，克莉絲朵・德・薩爾內茲便漫無目的地在行宮裡散步。雖然她平時喜歡和侍從們聊天，但今天更想呼吸一下外頭的新鮮空氣，所以慢慢走到了行宮後面的小樹林。

薩爾內茲公爵家的侍從都留在穆特伯爵領，多虧如此，她難得享有片刻的自由，心情也格外輕鬆。王子清澈溫暖的以太，彷彿仍在她身邊環繞。

或許就是因為這樣，她才沒注意到自己選中的涼亭裡，已經坐著賽德瑞克・李斯特。

「參見伊芙琳公爵殿下。」

「……」

克莉絲朵難得在他面前有點手足無措，但她沒有表現出來，依然優雅地向皇子行禮。而年輕的公爵一如往常，只用眼神略略示意回禮。

感覺每次見到面，這男人都會刷新她對顏值的最高標準。仔細一看，他手上和桌上那些應該是從辦公室帶出來的文件，看來他也和自己一樣需要轉換心情。

克莉絲朵無奈地轉身，走向對面另一座涼亭，畢竟兩人都不是會體貼地壓抑以太的人。雙方的想法都是「他（她）又沒有壓抑，為什麼我要壓？」，因此非上課時間還是互不干擾，更能保持和平。況且他們才剛被女皇訓過一頓，不能馬上又闖禍。

「啊。」

她原本正想著「對面那座涼亭要是也有張長沙發就好了，正好讓我睡個午覺」，卻突然停下腳步，腦中閃過稍早與葉瑟王子的對話。

克莉絲朵慢慢地轉過頭，看向公爵，盯著文件的那張帥臉看起來非常嚴肅。

雖然她不喜歡妨礙別人工作，但今天對王子而言是特別的一天，因此她的好奇心也被勾了起來。

「殿下，你忘記今天是葉瑟王子閣下的生日了嗎？」

克莉絲朵的語氣柔和，不帶惡意，但公爵還是理所當然地無視了她。

唉，真是個沒禮貌的王八蛋。「咸佳潾」回頭走過去，一邊在內心暗罵。嘴上雖沒罵出來，卻還是忍不住讓自己的真心話脫口而出。

「你這樣說不定會被討厭喔。」

這句話就明顯帶了點刺。她當然知道葉瑟王子不可能會真的討厭公爵，畢竟王子生性善良，又對小動物和小孩子特別沒轍。

而公爵嘛，平常就和禽獸沒兩樣，以太不足時還會變成小孩，所以王子肯定不會有真心討厭他的時候。但克莉絲朵還是想嗆這個臭小子一下，哪怕有點幼稚也無所謂，反正這就是她。

「我握有他的弱點，不用刻意拉攏他。」

克莉絲朵本想趁火氣真正上來前趕快離開，但皇子說了句奇怪的話。不對，嚴格來說是在她耳中聽起來很奇怪。

克莉絲朵看向公爵，那張臉依舊毫無表情。

「你說你有王子閣下的弱點？」

「……」

公爵卻已經將注意力放回文件上，似乎認為沒什麼好說的。克莉絲朵簡直傻眼，氣得繼續追問。

「你該不會以為這樣就能為所欲為了吧？」

「可以讓他屈服於我。」

哇靠，這傢伙講話能不能再不要臉一點？克莉絲朵大步走到公爵對面的沙發坐下。

看見對方無禮的舉動，賽德瑞克眉頭微蹙，但還是無視了她。

「你難道不相信王子嗎？魔獸大討伐那次，他表現得不錯不是嗎？我也一樣。」

雖然不想承認，但那時確實合作得挺愉快。她和公爵、王子三人間的默契很好，而且多虧了王子的以太，她也一直都保持在最佳狀態。

「我不知道這有什麼關係。」

克莉絲朵用力咬緊牙關，這是她判斷某件事「沒救了」時會出現的反應。也就是說，這傢伙明明信任王子，卻還想用這種卑劣的方式控制他？

說實話，克莉絲朵很想這樣轉頭就走。反正她和王子的關係還算不錯，公爵繼續執迷不悟，王子也只會對他失望而已。但是……

「是說，結果飛廉之方舟和我上次在夜市給你的吊飾一點都不像，對吧？」

「好像還是有翅膀的樣子，我回房再確認看看。」

「你把吊飾帶來這裡了嗎？」

「因為我掛在行李箱的提把上。」

葉瑟王子連她在投擲短劍比賽上拿到的廉價裝飾品，都好好珍藏著。對出身高貴的王子而言，那種東西根本一文不值，但他還是認真地對待，善良得令人驚訝。

克莉絲朵認為，不能讓這樣的王子因為他人的笨拙或強勢而受到傷害，僅此而已。

「請聽好了，殿下，我只說一次。」

「什麼？」

她咬牙切齒地說著。就算這傢伙還乳臭未乾，但沒想到自己竟然連怎麼交朋友都要教他。

「王子也是人，而且是非常好的人。你用那種方式是無法贏得他的心的。」

「妳現在是在對我——」

「還記得鐘塔上的神器嗎？明明不是人，卻還要用那種方式才能安撫下來，要是沒有我就大事不妙了，對吧？更別說是人類了。」

「……」

「王子是個善良又講道理的人，你自己明明也知道。」

公爵那雙橙眸垂下，但克莉絲朵還沒說完。

「他已經是質子了，再被威脅，只會感到不安和恐懼。殿下真的想用那種方式，來回報王子對你的善意嗎？」她不容置疑地說出結論，「請用真誠的態度對待他，這樣你們才能更親近。」

說完，克莉絲朵拍拍裙襬，從沙發上起身。今天的自己似乎有點帥氣呢，對一個二十四歲的臭小子上一堂人生課，還真是令人滿足又無奈。

「那麼，我就先告辭了。」

克莉絲朵優雅地向公爵行禮，隨後腳步輕快地離開。

「……」

北地的清爽涼風撫過樹林與草地，以及男子黑緞般的髮絲。他低頭看了一眼手中的文件。

下一瞬，紙張便被火焰吞噬殆盡。

「洗完澡是不是覺得很舒服？清爽多了，對吧？」我笑著對神獸們說道。

「嘰咿。」

「嗶嗶嗶！」

幫這幾隻小傢伙洗好澡，再把我自己洗乾淨，總共花了一個半小時。

和喜歡水的狄蜜不同，蓋亞和波妮都一臉氣哼哼的。至於巧心，羽毛濕漉漉的小鳥看起來瘦了一圈，但似乎神清氣爽，跳來跳去、唧唧喳喳叫個不停。

我兩三下繫好浴袍，接著用毛巾一隻隻幫牠們擦身體。雖然神獸平常身上就很乾淨，但洗過澡之後看起來更閃亮、更精神煥發了。

「波妮，過來，尾巴還沒擦乾。」

「嘰！」

波妮抖抖黑色的耳朵，躲開我的毛巾逃走了，蓋亞也緊追在後衝出浴室。

這裡是北地，晚上的空氣挺涼的，身體必須擦乾才不會感冒……咦？

「我沒有關上嗎？」

走出來才發現，陽臺的落地窗正大大敞開。我只好先把手上的毛巾放到一邊，走到窗簾隨風飄盪的陽臺入口，將落地窗關好、鎖上。

巧心看起來不打算離開，大概是想陪我一起睡。這是給壽星的特別待遇嗎？

「……明天該怎麼辦呢？」我低聲呢喃。

上午聽完桑德的告解後，我就心事重重。兩個多小時過去，一聽完行宮其他人的告解，我便立刻前往樞機主教的辦公室。

我原本是想，既然桑德不方便告狀，那就由我來說。然而……

「王子閣下，非常抱歉，但樞機主教殿下目前公務非常繁忙。如果您不介意，方不方便請您幾個小時後再來訪？我會親自去接您。」

「這樣啊，沒關係，我下次再找殿下就好。」

結果我只和樞機主教的侍從娜塔麗交談幾句就回來了。

娜塔麗說樞機主教忙得甚至沒時間好好吃飯，看起來十分擔心。

但說實話，娜塔莉自己也一臉憔悴。因此我只請人把今天收到的可麗露送一部分去樞機主教的辦公室，就沒有再過去打擾了。

據說樞機主教這段時間正在籌備下個月的祈禱會，忙得不可開交，在這種時候跑去對她說「那兩個孩子聯手欺負別人家的寶貝孩子，請您好好罵一罵他們」，感覺有點難以啟齒……

「嘰、嘰咿！」

「怎麼了？你想下去嗎？」

就在我思緒飄遠時，狄蜜不知道什麼時候跳上了窗邊的一張桌子，正對著我叫。我熟練地托住圓滾滾的黑肚子，把小熊貓抱了起來，

這時才發現，剛剛被狄蜜身體擋住的地方，放了一只陌生的木盒，前方還靠著一張卡片。盒子以黃金和寶石裝飾，就連卡片上都貼了金箔，奢華閃耀得讓人眼花。

我努力壓下驚慌，冷靜地打開卡片。裡頭只寫了一句話……

**務必隨身攜帶。**

**—C・R**

CHAPTER

# 24

# 觀摩教學

說起姓名字首為C．R的人，我腦中只浮現一道身影。

況且能在這個時間，把這麼豪華的禮物不知不覺送進我房間的，也只有那傢伙了。我想起剛剛那扇敞開的陽臺門，看來他隨意進出別人臥室的態度還是依然故我。

「……還知道要送生日禮物啊。」

明明吩咐侍從大衛就好的事，不知道為什麼非得親自來送。

雖然卡片上連一句祝福的話都沒有，我還是重新摺起來收好，然後看向那只金光閃閃的禮物盒。

「狄蜜，你看，光是賣掉這個箱子，我們就一輩子不愁吃穿了。」

「嘰！」

狄蜜發出響亮的叫聲，像是在表示同意。

不知何時，蓋亞、波妮和巧心都湊到桌邊，展現出對盒子的濃厚好奇心。

我撈起翅膀濕掉飛不太動的巧心，輕輕放到桌上，這才動手打開盒蓋。只見盒內的禮物在臥室的明亮燈光下熠熠生輝。

那是完全出乎我意料之外的東西，我不由得張大了嘴。

「哇，杯子？不對，是搖鈴嗎？原來是搖鈴啊！真美。」

那是一支水晶製成的搖鈴，透明到視線可以直接穿透，清楚看見搖鈴後方的景物，作工精緻又華麗。尺寸十分小巧，包含手柄在內也不超過手掌大小。

我轉動搖鈴，細細欣賞，水晶折射的七彩光點像星星般映滿天花板與牆面。

鈴身鑲嵌一圈寶石，以固定間距排列，每一顆都是尾指指甲大小的鑽石或綠柱石等昂貴礦物，顏色組合簡直像跑錯棚的無限寶石。

「可是裡面沒有鈴錘耶，真奇怪。」

我一邊翻看搖鈴，一邊喃喃自語。因為搖晃也沒有聲音，我湊近一看，才發現內部真的沒有鈴錘。

看來只能當作裝飾品了，或者，這其實是某種魔法道具？

「咦？」

鈴身裡面好像塞了什麼東西，我驚訝地伸出兩指摸進去。這是皇子放的嗎？

指尖觸到一張紙，我趕緊抽出來攤開……是使用說明書？

**親愛的洛絲納……**

是那張信箋。

那張在皇宮被賽迪搶走、由署名「奧希洛」的人寄給我的可疑信件，又回到了我手上。

明明已經握在手中，還是覺得不敢相信，我來回確認了好幾遍，包括背面。但沒錯，就是那張信箋。

禮物歸禮物，沒想到皇子會連同信件一併歸還。為什麼？

雖然以我的立場來說，這樣當然是再好不過，但他之前不是還說「你會先屈服」怎樣怎樣的嗎？突然這樣又是哪招？

「是因為聖約嗎？」

「嗶嗶嗶。」

巧心鑽進空盒，把身體蜷成一顆圓滾滾的毛球。

我想起當時對少年許下的聖約。我施展以太發誓，說自己不曾、未來也不會和神國聯繫。所謂的神官聖約，是指神官藉主神權能證明己心的行為。而眾所皆知，違背聖約的神官，會受到「失祐」的懲罰。

我都做到了這種程度，他大概是覺得把信還我也沒問題了吧。而且，這張信箋到底是怎麼送到我手中的，應該才是調查的重點。

是來自平時代為收信的女皇宮？還是朱利耶宮的某個人偷偷塞進來的？如果都不是，那會不會是某位貴族一開始就將信箋藏在了自己送來的生日卡片裡？目前仍然是一頭霧水。

再說，信箋上也只有單純的問候，皇子或許是打算先觀察看看吧。但他居然沒把這件事告訴女皇或樞機主教，這點還真讓人意外。

「……他是真的相信我啊。」

那就好，信任當然比不信任更有利於我的生存。

我的感受和鄭恩瑞不一樣，在我眼裡，皇子其實沒有那麼壞。

之前是想在克莉絲朵面前蒙混過去，才請她幫我守密，沒想到那件事都還沒解決，現在居然也和皇子共享了祕密。

「好好好，來睡覺！先睡飽再說。」

「嘰、嘰咿。」

我抱起一隻隻打哈欠的神獸，離開了桌邊。

卡片上只寫著「務必隨身攜帶」，又沒說要攜帶的是什麼，我就把那支迷你搖鈴放在床邊的矮桌上，信籤則貼身收好。這樣兩邊都算是有交代了。

隔天的我有些心神不寧。

班傑明和加奈艾對我突然做出的決定略感驚訝，但很快就恢復冷靜，開始各司其職。

加奈艾先一步前往樞機主教辦公室匯報我的決定，班傑明則在行宮侍從的協助下為我準備了野餐籃。

一早起來就沒見到巧心，不知道牠又跑去哪玩了，三隻小熊貓倒是已經做好出門的準備。

「王子閣下，您怎麼突然改變心意了？」

「就是……畢竟我也常常和那兩位見面，一直裝作不知道他們在訓練，好像也太失禮了。」我隨口敷衍道。

加奈艾與班傑明雖然平時全力支持我宅在家，但只要我主動提出想出門，他們都會顯得特別開心。

我們下樓走到開闊的外廊，微風拂面，我的心情也漸漸平靜下來。

男女主角的課程是從上午十一點開始，現在出發的話，抵達的時間應該剛剛好。

「從這裡右轉，行宮練武場就到了，葉瑟王子閣下。」

接到消息的行宮侍從，特地過來為我們帶路。我點了點頭，跟在她身後。

我會跑這一趟，除了幫助可憐的桑德之外，也是為了客觀地判斷狀況，畢竟只聽桑德一面之詞並不公平。

再說，約翰．海恩斯爵士是來自教廷的聖騎士，今天去觀摩教學，肯定也能學到一些對我有幫助的知識。

「而且，既然都收到了禮物，我也該親自去道謝。」

「說得也是，那支搖鈴一看就是價值不斐的寶物呢。」

加奈艾一臉認同地猛點頭。他和班傑明早上看見皇子留下的禮物盒時，直接嚇傻了，表示「光是這個盒子就可以在皇都買下二十棟湖畔宅邸了」。見到水晶搖鈴後，更是連聲讚嘆「這貴重程度遠勝一般禮物」、「該不會是國寶吧」。

大概是怕我真的轉手賣掉，他們還語重心長地提醒我「絕對不能販售皇室所贈的禮物」。好久沒看到班傑明露出這麼嚴肅的表情，我當下立刻忍不住笑了。

「我們到了，就是這裡。」

行宮侍從的聲音讓我回過神來，轉頭一看，眼前正是行宮西側的戶外練武場。

北地的風像是在歡迎客人到來，將我們擁入涼爽的懷抱中，又瀟灑離去。為了方便活動，寬闊的草地被剪得低矮整齊，四周植下一排樹木，劃出矩形練武場的邊界。樹蔭下有一座使用鱷魚皮製成的沙發組，位置極佳，非常適合欣賞對練。

「葉、葉瑟王子閣下！」

一旁傳來熟悉的男性嗓音，我轉頭一看，站在練武場一角的桑德神官正朝我彎腰行禮。他旁邊的海恩斯爵士依然綁著鬆散的馬尾，神情有些訝異，接著也迅速行禮致意。

我一一回禮後，視線一轉，立刻就看見那位笑容燦爛、渾身自帶光環的主角，還有那位光靠臉就能打遍天下的青年。

「王子閣下，你終於來參觀了呢！」

克莉絲朵高高揮舞著整隻手臂，用開朗的聲音向我打招呼，耳邊垂下的幾縷粉色髮絲隨風輕輕擺動。

而皇子一如既往，只是沉默地冷冷看著我。

我正打算像平時一樣行禮……

「咦，牠怎麼在這裡？」

「噫！」

我發現了不該出現在皇子頭上的東西，加奈艾也倒抽一口氣。我快步上前，朝皇子伸出手。

「不好意思，我來帶牠回去。」

窩在皇子頭頂的巧心睜開眼睛，用「嗶咕咕咕！」的叫聲向我打招呼。

雖說高處的風景很好，但也不能爬到那種真正「崇高」的人頭上啊！

我在心裡瘋狂吐槽，連忙用雙手將巧心捧下來，幸好皇子那雙橙眸並沒有露出不悅。

「那麼，祝兩位上課順利！」

為了化解尷尬，我努力擠出場面話，還配上敷衍的笑容。

——鏘！

——唰唰……

鋒利的冰劍對上那把漆黑的火焰之劍。

雖然皇子的力量明顯更勝一籌，但克莉絲朵在腳下召出冰做的支點，穩穩撐住自己的身體。

飛濺的不是火星，而是一滴滴清澈的水珠，灑在兩人的靴子上。水藍與火橙的視線在刀光劍影間激烈交鋒。

克莉絲朵不可能單靠劍術勝過皇子，儘管如此，她依然製造出一把冰之劍作為武器，分明是為了挑釁皇子。

——颼！

她縱身後翻，皇子手中的慧劍同時橫劈而過。赤紅烈焰畫出完美弧線撲向克莉絲朵，滯留在空中的她無處可避，就在千鈞一髮之際……

——轟轟！

——啪嚓、啪嚓、啪嚓嚓！

一塊塊冰製踏板憑空出現，克莉絲朵靈活地落在冰塊上，一步步往後退。

但皇子的火焰立刻蔓延至她的腳下，冰塊開始一一化成水蒸發。

見狀，克莉絲朵猛然揮出右手握著的皮鞭。

——啪！

——嘩啦——！

翠綠如茵的草坪上，瞬間掀起一波比皇子還高的海浪。

對於操控水、火、風及土等無形之力的聖騎士而言，豐富的想像力是不可或缺的能力。而幫助聖騎士「具象化」想像的工具，就是他們手中持有的兵器。

克莉絲朵的皮鞭是在勒戈綜合交易所購買的頂級魔法道具，不但堅固輕巧，還能在一定範圍內隨使用者的意志改變移動方向。雖然無法注入以太，卻是最適合她的輔助武器。

「啊，殿下躲不掉了！」

坐在我身旁的加奈艾急得跳腳。我目不轉睛地盯著皇子，喃喃低語。

「他不打算躲。」

夕色的眼眸閃過一絲喜意，他的臉上沒有笑容，但我看得出來。

面對從四面八方直逼而來的凶猛海浪，皇子仍舊沉穩如山。

——嘩嘩——！

當浪花濺上漆黑髮梢的瞬間……

——轟隆！

——嘶嘶嘶嘶嘶！

劇烈的爆炸聲驟響，整片視野立即被白濛濛的蒸氣籠罩。見到這種誇張的以太爆炸，桑德用雙手摀住嘴巴，我們都還沒反應過來發生了什麼事……

——唰！

只見皇子已然破開霧氣，飛身來到克莉絲朵面前，我頓時瞪大雙眼。

他剛剛竟然在瞬間引爆最大火焰，直接蒸發整片海浪。

若是一般的火屬性聖騎士，根本不可能使用這種方法，因為周圍濕度太高，對火屬性相當不利——但這位可是全能男主角。

——砰！

「呼。」

克莉絲朵即時在彼此間製造一面冰牆，輕輕吐出一口氣。

但就算沒有火焰，皇子仍然是讓人心生畏懼的劍士。慧劍深深刺進冰牆，立刻裂出一道又深又長的縫隙。

不過冰晶也隨即咯吱咯吱地凍住劍身，克莉絲朵趁機張開右手，鋒利的冰錐瞬間鑿破冰壁，直指皇子的腹部……

——颼！

「哈，又是這招。」

我聽見克莉絲朵的自言自語。一把閃著冷光的短劍正懸在半空，抵住了她的後頸。

皇子善於操縱金屬，這正是他的致勝一擊，觀眾席頓時發出「哇」的讚嘆。我們都全神貫注在兩人一來一往的過招上，沒有人注意到那把短劍是什麼時候移動過去的。

「……我輸了。」

「辛苦了，去補充以太吧。」

克莉絲朵一認輸，一旁抱臂觀戰的海恩斯爵士便淡淡出聲。他話音剛落，克莉絲朵和皇子便轉頭走向我們這邊。

我不知什麼時候站了起來，正在和加奈艾、班傑明一起用力鼓掌。

真是一場精彩的對練。尤其是克莉絲朵，成長的幅度非常了不起，兩人之間的默契也比魔獸大討伐那時要好得多，真是令人吃驚。

這樣發展下去，應該可以順利在一起吧？

「我看得很過癮，兩位都太帥氣了。」

聽見我的讚嘆，克莉絲朵綻出燦爛的笑容，皇子則是動作自然地拿起放在我面前的水瓶，張口就喝。那是狄蜜的水啊……

「那……那我先提供以太給公爵殿下。」

在一旁畏畏縮縮觀察的桑德，說話的聲音小得就像蚊子叫。我看他實在太可憐，於是開口搭話……

「司祭閣下，同時為兩位補給不是更有效率嗎？」

結果桑德立刻皺起一張苦瓜臉，壯碩的身軀縮成一團。

「那樣的話，我可能真的會死……」

「咦？但按照剛才的消耗量，兩位的以太應該很快就能補完了吧？」

我的回答讓桑德大吃一驚。

「快？快是一個小時嗎？」

「不，頂多五分鐘就夠了……」我的聲音越來越小，總覺得我們的對話沒有交集。

皇子的目光掃過我與桑德，淡淡開口：「那就由你來示範。」

「果然是公爵殿下，不愧是帝國的明燈。」

克莉絲朵立刻接話，一搭一唱還真是合得來，這樣我該包多少禮金比較好？

不對，這樣不行。

「我今天是來觀摩的，請四位照平常的上課模式進行就好。」

我擠出微笑回答。今天跑這一趟的首要目的，是為了觀察桑德的處境。如果直接出手幫他，就沒辦法得知克莉絲朵和皇子平時的行為了。

「……」

皇子盯著桑德的眼神明顯透出不滿，彷彿在說「在我把你做成麥飯石烤魷魚前，趕快交出以太」。

可憐的桑德縮起像熊一樣圓滾滾的身軀，開始施展聖所。

我原本還覺得自己的聖所比起波帝埃樞機主教，簡直陽春到不行，沒想到桑德的聖所比我的還要小，光芒也更微弱。

陣紋當然也非常簡陋，看來主教級與司祭級之間的差距真的不小。但就算是這樣，也不能對人家這麼凶吧？

「太慢了。」

皇子低斥，看來是對以太的流動速度不太滿意，桑德嚇得渾身一顫。

我壓抑著想對皇子嘮叨的想法，看向克莉絲朵。主角正對著皇子皺眉，這表情讓我有種熟悉感。好像在哪裡看過……對了，是鄭恩瑞。

每次我帶年紀還小的恩瑞去看牙醫，只要她聽見比較早進去看診的小朋友在哭，就會露出這種表情。

「既然您是來觀摩的，我想聽聽看您的感想。」

這時，耳邊傳來一道比皇子稍高、但比我低沉的男聲。轉頭一看，只見那位將雪白長髮隨意束成馬尾的約翰．海恩斯爵士，不知何時來到了我旁邊。

那雙望著我的薄荷色眼睛裡，帶了一絲淡淡的好奇。雖然他依舊沒有把鬍渣刮乾淨，頭髮也到處亂翹，但臉色看起來比海盜船上那時好多了。

沒想到，他明明也看到了一起被派來帝國的神官受到壓榨，態度卻顯得毫不在意。

「這個嘛……」

雖然確實有些感想，但比起這個，我更想指責這三位聖騎士居然聯手欺負神官。

「您可以暢所欲言。」

不知他是怎麼解讀我的沉默，海恩斯爵士輕輕闔眼又睜開。

下一刻，練武場上的風突然靜止了。

「咦？剛才是……」

「我已經關閉風門，現在就只有我們四人聽得見王子殿下的聲音。」

我眨了眨眼。原來他身為風屬性聖騎士，可以截斷傳導聲音的空氣媒介，製造出一間透明的密室。

班傑明、加奈艾與桑德明明都還站在旁邊，卻已經無法聽見我們的對話了。

同樣地，即使發現我在看他的加奈艾笑著說了什麼，我也只能看見嘴型變化，完全聽不到任何聲音，彷彿按下了靜音鍵。

「風屬性還真是厲害。」我忍不住讚嘆，這實在是太神奇了。

聞言，海恩斯爵士的嘴角微微上揚，露出柔和的笑容。他一笑，整個人立刻生動了起來。

「王子閣下，你覺得剛才我們的對練如何呢？」

這時，克莉絲朵也詢問我的感想。她的語氣自然，看向海恩斯爵士的眼神卻頗為冷淡。

感覺他們好像還不是很熟。

我斟酌著開口：「嗯，這是我個人拙見……薩爾內茲女爵的成長令人刮目相看，但操縱冰的技巧還不是非常純熟。舉例來說，剛才您空翻落在冰階上時，如果可以一邊移動，一邊讓踏過的冰塊飛向公爵閣下，而不是讓冰塊原地消散，應該可以擾亂公爵的視線。或者，如果在公爵引爆海浪時能立刻凍結蒸氣，就可以繼續維持攻勢。」

「嗯，確實。因為將水變成冰，需要再進行一次以太轉換……所以我的判斷就慢了一拍。」

克莉絲朵咬住下唇，看起來有些懊惱。

海恩斯爵士抱起手臂，淡淡地接話。

「您還需要時間適應特殊以太的運用，現在已經做得很好了，沒必要著急。只要持續練習，總有一天閉著眼睛也能做得到。」

「是嗎？我做得到吧？」

克莉絲朵的神情立刻亮了起來，我也點頭贊同。

畢竟這位主角在魔獸大討伐期間，就已經成功在無人指導的情況下使用了冰之力。

根據伊芙琳大公在書中的介紹，克莉絲朵吸收的滄海之祝福，顧名思義，就是一件能賜予祝福的神器。

也就是說，這份祝福不僅讓克莉絲朵被穿越、讓平凡的人類覺醒成聖騎士，還附贈駕馭以太的直覺與才能。

一言以蔽之就是開局即開掛，主角不管做什麼都只會越來越強。

「至於公爵閣下……」

我將視線轉向皇子，還在補充以太的他挑起一邊眉毛，一副「我現在不在最佳狀態，但有種就放馬過來」的態度。

「雖然公爵閣下的魔法和劍術都相當出色，也確實能獲勝，但感覺您每一次攻擊都會消耗過多的以太。書上有說，對聖騎士而言，最重要的便是如何精準高效地駕馭以太……我認為您應該將無法使用慧劍的情況也考慮進去。」

別瞪我，你爸的書上就是這樣寫的。而且你自己又不是不知道，你要是以太不夠……那麻煩可就大了。

「您觀察得很到位，我先前就很好奇您會是怎樣的神官，看來非常具有洞察力呢。」

海恩斯爵士話音剛落，我便感到四周的空間忽然開闊起來。

一股清爽的北風輕輕掃過我的瀏海，看來是爵士解除了密室，讓空氣流動恢復正常。

我驚訝得笑了，不知道是因為他的評價，還是因為沒見過的招式。

加奈艾急忙靠近我，「王子閣下，剛剛那是……」

「嗯，海恩斯爵士想找我聊聊，就稍微施展了一下能力。」

「哇！」

少年驚嘆地瞪大雙眼。班傑明也微微動容，感覺得出來他也是第一次親眼見識風屬性聖騎士的力量。

既然觀摩感想聊完了，我們便一起在沙發這邊坐下。

班傑明打開野餐籃，一一取出點心和飲料。

現在是中場休息，只剩還沒替皇子補完以太的桑德仍在苦撐。人家只有司祭級，進度比較慢也情有可原嘛。

「到目前為止，我們的課程都是以對練形式為主，這是為了衡量在兩位正式受封為聖騎士時，該賦予何種位階。」

海恩斯爵士一邊喝著我分享的甘草茶，一邊開口說明。

「一般來說，聖騎士會從小以見習騎士侍從的身分受訓，從輔祭級開始逐步晉升。但兩位的情況不太一樣，目前的實力……依我看有主教級，運氣好的話，甚至有機會受封為大主教級的聖騎士。」

「所謂運氣好是……」

「聖騎士的授階取決於樞機主教的定奪，至少在沒有教皇的現在是這樣。」

海恩斯爵士輕描淡寫地回答我。

換句話說，神官能靠以太環的強弱清楚區分位階，但聖騎士沒有可以參照的標準，本來就很難像切蘿蔔那樣輕鬆劃分能力優劣，更何況不同屬性之間還有相剋關係。

所以要授予聖騎士哪種位階，才會取決於樞機主教們的判斷，也就因此產生浮動的空間。

「當然，只要解放了『聖痕』，就能直接進階樞機主教級——如果你不是平民出身的話。」

海恩斯爵士雖然有著一對下垂的眼尾，但說出這句話時，他的眼神卻無比冷冽。彷彿帶著睏意的低沉嗓音，不知為何透出與疲憊無關的無力感。

「解放聖痕需要多久？」這回開口詢問的是皇子。

所謂的「聖痕」，如果以遊戲設定來比喻，大概等同於聖騎士的個人專屬技能，或是終極必殺技之類的絕招。

雖然相關的理論資料不少，但是我又用不到，就沒有認真讀過。我只知道不是每位聖騎士都能解放聖痕，那不只要靠努力，還得本身就受到主神偏愛才辦得到。

皇子這麼問，好像自己已經萬事具備了一樣……雖然要這麼說好像也沒錯，但還是囂張到有點討人厭。

「有史以來最年輕的樞機主教級聖騎士，是威涅諦安神國的愛麗莎王儲殿下，她是在二十六歲時解放了聖痕。據我所知，她六歲就獲得司祭級的授階了。」

聽見海恩斯爵士的說明，皇子那傢伙立刻深深看著我，因為愛麗莎王儲正是葉瑟王子的姐姐。

雖然我知道愛麗莎王儲是聖騎士，但沒料到她居然是這麼了不起的人物，一時有點心慌。

但不管你怎麼瞪，我也沒辦法提供什麼有用情報啦。

「搖鈴呢？」

「搖鈴？啊，我隨身帶著。」

皇子卻問了完全無關的事情。都被叮囑要隨身攜帶了，所以我今天特地將搖鈴放在懷裡帶出來。

話說回來，我應該向他說聲謝謝才對，還要問一下這支搖鈴的用途……

——碰！

「司祭閣下！」

加奈艾嚇得從沙發上跳起身。那是從桌子另一頭傳來的動靜，桑德剛剛一頭栽了下去，就像一大袋麥那樣仰倒在地。

我嚇得腦袋一陣發涼，連忙衝到桑德身邊蹲下，展開治癒環確認他的狀態。不知道該說是不幸還是萬幸，他除了失去意識之外，身體沒有其他異狀。

這是典型的以太枯竭症狀，但怎麼會這麼快？

「這並不是桑德神官的能力不足，而是公爵殿下和女爵閣下的體質與一般聖騎士不同，對以太的需求量高出許多。」

海恩斯爵士的語氣平靜，聽起來就像紀錄片的旁白，慌亂的人好像就只有我、班傑明和加奈艾。

我立刻看向皇子。

「公爵閣下，您剛剛有碰到司祭閣下嗎？」

皇子的坐姿依然不可一世，像雕像般紋風不動，只是皺起眉頭，滿臉寫著「你在說什麼蠢話」。

「我並沒有碰觸他人身體的癖好。」

我的臉色馬上沉了下去。

這隻以太豬在說什麼鬼話？我不是人嗎？

——嘰咿。

門輕輕打開，一道明亮光線如旭日般照入昏暗的臥室。

入侵者小心翼翼地移動腳步，深怕吵醒了孩子。

為了怕黑的二公主而點亮的魔法燈，在床邊散發出朦朧的光芒。

來者走向那張大床，沿途撿起一件件落在地上的玩具和娃娃。都這麼晚了，這房間卻尚未收拾，並不是王宮侍從懈怠，而是因為她的命令。

她不會忘記，弟弟在離開王城前的最後一晚，依然像過去的每一夜那樣，親自將小妹的玩具收進箱子裡整理好。

弟弟這麼做的理由很簡單，他說如此一來，就能知道小妹今天都玩了什麼、最近喜歡什麼，又對哪些感到厭倦。

這溫馨的每日工作，如今由愛麗莎．威涅諦安接手。無論再忙、再累，愛麗莎都不會忘記，因為她不希望小妹更明顯地感受到兄長留下的空缺。

「殿下，讓我來幫您。」

默默跟隨在後的王儲侍從，也一起動手收拾凌亂的房間。熟悉的沉默在兩人之間迴盪，一陣忙碌之後，玩具箱終於裝滿了各式小玩意。

愛麗莎無聲地在妹妹的床角坐下，望著放在箱內最上方的一座小豬雕像，那是葉瑟送給康莉森的禮物。

「海恩斯還沒有回音嗎？」

「是，但也沒有傳來壞消息，應該已經順利送達了。」

聽見王儲低聲的詢問，侍從迅速回答。

愛麗莎輕輕頷首，然後望向熟睡的康莉森。

七歲，正是什麼都還不懂的年紀。王儲希望在小妹接觸到可怕又殘酷的現實之前，將一切導回正軌。但是，眼下的當務之急是保護弟弟。

就算必須私下勾結教廷、花費自己半數以上的祕密資金，她也要為弟弟鍛造出一把劍。

愛麗莎雖然身為偉大神國的王儲，但此時此刻，她力有未逮的地方，依然遠多於力所能及之處。失去戀人的母親時常因發狂而失去判斷力，父親便藉由一次次代理女王職務的機會，逐步擴張自己的勢力。

再這樣下去，她可能真的會失去弟弟。

葉瑟曾當著愛麗莎的面中毒倒下，也差點被箭射中，幕後黑手正是她的父親。但父親的這些行動並非出自理性判斷，而是源於嫉妒與自卑所催生的瘋狂。

愛麗莎毫無選擇的餘地，也正因如此，她才會下定決心——就算必須把弟弟送至他國擔任質子，也要讓他活下去。

「請別太過擔心，殿下。王子殿下一定會過得很好。」

「聽說帝國皇子覺醒成了聖騎士，另一位女爵也是。」

「……」

「還有我弟弟，他在那裡也展現了以太之力，不是嗎？那種奇蹟並不常見。」

王儲垂下眼簾，那頭閃耀著深濃金色的長辮，蜿蜒地垂墜在床單上。

愛麗莎深深凝望著妹妹純真無邪的睡顏，而後俯下身，輕輕吻了她的額頭。

「我很不安，擔心會不會是主神刻意將那孩子安排到帝國去。」

「殿下……」

她必須成功登上王位，將弟弟帶回來。他們三人一定要在神國重聚，這是愛麗莎、葉瑟和康莉森的約定。

若是命運因主神的善變而偏離軌道、若是帝國不願放人……不！

「我一定會把他奪回來。」

王儲輕聲低語。她的指尖燃起一簇金黃火焰，旋即迅速熄滅。

# CHAPTER 25

## 騎士名譽與中年浪漫

「您是說，公爵閣下和薩爾內茲女爵的體質都需要大量以太？」

我忍住嗆人的衝動，換了個比較溫和的問題。約翰．海恩斯爵士點了點頭。

「因為女爵吸收了神器，一般神官的以太無法滿足她的需求。至於公爵殿下呢……」

他對著空中一抬手，再次製造出透明密室，只將我們四人圍在其中。那雙薄荷色的眼底閃爍著銳利的光芒。

「是非常特異的情況，雖然利用火星之慧劍看似能補充以太，但在我看來，依然存在著本質上的枯竭。」

「……」

一針見血的評語，聽得我背脊一涼，而賽德瑞克皇子身周的空氣明顯一沉。

我刻意迴避海恩斯爵士的視線，低頭查看暈倒的桑德。

班傑明已經迅速在地上鋪了張野餐墊，我扶年輕的神官躺上去，為他施展「穩定身心」的治癒環。這是相當容易背誦的基礎環之一，所以沒有出錯。

我一邊對桑德使用治癒力，腦袋也拚命轉動。

克莉絲朵畢竟是《辭異女》的主角，還有無敵模式的金手指，司祭級的神官無法替她充飽以太很正常。

可是，皇子不一樣。雖然我不清楚具體實情，但他只要缺乏以太，就會變成小孩的模樣。甚至在得到慧劍之後，他還是用小孩的外觀來找過我一次。

原本以為皇子想要神器是為了治好這種症狀，但現在看來也沒有完全解決。也許對於他的這種身體狀況，「本質上的枯竭」才是最貼切的說法。

「等公爵閣下的新導師和神官過來之後，情況會不會有所改善呢？」我試著問道。

嚴格來說，海恩斯爵士和桑德是來擔任克莉絲朵的老師，並不負責指導皇子。

「教廷目前會盡可能減少人事異動，畢竟教皇從缺，正是需要大家團結一致的時期。」

海恩斯說著，順手把滑落的凌亂髮絲往後一撥。

「所以應該不會派新的導師過來了。至於神官，這個嘛……只能說別指望他們會派主教級以上的神官給尚未受封的聖騎士。」

我輕咬下唇又放開。也就是說，之後應該還是由海恩斯爵士來指導皇子和克莉絲朵，教廷也許會再派一位神官過來，但多半還是桑德這種司祭級的神官。這樣根本無法解決問題，只是增加一位受害者而已。

我抬頭看向皇子，卻對上他注視的目光，彷彿早已在等著我。

他——也就是「賽迪」，至今都沒有找神官同伴的理由其實不難猜。

他是皇子，也是未來會成為皇帝的人。身處這種地位，卻有著靠神器也無法完全治癒的以太枯竭體質，根本是致命的弱點，因此他一定無法輕易相信外來的神官。

可是波帝埃樞機主教已經是女皇的宗教伴侶，不能再為皇子提供以太。

在這種情況下，也許去結交一位值得信賴的大主教，再與對方訂下保密契約什麼的也是一種辦法，但……

「有話要說？」

「……」

以他這種脾氣，恐怕很難輕易讓誰親近。

「別碰我！」

我想起在皇宮告解室初次見面的那天，對我全身帶刺的小賽迪。他就是那種寧願自己咬牙苦撐，也不願意改變固執想法的類型。我悄悄嘆了口氣。

「兩位都會參加這個月舉辦的年度祈禱會，對吧？」

「會啊。」

克莉絲朵乖巧地點頭。善於察言觀色的她似乎是發現我的臉色不對，從剛剛開始就特別安靜。

「兩位奉陛下之命，要在祈禱會上尋找神官同伴。」

「是的。」

克莉絲朵連連點頭，一旁的海恩斯用興味盎然的眼神看著我們。

我停頓了一下，接著一個字一個字清楚宣布……

「那麼，我會幫忙補給以太，直到那時為止。」

「天啊，超讚！」

克莉絲朵連忙用雙手遮住自己的嘴，眼睛瞪得圓圓的，感覺隨時會掉出來。就連皇子那雙橙眸，也難得地微微睜大。

看見兩人這副藏也藏不住的開心模樣，我差點忍不住笑出來，但還是強行忍住，盡可能板著臉繼續說下去。

「不過，我有條件。」

「說。」

皇子立刻回答，我這才把憋著的話一股腦狠狠說出來。

「我無法忍受兩位對待桑德司祭閣下的方式。聖騎士和神官之間應該是平等的合作關係，才不是單方面的無止境犧牲奉獻，兩位的行為分明錯了。司祭閣下即使如此辛苦，也咬牙忍耐，繼續為各位提供以太。兩位再怎麼感到不便，也不該這麼不體諒人吧？若是這樣下去，根本不會有神官願意留在兩位身邊。」

「那是……」

克莉絲朵動了動唇，神情窘迫，應該是知道自己錯在哪裡了。

「是因為以太一直不足，我才會這麼焦躁……對不起。」

「您該道歉的對象不是我。等桑德閣下醒來後，請正式向他本人致歉。」

「是。」克莉絲朵迅速回答。

我又將視線轉向皇子。

「也請您稍微退讓一步，可以嗎？」

他瞇起眼睛，「除此之外，你想要什麼？」

「……我的安全。」我鎮定地回應，目光看向身旁的人。

可能是見我一臉嚴肅，加奈艾朝我微微一笑。他明明不知道我們在聊什麼，卻一副挺我的表情，這也讓我的心情輕鬆了一些。

耳邊彷彿又聽見幾天前和少年的對話……

「但我可能會想相信看看。」

「那要不要先給對方一次機會呢？」

……如果只限這段時間的話。

只是給這兩人有期限的小小機會，對我也不會有什麼損失……大概吧。

「請兩位承諾，在我協助兩位補充以太的這段時間，我不會遭受任何形式或來自任何人的威脅。」

「我承諾。」

「怎麼可能有人敢欺負王子……是，我也保證！」

兩人異口同聲回應，而我這次沒忍住，真的笑了出來。

這是一場交易——我提供這兩人幫助，換來自己的安全保障。這是我經過深思熟慮才邁出的一步，結果男女主角卻連想都沒想就直接答應了，反倒讓我有些失落。

「真有趣，看來《李斯特雙週刊》對三位的報導，也不全是虛構呢。」

一直靜靜旁觀的海恩斯爵士，此時發出了感慨。我立刻轉頭看著他，微微皺眉。

「雖然這麼說有點不知分寸，但我認為海恩斯爵士也應該要反省一下。」

「哎呀，原來我也有份。」

「您和司祭閣下一同從教廷遠道而來，是不是太不關心同事了？您明知道公爵閣下和女爵的態度並不妥當。」

「我承認。不過，這都是為了觀察兩人以太的消耗量和需求量……請原諒我這一次。」

那對下垂的眼角微微彎起，露出和煦的笑意。但我不容置疑地回應。

「請您務必向司祭閣下致歉。您的做法，讓他獨自承受了這些痛苦。」

這時，加奈艾輕輕地敲了敲我的手背，好像有什麼事找我。就在我轉向少年的瞬間，四周的空氣突然開始流動。

海恩斯爵士的密室一解除，我立刻聽見了令人開心的聲音。

「葉瑟王子閣下……」

「司祭閣下，您還好嗎？」

我鬆了一大口氣，仔細端詳桑德那張圓圓的臉。還好，沒有發燒或冒冷汗，看他能馬上站起身，應該也沒有眩暈症狀。

治癒環的澄藍以太光點，在桑德周圍翩翩飄浮。他眨了幾下眼睛，然後驚慌地開口。

「我、我又昏倒了嗎？真的很抱歉。」

「不，這不是司祭閣下該道歉的事，做錯事的是這三位。」

我安撫他，同時瞪向那些沒出息的聖騎士。桑德一臉茫然地來回看著我們。

「接下來這段時間，我會繼續觀摩課程，也會幫忙補充以太。」

「王……王子閣下……」

年輕的司祭大概是一時情緒激動，一副快哭出來的表情。

我苦笑著拍了拍他的肩膀，想起自己當兵的時候。

那時我是中士，有位剛入伍的二十歲新兵說很想吃洋芋片，我就買了一包給他。怕其他老兵給他壓力，我還特地陪他吃，結果那孩子邊吃邊掉眼淚。

問他是不是我做錯了什麼，他說「沒想到會有人對我這麼好」，還說想家，哭得淅瀝嘩啦。

現在看到紅著眼睛的桑德，讓我不自覺想起了那孩子。已經有一年多聯絡了，不知道他過得怎麼樣。

「首先，薩爾內茲女爵有些話要對司祭閣下說。」我出聲提醒。

桑德正忙著從身上掏出我借給他的手帕，聞言嚇得一顫，抬頭看向克莉絲朵。

克莉絲朵滿臉歉意，羞愧地走了過來。明明本人應該和我同齡，但可能是因為穿進了十九歲的身體，常常會流露出這種孩子氣的稚嫩模樣。

「那個，司祭閣下，非常抱歉，都是因為我太焦躁……」

克莉絲朵緩緩開口，誠懇請求原諒的態度感覺還不錯。北地清爽的風拂過她粉色的髮絲，也揚起了眾人的衣襬。

班傑明帶著淡淡的笑容，為桑德倒了一杯甘草茶。桑德的淚痕慢慢乾了。

行宮的夏天真是不錯。

菲德莉奇女皇、樞機主教和皇子結束避暑，返回了皇宮。同行的還有來自神國的王子。

「玩得很開心吧？你的嘴角都快裂到耳根了，別人看了肯定會以為你抱得美人歸了。」

「……」

女皇宮走廊上腳步匆匆的侍從們，聽到伊莉莎白的調侃，都悄悄地抬眼偷看皇子。

但皇子和平常沒什麼兩樣，一身制服一絲不苟，那張俊臉同樣冷漠無情，不負「冰山貴公子」的稱號。真不知道從哪裡可以看出嘴角裂到了耳根，大概只有從小一起長大的損友才能察覺那種細微變化。

侍從們紛紛繼續前進，彷彿剛剛什麼事都沒發生。

「你們還去了海邊對吧？我都從加奈艾那裡聽說了，你居然下水了？」

「沒有，妳適可而止。」

皇子冷冷回應，但伊莉莎白依然喋喋不休。

「真好，我也想和克莉絲朵女爵、葉瑟王子閣下，還有我們加奈艾一起去玩。結果我一個人被老媽罵得死去活來……」

準伯爵扭著手去揉自己的背，一邊碎念著發牢騷。

「你有被劍術大師打過背嗎？我還以為自己會飛到皇都。」

賽德瑞克沉默地無視所有抱怨。他知道伊莉莎白今天話特別多，是因為她在擔心。雖然他自認早已過了需要這種安慰的年紀，但也沒有制止。也許是因為這幾個月以來，他已經習慣了某人的性情。這種奇特的心情讓賽德瑞克輕輕蹙起眉頭。

就快到達目的地了，兩人正要轉彎，前方忽然傳來爭吵聲。

「這種話有誰會信？王子可是質子，說他進皇宮是為了當告解神官？別笑死人了，連路過的行商都不會當真。」

「布朗凱準公爵，請您降低音量，這裡是女皇宮。」

「我又沒說錯，為什麼要看人臉色？」

皇子停下腳步。於是，包含伊莉莎白在內，大衛及侍從等一行人全都停在原地。

喧鬧聲仍不斷傳來。聽起來是一位年輕男性正在激動咆哮，似乎有幾個人試圖勸阻他。

皇子的眼神沉滯，有如兩潭冷卻的熔岩。

「不是說王子在神國鬧過各種醜聞嗎？陛下和波帝埃殿下都被他騙了。」

「準公爵，我能理解您的顧慮，但王子閣下在這次的魔獸大討伐也……」

「那搞不好只是他的手段！不過是想博取皇子殿下信任，打入李斯特皇室內部的詭計罷了。」

那位男子毫無顧忌地繼續口出狂言。準伯爵皺起眉頭，布朗凱這無賴又來鬧了？

「說什麼替殿下補充以太，簡直荒謬。雖然女王生下了他，但王子有一半血統是平民吧？生父不過是個來路不明的神官，他憑什麼……」

「夠了。」

寒氣逼人的嗓音沉沉落下。皇子邁步，毫不遲疑地走到那群人面前。

剛剛還鬧哄哄的三名男女急忙俯身行禮，結結巴巴問安的聲音帶著輕顫。但三人之中，只有兩人面如死灰。

皇子面無表情地俯視仍一臉理直氣壯的青年——布朗凱公爵之子，羅貝爾．布朗凱。

隨即，他摘下一隻黑色手套，扔到了對方腳前。

**「我打算離開希斯克利夫閣下。」**

嗯。

**「凱瑟琳，我深愛著妳，妳明明知我的心意！」**

**「正因爲知道，我們才不能在一起。」**

嗯？

**「我不懂，我們的心分明如此緊緊相依。」**

**「太好了，這樣無論我在哪裡，都能感受到閣下的溫度。」**

「接下來會怎樣啊？」我喃喃自語。

這部《理性與感性與神性》是李斯特最受歡迎的熱門連載作品，本週更新的劇情就停在這裡。

我慢悠悠地闔上《李斯特雙週刊》六月一日號。

因為夏季行宮訂購的雜誌份數不多，我直到返回皇宮才讀到這一期。

這個沒用的希斯克利夫，到現在都還無法順利抓住凱瑟琳的心。

「兩位都讀完了吧？我看到最後那句對白直接哭出來了……」

桑德坐在我對面的會客室沙發上，語氣哽咽。

經過這一週的觀察，桑德是個情感豐沛、淚點極低的十八歲少年。

我原本還擔心這段時間受的苦會不會對他造成創傷，但在三位聖騎士中有兩人正式道歉、一人表達遺憾之後，他的情緒就開朗了許多。像現在這樣主動找我和克莉絲朵聊天的情況也變多了。

「我覺得來帝國最棒的一件事，就是能第一時間讀到《理性與感性與神性》的最新連載。」

「原來是宅宅啊。」

坐在我旁邊的克莉絲朵低聲嘟囔，我假裝沒聽到，朝桑德露出微笑。

身為從穿越第一天就接觸到《李斯特雙週刊》的人，我完全能理解他的感動。

這本雜誌除了帝國社交界的最新消息，還登載各式各樣的專欄投稿、訪談、精美插圖，甚至像這種連載小說也一應俱全。

如果從舊刊一路讀回去，一天一天很快就過去了，根本就是帝國版的Netflix。其中的《理性與感性與神性》更是全民瘋狂的熱門大作，聽說就連在難以接觸到出版品的平民之間也大受歡迎。

「男女主角也太不擅彼此溝通了。」

「我也這麼覺得！都快瘋了，真想抓住希斯克利夫的領子，晃一晃那顆木頭腦袋。」

我分享自己對最新一期的感想，克莉絲朵立刻激動地附和，正在為我們泡茶的班傑明則是微微一笑。

桑德一臉委屈地為男主角抱不平。

「嗯，就算是這樣，也只有凱瑟琳是希斯克利夫公子的真愛，我相信他們兩人最終一定會在一起！」

「雖說結局大概會是那樣，但他在珍和凱瑟琳之間搖擺不定的行為還是很不可取。如果他對凱瑟琳是真心的話，不是應該解除與珍的婚約嗎？所以我也能理解珍的反應。」

我一說完，桑德寬厚的肩膀便垂了下去。

「話、話是這樣說沒錯……但是！他這次親眼見到珍羞辱凱瑟琳了，所以下一章他一定會有所決斷！」

那算羞辱嗎，珍只是說出實話而已吧？也對，揭露事實確實能毀損名譽啦。

我點點頭，接過班傑明遞來的茶杯喝了一口。辣木茶那類似綠茶的清爽味道，立刻柔和地充斥口腔。

一旁的克莉絲朵低聲碎念著「還不如讓珍和凱瑟琳交往」這種話。

《理性與感性與神性》是描寫希斯克利夫公子和政治伴侶珍女爵，以及宗教伴侶凱瑟琳司祭之間糾葛的愛情故事。

他和珍還在訂婚階段，與凱瑟琳則是已經透過聖約心靈互通。目前劇情演到珍得知希斯克利夫和凱瑟琳之間已萌生愛意，便要求兩人分開。

珍告訴凱瑟琳：「妳只是平民，無法滿足閣下政治層面的需求。如果妳無法只專注於提升閣下的宗教修養，就請妳離開他」，應對的態度十分沉著，不愧是代表「理性」的角色。

雖然是老哏的三角戀套路，但因為作者的文筆超群，讀起來讓人欲罷不能。

在穿越前，我連妹妹大推的《辭異女》都沒讀過，現在卻開始追愛情小說，感覺有點搞笑。

「真希望之後也會推出有聖騎士出場的作品。」

一直沒有出聲的約翰．海恩斯爵士突然加入話題，明明從一個小時前就開始埋頭摺紙，原來都有在聽啊。

「受神官以太吸引的聖騎士，以及和對方墜入愛河的神官，這種故事在神國非常受歡迎呢。當然，《理感神》絕對也有它獨特的魅力。」

我還在想「犁桿繩」是什麼東西，原來是《理性與感性與神性》的簡稱，真的有夠愛縮語。

「哇！老師，您很會摺紙呢。」

克莉絲朵看著他靈巧的手指讚嘆。海恩斯爵士帶著溫和的笑容，把成品推給克莉絲朵。

那是一隻迷你的紙暴龍——也就是我們在魔獸大討伐時打敗的那頭暴君電龍。

「女爵也試著多動動手吧。身為聖騎士，想像力的重要程度等同以太。平常就要訓練如何在腦中迅速勾勒出以太的各種樣貌和形態，實戰時才不會抓不到手感。」

聽完他的說明，克莉絲朵連連點頭，又拿了一張色紙開始摺。她剛才只摺了一堆紙鶴和東西南北，看來這次想挑戰點新東西了。

自從我開始觀摩男女主角的課程後，海恩斯爵士的教學方式也有了很大的改變。對練次數明顯減少許多，取而代之的是聖騎士的特殊以太循環訓練和冥想時間，還增加像今天這樣的摺紙活動，以培養想像力。

本來克莉絲朵還提議去看歌劇，但因為我不方便外出就作罷了。明明他們也是可以三人一起去就好。

「王子閣下，下一期雜誌會刊登《理感神》的作者訪談喔！」

正當我拿起一張色紙遞給剛爬到膝蓋上的狄蜜時，桑德用興奮的語氣開口。
「聽說還會挑一些讀者投稿的問題進行回答，我好期待！」
「這我倒是有點興趣，說不定大家都站在珍女爵那邊喔？」
「哎唷，王子閣下……」
我笑著開始摺紙。如果問我的話，我也是珍派。
今天賽德瑞克皇子有其他行程，所以只有我們幾個一起打發時間。
就像加奈艾說的那樣，皇都的夏天在焚風過去後，氣候都像春秋一樣宜人，無論待在室內或室外都很舒適。
早上時，我還去找波帝埃樞機主教上了短短的一堂課。她下課前給的評語，是說我現在還不到進化聖所的時候。
「你必須先破殼而出，王子閣下。」
這又不是雞蛋，也不是《德米安：徬徨少年時[18]》，真是令人摸不著頭緒的指導。
——叩叩。
「請進。」
有人敲響了會客室的門。我抬起頭，只見臉色蒼白的加奈艾匆匆走了進來。
「加奈艾，你怎麼了？發生什麼事了？」
「殿下……皇子殿下……咳咳。」
大概是一路跑過來的，少年的額頭上全是汗，班傑明連忙遞給他一條手帕。
難道是皇子受傷了？
「謝謝。殿下、皇子殿下向布朗凱準公爵提出了決鬥，現在整座皇宮都炸了！」
原來是想傷害別人啊。

18 《德米安：徬徨少年時（Demian: die geschichte von emil sinclairs jugend）》，德國諾貝爾文學獎作家赫曼．赫塞（Hermann Hesse）的代表作之一。「破殼而出」是書中描述成長的核心意象。

這時，克莉絲朵把手中的色紙成品丟了出去。我還想說她摺了半天是在摺什麼，結果居然是紙飛機。

「什麼，他翹課原來是跑去玩了，好羨慕！」

「可是……」

看著真心露出羨慕眼神的克莉絲朵，加奈艾露出非常為難的表情。接著，那雙金色眼睛小心翼翼地看向我。

「聽說殿下要求決鬥的起因，和葉瑟王子閣下有關。」

「什麼？」

「你說清楚一點。」

班傑明穩重地催促他，少年緊張地深吸一口氣，這才繼續說明。

「布朗凱準公爵在女皇宮內公然說了許多不堪的話，牽涉到王子閣下。正好經過的殿下，當場就丟出手套要求決鬥。一旁的穆特準伯爵也自薦擔任見證人。有好幾位女皇宮侍從都看見準公爵撿起了手套，他的臉色平靜，但手在發抖。」

「這究竟……」

我整個人都傻住了。好不容易這段日子過得平靜無波，怎麼突然又鬧出這種事。

「根據羅米洛宮侍從的說法，殿下是為了教訓膽敢犯下侮辱皇室貴客之罪的無禮之徒……」

貴客？我默默分析皇子的邏輯。

確實，掌管朱利耶宮的人並不是我，而是羅米洛宮的主人。以這個角度來看，暫住在朱利耶宮的我，也可以算是皇子的客人。

其實，不管準公爵說了什麼難聽話，都影響不到我。可是，皇子竟然會為我出頭，總覺得心情有些複雜。

有一點點感謝，但我應該感謝他嗎？

「殿下真是好學生，舉一反三呢。」

克莉絲朵欣慰地笑了，好像發生過什麼只有他們才知道的事。不對，等一下。

「布朗凱……那不就是親王殿下的老家嗎？」我急忙問道。

如果我記得沒錯，亞歷山大親王出身於布朗凱公爵家，是帝國歷史悠久的魔法世家長子。

班傑明的目光也不復平時鎮定，為難地為我解答。

「正是如此，王子閣下。現任布朗凱公爵是已故親王殿下的妹妹，布朗凱準公爵便是那位公爵的兒子，也就是皇子殿下的表哥。」

不是啊……怎麼可以和親戚打架呢？

「竟然在上議院召集的日子向表親提出決鬥，我這教子還真是血氣方剛呢。」

「……」

「看來你和王子處得不錯，我很高興。」歐蕾利．波帝埃語氣輕柔地說著，啜了一口咖啡。賽德瑞克．李斯特只是沉默地坐著，連自己的咖啡都沒有碰。

他並不後悔扔出手套。那是他作為騎士，而非皇子所做出的行動。換作任何人在他的位置上，也會做出相同的決定。

當時就連伊莉莎白都壓抑不住怒意，勸阻準公爵的貴族也是一副認命的態度。只是無法逃避教母的召見。

「你的冊封儀式議程還是會照原定計畫在上議院進行，別擔心。」

皇子輕輕頷首。

李斯特貴族議會原定今日上午召開，卻因他與布朗凱準公爵的衝突，一度在女皇宮內引起騷動。幸好，議會時間只是延後至傍晚，而非改期。

稍早伊莉莎白的話特別多，大概也是擔心友人在面對上議院時會太緊張，才想藉聊天放鬆氣氛。

李斯特帝國的皇位根基穩固，沒有人會質疑皇子的正統性，而經過上議院認可冊封為皇儲，也不過是形式上的程序。

賽德瑞克從非常小的時候開始，就已然習慣於扮演「完美皇子」。即便如此，依然無法減輕他肩上的壓力。

歐蕾利不動聲色地望著這位年僅二十四歲的青年。

「布朗凱準公爵與你的特性相剋，沒問題吧？」她的語氣中帶著幾分擔憂。

羅貝爾．布朗凱是一位出色的魔法師，雖然社交界內經常稱他是無賴，魔法實力卻不容小覷。他身為八級魔法師，整整比賽德瑞克高出一階，不僅如此，魔力相性更是完全壓制皇子。

皇子冷冷開口：「我會饒他一命。」

「果然是你媽的兒子。」

歐蕾利失笑。事已至此，決鬥就是他們兩人的事了。

她也不再多說，話題一轉。

「身體還好嗎？」

「……靠慧劍無法完全解決。」

樞機主教緩緩點頭。果然，「容器」本身的裂痕，就連神器也難以完全填補。

自從取得慧劍，皇子雖然很少再受到以太枯竭的折磨，卻也並非處在最佳狀態。慧劍替他補充的不是純粹以太，而是火屬性以太。聖騎士那種源自本能的飢渴無法靠自身力量餵養，只能仰賴從神官身上取得的純粹以太。

「這段時間都沒有再變成『賽迪』？」

歐蕾利的語氣意有所指，皇子的眉頭微微一皺。會用「賽迪」這個名字來稱呼孩童模樣的他，就只有那個人，但剛才……

「我也知道王子誤解的事，真是有趣的孩子。現在已經解開誤會了吧？」

皇子閉口不言。當事人在優勝慶功宴之後就一直故作不知情，這場誤會根本稱不上「解開」，但他也不知道該從哪個角度開始解釋兩人的情況。

於是，他選擇只陳述必要的事實。

「我進行了實驗，先刻意耗盡體內的以太，再斷開與慧劍的接觸。」
「嗯。」
「然後就變成孩童了。」
「哎呀。」
樞機主教米色的眼睛睜得又圓又大。她沉思片刻，微微側頭看著皇子。
「也就是說，現在的你已經可以自主選擇要不要變成小孩了。因為只要握著慧劍，身體就不會變小，對吧？」
皇子沒有回答，沉默地用那杯漆黑的咖啡沾了沾唇。
他實驗時其實並未想得這麼遠，但確實是考慮過孩童外貌的利用價值，因此以結論來說是這樣沒錯。

《辭異女》這樣發展下去真的沒問題嗎？
「班傑明閣下，這些都是您的信。您最近收到很多信呢。」
「謝謝，坐下來喝杯果汁吧。」
「感謝。您該不會是談戀愛了吧？」
當我陷在煩惱中時，班傑明和加奈艾窩在室內練武場的一角愉快地聊天。我一邊看著班傑明拆開一封封五顏六色的信，一邊整理自己的思緒。
簡單來說，就是昨天賽德瑞克皇子向他的表哥——羅貝爾．布朗凱準公爵提出了決鬥，理由是準公爵在背後說我壞話。
今天也有約翰．海恩斯爵士的課，既然如此，我想直接找皇子談談。我很感謝他替我挺身而出，但是導致他和親戚打起來，還是讓我耿耿於懷。
畢竟不管關係再差，或者是因為親王被逐出家族才不再連絡，都還是彼此血濃於水的親人啊。
結果皇子又沒來上課了，因為昨天發生的大事可不只這一件。

小不點拍打著翅膀，用小小的喙在我胸口戳來戳去，左看右看，像是在催我拿出藏在裡面的東西。

停在我膝蓋上的鶺鴒拍拍翅膀飛了起來，可是又不像覺得悶的樣子。

「巧心，你覺得很悶嗎？要不要去外面透透氣？」

「嗶咕咕。」

大概是看到了加奈艾剛剛遞給我的東西，誘發了牠的好奇心。

「這是邀請函，皇儲冊封儀式的邀請函。」

我輕笑著告訴牠，掏出放在懷裡的卡片。巧心那雙猶如葵花籽巧克力的眼睛閃閃發亮，一直嗶叫，我只好打開來給牠看看。

以華麗皇室紋章和金箔精心裝飾的卡片上，寫著冊封儀式的日期和問候語。

這就是另一件重磅消息了，上議院在昨天召開李斯特貴族議會，並一致通過冊封皇子為皇儲的議案。因此，皇子會在即將到來的生日當天，成為帝國的繼承人。

「邀請函都事先準備好了，皇子殿下的地位果然十分穩固呢。」

默默靠過來的海恩斯爵士輕聲對我說。不知是從什麼時候開始的，最近他臉上的鬍渣都刮得很乾淨，雪白的頭髮也整齊地綁成一束。

我看了看他的身後，在練武場另一頭，克莉絲朵正在和桑德牽著手玩「友情測試」。

這種考驗默契的擊掌遊戲，自從鄭恩瑞上高一之後就沒有玩過了，現在看到克莉絲朵那麼認真在教桑德怎麼玩，我不由得會心一笑。

他們應該是想透過這種短暫接觸來傳遞以太，因為擊掌的節奏之間會產生空檔，應該能減輕桑德的負擔。雖然不管怎麼看都像是為了好玩才這麼做。

「畢竟皇子是唯一的皇室直系血脈，也沒什麼可挑剔的。」

我回答的同時，不禁想起了「賽迪」。

他至今還沒登上皇儲之位，大概是因為之前無法克服會變成小孩子的問題吧。雖然也不知道目前的情況，但既然已經拿到慧劍，應該是狀況穩定到可以冊封的程度了。

「說得也是，我可以坐在您旁邊嗎？」

「當然可以。」反正這裡又不是我家的練武場。

海恩斯爵士在旁邊那張鑲著瑪瑙雕飾的淡紫色沙發上落座，同一時間，突然有種周圍的空氣被封住的感覺。

我微微一驚，轉頭看向他。目前克莉絲朵、班傑明和加奈艾，全都離我有段距離。

也許是察覺到我的緊張，三隻小熊貓紛紛跳上我的大腿。

「海恩斯爵士。」

「請放心，我只是有事情想請教您。」

巧心猛然飛起，瞄準海恩斯爵士的手背猛啄。這位聖騎士應該沒有感覺到痛，仍舊懶洋洋地看著我。

「我只是想確認，您有沒有順利收到我轉交的信。」

「什麼信……該不會……？」

海恩斯爵士從來沒有親自轉交任何東西給我。但聽他這麼一說，我馬上聯想到某件事。

我不動聲色地撫著胸口，確認懷裡的水晶搖鈴，還有那張來自「奧希洛」的可疑信籤。

「那是您放進來的？」

「對，是來自愛麗莎王儲殿下的委託。原來您看過了呢。」

薄荷色雙眼隨著微笑彎起，我好不容易才忍住沒有倒抽一口氣。

來自教廷的聖騎士，竟然是愛麗莎．威涅諦安的人馬。也就是說，「奧希洛」確實是那位王儲無誤。

腦中湧入無數疑問和假設，我盡量用沉著的語氣開口。

「這不是命令，而是委託？」

「還真是敏銳。」

「請您先回答我的問題。」

海恩斯爵士勾起唇角，「對，這是委託。因為我效忠的對象並不是王儲殿下，而是她支付的酬金。」

「您身為聖騎士，卻做這種傭兵的工作？」

聞言，他的聲音變得低沉。

「我對騎士榮譽之類的東西並沒有追求，就這方面來說，我在檯面下也算小有名氣。」

沉默降臨這間透明的密室。有名氣的傭兵嗎？

既然海恩斯爵士不是愛麗莎忠誠的部下，只是受雇的第三方，這反而對我有利。因為他不會知道真正的葉瑟王子是怎樣的人。

「所以，你的任務就只是轉交那封信而已？」

「任務內容有兩項。其一，在不讓任何人察覺的情況下送信……」

海恩斯爵士拿起茶几上的茶壺，動作就像微風輕拂般流暢瀟灑。

他為自己倒了一杯橡樹茶，同時輕輕撫過我的茶杯，這舉動也太奇怪了。

「放心吧，這沒有下毒。保護王子殿下也是我的任務之一。」

「……」

聖騎士確認了自己的指尖後，語氣爽朗地對我說，接著開始往自己的茶杯裡加蜂蜜。

我看了片刻，隨即果決地開口。

「我不會回信給殿下。」

「那真是太好了，我也沒接到送回信的委託。」

海恩斯爵士笑得雲淡風輕，悠然喝著茶。下一秒，我的耳中傳來一聲輕響，就像上山塞住的耳道突然暢通的那種聲音。四周的空氣重新流通起來，看不見的密室解除了。

狄蜜馬上一邊叫一邊往我懷裡鑽。我緩緩撫摸小傢伙的背，再把蓋亞和波妮一起抱進懷裡，原本煩亂的心情也稍微沉靜了一點。

我向皇子許過諾言，不會與神國聯絡。現在既然沒有、也不會打破誓言，我就能安心了。接下來要確認的只剩一件事。

我立刻調動體內的以太。飛回來停在我袖口上的巧心，像在幫我倒數那樣嗶嗶叫著。

「聖所行不通。」

這時，海恩斯爵士開口了，顯然看穿了我的意圖，而我體內的以太流動也同時被截斷。

「我是大主教級的聖騎士，很抱歉，以王子殿下目前的神力，無法判斷我說的是真話還是假話。」

那雙含笑的綠眸與我對視，帶著幾分歉意。也就是說，我沒辦法藉由告解聖事對他測謊。

我有點洩氣，輕輕嘆了口氣。下意識移開視線，沒想到正好對上克莉絲朵看過來的目光。那張燦爛的笑顏彷彿在說一切都會沒事，但我只覺得束手無策。

主角的眼力也太誇張了，這種察言觀色的等級，可以直接去皇都中央市場擺攤算命了。

「王子閣下，您和海恩斯爵士吵架了嗎？」

「啊？沒有。」

因為確實沒有吵架，我立刻否認了。只見車廂對面座位上，那頭粉色髮絲晃了晃，像是感受到了什麼可疑氣息。

克莉絲朵瞇起青灰色雙眼，在短暫的沉默中，輕快的馬蹄聲顯得特別不合時宜。

「你們這兩天氣氛怪怪的。」

「我們本來就不太熟。」

我露出苦笑。其實在前天聊完之後，我還沒決定要怎麼面對海恩斯爵士。

停在克莉絲朵肩上的巧心發出「嗶唧嗶唧」的聲音，聽起來就像在說「人類，你有夠不會說謊」……大概是我自己太心虛了。

「王子閣下的個性比較怕生嘛，我懂，畢竟我和皇子殿下也是花了一段時間才和你混熟的。」

幸好克莉絲朵對我的說詞照單全收。雖然「混熟了」這種說法可能還有點爭議，但班傑明和加奈艾最近也都這麼說，所以應該也不是毫無根據。

就好比現在，我和克莉絲朵正一起搭馬車前往皇宮外圍，等一下皇子會在那邊與布朗凱準公爵進行決鬥。

至於皇子，他不僅為了我的名譽而戰，還與我分享祕密。這樣看來，我們之間好像也和真正的朋友差不多了？

「真期待呢，不知道殿下會怎麼教訓那傢伙。」

「女爵。」

「殿下只說了會留對方一條命，但可沒說要讓他四肢完好無缺呢。」

瘋子……我的下巴都快掉下來了，她卻笑得好大聲。想到我一直都沒有機會見皇子一面，心裡還是耿耿於懷。

我當然知道，他既然決定這麼做，自然是有自己的考量。可是，畢竟我是從平凡的韓國人，一夜之間變成皇族決鬥的原因，這落差也太衝擊了。明明又不是我上場，但還是忍不住緊張起來。

「話說回來，班傑明閣下最近也怪怪的。」

「班傑明嗎？」

我眨了眨眼，見狀，克莉絲朵嘖了一聲。看來她是為了我才轉移話題，這樣的話，我這種平淡的反應確實差強人意。

「他最近收到這麼多信，會不會是有交往對象了？」

「就我進宮以來的觀察，班傑明確實有固定書信往來的對象，也有可能是和家人通信吧？」

「嗯哼。」克莉絲朵歪了歪頭，看起來還是有點懷疑。「可是那些信封都這麼漂亮耶。」

雖然我不覺得單憑信封就能下定論，但也沒多說什麼。

班傑明、加奈艾和海恩斯就坐在我們後面的那輛馬車上。如果班傑明是真的戀愛了，我其實也有點好奇細節，只是追問他這種私事好像不太好。

私事……說到私事，我靜靜望著正在欣賞窗外風景的克莉絲朵。聽說決鬥場會有不少貴族來觀戰，但大概沒有人能搶過她的風頭。

克莉絲朵穿著風格華麗的褲裝以及雪白長靴，搭配絲質領巾和閃閃發亮的奢華胸針，看起來都是最頂級的精品。

外加頭上那頂小巧精緻的帽子，手中一副歌劇望遠鏡，這身簡直是貴族觀眾裝扮的經典教材。看來她早就不再是適應這個世界，而是樂在其中了。

我有點好奇克莉絲朵現在在想什麼。

當海恩斯爵士出現在我面前、皇子向親戚提出決鬥、皇儲冊封日也定下來的同時，身為主角的她，又是在追逐什麼目標呢？

她現在把我當成朋友了，應該能問看看，說不定可以得到未來劇情走向的提示。

「女爵，您對將來有什麼期望？」

等一下，我怎麼就這樣問出口了？不只突然丟出這麼嚴肅的問題，語氣也太一本正經了吧。

克莉絲朵睜大雙眼睛看向我，我只能尷尬地笑了笑。

「這麼突然？」

「不對，嗯……您和皇子相處得還好嗎？」

啊啊，不對不對，這句也怪怪的……我忍不住長長嘆了口氣。

我確實很在意，克莉絲朵有沒有像原作那樣開始對皇子動心，也想知道，發生了這麼多變化之後，《辭異女》還有沒有照著原本的劇情走。

雖然我本來沒打算問得這麼直接就是了。

「王子閣下怎麼突然問這種有趣的問題，真可愛。」

克莉絲朵開心地笑了起來，我的耳根都紅了。她輕輕敲了敲歌劇望遠鏡，繼續說下去。

「我和皇子殿下……一開始不得不一起上課其實挺痛苦的，現在好多了。雖然相處起來還不算輕鬆自在，但至少已經習慣了。更何況，現在還有王子閣下你在嘛。」

我點點頭，感覺喜帖指日可待。

「至於將來的期望，我也還不清楚，只想在恢復記憶以前，盡量做些讓自己不會後悔的事。不過不會做什麼壞事或犯罪啦，畢竟那樣的話以後會很麻煩。」

克莉絲朵說得有些拐彎抹角，但我聽懂了。

她是想在真正的克莉絲朵回來之前，盡情享受這段人生，但同時也守住底線，不給身體的原主人添麻煩。

話是這麼說，但她之前不是照樣劫了一艘海盜船？

不過嚴格來說那是正義之舉，所以還算過關？

「對了，我還想看看其他神器。我有一個、殿下也有一個，在伊芙琳也摸過飛廉之方舟了，不知道其他神器會是什麼樣子。」

「原來如此。」

神器嗎？這或許就是我想要的提示，我開始默默思考起來。

主角像收集七龍珠那樣四處收集神器的劇情，以作者的角度來看好像還不錯。不僅讀者容易理解，獲得能力的過程也相當直覺……

「啊！葉瑟王子閣下的馬車抵達了！」

車廂外傳來十分熟悉的聲音，我立刻抬起頭。此刻，馬車也緩緩停了下來。

「剛才那是……」

「是國民主持人、國民主持人！」

克莉絲朵看著窗外，臉上滿是興奮，我無奈地笑出聲。

杜漢侯爵是乾脆拋棄自己的領地了嗎？

才剛下馬車，我就一陣頭昏眼花。映入眼簾的人潮，目測起碼有上百人。

我穿過竊竊私語的人群，上前和法蘭索瓦·杜漢侯爵打招呼。

「侯爵，日安。」

「王子閣下！您一切安好呢！目前心情如何呢？」

目前的心情就是希望他能先放過我。

決鬥都還沒開始，這位侯爵的淡粉色眼珠就已經閃著興奮與狂喜的光芒。搞不懂這人為什麼放著南方的領地不管，又跑來皇都湊熱鬧。

「這個嘛，我只希望不要發生太嚴重的意外。」

「不愧是王族神官的風範，但侮辱皇子殿下名譽的代價可不輕喔！克莉絲朵女爵，歡迎！您的帽子真是太迷人了。」

「謝謝，侯爵閣下，我也很喜歡您的外套。今天的決鬥是由您主持嗎？」

「當然！我才不會放過這樣的機會。」

堂堂侯爵為何帝國有什麼大小活動都要親自下場啊？

當兩位酒友和樂融融地寒暄時，班傑明和加奈艾也從後面那輛馬車下來了，雙雙站到我身後。約翰．海恩斯爵士也和他們一起走了過來。

坐在階梯式觀眾席上的那些貴族人手一支扇子，藉著搧風的動作偷偷打量我，我盡量不去在意他們的目光。

有幾位之前在優勝慶功宴上看過的大貴族也在場，但大多數都是第一次見到的生面孔。

「這裡是決鬥的專用場地嗎？」

聽見我的問題，班傑明點點頭。

「更準確地說，這裡是皇族決鬥專用的競技場地。由於皇宮除了在練武場以外皆無法施展魔法，才會在外圍另行設置這樣的地點。雖說練武場也是皇室專用，但畢竟是在皇宮內部，對於非皇族的對手會造成額外壓力。」

「說得也是。」

換作是我也不會想去。光是和皇室成員對戰就已經壓力山大了，如果賽場還是在皇室的主場，根本還沒開打氣勢就先輸一半。

我仔細地觀察這塊決鬥場地。

競技場位在皇宮西北側，也就是從朱利耶宮後山一角延伸出來的地方。茂密的參天巨樹，在場地後方營造出恰到好處的綠蔭和高牆。

左邊則是巨型階梯式座位，裝飾著華貴的馬賽克鑲嵌畫，頗有排場，感覺沒有貴族身份加持根本不敢坐上去。而右邊就是皇宮的外牆了。

「那麼會打架？跟我到頂樓打」中的「頂樓」，以皇宮內來說就是指這裡了。

「走吧！王子閣下，我親自帶您入座。」

「謝謝。」

雖然皇宮侍從就在旁邊待命，侯爵還是執意要親自護送我。想也知道爭不過這位綜藝大咖，我認命地帶著其他人默默跟在他身後。

一看之下，正中央的VIP席還空著。雖然很不想接受，但這大概就是我們的座位。

「侯爵，帝國的決鬥原先都會有這麼多觀眾嗎？」我問道。

印象中，書裡或電影裡的決鬥場景都是兩個當事人加幾個見證人在場就夠了，但今天的觀眾實在多得誇張。

「這可是睽違二十幾年的皇室成員決鬥，大部分貴族都為了參與此等盛事，命令侍從凌晨就開始排隊等候呢。」

沒想到會鬧得這麼大。我默默點頭，慶幸今天沒帶小熊貓們過來這種混亂又危險的地方。至於巧心，牠本來就喜歡到處趴趴走，根本攔不住牠。

「布朗凱準公爵很強嗎？」

「當然，他是八級魔法師，在帝國內已經是最高階級。畢竟是布朗凱家族的血統，會差到哪去呢？但他還是贏不了皇子殿下。」

侯爵俏皮地眨眼，手指左右搖晃，肢體語言還是這麼浮誇。

「不過應該不至於送命啦，殿下又不是那種會親手殺掉表親的人。再加上布朗凱公爵家世世代代都受到神器賜予的恩惠，他們家族的特色就是長壽。」

什麼？

「您剛剛說神器？」我有點懷疑自己的耳朵，又向侯爵確認一次。

帝國境內共有四件神器，其中兩件已經分別由克莉絲朵和賽德瑞克皇子持有。而位於伊芙琳的飛廉之方舟並未選擇主人，依然守在鐘塔上。

這樣一來，就只剩下一件……

「帝國的北部和東部地區也有神器存在。」

波帝埃樞機主教的聲音在我腦中掠過，其中的北部地區就是伊芙琳。

「布朗凱公爵家，是帝國東部擁有悠久歷史的魔法師家族。」

……而公爵家的領地就位在東部。原來是這麼回事嗎？

「您的意思是，布朗凱公爵家也守護著神器？」

「沒錯，王子閣下。該神器名為『樹木之神弓』，以賜予侍奉者長壽聞名。」

這我倒是知道，伊芙琳大公寫的童話書上也提過這件神器。但是故事裡並沒有說神器就在他的老家——布朗凱家族領地。

像「薩爾內茲」就不只是公爵家族的姓氏，還是地圖上大大的地名，所以一目了然，其他領地不見得是這樣。

可惡，可以和這樣的家族鬧翻嗎？劇情發展沒問題嗎？

「那麼，請各位盡情觀賞吧！」

領我們入座後，杜漢侯爵又帶著燦爛的笑容走下階梯。

班傑明和加奈艾打開野餐籃，開始準備茶水點心。克莉絲朵接下兩人遞來的零食後卻沒有吃，只是盯著我看。

「王子閣下，您的表情好嚴肅喔。別擔心，不會有人死掉的。」

她笑著安慰我，然後塞給我一只手掌大小的提籃，一陣爆米花香氣撲鼻而來。

我咬下爆米花粒，突然靈光一閃，想起剛剛在馬車上克莉絲朵說過的話。

「對了，我還想看看其他神器。」

……這是巧合嗎？

在主角對其他神器產生興趣的時候，神器的守護家族竟然和「第一男主角」發生衝突，這種發展一定是安排好的吧？所以我不用操多餘的心嗎？

「重要賓客皆已抵達，那麼，讓我們開始這場神聖的決鬥吧！」

杜漢侯爵被魔法道具擴大的話音剛落，現場便響起矜持的掌聲和拍打扇子的聲音。觀眾的反應不像魔獸大討伐那麼喧囂激烈，但場內氣氛依然緊繃到彷彿一捅就會破。

此時，一名青年從競技場左側現身。那肯定就是羅貝爾．布朗凱準公爵，我仔細觀察對方，因為恩瑞說過這樣的話——

「二哥，只要長得帥肯定是重要角色，看到的時候就要特別注意。」

「就算角色長得稍微抱歉一點，也有可能很重要吧？」

「才怪，長得不怎樣的通常都是路人啦。」

「好像也是。」

「但長得好看的絕對不可能只露個臉就下場，肯定有點料。」

這種論點真的不算錯，光看我左右這兩位俊男美女就知道了。克莉絲朵是《辭異女》的主角，海恩斯爵士則是接下王儲祕密委託的傭兵。

我皺了皺眉，「……很帥嘛。」

布朗凱準公爵年紀看起來和皇子差不多，身材高䠷修長、長相俊秀。

要是被鄭恩瑞看到，肯定會衝上去問「叫什麼名字？住在哪裡？」，一點也不像會在這裡受重傷退出劇情的角色。

正當我苦苦思索時，觀眾席出現一陣騷動。

「天呀！皇子殿下今日依然如此耀眼迷人。」

「我還以為太陽從南邊升起了，原來是皇子殿下駕到啊。」

各種讚美感嘆源源不絕地從扇子後方冒出來。只見在場地右側，那位愛惹麻煩的青年堂堂登場。

那頭在風中飄揚的漆黑髮絲，有如黎明前最為幽暗的夜幕。而他筆直望向前方的橙眸就像一對石榴石，閃耀著奪目的光采。

光是那張臉和氣勢，就讓人覺得這傢伙贏定了。

而他掛在腰間的劍，有一、二、三……

「咦，為什麼帶了四把劍？」

「會不會是打算各用一把斬斷四肢呢，王子閣下？」

坐在我後面的某位貴族悄聲搭話，我苦笑著回過頭。

「感謝說明，夫人。」

「這是我的莫大榮幸，沒想到竟能在此與您相見呢。」

「……貝利亞爾爵士？」

我瞪大雙眼。這位頂著一頭高雅的白髮造型、身穿翡翠色禮服的年長女性，正是《李斯特雙週刊》的總編輯——薩拉．貝利亞爾。這是我們睽違兩個月的重逢。

我的反應也讓周圍同行的人轉過頭來，除了班傑明，大家臉上都露出了一點訝色。

「這種難得一見的精彩決鬥，我當然要親眼來看看才行。」

「您打算寫報導啊。」

「那當然，上回的魔獸大討伐一結束，三位竟然馬不停蹄地返回皇都，都不知道我內心有多麼遺憾呢。」

她笑著揮了揮手中的歌劇望遠鏡。

其實我們當時急著回來，就是為了躲貝利亞爾爵士的採訪。她在採訪請求被回絕後，還親自跑去杜漢侯爵領地堵人，整件事鬧得人盡皆知。

我努力不動聲色，掩飾自己的緊張。

媒體界巨頭就在現場盯哨，可是現在，不只是皇子一副要把對手打個半死的氣勢，那位對手又來自擁有帝國最後一件神器的家族。

而劇情主線發展至今，主角又一直與神器有所交集……雖然她不曉得，但我其實也吸收了邊境神殿的神器。

這些組合湊在一起，感覺就是什麼事件的伏筆。

「見證人進場了。果然如傳聞所言，殿下的見證人是穆特爵士。」

貝利亞爾爵士饒有興致地說著，向後靠了靠，一副準備好看戲的模樣。

我重新望向場內。

站在皇子旁邊的伊莉莎白爵士，身上穿的並不是禁衛隊制服，而是私人正裝，表情十分冷沉。

我沒讀過浪漫奇幻小說，但這怎麼看都不是好現象。

就算我無法阻止這場決鬥，也該想辦法提醒皇子。萬一他失手把準公爵打成重傷，恐怕會惹出什麼大麻煩。

「哎呀，那邊的是誰？治癒神官嗎？」

「她是準公爵的妹妹——伊娃．布朗凱女爵，聽說下週就要接受主教授職了呢。」

坐在前排的幾位貴族交頭接耳，我也跟著看了過去。

只見一位看起來才十幾歲的少女站到了準公爵身邊，她穿著司祭服，正在將自己的領巾繫在準公爵的劍柄上。

就是這個！

「薩爾內茲女爵，請將您的手絹借給我。」

「又借？」

克莉絲朵瞪大了雙眼，但還是掏出天藍色的手絹遞給我。這麼一說我才想起來，上次在皇室書庫內借用的那條，已經被賽迪一把火燒掉了。

「謝謝，兩條都記在皇子閣下的帳上吧。」

我從位置上站起來。能感覺到周遭的視線瞬間集中過來，但我深吸一口氣，假裝不知道。

「我會的。」

大概是理解了我打算做什麼，主角露齒一笑。我輕輕點頭，然後迅速走下階梯。

雖然心裡多少會懷疑自己是不是多管閒事了，但直覺告訴我，這種不祥的預感恐怕不會錯，還是小心駛得萬年船。

「……又要幹嘛？」

「來送上鼓勵。」

我死死盯著皇子這傢伙掛在佩劍腰帶上的幾把劍，最後挑了那把比較常看到所以比較有感情的火星之慧劍，將手絹綁上劍柄。

為了爭取時間，我盡可能把動作放到最慢，可以明顯感受到皇子在我頭頂上方一臉無言的心情。但我無視他的眼神，直接切入正題。

「不能讓準公爵受到重傷。」

「理由？」

「不清楚您是否知情，但貝利亞爾爵士來了。」

「我沒必要看她臉色行事。」皇子冷冷回道。

像是護衛般站在旁邊的伊莉莎白爵士，興味盎然地看著我。

「我知道，但布朗凱公爵家位在帝國東部，緊鄰神國國境。準公爵總有一天要肩負大任，沒有必要讓他受到無法挽回的傷。」我補充道，「這會是帝國的損失。」

皇子微微眯起雙眼，「說得好像你是李斯特人一樣。」

老實說，這也不算錯。

「準公爵侮辱了你和你父親。」

低沉的嗓音壓得更低了，我微微皺眉。雖然不是我的父親，但這確實是準公爵的錯，應該受到教訓。

「身為羅米洛宮的主人，我不會就此罷休。」

「那麼，能不能在不折磨人的情況下速戰速決呢？您可是壓倒性的強者啊。」

我折衷地勸說。就算故意放慢，手下的結也完美精確，畢竟每天早上幫小小鄭恩瑞綁頭髮的功力可不是假的。繡在手絹上的克莉絲朵姓名字首「C·S」清晰可見，完美。

「謝謝您為我提出決鬥，可是我希望您能顧慮往後的事，稍微手下留情。這也是為了兩位著想。」

「兩位？」他像鬼一樣敏銳地追問。

糟了，現在絕對不能提到克莉絲朵，我立刻扯了個藉口。

「準公爵是未來將守護國境之人，而您是我的朋友。我只是希望兩邊都別留下後患。」

雖然該說的都說完了，但賽德瑞克皇子會不會照我說的去做，還是個未知數。剛才他也只是冷哼了一聲，並沒有什麼明確的回應。

四周的貴族看著回到座位的我，不斷竊竊私語。我努力無視那些視線，接過加奈艾遞來的玻璃水瓶。光是看見浮著檸檬片的石榴氣泡飲，我的心情就像已經喝下飲料般清爽起來。

克莉絲朵雙眼晶光閃閃，連忙湊了過來。

「王子閣下，您和殿下說了什麼？」

「我請他下手輕一點。」

「哎呀，換作是我，會叫他狠狠揍那傢伙一頓。」

我喝著氣泡飲，苦笑著搖頭。

平常我也懶得干涉那傢伙想幹嘛，但這次不祥的預感實在太重，才沒有辦法袖手旁觀。

從觀眾席仍然能清楚看見那條克莉絲朵的手絹，穩穩繫在慧劍上。

「這場決鬥，將在兩位見證人的監視下進行，直至其中一方宣告投降為止。賽德瑞克皇子是七級魔法師暨八級劍士，同時也是火屬性的見習聖騎士。而對手羅貝爾・布朗凱準公爵，則是八級魔法師！」

法蘭索瓦・杜漢侯爵站在觀眾席前方，口齒清晰地開始解說。

這樣聽起來，皇子確實在武力上遠勝對手。誰敢說他不是「第一男主角」，根本就是無所不能的外掛角色。

即使皇子在魔力方面可能略遜一籌，但只要準公爵不具備足以匹敵的劍技，這場比賽基本上毫無懸念。

我偷偷觀察準公爵的狀態。他右手拿著一根約五十公分長的木製魔杖，腰間有一把像是裝飾用的配劍。表情吊兒郎當，嗯，感覺不太可靠。

「應該不會五秒就結束了吧？」

克莉絲朵悄聲說道，一直很安靜的海恩斯爵士卻開口了。

「對於聖騎士來說，相性相當重要，魔法師亦是如此。萬一殿下和準公爵的瑪那特性相剋，可能會很棘手。」

此時，場上的伊莉莎白爵士拔出了自己的劍，一把插在地上。

「開始！」

——錚！

杜漢侯爵話音一落，準公爵立刻展開「瑪那環」魔法陣。

赤紅的方陣在他腳下浮現，以順時針方向飛快旋轉，迅速複製出八份相同的圖形。

——鏘、鏘！滋滋滋！

「喔喔！」

如摺扇般展開的魔法陣上下重疊，見狀，觀眾席頓時驚嘆連連。

對於只看過傳送門魔法陣的我來說，這還是第一次親眼見到魔法師開陣。

由於單純運用瑪那特性不需要魔法陣，所以皇子從來沒有在我面前放過這招。而魔獸大討伐那時，我也沒空去看其他魔法師的表現。

因此現在準公爵一施法，我立刻看得目不轉睛。

魔法陣雖然乍看之下很像神官的以太環，但仔細觀察，會發現那是由八座完美咬合的方陣組成的複合圖形。

八座魔法陣，所以是八級魔法師。

「瑪那的流動相當穩定，布朗凱家的血統果真不一般。」海恩斯爵士評論道。

魔法陣陷入地面，先發制人的準公爵毫不猶豫地揮動魔杖，場中立刻揚起一陣塵霧……不對。

「那是什麼？」

「哇！」

我的自言自語被其他貴族的讚嘆聲蓋過。

那既不是塵埃，也不是霧氣，迴旋升空的黑色粒子星星點點反射著陽光。皇子沒有拔劍，只是靜靜注視著這一幕。

後知後覺的領悟擊中我的腦袋。

「磁力。」

準公爵的瑪那帶有磁性。那些混在沙土中的鐵礦砂隨著他的指揮聚攏、散開，再聚攏，如此循環。

等等，皇子的瑪那不是會對金屬產生反應嗎？

——咻！

布朗凱準公爵咧嘴一笑，猛力揮下魔杖，空中盤旋的鐵砂便一股腦捲向皇子。

瞬間，皇子的身影一閃。

——砰！

一道強烈的劍氣劃破鐵砂帷幕。

之所以會認為他的身影閃了一下，其實只是因為速度太快，肉眼完全跟不上。

皇子毫不遲疑地飛身上前，手裡握著的不是慧劍，而是另一把長劍，瞬間來到準公爵眼前。

——嗡！

空氣顫動的嗡鳴響徹競技場。只見皇子的劍上沾滿了黑色鐵砂，像蟲子一樣密密麻麻，戴著手套的左手像被釘住一樣懸在空中，劍尖微微顫抖。

意料之外的發展讓人目瞪口呆，觀眾緊張地屏住呼吸。

一位八級魔法師的魔力，竟然可以壓制住一位八級劍士的武器。

「這是因為皇子的魔力相對比較弱嗎？」

我急切地詢問，而海恩斯爵士只是冷靜地為我說明。

「這也是部分原因，不過在我看來，準公爵的瑪那特性更加細膩。而皇子殿下的特性只能移動金屬，算是念力的一種。」

確實是這樣。

上次魔獸大討伐時，皇子只能操控短劍飛來飛去，沒有用過比移動金屬更複雜的能力。我原先認為那樣就已經夠厲害了，沒想到人外有人。

準公爵的魔力非常優秀，不僅能賦予金屬磁力，甚至還能操控混藏在沙土之中的鐵砂。這樣的話，皇子的特性就等於是被封印了。

——鏘啷！

皇子果斷扔掉第一把劍，先行後撤，任由沾滿黑粉的劍跌落在準公爵腳邊。難怪他要帶那麼多把劍啊。

——唰！

當皇子拔出第二把劍的同時，身影也隨之消失。

——砰！

伴隨一聲巨響，飄浮在空中的鐵砂轟然落地。第二把劍雖然也停在半空中，但這次並不是磁力導致。

因為皇子的攻擊速度太快，準公爵收起特性，改為施展防禦魔法陣，在千鈞一髮之際擋下長劍。只見赤紅瑪那從皇子的劍身洶湧而出。

「他無法多重開陣。」

克莉絲朵分析著，我點了點頭。

顧名思義，多重開陣是指魔法師同時使用兩種以上的魔法。高階魔法師中，據說只有極少數擁有這種能力，準公爵無法使用也不奇怪。也就是說，他沒辦法同時間運用自己的特性和施展防禦魔法。

——鏘！

準公爵的靴子被強勁的衝擊力推得向後滑動，棕色髮梢和魔杖頂端都隨之顫動。皇子的魔力和純粹的物理力量，正狠狠地壓制著他。兩名青年的赤色瑪那像煙霧般瀰漫。

——噹啷！

「我的天！」

觀眾席此起彼落地傳出驚呼，皇子的劍竟然正面劈開了防護罩。

我忍不住握緊拳頭，彷彿看見那雙橙眸閃出火花，但皇子的神情依舊平靜無波。

「唔。」

準公爵咬緊牙關，伸出空著的手，猛然抓住皇子的劍。

坐在前排的加奈艾緊張地捂住嘴。

——喀嚓！

——鏘啷！

「喔喔！」

魔法陣消散的同時，第二把劍被硬生生折成兩半。貴族紛紛驚呼，皇子卻像是早就料到一樣，隨手丟下斷劍。

克莉絲朵早就把什麼望遠鏡丟到一邊去了，正控制著力道拍打我的手臂。

「那個就是那個，對吧？磁鐵！」

「對，他應該是朝劍灌入同極的磁力……」

所以才會因為互斥而斷裂。再怎麼對自己的特性有自信，面對皇子劈到眼前的劍，居然還敢解除魔法陣，這人的膽識和實力都不容小覷。

皇子並沒有退卻，再次如閃電般拔出第三把劍。看來還是不打算用慧劍，他到底在想什麼？

——咻！

——鏘！

剎那間，準公爵外套上的胸針飛射而出，被皇子操縱的短劍精準擋下。兩塊金屬在空中不斷顫動，最後像被揉爛似地纏成一團掉落在地。

——嗡！

就在這個時候，準公爵也拔出腰間的劍，朝皇子猛力一刺。

兩把劍尚未交鋒，就像同極磁鐵相遇般互相排斥，嗡鳴著僵持在空中。

皇子狠狠推進手中的劍，面對這樣的對手，只能回歸最原始的力量壓制。與左手血流如注的準公爵相比，皇子那張如畫作般精緻的臉上沒有一絲波動。

「看招！」準公爵掙扎地大吼，揮動右手的魔杖。

——嗡嗡！

空氣發出低鳴，無法承受磁力的兩個男人猛然朝不同方向彈飛。

準公爵的劍甩了出去，深深地插入地面，皇子的劍也脫手飛出，彷彿有什麼無形之力繳了兩人的武器。

——唰！

「呀啊啊！」

人群中爆出尖叫聲。長劍像螺旋槳般高速旋轉，射向了觀眾席。

我的眼睛幾乎瞪出眼眶——那把劍正朝我飛射而來。

——砰！

我才剛展開聖所，觀眾席的防護結界同時啟動。看來就像魔獸大討伐的競技場，這裡也有施展保護觀眾的魔法。

防護罩擋下的劍緩緩滑落，鏘啷一聲掉在我的腳邊。我大口喘著氣，望向場上。

「絕對要把那小子送進棺材，他百分之百是故意的。」克莉絲朵的語氣冷得彷彿能凍結空氣。

此刻，全場的目光都集中在我們這邊，甚至連剛剛輕盈落地的皇子也看了過來。他的眼神，在確認狀況後狠狠沉了下去。

呃……這下好像，真的有點危險……

——唰！

我都來不及喘口氣，慧劍已然出鞘。皇子反手握住漆黑的劍柄，一把將劍扔向準公爵……咦?!

——嗡！

現場響起一陣磁力運作的詭異聲響。慧劍畢竟也是金屬打造，即便是主神賜予的武器，仍然無法擺脫八級魔法師的力量。

準公爵嘲諷一笑，將魔杖換至左手，得意洋洋地伸出右手。

手絹在空中畫出一道天空藍的弧線。

——咻！

「既然給我，我就收下了！」

就在他抓住劍柄的瞬間……

——轟！

「啊啊啊啊！」

慧劍瞬間燃起熊熊烈焰，準公爵痛苦地放聲大叫，立刻甩開神器。

克莉絲朵的第二條手絹化為灰燼，觀眾一片譁然，全都從座位上站了起來。

「放肆。」

皇子低沉的嗓音傳來。因為視線被前排擋住，我們也只能跟著站起來。我安撫著懷裡拚命拍打翅膀的巧心，然後抬起頭。

準公爵的手掌，已經被燒得幾乎融化。

「唔呃、啊啊啊！」

那已經不是普通燒傷的等級了。他用左手抓住自己的右腕，撕心裂肺地哀嚎。散落四周的鐵砂似乎也被他的痛苦牽動，隱隱翻湧。

而皇子一步一步朝他走去，那模樣讓人無法移開視線。

——咻咻！

皇子伸出左臂，慧劍溫順地飛回他的掌心，一如既往的漆黑劍身彷彿不曾燃燒過，沒有留下任何痕跡。

不知何時，皇子已經脫去右手的手套。他目光如刃，抬手在空中輕彈指尖。

——噠！

——轟隆！

「啊啊啊——！」

準公爵的身體像子彈一樣飛射出去，有部分觀眾已經嚇昏了。

我驚魂未定地望向剛才爆炸的地方，只見碎裂的劍片在六月陽光下閃爍著殘酷的光芒。插進地面的還算好運，更多碎片直接嵌進準公爵身體，坑坑疤疤冒出鮮血。

我震驚地張大了嘴。是那把沾滿鐵砂，被皇子扔下的第一把劍。

看來剛剛皇子引爆了上頭的鐵砂，讓整把劍變成一顆火焰炸彈。熾紅的鐵砂「滋滋」地燒穿準公爵的衣物，他身上星星點點，全是焦黑的破洞。

我急忙看向皇子。在強大火屬性以太的庇護下，皇子毫髮無傷，看來飛濺的鐵片也全用魔力擋下了，我原本繃緊的胸口這才稍稍放鬆。

接著，場上傳來幾乎聽不清的微弱聲音。

「請、請等一下，殿下……我投、投降……」

「我會讓你連後悔都悔不當初。」

——噠！

——砰！

皇子再次輕彈指尖，滾到準公爵頭側的鐵塊瞬間炸開。我嚇得大喊出聲。

**【皇子閣下，住手！】**

——嗡！

時間暫停了。

「……」

「天啊……」

不知是誰輕聲嘆息。我迅速喘口氣，再看向皇子。

在他火焰中爆炸的胸針與短劍殘骸，燒熔成太陽般熾熱發亮的球體，就那麼凝結在空中，彷彿什麼電腦合成後製的畫面。

準公爵抵擋不住眼前那股駭人高溫，呻吟一聲往後滾去。

他沒有死……皇子在爆炸中硬生生控制住火焰。

**【……辛苦了。】**

我不假思索地說出想到的話。雖然雙腿發軟，背後狂冒冷汗，我還是強撐著沒有坐倒在地。

還有不少清醒的貴族，正死死盯著我與皇子。

不知過了多久，是杜漢侯爵打破了現場猶如澆了冰水的凝滯沉默，真是感激不盡。他的聲音也在微微顫抖。

「布朗凱準公爵宣布投降，這場決鬥的獲勝者是賽德瑞克皇子殿下！」

像是等待已久，全場爆出熱烈掌聲，人群中也立刻響起了熱烈的低語與議論聲。

我用食指指尖來回搓揉巧心的小腦袋。

沒事了，應該算是安然收場了。準公爵的手腳都還在，雙眼也安然無恙，雖然有點血流如注但意識清醒。

至於精神層面的創傷……他本人會看著辦吧，自作自受，嗯。

熾紅的金屬球體化為片片飛舞的灰燼，宛如花瓣般飄落。

「真痛快！」

「布朗凱這無賴，終於落得這種下場了。」

「若是由陛下親自出馬，那傢伙早就沒命了吧。」

「殿下果然是強者中的強者，實則就是帝國的小太陽。」

貴族紛紛起身送上掌聲，激動的交談清晰地傳到我耳邊。

場上，幾名治癒神官朝著布朗凱準公爵跑去，而伊莉莎白爵士收起自己插在地上的劍，走向賽德瑞克皇子。皇子雖然看起來沒受傷，為了以防萬一，還是要確認一下狀況。

加奈艾和班傑明已經迅速整理好了野餐籃，克莉絲朵則說要去幫忙治癒神官，先一步離席了，應該是去協助準備治療燙傷的淨水。

觀眾席上的其餘貴族搖著扇子，紛紛召喚隨侍上前。

「你們也先下去吧。」

我這麼交代班傑明和加奈艾，兩人點點頭，順著階梯式座席向下離開競技場。

確認他們走遠後，我轉過身。約翰．海恩斯爵士依舊安靜地站在我身邊，幾乎沒有存在感。

「貝利亞爾爵士。」

「『這場決鬥猶如一杯摻入石榴果醬及檸檬片的氣泡飲，令人稱心快意』——今天能寫的題材實在太豐富了，相關報導大概可以排滿整整一個月呢。」

坐在後排的老人家「啪」一聲闔上筆記本，露出狡黠笑容。竟然連我剛才喝的飲料都記住了。

我苦笑著朝《李斯特雙週刊》的總編輯伸出手臂。她小小地驚呼一聲，然後欣然接受了我的護送。

翡翠色的禮服下襬輕柔地晃動，海恩斯爵士則如影隨形地跟了上來。

「您孫子最近還好嗎？」

我小心翼翼地詢問。根據不久前在皇宮神殿內聽到的告解，貝利亞爾爵士有個昏迷不醒的年幼孫子。

貝利亞爾爵士的碧綠眼眸微微睜大，目光裡有著意外。

「沒想到您會關心這件事。」

「上次您來採訪時不方便問，就一直掛在心上。」

聽我這麼說，她露出一抹難以形容的表情，布滿皺紋的嘴似乎正在慎重考慮要說出口的話。

「情況和往常一樣。不過，能得到王族神官親自關照……」

貝利亞爾爵士的聲音越來越小，後面的話沒有說完。我也不再追問，靜靜陪她踏著階梯而下。

周圍鬧哄哄的一片，有為了護送主人急忙趕來的僕役、照看暈倒貴族的侍從，還有那些興致高昂地討論決鬥過程的觀眾。我感覺到不少視線停在身上，但一如往常地選擇無視。

當我把目光轉向決鬥進行的地方時，那雙堅毅如石榴石的橙眸正凝視著我。

做得不錯嘛。我朝他輕輕一笑，那傢伙立刻別開了視線。

「皇子殿下有聽進王子閣下的勸說呢。」

貝利亞爾爵士一邊把小型筆記本收進懷裡，一邊輕描淡寫地換了話題。我努力擠出能應付過去的回應。

「……皇子十分明智，他知道沒必要進行無謂的殺戮。」

「這可難說，以準公爵的態度來看，今天即便當場斃命也不奇怪。雖然我很清楚他是個無賴，卻沒想到連在皇室成員面前都如此目中無人。看來他在領地內自稱皇子的傳聞，應該不是空穴來風。」

恢復平常語氣的貝利亞爾爵士，話中毫不留情。

短短的階梯就快走到底了。

「這次報導的方向，我打算二選一，畢竟我們雜誌的版面有限嘛。其一，是皇子殿下會關注的內容，另一篇則是葉瑟王子閣下會感興趣的內容。」

「……」

「您喜歡哪一種呢？」

老人家轉頭看著我，唇角勾著狡黠的弧度。她鼻樑上的小巧眼鏡提醒著我，現在的她依然處於記者模式。不過，我又不打算攏絡或是勸說她，所以只是對她微微一笑。

就算在這裡說動貝利亞爾爵士寫篇對我有利的報導，那也只是她給出的「人情」，說到底就是場交易。而我並不想和新聞工作者牽扯不清。

「我本身是比較想遠離那些關注……但要報導什麼，還是該由貝利亞爾爵士來做決定，身為訂閱者的我，只要耐心等待就好。」

我站到了地面上，等著她從最後一階走下來。貝利亞爾爵士笑咪咪地看著我，那副表情彷彿在說這年輕人真有趣。

「那麼，回去的路上還請小心，希望您的孫子早日康復。」

「謝謝，也願您受到主神的祝福，王子閣下。」

貝利亞爾爵士的侍從立刻迎了上，兩人朝我行禮，而後轉身離去。

我和海恩斯爵士這才加快腳步，趕往決鬥現場。

「皇子閣下，您還好嗎？」

那傢伙理所當然地無視我。

帥氣的臉蛋，外加哪怕一絲擦傷都沒有的光滑手背。是啊，我擔心個屁。

停在我肩膀上的巧心，這時振翅飛到了皇子肩上。

「葉瑟王子閣下才是，您沒有受傷吧？」

「沒有，我很好，而且還有結界呢。」

面對伊莉莎白爵士的關心，我立刻就回答了。

加奈艾站在她身邊，沒有先去馬車上等。他的臉色看起來比決鬥前蒼白許多，準伯爵正小聲地安撫受到驚嚇的少年。

「準公爵的情況……」

「你這混蛋，你之後活著的每一天都會後悔怎麼沒有乾脆今天去死一死。」

我話都還沒說完，就差點被自己的口水嗆到。

我們的主角就坐在接受治癒神官照顧的布朗凱準公爵旁邊，用充滿古早味的臺詞低聲威脅。

看樣子她不是來幫忙治療的，而是專程來拖延療程的。就連用歌劇望遠鏡指著準公爵的姿勢，都流露出濃濃的街頭流氓氣息。

既然皇子都睜一隻眼閉一隻眼地默許她的行為，也沒人敢站出來阻止克莉絲朵。再說，她又是女皇寵信的重臣——薩爾內茲公爵的獨生女。

渾身是血躺在泥土地上的準公爵，呻吟著開了口。

「呃、咳……薩爾內茲……女爵……」

「痛嗎？我也很痛。看到像你這種東西，讓我想到這國家的未來就頭痛。乳臭未乾的小子，怎麼只學到這種沒教養的陰招。都是因為你，伊莉莎白爵士的未婚夫差點就暈倒了。」

未婚夫？

「薩爾內茲女爵，可以了。」

我將手輕輕放在她的手臂上，克莉絲朵這才抬起頭，對我露出燦爛的笑容。

「哎呀，王子閣下來了！我只是想和準公爵道別，希望他一路好走……嗯，平安回家。」

才不是回家，我看這種氣勢都要送他到陰曹地府去了……

「我們去搭馬車吧，再待下去，大概就要被當成這些貴族的下午茶談資，或晚餐的佐酒配菜了。」

色。

「好，我知道了。」

她輕巧地跳起身，皇子看起來也準備離開了。見狀，幾位治癒神官立刻跟著起身致意。

就在這時，我與其中一位神官視線交會。應該只是單純的巧合吧？

「……」

「……」

斗篷兜帽下，是一頭宛若燃燒火焰的飄逸鮮紅捲髮，滿懷怨恨盯著我的眼眸，則是清澈的深棕色。

我被少女流露的強烈情緒震懾住，一時說不出話來。慢了一兩拍，我才想起對方是誰。

「布朗凱女爵，請慢走。」

「……後會有期，葉瑟王子閣下。」

她就是替準公爵劍柄繫上領巾的妹妹——伊娃．布朗凱。是個任誰看了都會驚豔的美麗少女，然而此刻看向我的眼神卻凶狠得像一把刀。

哥哥變成這副模樣，我想她應該很難過。

雖然在我看來那傢伙是活該，但是對家人而言，當然無法坦然接受這種結果。

……她說的後會有期不會是話中有話吧？

「再見。」

我最後向滿身是血的準公爵點頭致意，這才轉身離開。

對朝我扔劍的人，我是沒什麼同情啦，但也不希望克莉絲朵和皇子未來的道路因為這傢伙變得曲折，所以多少還是希望他能趕快康復。

這時皇子已經帶著侍從大衛遠遠走到前面去了，只剩克莉絲朵、加奈艾、伊莉莎白爵士和海恩斯爵士等著和我一起走。

「……之間是……關係嗎？」

嗯？我頓住腳步，好像聽見有人問了奇怪的問題。

回頭一看，伊娃已經將視線移開，再次蹲下身照顧自己的哥哥。是我聽錯了嗎？

「他們說準公爵的右手一輩子都不會有感覺了，聖火燒毀了整隻手的神經，就算用治癒力，也無法重新長回來。」克莉絲朵的語氣聽起來相當滿意。

我們慢慢走向馬車，路上遇到的貴族都紛紛駐足，朝皇子行禮致意後再退開。

沒想到慧劍還會認人。我替劍柄繫上手絹的時候，慧劍明明就很溫馴，這樣幾乎能說是擁有自我意識了吧。

「而且那些插進他身體裡的碎劍，全都是燒紅的金屬片，所以肯定會留下傷疤和燒傷。有些傷口比較深，運氣差的話，說不定還會跛腳。」

「您還真開心呢，女爵。」

「很明顯嗎？我現在是在笑嗎？」

「對，看起來是世界上最幸福的人。」

聽我這麼說，克莉絲朵忍不住笑了起來。她看向皇子背影的眼神，似乎也多了一點點好感。

不知不覺間，我們已經走到那兩輛馬車前。伊莉莎白爵士先是在加奈艾的額頭上輕輕一吻，然後為他拉開車門。

這兩人的感情還真好呢。

「哇啊！」

正要上車的加奈艾突然倒吸一口氣，嚇得退了一步。

伊莉莎白爵士立刻擋在少年身前，探頭查看車廂。她也露出了驚訝的表情。

怎麼回事？我加快腳步上前。

「怎麼了嗎……貝利亞爾爵士？」

我身體的反應比腦袋還快，瞬間後退一步。原本打算越過我們的皇子也停下腳步。

不久前才和我道別的薩拉．貝利亞爾爵士，正從朱利耶宮的馬車上走下來。

「您為什麼會在這裡……」

「呵呵呵，該說是中年浪漫嗎？那麼，殿下、王子閣下，我現在就真的告辭了。」

白髮飄逸的高齡女子優雅地行完禮，隨即轉身離去。

我愣愣地看著她的背影，一時反應不過來。

貝利亞爾爵士的動作和態度都自然得不可思議，周圍有這麼多貴族，居然沒人覺得她很可疑。

呃，所以她到底在皇室馬車內做什麼？真的不用抓起來嗎？

我還一頭霧水、搞不清楚狀況，加奈艾卻緊緊抓住車門，看著車廂內開口。

「……班傑明閣下，您和貝利亞爾爵士到底聊了什麼？」

他說誰？

「真的是很嚴重耶！居然讓外人搭上皇室馬車，最好給我一五一十全部交代清楚喔！」

「嗶嗶嗶嗶！」

在我右邊的克莉絲朵像機關槍一樣發射一串質問，停在她膝蓋上的巧心也配合地大聲附和。

至於對面座位上的班傑明，則是被伊莉莎白爵士和加奈艾左右夾擊，露出有些為難的苦笑。他手中正拿著一封顏色繽紛的漂亮信封，我們前幾天也看過類似的東西。

哇，難道所謂的「中年浪漫」不是在開玩笑……？

「我好像沒必要待在這裡。」

「皇子閣下，雖然我也這麼想，但您現在想要出去恐怕有點困難。」

坐在我左邊的皇子把手臂擱在窗框上，看起來頗為不滿。他那麼高、腿又長，在硬塞了六個人的這輛四人座馬車上，他當然最不舒服。但問題是，窗邊座位偏偏最難進出，不然我也不想擠在這裡。

皇子的體溫偏高，身體熱得發燙，克莉絲朵卻是偏寒的體質，夾在中間的我只能默默承受冰火交加的煎熬。

大約兩分鐘前，克莉絲朵和伊莉莎白爵士帶著咬到驚天大八卦的表情，綁架了我、加奈艾和皇子，一起塞進這輛有問題的馬車。

等我回過神，就變成了現在這種狀態——中年人被安排坐在正中間，我們五人一鳥呈包圍陣形，把整輛馬車就地變成審訊室。窗外還可以看見一臉失落的大衛及海恩斯爵士。

「如果您和貝利亞爾爵士之間真的是那種關係，我們也不會多問……」

「薩爾內茲女爵，我們不是那樣的關係。」

班傑明溫和地打斷了她，平時慈祥的神情此刻略顯尷尬，隨即像是放棄掙扎般嘆了口氣。他緩緩將手上拿著的信封交給我。

「班傑明？」

「閣下，請您打開來看一看吧。」

他和藹地說道，我不由得有些緊張，腦中天人交戰起來。

真的能夠隨便拆開來看嗎？可是他本人都說可以了，應該沒關係吧？

感覺如果繼續拿著，克莉絲朵那雙亮晶晶的眼睛大概會朝我射出光劍。所以我下意識捏了捏手指，然後不慌不忙地抽出信封的內容物。

而後，眼前出現了一行整齊的印刷字體。

**致《理性與感性與神性》作者的讀者提問**。

……咦？

CHAPTER

# 26

## 惡女未滿

「咦？」

「瘋了，太誇張了！」

在我當機的這段時間，克莉絲朵猛然擠過來。結果為了一封信，我們這排的三個人——咚！

「啊！」

「唔！」

「……」

——腦袋撞在一起了。

賽德瑞克皇子微微皺眉，克莉絲朵和我則各自揉著額頭。

感覺耳朵裡還在嗡嗡作響，他們只撞到我一個，我卻兩邊都撞上了，痛苦指數直接加倍……

「《理性與感性與神性》的作者是班傑明閣下？真的嗎？」

努力伸長身體湊過來看的加奈艾驚呼出聲，伊莉莎白爵士目瞪口呆，克莉絲朵則是連連驚呼「這是怎麼回事」、「怎麼辦」，一邊控制著力道狂拍我的肩膀。

之後嘛……車廂裡當然是陷入一片混亂。

「班傑明閣下，所以您每週都會固定寄出的郵件，難道就是原稿嗎？」

「很抱歉我之前說想揪住希斯克利夫公子的領子，可不可以至少往他臉上潑水就好？」

「我其實對愛情小說沒什麼興趣……但我決定等等回家就去找舊刊來看。最近禁衛隊上也都在討論《理感神》呢。」

加奈艾、克莉絲朵、伊莉莎白爵士的聲音此起彼落，到目前為止，他們七嘴八舌說的話加起來起碼超過一百句。

班傑明坐在一片喧鬧之中，露出有些靦腆的微笑。這種表情我還是第一次在他臉上見到，真有意思。身為我的專屬侍從，又要總管整座朱利耶宮，工作量本來就不輕了，他居然還能穩定地每隔一週寫稿更新，實在是太厲害了。

腦中突然浮現在家裡工作的哥哥，我的嘴角也不由自主地揚起。

鄭玄瑞（三十二歲，網路小說家）是每週連載七天的日更型武俠小說家，雖然和班傑明其實有很大的差異，但只要想到即使我穿越了，身邊也還是有個作家，就覺得奇妙又有趣。

「真是嚇了我一跳呢，班傑明。要是你早點說，我明明可以幫你排出寫作時間的。」

我的話讓中年人露出淺笑。

「這只是我的個人興趣，請您不用太過在意。反而是我把外人帶上了皇室馬車，應該為此受罰才對。我無可辯駁，還請殿下及王子閣下恕罪。」

班傑明鄭重其事地向皇子和我俯身致歉。我轉頭看向皇子，心裡有點緊張。

畢竟對方不是普通的貴族，而是薩拉．貝利亞爾爵士這樣的新聞工作者，而且我也不確定皇宮侍從可不可以有副業。

克莉絲朵、加奈艾和伊莉莎白爵士，也都將視線投向皇子。

他面無表情地望向窗外，冷冷地回應。

「既然是你的侍從，你自己決定。」

「我來決定嗎？」

面對意外的答案，我眨了眨眼睛。咦，可是朱利耶宮的負責人不是你嗎？

「太好了，班傑明閣下！」

克莉絲朵笑得很開心。這下可以安心了，我的表情也放鬆下來。

「沒關係，班傑明。我知道貝利亞爾爵士的作風本來就有點強硬，但希望下次不要再發生同樣的事情了。我支持您繼續創作。」

「……謝謝您，王子閣下。」

班傑明再次深深低下頭。接著，除了我和皇子以外的三人繼續用各種問題圍攻他。

「您怎麼會開始寫作？有什麼契機嗎？」

「我從小就對寫作有興趣，是為了我兄弟的孩子才開始寫《理性與感性與神性》，那孩子很喜歡愛情故事。

「哇！所以《理感神》是出道作品囉？」

「要說出道作品……我寫過散文隨筆。」

「我想知道書名！」

「那本書叫《主神的賜予》，準伯爵閣下。」

嗯？

那本讓我一直好奇標題是否故意押韻、內容全是信仰告白的知名散文集，竟然也是班傑明的作品。

「我進宮的第一天，加奈艾就拿了這本書給我。」我忍不住插話。

聽見我這麼說，加奈艾也驚訝地捂嘴。看來班傑明的筆名不只一個呢。

「那是我的第一本書，就算寫的是自己想寫的內容，也不容易啊。」

班傑明語氣平穩地說著，我點了點頭。我哥當年也是這樣，所以我能理解。

哥哥從出租店還盛行的時期就開始沉迷武俠世界，即使出了社會、成為了普通的上班族，也放不下對武俠小說的熱愛。

剛開始只是兼職的副業，最後終於成為全職作家。在這一路上，即使寫的都是自己想創作的故事，還是會有迷惘和感到疲憊的時候。儘管如此，投入長期連載之後，寫作的狀態也逐漸穩定了下來。

「那為別人創作的時候呢？」

對於我的問題，班傑明沉思了片刻才回答。

「都一樣難，不過……」

——叩叩。

這時，有人敲了馬車的門。

坐在門那一側的伊莉莎白爵士看了我們一圈，確定沒人反對後，這才打開車門。出現在眾人眼前的人，正是那位大家再熟悉不過的美男子。

「天啊，原來大家都聚在這裡呢！」

「侯爵，請問有什麼事嗎？」

「啊，王子閣下，其實也沒什麼啦。就是如果方便的話，可以請您把車移開嗎？」

我忍不住笑了。準伯爵看起來打算飛踢杜漢侯爵那張厚臉皮，被班傑明及時拉住。皇子低聲嘆氣，而克莉絲朵笑得不能自已。

「伊莉莎白，我是認真的！我的馬車太寬了，很難出去！」

試問這世上，到底是誰會來找皇室馬車的車主出來移車啊？

「班傑明閣下，真的，大家都快瘋了！怎麼會這樣發展……」

「噓。」

前往皇宮神殿的路上，加奈艾按捺不住興奮的心情，嘰嘰喳喳說個不停。班傑明只好溫和地制止少年，我則笑咪咪地走在前頭。

自從班傑明坦承自己的副業後，已經過去了一週。當天沒在馬車上的海恩斯爵士和桑德，自然還被蒙在鼓裡。所以桑德看完這週的《李斯特雙週刊》之後，反應明顯比其他人激動很多。

雖說班傑明用筆名「迪迪埃．威爾米克」答覆的作者Q＆A也很值得一看，但最能牽動桑德情緒的還是《理性與感性與神性》……

「希斯克利夫公子居然向珍提出決鬥！天啊，看來注定要悲劇了！」

公子為了自己的心上人凱瑟琳，向侮辱她的未婚妻珍提出決鬥，這就是《理感神》最新一回連載的內容。

面對未婚夫的離譜行為，珍沒能保持冷靜，直接把喝到一半的水潑了公子一臉。次回預告則寫著，這對同為六級劍士的未婚夫妻將展開決鬥。

克莉絲朵讀完最新劇情後給出了這種評論：

「根本是史詩級的狗血修羅場，但也太好看了吧！作者還採用了我的建議耶，這不斗內怎麼可以？」

能這麼快就把熟人的回饋反映在故事中，證明班傑明確實是每週即時連載，對這一點滿懷欽佩的好像就只有我而已，大家都覺得理所當然。

我向幫忙推開神殿大門的騎士們點頭致意，接著繼續往告解室走。

也對啦，其實我哥平常的存稿也不多，四捨五入也等於即時連載了。

「下次也想麻煩您在散文集上幫我簽名。」

聽見我的悄聲請求，班傑明露出微笑，壓低聲音答應了。

「狄蜜，哥哥要去工作了，你要乖乖等我喔。」

「嘰咿——」

進入告解室前，我把懷中的狄蜜交給了加奈艾。結果狄蜜不知道為什麼開始掙扎，用盡全身力氣表達不願意。

皇子決鬥那天，我是不想讓牠看見血才把牠留在朱利耶宮，大概是這件事傷了牠的心。

蓋亞和波妮現在都還在我房間裡抱著尾巴睡覺，只有狄蜜特別喜歡往外跑。

話說回來，巧心一早就不知道跑哪去了，到現在都不見鳥影。該不會又跑去皇子床鋪上整理羽毛了吧？

「怎麼啦，想一起進去嗎？」

「嘰。」

「那你會乖乖的嗎？有訪客進來的時候，不可以發出聲音哦。」

「嘰咿。」

狄蜜一臉認真地點頭，朝我伸來兩隻小爪子的模樣很急切，我最終還是認輸投降，又把牠抱了回來。

我一手小熊貓一手加奈艾交給我的點心籃，就這樣進入了告解室，一眼就看到那扇新裝的木製花格窗，以及那條被截斷的拉繩。他們到底什麼時候才會換新的來啊？

「狄蜜，這裡你是第一次來吧？」

「嘰咿！」

雖然室內有點昏暗，但狄蜜好像不怎麼在意，看起來依然精神飽滿。我噗哧一笑，拍了拍小傢伙的背。

今天也是行程滿檔的一天，上午去上樞機主教的課，吃完午餐去觀摩皇子和克莉絲朵的課程，現在又到神殿報到，準備聽取皇宮各方人員的告解。

最近來告解的人減少了很多，大概是我之前一有時間就認真進行告解聖事的關係，再加上大家都在為八月的皇儲冊封典禮忙得不可開交。

「在客人上門前，我們先來讀書吧？還有班傑明叔叔寫的小說喔。」

「嘰。」狄蜜小聲地回應，蜷起身體窩在我的腿上。

我翻開還沒讀完的《李斯特雙週刊》，施展以太環代替照明。小熊貓似乎非常滿意，晃來晃去的尾巴末端開出了一朵朵紫斑風鈴草，有夠可愛。

讓我看看哦……

**……羅貝爾．布朗凱準公爵的華麗登場就此落幕。根據東部的內部人士透露，準公爵雖然遭到永久性傷害，不過並非重傷。對此，布朗凱公爵家並未正面回應本社的訪問，但據悉公爵本人對於繼承人的失禮行徑極爲羞愧，公爵的丈夫也寫了一封信給兒子，更提到「要感謝皇子殿下的寬容大度」**。

我仔細讀著貝利亞爾爵士對於皇子和準公爵那場決鬥的報導，幸好她沒有寫一些皇子是聽了我的話才沒有殺準公爵之類的東西。

整篇報導大致上都聚焦在皇子的驚天顏值與寬宏大量，還有他在眾貴族面前展現的聖騎士力量。也就是說，貝利亞爾爵士又一次放過了我，只寫了一些我樂見的內容。雖然她肯定是有自己的考量，但我還是心懷感激。

「呼。」

**另一方面，「三位貴人」的活躍也格外出色。賽德瑞克皇子殿下、克莉絲朵．德．薩爾內茲女爵，**

**以及威涅諦安神國的葉瑟王子，他們在這場決鬥中又一次吸引所有人的關注。未來三人將……**

沒有那種事，我和那兩人才沒有什麼未來好嗎……大概吧。

我微微皺眉，抬手輕撫胸口，感受著那支水晶搖鈴的小小存在。

那張「奧希洛」——也就是愛麗莎王儲送來的信籤，我已經把內容抄在記事本上，然後立刻燒掉了。既然已經確定了來信者的身分和動機，那種東西留著只會增加遺失的風險。

——喀嚓。

我猛然回過神，剛才太投入在雜誌上，都沒注意到已經有告解者進入神殿了。

聽見隔間傳來衣物摩擦的窸窣聲，我順勢解除聖所，闔上了雜誌。察覺到陌生人出現，狄蜜悄悄豎起圓滾滾的尾巴，但機靈地沒發出聲音。

「這位信徒，歡迎您。請問您上一次懺悔是什麼時候？」

「我不是來告解的。」

聽見這麼理直氣壯的語氣，我胸中立刻冒出一絲不爽。第一位客人就是這種傢伙，看來今天的生意是沒指望了。

「若不是來告解，那麼很抱歉，請您離開吧。我還有其他信徒需要服務。」

「我只有一個問題。王子閣下是打算將皇子殿下和薩爾內茲女爵玩弄於股掌之間嗎？」

「啊？是在亂說什麼？」

由於實在太過無言，講話就忘了禮貌，我急忙搓搓臉，甩了甩頭。

就算是在告解室也難免會遇到奧客，冷靜點鄭睿瑞，別被牽著鼻子走了。

「這位信徒，這裡是神聖的場所，請勿妄言。」

「如果不是這樣，還沒有神官同伴的女爵為什麼要拒絕見大主教？皇子殿下又怎麼可能因王子閣下的一句話就停止攻擊？我無法不懷疑您另有所圖。」

「我不會繼續回應，若您不自行離開，我會召來守衛神殿的騎士。」

「哈！」

尖細的女性嗓音微微發顫，聽起來有點耳熟，但我這段時間聽過太多人的告解，一時也想不起來。看來這位奧客是打算自己離開，隔壁傳來起身的動靜。

我也剛好有點口渴，便拿出加奈艾準備的玻璃水瓶，咕嚕咕嚕地喝下涼爽的玉米茶，再遞一片糖漬玫瑰給狄蜜……

——砰！

告解室的門突然被打開，從隔壁出來的信徒竟闖入了我這邊。

我嚇得睜大雙眼，一頭捲得像泡麵的紅髮映入眼簾，接著是下方氣成同色的臉頰，以及浮著淚光的深棕色眼睛。

「……伊娃．布朗凱女爵？」

這不是準公爵的妹妹嗎？

「我已經不能當公爵，也不能和皇子殿下結婚了，結果就連剩下的出人頭地機會王子閣下都要毀掉，討厭死了！」

少女渾身輕顫著控訴，我一時語塞，找不到可以說的話。

「那個，還是先……」

「吃我這招，離殿下和女爵遠一點！」

伊娃把手中拿著的水瓶猛力朝我一潑，該不會也看了《理感神》最新一回吧？

——啪！

「嘰咿！」

不過這次也一樣，狄蜜又用巨大的葉子擋住了攻擊。

「神獸……」

發現狄蜜的伊娃，眼睛瞪得幾乎和盤子一樣大。小熊貓的嘴開開合合地做出威嚇動作，見狀，她慌張地退後兩步。

我連忙站起身，語氣沉穩地開口。

「狄蜜，哥哥沒事。布朗凱女爵，您居然在神殿內騷擾神官，這可是大不敬。」
伊娃一愣，抬頭看著我，神情立刻轉回憤憤不平。
「我也知道，現在我和王子閣下一樣都是主教，我也……我一定會把王子閣下搶過來的！」
「臺詞好像錯了耶。」
「啊，我會搶走皇子殿下和女爵！」
「王子閣下？」
可能是聽見了吵鬧聲，班傑明與加奈艾從神官室匆匆開門出來。我苦笑著看過去，看來又要白讓他們擔心一場了。
——唰！
伊娃似乎也不想被人發現，情急之下，罩上斗篷就往神殿正門跑去。
我這才發現，她身上穿著沉重華麗的主教禮服。這種服裝平常根本沒什麼機會穿，除非是非常正式的場合……
「她是準公爵的妹妹——伊娃．布朗凱女爵，聽說下週就要接受主教授職了呢。」
腦中掠過競技場邊某位貴族的聲音。距離決鬥那天確實過去了一週，這樣算起來，伊娃應該是今天剛被任命為主教。明明是這麼值得慶祝的大好日子，怎麼會自己一人跑來皇宮神殿找我？
「呀啊！」
結果，伊娃被禮服絆到腳了！我連忙加快腳步過去……
——咚！
「……布朗凱女爵，您在這裡做什麼？」
穩重又威嚴的聲音響起，伊娃震驚地抬起頭。
一位比少女高出許多、也成熟許多的女性，穩穩接住了差點摔倒在地的她。那頭橄欖色齊肩短髮輕輕飄落。
「穆特準伯爵閣下，您怎麼會……」

「王子閣下通知我們有緊急狀況。」

伊莉莎白爵士笑吟吟地回答，抬眼看過來，我也微笑著輕輕揮手回應。伊娃猛然回頭，惡狠狠地瞪了我一眼。

這還是我第一次實際去拉告解室的那條鈴繩，沒想到逮中的竟然會是這樣的年輕小姐。

「伊娃．布朗凱女爵，您是否知道，您的行為可能被視為對李斯特皇室成員的攻擊？」

聽見伊莉莎白爵士從容不迫的質問，伊娃的臉色瞬間慘白。

此時，我們正坐在空蕩蕩的信徒座位區一角交談。確切來說，更像是身為皇室禁衛隊副隊長的伊莉莎白爵士在審問「嫌犯」伊娃。

神殿已經暫時封閉，幾名騎士與禁衛隊員布署在內部，守住出入口。班傑明和加奈艾再三確認我沒事後，也回到了神官室等候。

我將班傑明剛剛泡好的橄欖葉茶分成三杯，淡淡的清香隨著熱氣一點點飄散開來。

「我、我……為什麼！」

「因為葉瑟王子閣下是王族神官，不僅來此為皇室成員進行告解聖事，也是留宿於朱利耶宮的羅米洛宮貴客。對王子閣下無禮，就是對賽德瑞克皇子殿下的侮辱，您應該心知肚明，準公爵的下場不正是前車之鑑？」

準伯爵那雙灰色眼眸沉了下來。結果一提起哥哥羅貝爾．布朗凱，伊娃竟然嚇得開始打嗝。

「嗝、真的很奇怪，王子閣下不是質子嗎？嗝、哥哥說過，王子閣下心懷不軌，正在迷惑皇室成員和大貴族、嗝。」

哎唷，這可怎麼辦？

如果有這種能耐，我早就征服帝國了好嗎。

「布朗凱女爵，可以冒昧請教您的年齡嗎？」

我盡量溫和地詢問伊娃，並遞上茶杯。她急急忙忙接過，大口猛灌橄欖葉茶。

我建議她站起來用力彎腰，再把茶吞下去，這樣能止住打嗝。少女乖乖地照做了，感覺本性並不壞。

「現在不打嗝了吧？」

「真神奇……呃，我十六歲了，上週已經舉行了成年禮。」

伊娃語氣純真地咕噥著驚嘆，然後又板起臉回答問題。

如果上週才滿十六歲，和加奈艾根本是前後腳出生的嘛。不過，不知道是不是因為從小嬌生慣養，她的舉止顯得比同齡人幼稚許多。

我輕嘆一口氣，與伊莉莎白爵士對視一眼。

「伊莉莎白爵士，如果可以的話，女爵的事情我想自己處理就好。」

「沒關係嗎？不用稟告陛下，正式審問？」

「不用，她年紀太小了。」

「我才不小，我已經是大人了，請不要自以為是我哥哥！」

伊娃瞇起那雙深棕色眼睛用力瞪我。

穿書之後，真是什麼事都被我遇到了呢。恩瑞從小就很乖，青春期可以說是平靜無波，沒想到我居然會在這裡體驗到少女的叛逆。

「以年齡來看確實是成年人，但女爵的心靈顯然還不成熟，因為您看起來尚且無法對自己的行為負責。」

「……」

我刻意望向在神殿中堂內站崗的騎士，身材魁梧的青年們像地獄使者般杵在那裡。少女慌張地撇開視線。

「您為什麼要這麼做？我認為我有權知道理由。」

我放柔語氣詢問，伊娃緊緊握住手中的茶杯，彷彿要將它捏碎。

一頭鮮紅捲髮垂落，遮住她低垂的臉。

「……我已經說過了，因為我討厭王子閣下。我是次女，無法成為準公爵，而且又是皇子殿下的表親，無法訂結國婚。可是……」

「可是？」

「就連皇子殿下或薩爾內茲女爵的宗教伴侶之位，也沒有指望了。」

我一時陷入沉默，腦中瞬間被各種念頭擠爆，幾百句吐槽的話來到嘴邊又吞了回去，最後只留下其中一小部分緩緩說出口。

「首先，皇子殿下二十四歲，很快就二十五歲了。就算不是表親，十六歲和二十四歲的對象結婚，在我看來也不太合適。」

雖然克莉絲朵也只有十九歲，但她體內是個辭職的上班族，所以我把她當成例外。再說，她和皇子畢竟是本作官配。

「神國不也是十六歲成年嗎？」

「就算如此，二十四歲的人去引誘十六歲的對象？那叫垃圾。」

聽見我這麼說，伊娃眼睛睜得圓圓的，而旁邊默默喝茶的伊莉莎白爵士，直接將一口茶噴了出來。

「伊莉莎白爵士，您嘴裡灑出瀑布了喔。」

「咳咳，抱、抱歉，我……」

準伯爵語無倫次地道歉，手忙腳亂地掏出手絹擦乾嘴角和制服，嘴裡碎碎念著「我是被求婚的那一方」之類的話。

雖然完全聽不懂她在說什麼，但幸好看起來不是哪裡不舒服，於是我繼續開導伊娃。

「還有，我對皇子殿下或薩爾內茲女爵宗教伴侶的位置並沒有興趣。」

「騙人。」

「真的，這本來就不現實。就如女爵所說，我是質子，試問有哪位皇族會願意與敵國之人結下這種緣分？薩爾內茲家族的立場也是如此，位高權重之人根本沒必要留下這種隱患在身邊，更何況帝國亦有許多優秀的大主教。」

「……那、那現在呢？皇都內盡人皆知，您陪同陛下和兩位殿下去了夏季行宮，還聽說兩位聖騎士都是由您供應以太。」

伊娃用微弱的聲音追問。嗯……

「那是……那是因為我當那兩位是朋友，不過那只是權宜之計。」

「我就知道，大家都說是從朋友開始，然後就成為伴侶了！」

小女爵又哭喪著臉發起脾氣來。

我是很想反駁這種理論，但就我已知的實例——樞機主教和女皇，還有安東妮・杜漢女爵和馬里爾神官，兩對都是從摯友成為宗教伴侶的，可惡。

「呃，嗯……布朗凱女爵想出人頭地，是有什麼特殊原因嗎？」

就在這時，已經從噴茶事故中迅速恢復的伊莉莎白爵士發問了。我和伊娃同時轉頭看向她。

「布朗凱公爵家不是很富裕的家族嗎？不繼承爵位，相對來說限制也少，反而更能自由發展。擔任皇室成員或大貴族的宗教伴侶，其實絕不輕鬆。雖然我很滿意身為準伯爵的生活，但並不是所有繼承人都和我一樣。」

伊莉莎白爵士的語氣既沉著又成熟，我默默端詳她開導的對象。

伊娃沉默片刻，咬了咬唇後，回應了準伯爵作為開場白的問題。

「我想擁有權力。」

喔喔。

「我只是從小覺得那樣看起來很棒。母親常說站得越高越辛苦，但我還是想盡可能往上爬，也想證明自己做得到。可是因為有哥哥在，我當不了準公爵……」

少女的臉皺了皺，彷彿馬上就要哭出來。我和伊莉莎白爵士再次對視，眼中都有著了然。

「女爵，難道上次決鬥結束後，您瞪我是因為……」

「什麼？」

「皇子閣下本來可以殺掉準公爵，卻被我阻止了。是不是因為錯失拉下哥哥的機會，您才會如此生氣？」

「我、我才沒那麼惡毒！」

伊娃提高了音量，臉上滿是委屈。伊莉莎白爵士和我見狀，連忙向她道歉。

對不起啦，我在公司見過太多勾心鬥角互踩上位，才會腦補得比較多。

「雖然哥哥也會欺負我，但他還是我哥。他確實常常惹出丟臉和可恥的事，可是只要回到領地，父母親自然會狠狠訓斥他。」

「您哥哥會欺負您？」

我立刻追問，小女爵顯得有些不安，這是她第一次露出為難的神情。

「那也沒什麼。」

「不，請說說看。我不會說出去的。」

「嘰。」

這時，一直安靜地趴在地上的狄蜜甩了甩尾巴，站起來扶住我的腿。牠好像很無聊的樣子，我一把抱起狄蜜，讓牠待在我的膝蓋上。

伊娃目不轉睛地盯著小熊貓，畢竟她也是神官，大概對神獸很好奇吧。而且，狄蜜又這麼可愛，很難不被圈粉。

「如果您給牠一點以太，牠會很開心喔。請試著想像以太在指尖開出一朵花苞，這樣就好。」

聞言，伊娃猶豫地伸出纖細的小手。看來是很想和狄蜜互動，但又放不下自尊，不好意思主動開口。

——啪沙……

「嘰咿。」

只見小女爵的指尖處冒出了一顆糖果大小的以太球。

狄蜜在我腿上探出身體，我順手托住牠溫暖的小肚子，讓牠可以用前爪抱住伊娃染上金光的手指。

「很可愛吧？牠也吃水果和花朵喔。」

「天啊……」

伊娃滿臉驚嘆，表情和剛才說想要權勢的時候截然不同，看起來純真無邪。

我忍不住微微一笑，少女看了看我，又看了看狄蜜，最後咬住下唇。

「真的沒什麼，就只是……哥哥說會我很壞，只是這樣。」

「準公爵這樣說您？」

「從我四歲開始就這樣。他會說，妳反正就很壞，對僕人凶一點也沒差。妳那麼壞，根本不需要道歉。妳是個壞孩子，只要妳一發脾氣，大家就會讓妳……大概都是這種話。」

「……」

我悄悄朝後方伸出手，輕輕按住伊莉莎白女爵的手臂。她的表情就像要立刻拔劍去砍了準公爵。

「您父母親都沒有阻止準公爵嗎？」我努力維持平靜的語氣問道。

「因為父母親一直都很忙碌，和我們兄妹的關係不怎麼親近。不過哥哥大我九歲，他們大概覺得他比較懂事吧。」

伊娃的聲音略微無力，她低頭看向手中空了的水瓶。

「我也覺得我很壞。」

我咬緊牙關，那臭小子到底對這孩子洗腦多久了？

與此同時，賽德瑞克．李斯特和克莉絲朵．德．薩爾內茲正在羅米洛宮的會客室內，兩人面對面坐著。

這個小道消息，已經如野火般傳遍皇宮的每個角落，畢竟，皇子邀請其他貴族進入自己的宮殿可說是史無前例。

即使是他的聖騎士導師約翰．海恩斯，或配合教學的神官桑德，都沒有這種待遇。甚至連皇子親自出面捍衛名譽的葉瑟．威涅諦安王子，都不曾受邀到訪羅米洛宮。

因此，羅米洛宮的全體侍從異常興奮。雖然侍從總管的大衛一臉嚴肅地告誡大家別做白日夢、清醒點，也阻止不了他們躲在一旁，悄悄討論起國婚和儀式之類的盛典細節。

侍從們之所以如此樂觀，全是因為不清楚這對男女實際上的關係。

「有話快說。」

皇子的語氣低沉冷淡，半句招待飲品的客套話都沒有。但克莉絲朵神色如常，連眼睛都沒眨一下。

大衛依照上次的經驗應變，送上加了冰塊的淡咖啡，以及皇子那杯熱騰騰的濃縮黑咖啡。

克莉絲朵這才淡淡開口：「我說過我是來拿手絹的。」

「正題。」

「年度祈禱會。」

對面那雙橙眸銳利地一閃，而主角愉悅地勾起唇角。

「在出發之前，我們不如先達成協議，您看如何？」

塞德瑞克．李斯特往後一靠，一副要她往下說的態度，於是克莉絲朵毫不猶豫地繼續。

「我稍微做了一點功課。您也知道，我的記憶有所欠缺，所以花了點時間才理清楚。」

那雙青灰色眼睛閃著慧黠的光，她沒說的是，做功課的過程並不是單靠自己的力量。

葉瑟王子明顯很喜歡看書，而且不太願意使喚人，但克莉絲朵剛好相反。她纏著薩爾內茲家的家庭教師和侍從幫忙找資料，最終也如願挖出了需要的情報。

要她整天坐在圖書館裡翻書？還是謝謝再聯絡。

「宗教伴侶的制度，是由一位皇室成員和一名神官締結『雙星盟約』後成立的關係，這是李斯特才有的風俗。一但立下契約，守聖便不能與盟主以外之人共享靈魂。也就是說，不能再將以太分給其他人。」

「妳以為我不知道？」

「不過，聖騎士和神官的配對其實並沒有人數限制。」

皇子那雙夕色眼眸倏地瞇起，烈陽般的目光牢牢鎖定對面的女爵，像是要將她燒熔。

克莉絲朵面不改色，淺笑著以冰咖啡潤唇。不愧是羅米洛宮，連咖啡都這麼好喝，大概是因為這裡住著個對濃縮咖啡癡迷的男人吧。

「……」

「……」

會客室內充斥著令人窒息的沉默，克莉絲朵只能在心裡嘆氣。

她原本就沒指望對方會催她快說下文，但這傢伙居然連一絲鬆動都沒有，還是讓她感到佩服。青年的火屬性以太一如繼往凶猛，卻沒有壓制她的跡象。

克莉絲朵維持著從容的笑容，再次開口。

「我查閱了戰爭時代的歷史文獻。雖然少見，但有提到一些威涅諦安神國的聖騎士，會同時帶著兩名神官搭檔同行。」

皇子緩緩喝起自己的咖啡。

「通常是一對一沒錯，但若情勢緊急，也可以靈活調整，畢竟搭檔之間並不需要締結契約或連結靈魂，實用性才是關鍵。」

「聖騎士和神官的立場不同。」

賽德瑞克冷冷點出問題，他的話也確實有道理。

在戰場上，聖騎士隨時都有以太枯竭的風險，因此搭配兩位神官同伴並不奇怪。但是由一名神官搭檔兩位聖騎士的情況……

「尤莉特。」

克莉絲朵清脆的嗓音在會客室內迴盪。正把唇湊近杯緣的皇子瞬間停住，僅抬起眼簾望向她。

這是克莉絲朵·德·薩爾內茲踏入羅米洛宮以來，第一次感受到來自他的以太威懾。彷彿無形的火焰盤據四周，空氣微微灼熱起來，但感覺得出來，那份壓迫力被極力克制住了。

克莉絲朵在指尖凝聚冰霜，抵擋住這股熱意。要是現在打起來，他們兩人搞不好會毀掉這座宮殿。

「您知道的吧？就是那位背叛羅米洛先皇陛下的戀人，將神國軍隊引入皇宮的神官，也是朱利耶宮原主人，帝國史上無人能及的惡女？」

「……」

「據記載，當年尤莉特通過女皇宮的傳送門時，身旁正跟著兩名聖騎士。有騎士目睹她為兩人供給以太，也就是說，他們應該是三人一組的搭檔。」

「那也只是區區一人的證詞。」

「是這樣沒錯，但對我和皇子殿下來說，有總比什麼都沒有好，不是嗎？」

只要有一個先例存在，要製造出第二個沒那麼難了。

聞言，皇子沉默不語。克莉絲朵咯吱咯吱地咬著冰塊。

關於這個話題，她可不打算像其他貴族那樣拐彎抹角。那種遮遮掩掩的處事方式，她在「上輩子」早就看得夠多了。

克莉絲朵毫不畏懼地望向對面的皇子，水色雙眼澄澈堅定。

「我就直言不諱了，我希望葉瑟王子閣下能成為我的神官同伴。他待我毫無私心，為人善良，是一位很好的朋友。」

皇子只是沉默。

「而且，他的以太真的很厲害，就連那些大主教都沒有如此純淨明亮的能量。」

「……」

「殿下也是這麼想的吧？」

「王子像雲雀一樣聒噪，又像松鼠那樣吃不停，不會是令人愉快的對象。」

是在說什麼啊？克莉絲朵皺起眉頭，突然發現青年的以太已在不知不覺間平息下來了。

「所以您的意思是，我可以向王子閣下提出搭檔的……啊！」

克莉絲朵瞬間怒了。她真的不想對皇子發火，但這未免太過分了！

——轟轟……

「這已經是第三條了！第三條手絹！您要怎麼賠我？」

克莉絲朵從外套口袋抽出一條燒得焦黑的手絹。雖然指尖的冰霜還在，所以沒被灼傷，但那股怒火實在難消，她銳利地瞇起眼睛。

「所以您不想讓我和王子閣下搭檔。」

而這也意味著，皇子果然也在考慮找葉瑟王子搭檔。

感覺已經漸漸摸清這傢伙的溝通技巧了，克莉絲朵一時不知道該為自己的適應力感到悲哀還是自豪，乾脆放棄掙扎、決定把想說的話都說完。

「那麼就說定了，年度祈禱會我只會形式上參與，如果要向王子閣下提出搭檔邀請，您和我絕對要一起說，誰都不能私下偷跑。」

以皇子的性格，也不會先低頭去找王子就是了。但能成為盟友，還是比當競爭對手好。

克莉絲朵一邊說服自己，一邊伸出右手。

打勾勾約定太孩子氣，握手嘛……接觸面積過大，又很討厭。經過深思熟慮，克莉絲朵乾脆握拳伸向他。

無法理解她在做什麼，皇子蹙起眉頭。

「……布朗凱女爵，請您不要有這種想法。」

我說到這裡便停了下來，變得小心翼翼。

伊娃從四歲起就受到那種不配當哥哥的傢伙惡劣洗腦，而且看她這樣，恐怕連那叫洗腦都還沒意識到。我擔心要是一句話說錯，會反而傷害到她。

我抱著狄蜜苦惱該怎麼開導比較合適，這時，坐在一旁的伊莉莎白爵士稀鬆平常地開口了。

「女爵，您有沒有想過自立呢？」

「自立？」

「比如說，在皇都弄間房子住也不錯吧？總是窩在領地也挺悶的。」

我立刻抬起頭。伊莉莎白爵士說得對。首先得讓這位小小的女爵從那個垃圾準公爵手中脫身，再把她放到自由的環境裡。

我端詳伊娃的反應，她原本有些低落的神情立刻亮了起來。

「房子的話，已經有了！」

「什麼？」伊莉莎白爵士有點破音。

「皇都的布朗凱公爵宅邸是我的。原本要給哥哥，但我鬧著說既然我當不了準公爵，那至少房子要給我，最後就給我了。」

「哇喔。」

我忍不住低聲驚嘆，一旁和我對上眼的伊莉莎白女爵也微微吐舌。

即使從小被那種反派洗腦和精神折磨，這位野心勃勃的小女爵還是精明幹練地為自己爭取到了利益，實在是太了不起了。

準伯爵讚許地拍了拍她的肩膀，伊娃燦爛一笑，雙腿開心地晃了起來。

「準公爵返回領地時，女爵也會同行嗎？」

「是，一直都是這樣。父母親不願意把未成年的我獨自留在公爵宅邸，可是明明就還有侍從和騎士。」

聽見我這麼問，少女噘起了嘴巴。

我默默在腦中拼湊來龍去脈。布朗凱公爵夫婦雖然和子女不親，但還是有盡到基本的照顧責任。而女兒一撒嬌就願意給皇都宅邸，也代表他們對孩子不算吝嗇。

所以說，只要拋開那個不疼小自己九歲的妹妹就算了、竟然還惡言相向的混帳哥哥，伊娃這種被洗腦霸凌的情況應該就會大幅改善。

「既然您上週已經成年，接下來就可以改變做法了，不是嗎？」

伊娃看著我眨了眨眼。

「您剛剛說想擁有權力，對吧？皇都才是權力中心，只有在這裡，才能即時獲得常駐皇都的貴族消息，了解皇室動向和最新流行，也更方便參與社交界的大小活動。」

少女的嘴巴張得又圓又大。

「其實，我也想過要這麼做，但是……我覺得哥哥不會讓我一個人留下，他說像我這種人自己獨居，其他貴族都會嘲笑我。」

伊莉莎白爵士猛然站起身，我急忙拉住她的手臂，兩人悄聲交流了幾句。

「我去刺他一劍就回來。」

「請忍耐一下。」

「那刺兩劍，兩劍就好。」

「次數增加了耶。」

好不容易讓伊莉莎白爵士重新坐下後，我想起了克莉絲朵說過的話。

「我想讓盧卡村的居民，也像我一樣獲得一段全新的人生。既然如此，最好還是讓他們靠自己的力量站起來。」

我會阻止伊莉莎白爵士，並不是認為準公爵有什麼值得寬恕的地方，甚至還有點後悔，決鬥那天沒有讓皇子了結他。但如今不論誰去動手教訓那個垃圾，都只會構成殺人或傷害罪而已，完全不值得。

克莉絲朵說得沒錯，伊娃的傷痛，只能由伊娃自己撫平。雖然她現在還不明白自己究竟受了什麼樣的對待，但總有一天會理解一切。

而在那之前，即使身為質子，我也能盡一份心力照顧這孩子。再說我又不是孤身一人，伊莉莎白爵士、加奈艾、班傑明，還有波帝埃樞機主教肯定都會伸出援手。

……還有克莉絲朵和皇子，他們知道這件事後，肯定不會袖手旁觀。

我不由得莞爾一笑，接著對伊娃說：「沒有人會嘲笑您，也沒有人會認為您很壞。只要您不先做壞事，就不會有人對您有偏見。」

「可是，哥哥他……」

「準公爵之所以會那樣說，是因為他自己就是那種人。」

狄蜜在這時往我的懷裡鑽，於是我來回輕撫小傢伙的背脊。

「有些人知道自己能力不足，卻不願努力彌補，只是把矛頭轉向周圍，透過貶低和操縱他人來維持自己的自尊心。」

「……我聽不懂這是什麼意思，好難喔。」

伊娃皺起了整張臉，我和伊莉莎白爵士終於忍不住笑出聲來。

「慢慢來就好，您還年輕。接下來留在皇都，還會交到新的朋友。」

「我嗎？」

少女滿臉寫著「我怎麼不知道我要留下來了？」，我淺淺揚起嘴角。

「您對我無禮一事，總得受點懲罰。難道您以為可以就這樣蒙混過關嗎？」

「唔……」

那頭鮮紅的濃密捲髮無精打采地垂下，我心情愉快地繼續說下去。

「作為處罰，請您留在皇都的公爵宅邸，每天到皇宮來上班。記得寫封信告知令堂和令尊，您留下來是為了協助樞機主教和我，必須負責打掃神殿一段時間。」

「打掃？我出生至今從來沒有打掃過！」

「所有事情都有第一次，您灑了那麼多水在地上，也該自己體會一下負責收拾之人的心情。」

「……討厭！王子閣下明明長了一張天使臉蛋，結果根本是暴君！」

小女爵垂下肩膀，哭喪著臉。但她也沒有說不做，真乖。

伊莉莎白爵士悄悄對我說「您對小孩真有一套」，我好不容易才忍住笑。

「還有什麼您擅長的事嗎？或者，有沒有什麼想在皇都做的事？」

我半開玩笑地詢問，伊娃深棕色的眼睛左看右看，苦苦思索。

「我有很多擅長的事情，中提琴拉得不錯，也很會跳舞。雖然對魔法沒有天賦……但以太的話，我可是全家族最強。」

我點點頭。才十六歲就受職擔任主教，證明她天資卓越。雖然布朗凱家族是赫赫有名的魔法世家，但血統也不保證萬無一失，基因有時候也會偷懶嘛。

「我四歲的時候，還在領地的密林中親眼見過樹木之神弓喔，那可是神器！我哥哥碰的時候一點動靜都沒有，但我的手才剛摸上去，那把弓就亮了起來！」

「……您說什麼？」

「我還記得，那時候哥哥氣得臉色都發青了，一邊跳腳一邊大吼大叫，不准我告訴其他人，還說如果我說出去就不會放過我之類的，超吵的。」

我立刻抬起頭，伊莉莎白爵士那雙灰眼也泛起一陣複雜的漣漪。

# CHAPTER

# 27

三人舞魅影

「所以那女孩才是準公爵，不是她哥哥。」

菲德莉奇女皇一臉淡然地對我說。我瞪大了雙眼，原本就想著該不會是這樣吧，沒想到竟然是真的？

「您是說伊娃．布朗凱女爵才是準公爵嗎？」

「沒錯，樹木之神弓發出光芒，意味著它已選定了侍奉之主，當時應該也賜予長壽的祝福給那孩子了。」

女皇滿不在乎地說明，一邊喝了口咖啡，結果立刻抱怨「好燙」。那皺眉的表情乍看之下，真的很像她的兒子。

我拿起夾子，從自己那份冰碗裡挑了一小塊冰，放進她的杯子內。見狀，波帝埃樞機主教朝我溫柔一笑。

我迅速在腦中串聯這段時間聽來的情報。

「布朗凱公爵家世世代代都受到神器賜予的恩惠，他們家族的特色就是長壽。」

耳邊彷彿響起法蘭索瓦．杜漢侯爵的聲音。

由布朗凱公爵家守護的神器「樹木之神弓」，據說會將長壽賜予未來將成為家主的人。我原本一直以為，那是在最大的孩子繼承家主之位之後，神器才會給的售後服務祝福。但現在看來，順序可能要反過來。

伊娃是在偶然接觸到神器的時候，立刻就被選中了。這麼說，能背負布朗凱家未來的，應該是伊娃才對。

「所以羅貝爾．布朗凱準公爵不准妹妹說出去，是為了隱瞞自己沒有被神器選中？後來也是怕她成長起來，才會一直打壓她？」

「從前因後果推敲，應該就是這樣。他不想讓出繼承人位置，畢竟天生魔力強大，只要女爵絕口不提，他覺得爵位自然會落到自己頭上。」

「想想那傢伙的名聲，也就不意外了。」

樞機主教說完，女皇也評論了一句。

一想到那孩子這些年來都是自己默默承受這種欺壓，我就氣得肚子直冒火，只能握緊冰涼的玻璃杯。

橘紅色的丹桂花瓣和冰塊一起點綴著水面，我想起伊娃鮮紅的捲髮，內心慢慢冷靜下來。

「怎麼？你打算將伊娃．布朗凱扶上公爵之位，躲在她背後玩權力遊戲？」

女皇卻選在這個時候語出驚人，我愣了一下，抬頭看向她。那雙櫻桃色的眼睛深沉無波，看不出情緒。

「敵國王子就近在眼前，我是不是太過大意了。」

「不是的，我沒有……我只是想幫幫伊娃，所以才會詢問。」

「菲德莉奇，適可而止。我們不是說好，離開行宮以後就別再捉弄王子了嗎？」

樞機主教輕輕按了一下她的手臂，女皇哼笑一聲，低頭再喝一口咖啡。

我這才意識到女皇只是在開玩笑，爬滿背脊的寒意總算緩緩退去。這種幽默感實在有夠驚悚，再多來幾次真的會出人命……

「感謝您，在陛下在百忙之中打擾，實在不是我的本意，還請您見諒。」

我竭盡所能以平穩的語氣致歉，坐在對面沙發上的女皇只是淡淡點頭。倒是樞機主教代替她送上了親切的笑容。

但仔細想想，目前這種局面根本就是樞機主教造成的。

我們的現在的話題主角——這位要以惡女稱呼她還有百分之九十八資格不符的伊娃，是在兩天前跑到神殿來找我的。之後小女爵就接受了伊莉莎白爵士的邀請，目前暫時留宿在穆特伯爵家位於皇都的宅邸。在布朗凱準公爵離開皇都之前，她都會受到穆特準伯爵的保護。

從昨天開始，伊娃便乖乖到神殿來打掃，每次一小時。不過她連抹布和毛巾都分不清楚，還是得接受僕役的協助。

以至於無辜的皇宮後山巡山員阿格尼絲，原本來神殿是想讓我看看新開的梧桐花，最後陰錯陽差被抓去當伊娃的臨時老師。

至於我呢，則和往常一樣思考了很多事情。

聽完少女的故事後，我重新拜讀了一遍亞歷山大親王寫的《噹啷啷！夏娃的大冒險》，但這本書還是一樣難懂。親王不只把自己的領地伊芙琳稱作「我家後院」，介紹樹木之神弓時，也一筆都沒有提到他老家的事。

而且，可能因為這是寫給年幼兒子看的童話，幻想的成分更遠遠多於事實。比如火星之慧劍登場那章，就寫著「想拔出慧劍，就必須性情如火」這種不著邊際的說明。

……雖然以賽德瑞克皇子的脾氣來看，這也不算說錯啦。

總之，像是神器或神獸等充滿謎團的存在，無論我翻了多少書，都找不到確切的解答。

也是啦，要是真的有什麼明文記載，整片大陸的神器肯定早就都有主人了，神獸也不會罕見成這樣。

「殿下，在您開始之前，我有個問題想請教。」

「眼神這麼認真，感覺會很有趣呢。」

於是，一到樞機主教的授課時間，我便馬上向她求助。雖然她最近都在忙年度祈禱會的事，但還是每週三次抽出時間來指導我。

聽完伊娃的故事後，樞機主教露出興味盎然的表情。

「我也沒有親眼見過神弓，因為布朗凱家非常封閉。不過，倒是有個人對他們家族略知一二呢。」

她意有所指地說完，喚來了侍從娜塔麗。

「幫我去請菲德莉奇，就說有急事，麻煩她過來一趟。」

……從她口中吐出了非常驚人的臺詞。

這就是我把帝國女皇當成NAVER知識iN[19]來用的始末。

19 NAVER知識iN（네이버 지식iN），由韓國資訊科技業龍頭NAVER推出的問答網站，通常由熱心網友提供解答。

之前樞機主教說過，亞歷山大親王是在成為布朗凱準公爵的前一天為愛私奔，最後被逐出家門。根據女皇的說法，親王之所以能做出這樣的決定，是因為他在那之前並沒有接觸過神弓。

「亞歷山大是我們三人之中最有責任感的人，如果他真的得到了長壽的祝福，應該會選擇放棄國婚吧？」

樞機主教啜了一口咖啡，若有所思地這麼問。女皇草草點頭，雖然被臨時叫來樞機主教的辦公室，還不是為了多急的事，她卻沒有露出半點不悅之色。

「布朗凱家那孩子能不能成為準公爵，其實要看她本人的決心。」女皇直視著我說道。

我點點頭，也端起清涼的丹桂茶滋喝一口，濃郁花香讓人神清氣爽。

在這片大陸上，爵位與財產的繼承基本上都是年長的子嗣優先。也就是說，只有最年長的小孩本身出了問題，或者自己不願意繼承時，繼承權才會落到下一個孩子身上。

準家主是否夠格，通常是由父母親自判斷，當然，也會有其他兄弟姊妹提出異議的案例。也就是說，伊娃隨時都能向布朗凱夫婦表明，自己才是具有正當性的繼承人。

等下課之後，我就去告訴伊娃這件事。

「正好他之前又侮辱過我兒子，要拉下他簡直輕而易舉。」

「確實是這樣呢。如果日後是小女爵當上公爵，賽德瑞克多少也能從中獲益吧？」

皇子的媽媽和教母已經開始討論利益分配了，我只好乾笑一聲看向旁邊，假裝什麼都沒聽見。玩政治的人真可怕。

「可以請問一下，您手中拿著的是什麼嗎？」

於是我隨便找了個比較安全的話題來聊。即使女皇不回答，我也沒什麼損失，如果能聽到答案，那我就順便解了個小謎團。

「對了，差點忘了這個。」

女皇一邊低語，一邊將手中的金色卡片遞給波帝埃樞機主教。單片眼鏡下的眼睛立刻睜大了。

「這是什麼？」

「歌劇首演的邀請函，妳後天有時間嗎？」

「怎麼可能有。」

原來是演出門票啊。只見兩人嘀嘀咕咕地討論起來。

在夏季行宮時我就注意到了，這時候的她們完全不像女皇或樞機主教那種高高在上的大人物，就只是一對親暱的姐妹而已。

我帶著淺笑，低頭研究娜塔麗在桌上擺出的甜點。等女皇離開後，我馬上又要面對殘酷的課程，最好趁現在吃飽一點。

「露個臉比較好吧，畢竟是皇室贊助的演出。」

「那妳也不早一點讓蘿拉來說。」

「我本來想親自告訴妳，結果忙到忘記了。六月總是分身乏術嘛。」

每一樣點心看起來都很不得了。舒芙蕾[20]蓬鬆地冒著熱氣，端坐在葡萄果泥上。反烤蘋果塔[21]的厚切蘋果片層層疊疊，上頭淋滿駝金色焦糖。以及點綴著草莓和芒果的漂浮之島[22]……

「既然會忘記，看來也不是什麼特別重要的行程嘛。」

「是沒錯，但開幕式規模不小，也不能當作沒這回事。」

規模？這裡規模最大的肯定是蘋果塔，就決定是你啦。

我點了點頭，拿起叉子輕輕壓進甜點，酸酸甜甜的香氣立刻撲鼻而來。

「沒辦法了，派賽德瑞克去吧。」

「也只能這樣。除了祈禱會，這個月他應該沒有其他行程。」

「等等，菲德莉奇，不是有兩張票嗎？」

我把切成一口大小的蘋果塔放進嘴裡，香甜濃郁的蘋果餡在舌尖上緩緩化開。可能在烘烤之外

20 舒芙蕾（Soufflé），一種經典法式點心，主要以打發的蛋白製成，以輕而蓬鬆的口感聞名。

21 反烤蘋果塔（Tarte Tatin），一種經典法式點心，是以蘋果餡料為底座、上鋪塔皮的特殊塔類甜點。

22 漂浮之島（île Flottante），一種經典法式點心，以鬆軟輕盈的蛋白霜為基礎，使其漂浮在卡士達醬上，再佐以其他裝飾食材。

還有經過特殊處理，蘋果保有些許爽脆口感。隨後，覆在上頭的塔皮酥脆地在口中散開，香醇奶油味夾雜焦糖的微苦風味，豐富了整體的味覺享受。

實在是太好吃了，我不自覺地嘴角上揚，這個可以打包嗎？

「王子。」

「是，殿下？」

「喜歡嗎？要不要帶一點走？」

「那當然好啊，謝謝您。」

我開心地笑著回答，樞機主教也說了聲「那就好」。女皇抬起一側眉毛，似乎有些意外。

「那就好，既然都請女皇來解答了，就支付點餐費吧。」

……等一下，這是什麼意思？

結果因為全心全意進攻甜點，我莫名其妙就被捲進男主角的行程，這種事實在丟臉到說不出口。

「居然是《三人舞魅影》，這齣劇最近超受歡迎耶！」

加奈艾一臉激動地說道，那雙圓圓的金眼就像水晶吊燈一樣閃閃發亮。我苦笑著在皇室裁縫師的協助下試穿禮服。

我原本只要求不要化妝，穿件不會出錯的衣服就可以了。結果皇室裁縫團卻拿來七套「不會出錯」的禮服輪流往我身上比，實在有點招架不住。

「王子閣下明明食欲旺盛，怎麼都不長肉，衣服太空盪了！」

「不好意思。」

我也不太確定這算不算我的錯，但還是先賠不是了。裁縫長一邊發出嘖嘖聲，一邊像裁縫機一樣把別針插在衣服上。

見我站著一動也不敢動，班傑明拿著一本小冊子來到我旁邊，開始讀給我聽。

三隻小熊貓在地板上像掃地機器人一樣來來回回你追我跑，搶著吸引注意。巧心則霸占我的椅子，整隻鳥攤平在上面。

「《三人舞魅影》是阿達勒歌劇團演出的代表作，亦榮獲皇室贊助，每年皆固定在夏季開演。劇情講述三人舞歌劇院的群舞員達夫尼，受藏身於地下的幽靈作曲家克蘿伊悉心指導，成長為頂尖芭蕾舞者，卻也因此遭克蘿伊囚禁，最後為老朋友吉賽兒所救，故事就此迎來尾聲。」

「……」

我緊緊閉上嘴。雖然不太清楚「群舞員」是什麼，但光聽劇情大綱也能猜到。這不就那個嗎？不，劇名根本已經公布答案了。

「那位幽靈作曲家……出場時，是不是戴著一張白色半臉面具？」

「是的，原來您也知道這齣劇。」

怎麼可能不知道，我家可是有鄭恩瑞買回來的《歌劇魅影》二十五週年紀念舞臺版藍光光碟。

「這齣劇每年的演出門票都銷售一空，就連四樓的座位都一票難求。而且前幾天發生的重大事故，也讓討論度更熱烈了。」

說到這裡，加奈艾小心翼翼地抱起狄蜜，淨空道路給來來往往的侍從。他們一看到神獸，紛紛停下腳步行禮。

而我默默在旁邊震驚《辭異女》作者厚顏無恥的挪用。雖然這部作品可以讓恩瑞津津有味地追這麼久，一定還是有可取之處，但這也太……

太沒有誠意了吧？可以這樣的嗎？

「什麼重大事故？」

「聽說每次彩排時都會出現真正的幽靈，一個接一個奪走演員的靈魂！」

「加奈艾。」

「可是，班傑明閣下，我聽說演出差一點被取消呢！」

班傑明低聲制止，加奈艾撇撇嘴，還是辯解了一句。

我轉頭看向班傑明，老實說，我有點懷疑真實性。畢竟這可是女皇和樞機主教受邀出席的演出，劇團怎麼可能明知有危險還硬要開演？

還是說，正是因為皇室成員會來，所以非演不可？

「那只是謠言。皇都警備隊已進行一輪搜查，但據說沒發現任何魔獸的痕跡。我想，這大概只是一種宣傳手法。」中年人沉著地回答。

想來也是，我點了點頭，順手摸了摸袖中的那封信。

這是伊娃前幾天聽完我的建議後，提筆寫給布朗凱公爵夫婦的信。她說希望我先幫忙看看，感覺寫的不是家書而是要送審的奏摺，讓人不知道該怎麼回應。

反正演出中場應該會有休息時間，到時候再抓緊時間好好讀一讀吧。

話說回來，包廂是單人座嗎？如果是，那我就不用看皇子的臉色了吧。

「這是我第一次欣賞歌劇，好期待哦！」

坐在馬車對面座位的克莉絲朵．德．薩爾內茲開心地說著。

約翰．海恩斯微微頷首，回以溫和的笑容。

女爵在病倒前，應該不至於沒有在領主城堡欣賞過歌劇，但畢竟失去了記憶，對現在的她來說或許是第一次吧。聽說皇都的公爵宅邸送來了兩張首演門票，沒想到女爵竟然會將其中一張送給自己的導師。

想到這裡，約翰不由得開口道：「真意外您會邀請我。」

「因為葉瑟王子閣下不太方便出宮，伊莉莎白爵士今天又要擔任護衛嘛。」

克莉絲朵微微一笑，給出的答案很直白，並沒有客套。

也就是說，約翰是她的第三順位，但光是這樣就足夠令他震驚了。畢竟說到底，他和克莉絲朵也才認識一個多月而已，而女爵甚至越過了人在薩爾內茲領地的雙親，選擇邀請他一起賞劇。

也沒聽說她和家人的關係不好，約翰回想著教廷目前收集到的情報，或許是因為記憶不完整，才變得有些疏遠？這也不是不可能。

——噠噠、噠噠……

馬蹄聲劃破沉默，在車廂內迴響。

約翰收回望向窗外的視線，觀察著克莉絲朵。那雙乍看之下帶著倦意的薄荷色眼眸，稍稍浮現銳意。

少女澄澈的目光忙著打量車窗外的風景。他一直以為女爵對自己略帶戒心，但現在看來，那或許不是因為懷疑他這個教廷出身的外國人，而是介意葉瑟王子面前又出現另一位聖騎士，這才產生了彆扭情緒。

男人下垂的眼尾淺淺彎起。他想起在正式授課前，歐蕾利．波帝埃樞機主教對他暗示過克莉絲朵的狀況。

她是吸收了神器「滄海之祝福」的人。也就是說，比起那些在神國出生成長的水屬性聖騎士，克莉絲朵擁有更純粹的水之力。

這樣的她，會和火屬性的賽德瑞克皇子處處不合也是理所當然。

而克莉絲朵在忙著牽制皇子的同時，還要時時提防自己……約翰多少能理解她的動機。畢竟，她大概也想成為王子的搭檔。

傭兵的指尖輕動，無聲地捲起一陣微風。他完全能夠理解這兩名男女會受到葉瑟王子吸引的原因。

但約翰不同，他的成長過程一無所有，從來不曾真正掌握過什麼，在成為教廷的聖騎士後，也半自願地過著清心寡慾的生活。所以就算清楚王子的以太有多純淨且珍貴，他仍然能克制自己，不去逾越分寸。

葉瑟王子啊……

——颼颼……

幾縷雪白髮絲在微風中輕柔飄蕩。

若要完成自己接下的「委託」，那他就不能只是接近王子，連皇子與女爵都得博取信任。而且不只是以導師的身分，更要讓對方信賴自己這個人。

「好像快到了！那座劇院好大，也太美了吧。」

克莉絲朵迫不及待地靠向馬車門那一側。

明明是錦衣玉食長大的貴族小姐，怎麼看到什麼都這麼驚奇，還對著窗外連連驚呼。約翰失笑，目光漫不經心地落向另一邊的車窗。

雖然時間已經接近八點，但夏季的白天很長，街道依然明亮。就在此時，約翰目睹了一幕奇怪的景象。

一位身穿歌劇院侍者服飾的青年，正和一名女子一起躲進窄巷中。兩人相視而笑，接著擁吻起來。

但就在下一秒，那名侍者的表情突然僵住。他睜大眼睛，臉色變得蒼白，隨後便失去意識倒在地上。而與他接吻的那名女子，身形開始扭曲，容貌竟變得與那名侍者一模一樣。

——是魔獸。

「……」

一股寒意竄上背脊，約翰猛然坐直。他下意識地轉過頭，試圖追蹤魔獸的動向。但馬車仍在行進、街上人潮又多，很快就將那道身影淹沒。

沒聽見任何驚呼或騷動，看來對方暫時還沒繼續動手，現在不適合輕舉妄動。約翰的眼神一沉。

「感覺會很有趣，對吧？」

克莉絲朵轉頭問他意見，約翰愣了一下才反應過來。馬車已經停在了宏偉的歌劇院正門前。

「劇名叫《三人舞魅影》，但我其實不太懂『三人舞』是什麼意思，一種舞蹈嗎？」

克莉絲朵一邊滔滔不絕，一邊拿起小小的手提包走下馬車。她忙著欣賞周圍那棟氣派又華麗的建築，顯然沒有注意到約翰看見的東西。

約翰想了想，微微勾起嘴角。看來這確實會是有趣的一晚。

他回答道：「三個人合力共舞，這就是三人舞。」

「參見神國之月葉瑟．威涅諦安王子閣下，請容我們為您帶位至二樓五號包廂席。」

自稱是劇院老闆的女子親自接待了我們。

雖然比不上皇宮的華麗，但皇都歌劇院自有一番風格，與其說是金碧輝煌，不如說處處都透露出一種古典的雅致。

我和班傑明及加奈艾一同踏上弧形長廊，緩緩前進。沿途，皇室禁衛隊如雕像般立在牆邊，間距一致地守衛著通道。

這可能是皇室成員專用的捷徑，我們沒有經過前廳，也沒有在走廊上碰見其他貴族。不過，路過的劇院工作人員一看到我的服飾和眼睛顏色，幾乎都嚇得差點跪下。每次在皇宮以外的地方都會遇到這種反應，真的很難習慣。

「若有任何需要，請隨時召喚侍者。」

「好，謝謝。」

聽見我的回應，劇院老闆在掛著五號木牌的包廂門上輕敲兩下，然後小心轉開門把。

我以為門後就是座位，沒想到首先映入眼簾的是垂落地面的紅色帷幕。劇院老闆掀起布幔，朝裡面的人輕聲稟報。

「葉瑟．威涅諦安王子閣下來了。」

接著，一名熟悉的中年男子從帷幕後方走了出來。

「葉瑟王子閣下，歡迎。」

……原來是這樣啊。

「您好，大衛。皇子閣下在裡面嗎？」

「是的，請隨我來。」

侍從笑著抬手示意，我也只好硬著頭皮擠出淡淡笑容。

是啊，這也不是什麼值得大驚小怪的事。畢竟這張邀請函原本就是給女皇的，怎麼可能只安排單人包廂。女皇如果要來，肯定會與自己的伴侶或兒子同行嘛。

我認命地跟著大衛走進座位區。

「哇……」

我不自覺地張大嘴，上前抓住包廂欄杆眺望，整座劇場的景色盡收眼底。

高聳的天花板、錯落有致的觀眾席，層層包廂與欄杆之間全是奢華的金色。不論是簾幕上的流蘇，還是裝飾用的歷代皇帝浮雕，全都鎏金璀璨，在燈光下熠熠生輝。而吊掛在天頂的枝形水晶吊燈，可能有一棟房子那麼大。

整間劇院從舞臺到座椅，全是一片暗紅的天鵝絨。一樓早已擠滿觀眾，連落腳的空隙都沒有，二樓和三樓的包廂也座無虛席。我稍微仰起頭，隱約能看到四樓的座位區同樣全都坐滿了。在觀眾交頭接耳的聲音之中，偶爾能聽見管弦樂團調音的聲響。

「全村都來了啊。」

「對皇室成員注意措辭。」

耳畔響起低沉的嗓音，我這才猛然轉身。

先行入座五號包廂的客人仰頭看著我，漆黑髮絲之下的炯炯雙眸，就像夜空中的畢宿五[23]。

都怪反烤蘋果塔，不然我也不會落得和這傢伙一起看歌劇的下場。

但就算時光倒流，我大概還是會選擇那塊蘋果塔吧。所以我決定接受現實，畢竟這是我用來「支付餐費」的代價。

都請女皇背書伊娃就是正牌準公爵了，就當作是幫伊娃還人情吧。

「您是什麼時候到的？從皇宮出發的時候，好像只看到我這輛馬車。」

「行程去找大衛談。」

不是，我又沒有要干涉你的行程……我小聲地嘆了一口氣，選擇坐在和他間隔一個座位的位置。

包廂內總共有六張座椅，加上三位侍從後感覺非常熱鬧。

23 畢宿五（Aldebaran），距離太陽大約六十五光年的紅巨星，是金牛座中最亮的恆星。

「您吃過飯了嗎?」

我問皇子。看他講話都只說半句,不知道是不是餓了。

——滴答!

下一秒,有什麼冰涼的東西碰到了我的臉頰。我嚇了一跳,抬頭看向天花板。劇院會漏水嗎?

「……克莉絲朵?」

我喃喃自語,在遙遙相望的對面包廂中,有個人正在揮手。

高高綁起的粉色長髮、淺藍色外套,還有在我眼前跳動的水滴,全都是主角的證明。

我也抬手向克莉絲朵揮了揮,一頭霧水。站在她身旁的男人,就算搭高鐵一閃而過,我也認得出來是海恩斯爵士。

克莉絲朵之前提議要一起看的歌劇,原來就是《三人舞魅影》的首演嗎?竟然會在這種地方碰見他們,我忍不住輕笑出聲。

「她是在問可以來這裡嗎?」

我看著比手畫腳的克莉絲朵,她先是指著自己,然後又朝我們這邊比了比。

克莉絲朵想過來,我當然求之不得。在黑漆漆的包廂席內,男女主角並肩而坐欣賞歌劇?這種場景簡直就是經典戀愛劇情。

「以太。」

這時,一旁傳來低得彷彿要沉入地板的聲音。我轉頭望向皇子。

「您說什麼?」

「不夠。」

他的目光沉沉,臉上也浮現一抹煩躁,整個人的狀態明顯變差。怎麼突然就這樣了?如果身體狀況繼續虛弱下去,他就會變成「賽迪」嗎?

皇子本來就頂著一張面癱臉,有什麼事也都不肯說,根本無從判斷他到底怎麼了。

我瞥見靠牆立著的那把劍。

「慧劍幫不上忙嗎？」

一邊問，我一邊施展小小的聖所。幸好演出還沒開始，圈住包廂的金色光芒在燈光下並不顯眼。

皇子沒有回答，只是默默地吸收著我釋放的以太。他每次都是這樣，自顧自說完自己想說的話，別人說什麼就一律不回應，難怪鄭恩瑞會整天嫌棄他。

——叩叩。

「我出去看看。」

帷幕後方傳來敲門聲，加奈艾立刻起身。

我點了點，視線掃過對面包廂，發現克莉絲朵已經不見了。等等，真的嗎？她這麼快就——

「薩爾內茲女爵，日安。」

「你好呀，準新郎。我帶了好吃的東西過來，想和王子閣下一起分享。」

加奈艾和克莉絲朵的聲音傳了過來。我微微苦笑，轉頭觀察皇子的狀況。

雖然她人都到門口了，但還是得先經過皇子的首肯才行。大衛與班傑明也同時看向皇子，像是在等他點頭。

我一對上他的視線，立刻用目光發送懇求信號，滴滴滴滴……

你這小子還不振作一點，快讓她進來，然後從現在開始好好表現。那可是你未來的女朋友耶，你老婆！

「……」

「……」

皇子率先移開視線，看向前方。雖然眉頭有點皺，但這種反應我現在已經會翻譯了——他默許了！

「女爵閣下，請進。」

大衛起身迎接，克莉絲朵越過布幔走進來，臉上的笑容比水晶吊燈還璀璨。她手裡拿著一盒炸薯條，難怪我從剛才就覺得有一股香味飄過來。

這種主角光環也太厲害了吧……

「參見皇子殿下。」

「日安，女爵。歌劇院內可以吃這種東西嗎？」

「你好呀，王子閣下。應該沒關係吧，一樓都有小販在賣呢。」

虛構萬歲，我開心地接過克莉絲朵遞來的紙盒，堆得滿滿的炸薯條還冒著熱氣。等我回過神來，才發現自己又不小心坐在男女主角中間了，有夠白目。

待會找個藉口去洗手間好了，回來時再順勢移動一個座位，應該不會太奇怪吧？

我正想著這些，皇子忽然開口了。

「為什麼把醬淋在上面？」

「比起一根一根沾著吃，這樣不是更方便嗎？等一下燈光暗了以後會看不清楚。」

「原來妳喜歡濕軟的炸物。」

克莉絲朵直率地回答，皇子則反唇相譏。不要為食物吵架啦。

——嘰咿……喀噠！

此時，表演廳的入口關上，燈光也暗了下來。依稀能見到劇院侍者紛紛往牆邊移動，悄悄就定位。看來演出終於要開始了。

我默默解除聖所，然後各遞一把叉子給坐在兩邊的皇子和克莉絲朵。

「女爵先吃上面淋了醬的薯條，皇子閣下等等可以吃下面那層……」

——叮鈴。

不知從哪個角落傳來類似風鈴的聲音，我微微一愣，豎起耳朵想確認是不是聽錯了。現在整間劇院一片漆黑，原先吵吵鬧鬧的觀眾也安靜得像消失了一樣。

這是演出要開始的提示音嗎？

——叮鈴、叮鈴鈴……

那清亮的鈴聲在五號包廂裡輕柔地迴盪。這不是我的錯覺，而且聲音就在很近的地方，克莉絲朵和皇子雙雙看向我。

我瞬間有種在電影院手機響起的尷尬感，低頭四處尋找聲音的來源。

──叮鈴、叮鈴。

「什麼啊？」

我急忙在懷裡摸索，又沒有手機，到底為什麼聲音會從我身上……

「……這個。」

指尖碰到了什麼東西，我立刻掏出來。

是那支精巧美麗的水晶搖鈴，正泛著瀅瀅白光，發出陣陣輕靈聲響。

皇子低沉的嗓音隨即在我和克莉絲朵耳邊響起。

「有魔獸。」

──叮鈴。

「為什麼這裡會有魔獸？等一下，這搖鈴是……」

「是感知魔獸瑪那的魔法道具。」

賽德瑞克皇子低聲說著，伸出戴著手套的手，朝我手中的搖鈴輕輕一揮。一道淡淡的赤紅瑪那隨著他的動作散出。

我和克莉絲朵屏氣凝神地看著，皇子的魔力迅速滲入了魔法道具，透著白光的搖鈴平息下來，不再響動，也不再發光，彷彿不曾出現任何異狀。

我驚訝地看向皇子，雖然時機不太對，但還是忍不住微笑。

「謝謝。」

「……」

「原來您送的東西這麼厲害，我會好好使用的。」

我早就想找個機會正式向皇子道謝了，沒想到這件禮物比我以為的更加珍貴。對我這種瑪那感知力幾乎為零的人來說，這種魔法道具簡直是救命神器。

「這是你收到的生日禮物嗎？」

克莉絲朵湊了過來，雙眼在黑暗中閃閃發亮。

我點了點頭，但馬上換了話題，現在還有比搖鈴更重要的事情。

「皇都警備隊已經搜查過歌劇院，但據說沒有找到魔獸的蹤跡，而且現在也沒有出現異狀。」

我輕輕用下巴示意下方。舞臺的帷幕已經拉開了，燈光逐漸亮起，繪製著細膩背景的木板從兩側如潮水般湧入。表演廳內沒有出現任何騷動，依舊一片平和。

「沒感知到異常瑪那。」

「我也是。如果有魔獸的話，早就察覺到了。」

男女主角輪流回答，我皺起眉頭。就像皇宮裡設有結界，能防止魔獸入侵一樣，皇都的外圍也有警備隊把守，一般魔獸在通過警戒線前就會遭到射殺，那……

「殿下，這東西您是在哪買的？該不會被騙了吧？」

克莉絲朵小聲吐槽，還一臉認真地指著我手裡的搖鈴，說如果我想退貨，她可以陪我去找店家。

皇子瞪著她的目光帶著火花。

「是我父親做的。」

「這魔法道具太厲害了，強得像騙人一樣。」

她面不改色地圓回來，我來回觀察這兩人。

搖鈴明明對魔獸的瑪那產生了反應，男女主角卻感知不到魔獸的存在。

既然是「戰慄的大魔法師」亞歷山大親王親手打造的魔法道具，應該不會出現失誤。我輕撫搖鈴，感受著水晶的冰涼，說出自己的推測。

「會不會是魔獸太弱了？」

「什麼？」

我小心地將搖鈴收回懷裡。這是他父親的遺物，往後我得更加慎重地珍惜它。

話說回來，我們雖然算是朋友，但收下這種東西真的沒問題嗎？

「如果牠能悄悄溜進皇都，躲過警備隊的眼睛，甚至讓兩位都感覺不到氣息，那答案不就很明顯了嗎？或許是擁有極少量瑪那的個體。」

我們三人看著彼此。最近在皇都可能與魔獸有關的風波，就只有歌劇院出現幽靈的謠言。也就是說，這隻不明魔獸的實力，或許還不到會造成重大傷害或威脅到人命的程度。

我悄悄往後看了一眼。班傑明、加奈艾和大衛並沒有看向舞臺，目光都停留在我們身上，顯然很好奇我們三人為什麼交頭接耳竊竊私語。

「是不是應該先疏散觀眾……」

「大家好！誠摯歡迎各位觀眾蒞臨《三人舞魅影》的首演之夜。」

此時，一位中年女性來到舞臺中央，打斷了我說到一半的話，於是我低頭看過去。那是剛剛領我到五號包廂的劇院老闆——安德烈子爵。

和我們這邊的嚴肅氣氛不同，子爵帶著燦爛的笑容進行開場。

「阿達勒歌劇團一向致力於為各位獻上最精彩的表演，今晚亦不遑多讓。或許是用力過猛，我們的演員有一半跑去了廁所，剩下一半暈了過去，唉，叫都叫不醒！」

「哈哈哈哈！」

貴族們搖著扇子，哄堂大笑。我懷疑地皺起眉頭，不知道她的話有幾分是真，有幾分是在開玩笑。

安德烈子爵繼續說道：「那麼，在與達夫尼和克蘿伊相會之前，先來欣賞我們舞者帶來的精采演出吧。這是即將在第三幕登場的……」

子爵嘩啦啦翻開首上的劇本，維持著專業的熱情笑容，但我注意到她的嘴角及尾音都微微發抖，看得出來是在拖延時間。

「為您帶來芭蕾舞團的群舞，全都免費奉上！」

伴隨如雷掌聲，管弦樂團開始演奏。同時，穿著芭蕾舞衣的舞者們魚貫走上舞臺。皇子突然站起身，同時間，包廂門也像巧合般傳來敲響。

大衛第一時間反應過來，快步前去開門。走廊的燈光灑入包廂，只見門口正站著一位頭髮花白的劇院工作人員……

——唰！

「皇子閣下。」

皇子一把拔出慧劍，劍尖直指那名陌生人的喉嚨，我嚇得踢開椅子站起來。

「膽敢戲弄皇族，你們可知罪。」

「殿、殿下饒命，那、那是……」

中年男子臉色鐵青，整著人癱坐在地上。

我以為克莉絲朵會站出來制止，沒想到她抱著炸薯條坐在原位，正若無其事地繼續挑上層淋了醬的部分來吃，看起來一點意願都沒有。

沒辦法，我只好自己去勸了。

「皇子閣下，請冷靜。我們還不知道劇院的實際情況，至少先聽他們解釋一下。如果罪名成立，到時候再處置也不遲。」

我能理解他為什麼生氣。如果劇院明知道魔獸的存在，還強行開演，甚至邀請皇室成員出席，那確實是罪不可赦。

但是現在還不清楚是怎麼回事，眼前這位也不是劇院的負責人。

「而且伊莉莎白爵士就在外面待命，請讓禁衛隊做他們該做的事吧。」

在我的努力勸說下，皇子仍一臉冷峻地瞪著對方，彷彿下一秒就要把他燒成灰，但最後還是緩緩收劍入鞘。

我輕輕呼出一口氣，就在這時……

——叩叩。

又有位訪客人敲響敞開的門，然後探頭進來看了看包廂內部。

我的視線對上一雙薄荷色眼睛。

「海恩斯爵士？」

「日安，殿下、王子閣下，我是來送提包給克莉絲朵女爵的。」

那頭雪白髮絲輕晃，爵士笑容可掬地舉起手中那只小巧提包。

「對哦！」

克莉絲朵吞下炸薯條驚呼一聲，好像現在才想起自己的隨身包包。

……這樣的陣容真的能抓到魔獸嗎？

當然可以。我一邊點頭，一邊這麼告訴自己。

這時，收到傳令的伊莉莎白爵士也趕了過來。以防出現緊急狀況，她剛剛把大部分隨行的禁衛隊員都派到了觀眾席待命，反正我們這邊也不需要護衛。

表演廳的觀眾依然哈哈大笑著欣賞舞蹈，完全沒有察覺異狀。

只能說，活在這種太平盛世之下真的挺不錯的，大家要好好感謝菲德莉奇女皇。

「全都是我的錯，殿下。」

在後臺寬敞的辦公室裡，劇院老闆單膝下跪請罪，頸間繫著的蝴蝶結微微顫抖。

禁衛副隊長伊莉莎爵士白代替皇子問話。

「朱蒂絲．安德烈子爵，歌劇院內是否真的有魔獸出沒？」

「這個……我們也不是很確定。」

中年女子微微抬起身，語氣謹慎地回答。子爵雖然額上冒著冷汗，但整體表現還算鎮定，可以感受到她經營歌劇院多年下來所積累的歷練。

只是，像今天這種慌亂的情況，恐怕子爵也是第一次遇到。

「我們延後開場，是因為兩位主演都失去了意識。至於是不是魔獸造成的……」

兩位？這真的很可疑。

「可是，外頭不是有這樣的傳言嗎？都說歌劇院有幽靈出沒，奪走了演員們的靈魂。」

聽見我這麼問，安德烈子爵頓了頓，這才緊張地回答。

「王子閣下說得沒錯。彩排期間，確實有幾位演員突然昏倒。但他們應該只是壓力太大，身體才會承受不住，這種事不算罕見。而且等他們醒來後，也沒有哪裡不舒服。」

劇院老闆小心翼翼地解釋，這時，克莉絲朵接話了。

「那為什麼會有幽靈的傳聞呢？是宣傳手法嗎？可是就我所知，這齣劇每年演出都一票難求，根本不需要這種噱頭，不是嗎？」

「那是……」

子爵從黑色外套的口袋掏出手絹，擦了擦額頭。

「是因為每次演員昏迷時，身邊總是恰巧沒有其他人，所以才會出現那種謠言吧？」

「子爵大人，那天有個孩子……」

「埃里克！」

剛才在包廂差點被皇子一劍捅穿的中年男子，此時戰戰兢兢地插話，結果馬上被子爵喝止。

「你叫埃里克吧？說來聽聽吧，那天到底發生了什麼事？」

伊莉莎白爵士冷冷開口。開啟禁衛副隊長模式的她，眼神銳利、聲音低了半階，整個人顯得十分肅穆。

埃里克連忙低頭回答。

「是，在、在彩排時……好像發生過三次吧？演員突然就昏迷不醒了。其中兩次沒有目擊者，剩下的一次……有個新進來打雜的孩子，說他看到了很可怕的畫面。」

「請繼續。」

「他說，他那時去化妝室送衣服，結果無意中看到一對男女在接吻。撞見這種私事，他連忙關上門……但就在那一瞬間，他透過門縫看到那名女演員突然倒下，接著男演員就變身了。」

「這是什麼意思？」

我困惑地歪著頭，埃里克支支吾吾地解釋。

「……我知道這聽起來很荒謬，但他說吻了女演員的男演員，變成了和她一模一樣的長相。那孩子當場嚇壞了，尖叫著跑來找我。」

「那他現在在哪裡？」

「三天前他就辭職回鄉去了，王子閣下。」

子爵長長地嘆了一口氣，確實，這種事傳出去對劇院名聲一點幫助也沒有。

伊莉莎白爵士看了一眼皇子的臉色，抬手示意，待命的禁衛隊員便把安德烈子爵及埃里克請出了辦公室。

一旁的三位侍從默默去沙發那邊坐下，看來已經察覺我們這邊不會太快結束。

而我、克莉絲朵、皇子、伊莉莎白爵士和海恩斯爵士圍成一圈，重新整理目前已知的情報。

「我認為，還是先假設這裡確實出現了魔獸會比較妥當。」

伊莉莎白爵士直接了當地開口。我點點頭，也說出自己的看法。

「這隻魔獸氣息弱得只能靠魔法道具才能感應到。再加上接吻後就改變容貌，我認為牠應該是吸取他人的瑪那，再轉化成自己的東西。」

不會是以太，神聖的以太對魔獸來說就和毒藥差不多。不管那頭魔獸搶走瑪那的目的是什麼，普通人體內的瑪那顯然遠遠不夠。

「可能是餓了，或者是受傷了，也可能是還沒長大。」克莉絲朵若有所思地說。

聽她這麼一說，我想起之前好像在《魔獸大百科》上看過類似的描述。那時因為擔心巧心說不定是某種會變身的魔獸，所以又翻了一堆書。

結論是，只有極少數的魔獸能夠改變外型，我記得其中就有一種長得很像寶可夢的傢伙，感覺和歌劇院裡出現的這隻很像。

「名字有點想不太起來，但我記得在書上看過一種靠吸取其他生物瑪那為生的魔獸。外型黑黑圓圓，會飄浮在空中，棲息在森林深處。」

到底是叫什麼啊？沒有狀態欄也沒有記憶技能可以依靠，久違地讓我有點鬱悶。

作者大大，如果你是真心想救王子，那至少也送我一些外掛吧！

「是艾斯靈獸吧，在神國的深山裡偶爾也會發現這種魔獸。本體非常脆弱，連普通人都能打倒。」

聽見海恩斯爵士好心的補充，我立刻眼睛一亮。

「沒錯，我看到的就是那個。牠們好像也會吃其他魔獸留下的食物殘骸，或是其他魔獸的屍體。」

「住在森林深處的魔獸為何會現身皇都？」

一直沉默的皇子開了口。你自己都不知道，我怎麼可能知道啊？

「大概是棲息地被破壞，或者和族群走散了吧。最近不是才到深山進行了大討伐嗎？」

說到這裡，海恩斯爵士淺淺一笑。現場四對眼睛同時看向皇子。

那雙橙眸微微眯起，「所以要怪我？」

我不禁露出苦笑。皇子在魔獸大討伐中，將南方山脈的魔獸一掃而空，明明是件好事，沒想到倖存的魔獸竟然會大老遠跑來皇都。

「幸好沒有害死人。那該怎麼抓呢？」伊莉莎白問道。

這次，四人的視線集中在海恩斯身上，見狀，他彎起了眼角。這時的我，完全沒料到三十分鐘後會發生什麼事。

誰能想到皇子和克莉絲朵會差一點就親下去，戀愛線進度彎道超車！

早知道就準備相機了，鄭恩瑞！

海恩斯爵士笑著為大家解說：「艾斯靈獸是喜愛黑暗的典型魔獸，雖然主食是其他魔獸的屍體，但也會吸收噪音和瑪那。」

我點點頭，也試著舉一反三。

「如果喜歡黑暗和噪音，那沒有比歌劇院更合適的地方了吧？牠可以躲在觀眾席內，吸收歌舞音樂和觀眾的喝采聲。」

「沒錯，畢竟要在皇都找到魔獸屍體大概不容易，我猜牠應該是暗中寄生在這裡，靠噪音填不飽肚子，就開始搶演員的瑪那了。」

我和海恩斯爵士討論了起來，克莉絲朵眼睛都亮

「要直接除掉嗎？把整座歌劇院用水沖一下就好了。殿下也可以放火，反正有王子閣下在，以太很充足。」

「克莉絲朵女爵，那恐怕不太妥當。」

這回出聲阻止的是伊莉莎白爵士，她看著朋友為難地笑了。

「這裡可是皇都喔。和為狩獵魔獸而舉辦的魔獸大討伐不一樣，如果在大庭廣眾之下動用強大的能力來捕捉魔獸，只會造成皇都居民的恐慌。況且目標只是下級魔獸，我不建議這麼大動干戈。」

「唔……」克莉絲朵托著下巴，悶悶地哼了一聲。

「而且，殿下再過兩個月就要登上皇儲之位，在那之前，還是盡量避免引起貴族議論比較好。」

說得沒錯，真不愧是從小與皇子一起長大的伯爵家繼承人。我偷偷瞄了眼旁邊站得像座雕像的賽德瑞克皇子。

聖騎士出現在帝國，本是無上的祝福。但在戰場上揮灑神聖之力打倒惡徒，和在皇都正中央放火燒歌劇院，這兩者完全是不同層次的行動。

即使大多數人會讚美他是英雄，也總有人會對他產生恐懼。就算是將來要當皇帝的人，也不會希望造成這種局面吧。

「不能提前疏散觀眾嗎？」

我問道，這次換另外四人齊齊看向我。

「我們已經知道那頭魔獸可以變出人類外型。如果太早讓人群疏散，牠很可能會趁亂混進人群逃走……所以，有沒有什麼辦法可以一眼區分出魔獸呢？」

如果能把魔獸困在歌劇院，再設法抓住，這當然是最保險的方式。

問題是我們根本不知道魔獸現在變成了誰，又該怎麼找出來。而且，如果我們打算採取低調戰

術，也不能把這麼多一般觀眾一起關在作戰現場……真讓人頭痛。
「首先，牠是魔獸，所以應該無法說話。」
垂頭喪氣的克莉絲朵突然又精神起來，我和伊莉莎白爵士同時瞪大雙眼。
對耶！那頭魔獸只是複製了外型，又沒有語言能力，如果對牠說話，牠肯定沒辦法回應。嗯，但光是這樣還不夠。
「其實有辦法一眼區分。」
靜靜看著我們的海恩斯爵士這時開口了，下垂的眼尾帶著一絲調皮的笑意。
他輪流看向克莉絲朵和皇子，語氣彷彿涼爽的微風般輕柔。
「雖然有點棘手，但我教出來的學生應該做得到吧。」

「有點緊張呢。」
「請放心，殿下，大家都會順利完成的。」海恩斯爵士安撫道。
只要和我單獨相處，海恩斯爵士就會尊稱我為「殿下」。看來即使他已經放棄國籍、歸屬於教廷，骨子裡還是出身於神國的人吧。
我刻意想一些有的沒的來轉移自己的緊張，目不轉睛地盯著舞臺。
此時此刻，我和海恩斯爵士正站在一樓的最後方，緊貼著沒有人會注意到的牆壁站著，只發出輕淺的呼吸聲。
不久後，隨著管弦樂團華麗的演奏漸漸結束，舞者們踩著碎步快速退場。深紅布幕緩緩合攏，遮住了舞臺，又在下一刻往兩側敞開。
終於，第一幕要登場了。
看到出現在眼前的景象，我差點忍不住笑出來。
「噗。」
不，其實沒忍住，畢竟舞臺上那位演員……

「噢！我俊美的達夫尼，你如死去般沉睡，難道是為了乞求我將你喚醒？又或者，是冷酷無情的主神——呃，真的要從我懷中將你奪去？」

我不由得目瞪口呆，居然真的在這麼短的時間內背下來了？

我們這位主角戴著白色半臉面具，正以驚人的演技征服全場。中間雖然有一點小小卡詞，但以菜鳥來說已經是令人難以置信的出色表演。

痛不欲生的克莉絲朵癱坐在地，端詳著躺在黑色棺木裡的「達夫尼」。看著這畫面，我的掌心都冒汗了。

《三人舞魅影》的第一幕，是以達夫尼和克蘿伊戲劇性的訣別揭開全劇序幕。

芭蕾舞者達夫尼自小受到克蘿伊指導，克蘿伊為他創作了無數舞曲，卻也牢牢控制著他的一切。為了擺脫克蘿伊，達夫尼不惜以自己的性命為賭注，喝下假死的藥劑陷入沉睡，克蘿伊則誤以為他真的是因自己而死——根本是把《歌劇魅影》和莎士比亞硬生生燉成大雜燴。

——啪！

克莉絲朵伸出手，狠狠扣住棺木內那名男子的臉。我嚇得抖了一下，不是應該輕輕撫摸嗎！

「如此冰冷，猶如那北海的刺骨冰川！不，我不相信！」

絕大多數觀眾都陶醉在她的演技中，完全沒察覺異樣，但我看得一清二楚。

埋在花朵中的達夫尼……也就是我們的男主角皇子，正握緊了拳頭！

「啊啊，真是煩……不，是憤怒！我多麼想摧毀那奪走你的命運之輪！然而，為此勢必將毀滅我自己……」

克莉絲朵顫抖著雙手，用力擠著皇子的臉頰，現場已經有觀眾發出惋惜的嘆息。不過在我看來，她應該是在為接下來的臺詞和動作天人交戰。

有這麼難嗎？那張臉明明長得很帥啊？

「最後……如果這是最後……那我將給你最後的……嘰噫唔嗯……」

克莉絲朵從牙縫間擠出的字眼是「親吻」，嘴唇繼續蠕動，但完全聽不清楚說了什麼。緊接著，她緩緩低下頭，俯向棺材。

雖然能看到皇子如畫般俊美的側臉，但不會有人相信那真的是皇子本人。

一縷粉色長髮滑落，與漆黑如墨的髮絲交織。

我連忙用雙手捂住嘴，鄭恩瑞，妳有在看嗎！

「啊！」

就在兩人的鼻尖幾乎相觸的瞬間，克莉絲朵突然驚叫一聲，猛然直起身。

觀眾席立刻響起一片嘆息，就差一點了！

「嗯，這樣就足夠了。現在——唱歌，對，將你我之間的……那什麼……刻劃成旋律吧。」

不是愛情嗎？她是不是跳過了愛情？我還沒反應過來，克莉絲朵已經迅速打起拍子，大概是打算不管臺詞，直接進入詠嘆調部分。

也是啦，如果想找出那頭魔獸，動作得快點才行。

震耳欲聾的噪音、魔法師強大的瑪那，再加上能引誘魔獸攻擊的神器——他們兩人，根本就是完美的誘餌組合。

——♩♪♬……

現場響起管弦樂悲愴哀婉的旋律，即使沒有兩人的離別之吻，觀眾依然深深沉浸在劇情當中，自然地接受了這個轉折。雖然還算幸運，但……

「咳咳。」

克莉絲朵站到舞臺前方，清了清喉嚨，那是她的暗號。我與海恩斯爵士對視一眼。

「如今！離別！何時、再？重逢~？」

等等，歌詞也太奇怪了吧？我瞪大了雙眼。這首歌完全不屬於《辭異女》的世界觀，情緒也完全不對。

「克蘿伊」沒有為達夫尼唱戀歌，而是獨唱起了輓歌。與管弦樂團的配樂完全對不上拍，音準也亂飛，貴族們開始小聲竊語。不過她嗓門夠大，魔獸應該會有正常的反應。

「歸來之？日啊！請告！知！我呀！」

主角一字一字地唱著歌詞，大大的眼睛掃視昏暗的觀眾席。

四樓沒有、三樓、二樓……我能感覺到站在身邊的海恩斯爵士肌肉緊繃的上臂。

克莉絲朵的歌聲嘹亮地迴盪在歌劇院內。

「聽聞！黃泉路途？遙！遠！原來在一樓A區！H排十三號啊！」

——砰！

歌聲剛落，海恩斯已衝向座標。一陣白風掠過，揚起我額前的髮絲。

我立刻展開聖所跟了上去，直徑三十公尺的圓陣散發燦爛的金色光芒，一口氣圍住數十位觀眾。

**【請大家冷靜站起來，依序從正門離場。離開劇場後請配合禁衛隊的引導返家！】**

「是、是的！」

「明白了，王子閣下！」

貴族們連連點點頭，一個接著一個起身。神諭的力量實在太強大了。

雖然聖所之外的人一臉茫然，但是在聽到我的話以後，也開始排隊離場，氣氛迅速穩定下來。

——砰！

「我們是皇室禁衛隊，請所有人立刻撤離！」

「下級魔獸現身！我們正著手處置，請配合疏散！」

二樓和三樓的包廂席，甚至是四樓的觀眾席都傳來了開門聲和疏散的指示。

從遠處傳來伊莉莎白指引人群的聲音，我則專注尋找有年幼孩童的地方，繼續下達神諭。

**【請不要擔心，大家都會平安無事。請依序慢慢撤離。】**

「嗚哇哇！」

**【哎呀，別怕喔。沒事沒事，馬上就可以出去了。】**

我輕輕抱起嚇得嚎啕大哭的孩子，朝他微笑。小朋友感受到我的以太，很快就止住了眼淚。

父母慌忙鞠躬道謝，我小心地將孩子還給他們。轉過身時，才發現已經走到了舞臺前。

克莉絲朵居高臨下地看著潮水般退去的觀眾，一把摘下面具。

「老師！」

她看著A區高聲呼喊，但海恩斯爵士……居然有兩個！

「複製了。」跨出棺木的皇子立刻拔出慧劍。

我瞪大雙眼，看著兩位一模一樣的男子你來我往地對戰，從飛揚的白髮到長相，每一處細節都毫無破綻。

魔獸完美複製了海恩斯爵士的身體條件，速度和力量都不輸給本尊，但是……

——砰！

皇子的身影像子彈般飛射出去，舞臺地板立刻凹陷。

觀眾席的燈重新亮起，皇子已經掌握能區別魔獸的方式，克莉絲朵也是藉此找出那傢伙的座標。

「唔！」

——砰咚！

「嘶——！」

海恩斯爵士在千鈞一髮之際閃身避開，皇子的劍狠狠劈進他原本站的位置。

魔獸也在瞬間躲過攻擊，發出凶狠的低吼聲，複製版大主教級聖騎士的速度果然不容小覷。

那傢伙的雙眼像夜光貼紙一樣發亮。沒錯，區別的方法就是這個——牠的眼睛會對食物產生反應，在黑暗中發出螢光。

所以才會被命名為艾斯靈獸——也就是「幽靈」的意思。

——咻！

魔獸以肉眼難以追蹤的速度衝向皇子，要結束了。既然牠無法使用以太或瑪那，只能複製人的「身體」，那就不可能赤手空拳打贏慧劍……

就在這時，魔獸看見了我。

——窸窣！

「這傢伙！」我大叫一聲。

那頭魔獸竟然變成我的模樣，咧嘴一笑。

皇子揮劍的動作一頓，在電光石火間撤回手，改為用劍柄重重一擊。他是傻了嗎！

——咚！

「換我上！」克莉絲朵愉快地撲向滾落在地的魔獸，「如果是王子閣下，兩三下就解決啦！」

聽起來怎麼有點哀傷，我不忍看那種畫面，乾脆彎腰檢查椅子下方。還是專心完成自己負責的工作吧，得確認還有沒有人留在觀眾席……

「喂！你這王八蛋！」

克莉絲朵突然破口大罵，我嚇了一跳，連忙抬起頭，看到的畫面讓下巴差點掉下來。

只見皇子一手摟住克莉絲朵的腰，另一手扣住她的手腕，朝她的唇湊過去……

「哇！根本和封面一模……」

——喀啦！

主角用一記頭槌砸向他的下巴，聲音大得像敲破西瓜！

「嘶、嘶——！」

變成皇子外型的魔獸痛得扭曲了身體，連連後退。牠的外貌像海市蜃樓般一下模糊、一下清晰，搖晃不定。

下一刻，暴怒的克莉絲朵召出一根長長的冰矛，狠狠刺進魔獸左眼。

——噗！啪！

同一瞬間，黑色劍鋒穿透魔獸右眼而出。那位一樣怒氣沖天的黑髮男子，從後方刺出慧劍，命中了要害。

「嘎啊啊啊！」

魔獸發出淒厲慘叫，而皇子冷酷地抽回長劍。這段時間魔獸複製過的各種容貌，就像切換電視頻道一樣，在牠身上快速閃現。

我檢查完一樓最後一排座位後，總算鬆了一口氣，這樣就結束了。

艾斯靈獸那雙發出螢光的眼睛，正是牠最致命的弱點，只要被擊中，就會顯現出脆弱的本體……

——砰！

伴隨著有如動畫特音效的聲響，一團黑色的鬼火出現在男女主角面前，克莉絲朵立刻出手攻擊。

——唰！

銳利的冰刃一刀剖開幽靈，粉色的瀏海隨風飄起，就在這瞬間……

——嗖！

短促的聲音響起，某個小巧潔白的東西像子彈般劃過空氣，朝我的心臟筆直襲來。

# CHAPTER 28

# 他的祕密

——噗！

我一時間反應不過來，呆若木雞地看著擋在我身前的白髮男人，就這樣緩緩倒了下去。

發生什麼事了？

「唔……」

「海恩斯爵士！」

在大腦恢復運作之前，我的聲音已經脫口而出。

約翰．海恩斯無力地跪倒在歌劇院的地上。我本能地伸手扶住他的肩膀，在他身上尋找傷口。

神情慌張的克莉絲朵飛快朝這邊奔來，至於那個會複製外貌的魔獸——艾斯靈獸，已然徹底消散，沒有留下半點痕跡。

「海恩斯爵士，您在流血。」

「沒事。」

「看起來一點也不像沒事。」

爵士白色襯衫的側腹，轉眼間就被鮮血染紅。我的聲音和指尖全都微微顫抖起來。

我立刻閉上眼，在腦海中描繪這段時間背誦的「止血」治癒環。雖然一開始太慌張，我還擔心會失敗，幸好還是順利畫出來了。

我也沒忘記要吟唱發動咒語。

**【在此宣誓，主神之泉永不枯竭。】**

——啪沙……

一座天青色的以太環浮現，將我和海恩斯爵士籠罩在內。而後，圓陣開始緩緩順時針旋轉，釋放出澄藍的以太光點。

一顆顆光點紛紛聚集到海恩斯爵士的傷口處。這時，趕來的克莉絲朵急忙跪坐在他面前，震驚和愧疚讓那雙大眼淚噙著淚水。

「老師，怎麼會這樣……都是因為我，該怎麼辦才好，對不起。」

「不是女爵的錯……是我自己忘記提醒你們了。」

海恩斯將上身靠著後方的觀眾席椅背。

不確定血是不是止住了，他襯衫上的血跡沒有繼續擴大，但額頭卻滲出細密的汗珠。

「艾斯靈獸，我只在很小的時候看過一次，都忘記牠有牙齒了，下手的時候應該多加注意……」

「什麼鬼東西，又不是魷魚的牙齒……」克莉絲朵皺著眉，像哭又像笑地說道。

我輕輕拍了拍她的肩膀。沒事的，這不是妳的錯。

「那顆牙齒現在卡進您身體了嗎？有沒有毒？」

我盡量讓語氣保持冷靜，如果真的有毒，我可以立刻施展「解毒」治癒環。

那傢伙只是下級魔獸，靠我背誦的入門款解毒環一定就夠了。

「沒有毒，只是，嗯……」

他狼狽地笑了，那雙薄荷色眼睛透著明顯的痛苦。

「牠的牙齒，好像正一點一點往肉裡鑽，看來是打算貫穿我。」

我和克莉絲朵瞪大雙眼，不知道該怎麼辦。最後是賽德瑞克皇子的聲音打破了短暫的沉默。

「伊莉莎白，妳父親到伯爵宅邸了嗎？」

我連忙轉過頭，不知何時回到表演廳的伊莉莎白爵士，正站在皇子身邊瞭解情況。

她目光堅定地望向克莉絲朵，毫不猶豫地開口。

「到了，來我家吧。」

「海恩斯爵士，他們說穆特伯爵宅邸距離歌劇院只有五分鐘路程，比皇宮近多了，請您再忍耐一下。」

我動作迅速地爬上馬車，一路展開著「止血」治癒環。

雖然一開始止血效果還不錯，可是那顆牙齒持續鑽入傷患體內，不停造成新的傷口，所以也不能停下止血的治療。

傷勢肯定很痛，可是躺在馬車裡的海恩斯爵士卻出奇安靜。

坐在我旁邊的加奈艾，翻出了常備藥品中的止痛藥給我。雖然對這種程度的傷勢應該沒有太大效果，但總比什麼都不做好。

「加奈艾，我得留在這裡處理現場善後。」伊莉莎白站在馬車邊，抓著門說道。

有我剛才下達的神諭，歌劇院外頭並沒有鬧出太大的騷動，但作為皇室禁衛副隊長，她的工作還沒結束。

加奈艾乖乖點頭，「家裡那邊我會好好解釋，請別擔心。」

「嗯，我相信你。」

準伯爵抬手輕輕和少年十指交扣，捏了捏才放開。接著，她對我與海恩斯爵士致意，便迅速關上了馬車門，馬車隨即出發。

我拿起小湯匙，倒出一些止痛藥餵給海恩斯爵士，然後輕輕托起他的後頸，協助他喝下一些水。

「這是止痛藥。」

「我現在還算能忍。」

「大主教級的聖騎士果然不是誰都能當呢。」

雖然他被我的話逗笑了，但平時就略顯疲憊的臉色，現在看起來更憔悴了。

我掃了一眼窗外，載著皇子的皇室馬車行駛在最前方，跟在後面的是班傑明搭乘的薩爾內茲公爵家馬車。往後一看，還有其他載著護衛人員的馬車。

「沒想到穆特邊境伯爵的丈夫竟然是醫師。」

海恩斯爵士輕聲說道，我也點頭同意。

在《辭異女》世界觀中，醫療人員除了治癒神官外，也有其他像宮廷醫師那樣，從事內外科診療的普通醫生。

尤其在平民之間，由於地位和經濟條件限制，很難接觸到治癒神官，所以一般情況下都會選擇到普通醫院看病。雖然不像神官那樣能立刻治癒，但也是有一定成效。

我靜靜垂眸看著傷患，開口道：「謝謝您，海恩斯爵士。」

「為什麼？」

「謝謝您救了我。我有看到，魔獸的牙齒是朝我胸口飛來的。」

爵士的眼角微微彎起，「我只是做了該做的事。」

我不禁皺起眉頭。所謂「該做的事」，指的是他接受了愛麗莎王儲的委託，必須保護我的安危。雖然我早就知道這件事……但還是有些不是滋味。

「就算是這樣，我還是希望您能更顧惜自己一點。」

聽見我這麼說，他似乎有些意外，眼睛稍稍瞪大了。

我知道，在這種類似中古歐洲的世界觀中，騎士為了保護某人而賭上性命是一種光榮之舉。我也很清楚，如果他沒有擋在我前面，我現在早就死了，所以說這種話實在很矛盾。

但我本來就只是個活在二十一世紀的普通韓國人。說真的，我很害怕見到有人為了我而受傷、受苦，也覺得過意不去。

就算這裡只是小說世界，我也無法心安理得地接受。

「因為我不是騎士，也不常看到血，您要當作我是膽小也沒關係。我不是要蠢到請您別保護我，只是……我希望海恩斯爵士也能平安健康。」

說到這裡，我終於閉上了嘴。連我都不太明白自己在說什麼，只覺得心亂如麻。

「……王子閣下果然就像傳聞中那樣……」

「嘶嘶嘶！」

馬匹的叫聲打斷了海恩斯爵士。

我朝窗外一看，雄偉的穆特伯爵宅邸已經近在眼前，通明的燈火在夜色中熠熠生輝。隨著馬車減速，我聽見鍛造大門開啟的聲響。

車隊駛入宅邸前庭後，很快便停下了。坐在外側的加奈艾立刻打開車門，一名伯爵家的騎士快步上前。

「卡拉瑪爾動爵閣下？請問這是皇室來訪嗎？」

「對，是我。請您向伯父轉達，我們這裡有一位需要動手術的傷患。前面那輛馬車上是皇子殿下。」

「是，我知道了。我馬上去通報。」

騎士恭敬地行禮後，飛快轉身離去。加奈艾回頭看向我，露出微笑。

我早就知道他和伊莉莎白爵士的感情很好了，但現在看來，根本已經是自家姊弟了吧。

海恩斯爵士一下馬車就被放上擔架，立即送往伊莉莎白爵士的父親——米歇爾．穆特的辦公室。因為要準備手術，米歇爾爵士無法親自接待我們，但皇子看起來完全不在意。

我鬆了一口氣，這才開始接受伯爵宅邸侍從的問候。大家看起來都和加奈艾非常熟絡的樣子。

「葉瑟王子閣下？」

這時，旁邊傳來一道熟悉的嗓音。我轉頭一看，原來是這裡的另一位客人——伊娃．布朗凱爾。她穿著睡衣，在外面罩了一件晨袍走了出來。

我這時才想起這位小女爵的存在。哇，到底是有多忙啊。

「伊娃，您過得好嗎？」

她之前說希望我講話不要那麼拘謹，但我實在做不到，於是最後協議可以直接喊她的名字。

伊娃開朗地回應我的問候：「是，哥哥不在清淨多了。怎麼沒看到伊莉莎白爵士……咦！」

那雙深棕色的眼睛瞪得圓圓的。

「參、參見皇子殿下！您好，薩爾內茲女爵……」

少女的臉紅到了耳根，彎下腰行禮，一副不知所措的樣子。

明明都在準公爵決鬥時見了，不知道她為什麼突然害羞起來，手指絞著晨袍的袖子和腰帶。那天她竟然能維持一張撲克臉，真是了不起。

伊娃說過想當這兩位的宗教伴侶，看來是真心憧憬著對方。

「您好，布朗凱女爵。很遺憾上回沒能好好和您打招呼，沒想到會在伯爵宅邸遇見您。」克莉絲朵笑著回應。

考慮到克莉絲朵對那位準公爵有多大的敵意，我本來還擔心她會遷怒準公爵的妹妹，幸好看起來她對這位小女爵並沒有惡感。

不過想回來，這也很符合克莉絲朵的個性。

「我、我去換身衣服吧？我換好衣服再過來。」

「不用啦，妳馬上要就寢了吧？現在這樣也很可愛啊。」

聽到主角這麼一說，伊娃的臉直接變成了烤熟的地瓜。

皇子一言不發地走進伯爵宅邸，看他熟門熟路的樣子，應該是很常來。

一群人跟在他身後來到會客室，在沙發上坐好後，侍從立刻殷勤地送來咖啡和茶點。我們一邊休息一邊等待，就這樣過了三十分鐘左右。

「我太衝動了，不該直接砍向那傢伙。」克莉絲朵盯著咖啡杯喃喃自語。

我輕輕握住克莉絲朵的手，阻止她繼續折磨指頭的肉刺，那樣下去會流血的。

「女爵，都說是簡單的手術了，您就放寬心吧。嘗嘗看這個糖煮栗子，很好吃哦。」

我在空盤上放了兩顆糖煮栗子和一塊草莓芙蓮蛋糕[24]，然後遞給她。

克莉絲朵拿起叉子狠狠戳進栗子，一口塞進嘴裡，把兩頰撐得圓鼓鼓。原來她是壓力大會狂吃的類型啊。

我不由得露出苦笑。換作是我，大概也會心懷愧疚。

即使不知道牙齒的存在、也不是故意的，但對方確實是因為她的攻擊才會受傷。克莉絲朵感情細膩，今天發生的事她肯定會一直耿耿於懷。

——叩叩。

聽到敲門聲，皇子立刻開口：「進來。」

24　草莓芙蓮蛋糕（Fraisier），一種經典法式蛋糕，由刷上糖酒的蛋糕體、新鮮草莓和慕斯琳奶餡（Crème Mousseline）所組成。

開門的侍從身後，是一位陌生的中年男子，有著剪得整齊的鐵灰短髮與深邃的灰色眼睛。

皇子難得起身相迎，我們也連忙站了起來。原來就是這位。

「米歇爾爵士。」

「殿下。」

兩人握了手，米歇爾．穆特爵士雖然微微彎腰，但抬起另一手輕拍皇子的手背，兩人看起來相當親近。

「手術已經順利結束，剔除的牙齒也當場燒掉了，幸好沒有內臟受損。患者本身體質也不錯，很快就會康復。」

「辛苦了。」皇子回應道。

我和克莉絲朵忍不住大大呼出一口氣，真是太好了。

「如果使用治癒力，大約三、四天內傷口就會痊癒。葉瑟王子閣下。」

米歇爾爵士看著我，語氣溫和地致意。我朝他點頭表示感謝，決定以三天為目標來努力。

「讓我看看，我的準女婿也來啦。」

接著，米歇爾爵士朝我身後展開雙臂——等等，什麼？

隨之而來的是加奈艾的回答：「伯父。」

咦？

「很好，你這段時間好像長高了呢。」

米歇爾爵士和藹地笑著，上前擁抱了加奈艾，甚至還左右臉貼臉，發出親吻的聲音。

……啊？

「……」

「你確定沒看錯？」

賽德瑞克沒有回話，但伊莉莎白知道，那正代表著肯定。

伊莉莎白將歌劇院的老闆和祕書移交給皇都警備隊，接著指揮禁衛隊採集目擊者證詞，完成這些善後處理回到家時，已經是午夜了。

沒想到，不只是身為傷患的海恩斯爵士，就連賽德瑞克皇子、葉瑟王子與克莉絲朵女爵也全都住下了。好久沒讓一整群朋友住進家裡，實在是既有趣又有點啼笑皆非。

欣賞歌劇首演明明只是簡單的普通行程，誰知最後會鬧得這麼大。塞德瑞克、王子閣下和克莉絲朵，每次只要這三人聚在一起，就一定會出事。

「要查到什麼程度？」

「從出生到現在。」

「哇，有這麼嚴重？」

皇子沒有解釋，只是望向窗外。皎潔月光溫柔地照亮伯爵宅邸，卻沒有映入青年眼底。

他在歌劇院裡看到的那一幕，依然歷歷在目——

被女爵的冰刃擊中的白色牙齒，以及它在空中劃出的異常軌跡。除了反彈的角度不自然，那名聖騎士隨後的行動也很可疑。

一名風屬性的大主教級強者，為何要用自己的肉身作為盾牌？

要說他的身體反應比以太本能還快，這理由也太過牽強。畢竟只需要一根手指，他就能把那顆牙齒打進牆角。

受到驚嚇的王子和女爵或許不覺有異，但皇子不同。

菲德莉奇・李斯特之子，不可能自欺欺人、視而不見。

「真是礙事。」他低聲說道。

看來，今晚又會是無眠之夜。

大家早就知道了？只有我一個人被蒙在鼓裡？

「王子閣下……請問您要不要再來一塊諾曼第蘋果塔呢[25]？」加奈艾小心翼翼地覷著我問道。

我這才回過神來，抬頭看向他。

「嗯？不用了，謝謝。我吃飽了。」

「可是您只吃了一塊……」

這孩子從昨晚開始就一直在觀察我的臉色，一旁的班傑明看起來格外愉快，完全沒有平常那種莊重感。我只好擠出笑容，搖了搖頭。

好吧，這也難怪。加奈艾和伊莉莎白爵士年紀差了一大截，又沒主動和我提過，所以我沒發現他們的關係也很正常。

畢竟這是人家的私事，也沒必要向我報告。只要當事人和雙方家長可以接受就好——說是這麼說，但我還是……

我放下了叉子，「加奈艾。」

「是，王子閣下。」

端著甜點的少年立刻站直身體，我目不轉睛地看著他。

「你幸福嗎？你的未……未婚妻對你好嗎？」

「什麼？啊，是的，我很幸福。今年的每一天都過得非常開心。」那雙蜂蜜色的眼睛溫柔地彎起，然後連忙補充，「不過王子閣下昏倒時，還有魔獸大討伐那時候，當然一點都不開心。」

為什麼只說幸福呢？我不是還問了未婚妻對你好不好嗎？

我點點頭，極力壓下那股莫名湧上的不安。

自從昨晚聽到米歐爾爵士說出「準女婿」那番話，我到現在都還沒恢復過來，甚至甚至記不清自己是怎麼在伯爵宅邸裡沐浴就寢的。回過神時，才發現已經用完早餐了。

快點振作起來！我在心裡對自己喊話。等等不只要去施展治癒力治療海恩斯爵士，也得討論伊娃參與家族繼承人爭奪戰的事。

25 諾曼第蘋果塔（Tarte Normande），一種非常經典的法式家常點心，常見做法是將蘋果切成薄片，繞圈鋪在塔餡上，再撒上砂糖烤製。

應該不用特別擔心加奈艾，畢竟伊莉莎白爵士是個優秀又成熟的大人，應該會成為不錯的伴……伴侶吧。

——叩叩。

「請進。」

我簡短地回應後，伊莉莎白爵士便從門外探頭進來。說曹操，曹操就到……

「早安，王子閣下，請問昨晚睡得還好嗎？」

「早安，伊莉莎白爵士。這次打擾您了，真是不好意思。」

「別這麼說，能為您效勞是我們伯爵家的榮幸，而且……」

她笑著推開門，接著便傳來熟悉的叫聲——「嘰！」

「狄蜜？」

以狄蜜為首的三隻小熊貓一窩蜂跑進房間。我雖然嚇了一跳，還是立刻一隻隻抱住爬上我膝蓋的小傢伙。

蓋亞膽子小，波妮則是很怕生，不知道牠們是怎麼過來的。狄蜜踩著我的胸口猛然直立起身，看起來像是在抗議。

「嘰咿咿！」

「啊，抱歉，哥哥沒說一聲就外宿了對吧？」

「嘰、嘰咿！」

「哎呀，我真是犯了大錯，竟然沒餵我們狄蜜吃宵夜。」

「咕嚕嚕嚕。」

「作為反省，我今天就整天陪著狄蜜吧？」

狄蜜小小一隻，但是把主張表達得清清楚楚。我捏著狄蜜的小爪子，鄭重地握手道歉，然後努力搓揉三隻小熊貓的尾巴和腦袋。

見狀，伊莉莎白爵士不禁笑了。

「王族神官果然不一樣，聽說桑德司祭照顧牠們時可是吃了不少苦頭。巧心現在在克莉絲朵女爵的房間。」

「是您把這些孩子從皇宮帶過來的嗎？」

我微微睜大雙眼。這幾隻都是由我取名、馴養的，理論上就算桑德釋放以太，應該也很難控制牠們。我馬上就會回皇宮了，何必這麼大費周章送來？

「『既然出去了，你們就待個幾天再回來吧。讓皇宮裡安靜幾天也不錯。』——陛下是這麼說的。」

「什麼？」我一時沒聽懂，錯愕地反問。

伊莉莎白爵士便走上前來，遞給我一張豪華的金色卡片。封口處的櫻桃色封蠟，正蓋著女皇專屬的紋章。

我反覆讀著卡片上豪放不羈的字跡，內容正是伊莉莎白爵士剛剛的那番話。這難道是……

「我是被趕出皇宮了嗎？」

「正好相反，王子閣下。」

一旁的班傑明淺笑著出聲解釋，不忘為我倒滿只剩半杯的松針茶。

「陛下應是信任殿下，才會給予這段自由的時光。再者，您身邊還有皇子殿下在。」

質子竟然還有放風時間，怎麼想都邏輯矛盾。我不確定該不該為此開心，同時又覺得自己這種宅宅，出了皇宮也沒地方好去。

不過，如果皇帝終於知道我這人既沒野心也沒企圖，那倒是滿令人欣慰的。

「您也可以把這當作是在歌劇院抓到魔獸的獎勵。」伊莉莎白爵士補充說道。

這種說法還比較合理，我點了點頭。見狀，伊莉莎白爵士便向我行禮告辭。轉身時，她微笑著對加奈艾眨了眨眼。

哇，等一下。

「伊莉莎白．穆特爵士。」我叫住了她。

「怎麼了？」

「請過來這裡坐一下。」我果然還是忍不下去了，拍了拍身旁的空椅說道。

加奈艾的臉頓時失去血色，「王子閣下，那個……」

「你先別說話，加奈艾。」

聽見我這麼說，少年立刻閉上嘴。

我緊緊盯著伊莉莎白爵士，她一臉不自在地在我對面坐下，兩名侍從則坐在我的左右兩側。在座還有餘裕從容享用咖啡的，恐怕只有班傑明了。

「那個……上次罵您垃圾，真的非常抱歉。」我終於開口說道。

上次在皇宮神殿告誡伊娃時，我說了類似「二十四歲的人想跟十六歲的人結婚簡直是垃圾」這種話。

那時我還不知道伊莉莎白爵士的私事，那番話也不是針對她，實在不希望因為文化差異就讓她感到受傷。

聽到我的道歉，那雙貓一般的灰眼驟然睜大。

「什麼？啊，沒事，沒關係的。我可以理解您為什麼會說那種話。」

伊莉莎白尷尬地笑著擺手，我能感覺到右手邊的加奈艾坐立難安。

但準伯爵鎮定地繼續說道：「加奈艾今年二月才剛滿十六歲，正如王子閣下所說，一成年就訂婚在帝國確實很少見。我也知道加奈艾的年紀還很輕……」

「是我告白的！」加奈艾突然插話。

嗯？我驚訝地看向他，那雙金色眼眸中閃著堅定的光芒。

三隻小熊貓像是入戲的緊張觀眾，死死抓著我的襯衫。

「我六歲的時候就向穆特爵士求婚了，但是穆特爵士說『還早了十年』……所以我才會在十年後又求一次婚。」

班傑明肩膀上下震動，努力忍著笑。而我震驚地來回看著伊莉莎白爵士和加奈艾。

準伯爵連忙補充：「我也沒想到他真的會在十年後重新求婚，我發誓，王子閣下。」

「我們家族，卡拉瑪爾子爵家和穆特伯爵家有著數十年的交情，所以我從小就和穆特爵士很親近。儘管穆特邊境伯爵和米歇爾爵士都反對，說我太小了……但我不在意，因為我就是喜歡她！」

少年說著這種純愛漫畫的臺詞，我聽了都跟著臉紅了。

接下來的三十分鐘，我幾乎插不進一句話，只能聽加奈艾不停說著一堆不用讓我知道的細節。

雖然早就知道這孩子話多，但今天才發現他原來能邏輯清晰、能言善道地辯駁。

總之，加奈艾陳述了以下論點：

一、伊莉莎白爵士從小就對他很好，二、而且很聰明又是劍術高超的天才，三、由於如此優秀的她是自己的初戀，四、而且法蘭索瓦·杜漢侯爵說過，有勇氣的人才能抱得美人歸，五、因此他便在成年禮當天正式向她求婚。六、除此之外還具體說明了兩人的結合能產生的社經利益。

整個論述起承轉合分明，我甚至找不到打斷的機會。而且，怎麼到處都有侯爵的事？他是什麼千萬票房保證的黃金配角嗎？

「……好，恭喜你，希望兩位能永浴愛河。」

「感激不盡，王子閣下！」

少年露出月見草般的燦爛笑容。我的精神力卻即將告罄，感覺靈魂都快飄出體外了。等等要去上班的伊莉莎白爵士也一臉筋疲力盡，看起來非常難為情，又尷尬到不行。

母雞！必須抓一隻母雞給伊莉莎白爵士，祝她家庭美滿才行……

「還有其他我該知道的秘密嗎？」

我抹了抹臉，一邊問道。狄蜜已經在我懷中打起了瞌睡。

聞言，三道視線瞬間集中過來。

「我不是在問真正的祕密，只是好奇還有沒有什麼只有我不知道的事。」

結果班傑明噗哧一聲，還是破功了。他很少像這樣放聲大笑，我也忍不住跟著笑了。

「所以，我決定取代哥哥，成為布朗凱準公爵。」

伊娃緊緊抓著裙襬，精神抖擻地說出結論。不只蹲在皇子肩上的巧心盛情為她配上音效，克莉絲朵也小聲歡呼。

「嗶唧唧！嗶嗶嗶！」

就連我都被氣氛感染，差點開始鼓掌叫好。

正窩在溫暖的石頭上睡午覺的小熊貓，也像是幫忙助陣一樣搖動尾巴。

作戰會議地點選在穆特伯爵家的溫室，這裡不僅寬敞，玻璃穹頂也十分高聳，打造出讓人心曠神怡的舒適環境。

雖說皇宮裡也有巨大的溫室，但距離朱利耶宮很遠，我從來沒去過，就在這裡享受一下代餐吧。

可惜海恩斯爵士還是得繼續臥床療養，沒辦法離開房間。我打算把這段時間背下來的治癒環都用在他身上看看。

「若光憑決心就能成為繼承人，那誰都可以當了。」

喝著濃縮咖啡賽德瑞克皇子，這時冷淡地開口。伊娃的表情頓時暗了下去。

我輕輕扯了扯皇子的袖口，他不悅地瞥向我。

「也不是只有決心，伊娃也得到了神器的祝福，這代表她確實有繼承的正當性。」

「直接叫名字嗎？」

到底有沒有在聽我說話啊？我小聲地嘆了口氣。

這段時間，伊娃都和伊莉莎白爵士一起上班，老實地打掃皇宮神殿。真的是個很有責任感又乖巧的孩子。所以趁這次機會，我就拉著這位小女爵，再抓來皇子和克莉絲朵，安排了這場會面。

好心的米歇爾爵士提供了場地，還說：「看來是年輕人培養感情的下午茶時光啊。」

這麼說也不算錯啦。

「我認為三位如果能建立交情，對彼此都大有益處。」

聽見我這麼說，皇子那雙橙眸微微瞇起。克莉絲朵則是歪了歪頭，似乎很感興趣。

在我看來，這三人……對彼此都很有利用價值。雖然這樣說有點功利，但事實就是這樣。

菲德莉奇女皇和波帝埃樞機主教，都樂見那個無賴準公爵失去繼承資格，而且也認為如果皇子插手助一臂之力，將來就能從中獲利。

當時我還對這種政治算計感到頭皮發麻，但冷靜一想，這對《辭異女》的劇情發展也有幫助。

「如果伊娃在兩位的幫助下成為準公爵，皇子閣下就能在國境地帶擁有一位堅實的盟友。布朗凱家族是聲望相當高的魔法師世家，如此一來，也能鞏固皇子閣下的地位。」

如果可以往這個方向發展，那樹木之神弓也就約等於落入男女主角手中。聽起來很不現實，但正因為他們是男女主角，所以才行得通。

只要克莉絲朵想要神器，神弓就一定會來到她身邊。就像飛廉之方舟那樣，就算沒有選她為主人，也不影響神器聽她的話。

「至於伊娃，也能順利得到一直夢想的權力。」

而且，伊娃還可以從自己這一代開始，重建布朗凱家族與皇室的關係。

我只是個配角和區區質子，很難給伊娃什麼實質的幫助，但至少可以幫忙搭橋牽線。

「兩位覺得如何呢？」

說不定，那天我在決鬥場救下羅貝爾．布朗凱的小命，就是為了在今日牽起這段緣分……嗯，還是先別想這麼多好了，自我意識太膨脹肯定沒好事。

我只是覺得，既然出現了這種機會，就該盡可能活用，讓鄭恩瑞這麼喜歡的男女主角朝更有利的方向發展。

「……」

「……」

皇子和克莉絲朵不發一語地看著我。別這樣，很可怕耶。

「再加上伊娃也是位優秀的神官，年僅十六歲就已經成為主教了。必要時，也能為兩位提供以太……」

「原來如此。」皇子突然厲聲打斷我，那雙虹膜灼灼，彷彿正在燃燒。「你打算拋下自己的義務？」

他在說什麼？為什麼突然又這麼激動？

「義務什麼的我不知道，但王子閣下的眼睛閃閃發亮呢。原來你喜歡權力鬥爭啊，還是我也去當準公爵好了？」

克莉絲朵雙手托著下巴，笑嘻嘻地說道。不要往奇怪的方向腦補！

「請、請不要為了我吵架，雖然我很開心啦！」

結果伊娃哭喪著臉這麼大喊，巧心嚇得差點墜樓。真是一團亂。

情況重新穩定下來花了大約二十分鐘。

我向皇子保證，直到年度祈禱會結束前，都不會讓其他神官負責為他補充以太。除此之外還提醒克莉絲朵好幾次，我是個一點政治野心都沒有的宅宅。

她回到十幾歲青少年的身體，也得到青少年的待遇，可以理解她的行為也因此變得幼稚了一點。不過皇子都已經二十四歲了，偶爾還表現得這麼不懂事，實在讓人頭痛。該不會「賽迪」才是他的本體吧？

「我也想幫助布朗凱女爵，準公爵那混……我認為準公爵不適合擔任繼承人。更何況竟然還對年幼的妹妹做出那種事，怎麼樣都該受到懲罰才行，所以最好當著他的面，奪走他最重視的東西。」

克莉絲朵咬牙切齒，感覺得出來正努力不在伊娃面前對她的哥哥——也就是布朗凱準公爵惡言相向。雖然決鬥那天她已經罵了不少就是了。

「只是，我還不知道該怎麼幫才好。」

「啊，我寫了一封要給父母親的信。」

這時，伊娃一臉緊張地開口。我連忙從懷中拿出那封摺得整整齊齊的信，那是去看歌劇前伊娃給我的，但我一直沒時間拿出來看。

賽德瑞克皇子從我手中接過信，簡單瀏覽後就直接遞給克莉絲朵。他的表情毫無變化，根本猜不出想法。

「怎麼樣？說服得了公爵夫婦嗎？」

「嗯，等一下。」

克莉絲朵仔細地閱讀信件，青灰色的眼眸透著慎重的光芒。

「得先決定好方向才行。看是要以存證信函為主，還是打感情牌動搖公爵夫婦。現在這封信的內容有點散亂，感覺抓不到重點。」

「存證信函是什麼？」伊娃歪著頭問克莉絲朵。

我有點緊張地看向皇子，不知道這個世界有沒有存證信函的概念。皇子眼底泛起些許疑問，看來應該是沒有。

「就是，呃，類似一種公文，畢竟正式書信和私人書信的格式不一樣。」

這個解釋倒是滿像一回事的。伊娃點點頭，然後看著我們小心翼翼地開口

「父母親和我們兄妹沒有那麼親近……雖然我撒嬌的話他們可能會聽，但這次我想用大人的方式爭取自己的位置。」

少女雖然青澀，態度卻堂堂正正。我微笑著為這位小女爵倒了一杯薰衣草茶。

聞著飄散的香氣，伊娃也甜甜一笑。克莉絲朵輕輕摸了摸伊娃的紅捲髮。

「那就交給阿姨……不對，交給姐姐吧。姐姐我很會寫公文喔。」

「姐、姐姐……」

伊娃雙頰泛紅，滿臉喜悅。明明有個哥哥，卻從來沒被哥哥善待過，這大概是她第一次體會到被當作妹妹來照顧的感覺。

我將自己帶來的羽毛筆遞給克莉絲朵，她便將信紙翻到背面，動筆寫下新內容。

見狀，我也把歐培拉蛋糕[26]推到她手邊，方便她邊寫邊吃。伊娃那邊則是遞上一碟梨海琳[27]，附

26 歐培拉蛋糕（Gâteau Opéra），又譯歌劇院蛋糕，是一種經典法式蛋糕，因外形酷似巴黎歌劇院舞臺而得名。

27 梨海琳（Poire Belle-Hélène），一種用糖漬梨子製成的法式甜點，常搭配香草冰淇淋及巧克力糖漿食用。

上一支甜點匙。

克莉絲朵兩三下就寫好了信件開頭——

**首先，祝福閣下和貴領地的蓬勃發展**。

等等，這根本就是政府公文了吧？我強忍著笑意，順手在皇子的空盤上放了幾顆小泡芙。和熱愛重口味的克莉絲朵不同，這傢伙比較喜歡清淡的食物。

「可以直接把信送過去嗎？」

「不。」

我剛說完，皇子就立刻回答，同時還瞪著盤中的小泡芙。我沒有下毒啦。

「那傢伙成為準家主後，一定在領地內安插了自己的人馬。」

我點點頭，他說得沒錯。就算是在公爵夫婦統治的領主城堡，裡面也不可能完全沒有準公爵的眼線與手下。伊娃的信件很有可能中途會轉好幾手，甚至直接被攔截。

我看著專注思考的兩位女爵，動了點小腦筋。

「皇儲冊封典禮。」

正在吃泡芙的皇子抬眼看向我。之前連一小塊牛肉乾都不肯吃，現在倒是進步不少。

「我聽說這週會送出邀請函給貴族，或許可以借用這個機會？」

「……」

「如果是蓋上皇室紋章的正式信函，侍從或準公爵就不能隨意打開了吧？一定會直接送到公爵夫婦手中，只要把信附在邀請函裡一起送過去就沒問題了。」

皇子思考片刻，吞下泡芙後才開口。

「可能會被視為女爵受到皇室操縱。」

「但準公爵侮辱皇子閣下，讓家族蒙羞也是事實。既然公爵夫婦對兩兄妹的感情都不深，如果知道伊娃具有正當理由，應該不會特別包庇兒子。」

「……不錯的盤算。」

「謝謝。」我不由得笑了。

雖然回答得很簡短，但皇子等於是默許了以皇室名義來處理這件事。他一定也算得出來，幫助伊娃取代準公爵，對自己來說也是筆划算的買賣。

作戰計畫目前進展順利，接下來只等公爵夫婦做出決定了。

我放下心來，這才挖了一口抹了層焦糖的米布丁來吃。伯爵家的廚師手藝果然也不錯。

……這麼一想，這是我穿越後第一次到朋友家作客。事出突然，結果我連半樣伴手禮都沒準備。

「等這封信寫完，晚上要不要來辦個睡衣派對？加上伊莉莎白爵士，就我們三個人。」

「睡衣派對是什麼？」

「唔，就是晚上穿著睡衣一起玩的聚會。聊聊天、喝喝酒，還有打枕頭仗之類的。」

「哇，好像很有趣！」

「好耶！」

「明天也一起去逛街吧。勒戈綜合交易所已經上了秋冬新裝，讓我來教妳過度消費的訣竅吧。」

聽完克莉絲朵的解釋，伊娃的眼睛閃閃發亮，感覺非常開心。看來我幫她們牽線真是做對了。

「女爵，請您教導伊娃成為一位優秀的準公爵。」

不要亂教小孩啦！我差點被米布丁噎到，咳了兩聲。

「不用擔心，我也會教她在別人身上花錢的樂趣。」

這樣真的沒問題嗎？我苦笑了一下。事到如今也拆不開她們了，乾脆就利用這個狀況吧。

「那麼……如果不麻煩的話，能不能也請兩位幫我買一樣東西？」

「哎呀，王子閣下這是怎麼回事？」克莉絲朵立刻雙眼一亮，開心地問道。

因為我平常沒有什麼物欲，加奈艾和班傑明在準備我的生日禮物時也傷透了腦筋。不過這次我想買的，並不是給自己的東西。

「畢竟這是我第一次來伯爵府上拜訪，卻連一件像樣的禮物都沒準備。我會再拿錢給兩位。」

「啊，原來是要買伴手禮啊。」

克莉絲朵瞬間擺出「我就知道」的表情。伊娃則是輪流看著我和克莉絲朵，好奇地詢問。

「王子閣下不能親自去買嗎？」

「我不能離開皇宮。」

聽見我的回答，伊娃的表情變得更微妙了。

「但這裡也是皇宮外面啊。我聽說您會在伯爵家待幾天，那一起出門應該沒關係吧？」

「這個嘛，我……」

我尷尬地扯出微笑，看向皇子。克莉絲朵和伊娃也的目光也隨之落在他身上。

皇子正默默地吃著最後一顆小泡芙。

關於我能不能去任何地方，這種事只有李斯特皇室成員可以決定。雖然我也希望能親自挑選、親自聽過介紹再買禮物，但不可行的機率更大，所以才會拜託兩位女爵。

這時，皇子以手帕優雅地擦了擦嘴角。

「我先離席了。」

說完他便站起身，一副事情都處理完了的樣子。我們三人頓時睜大了眼。

原本停在皇子肩上的巧心輕巧地飛起來，落在克莉絲朵的頭上。

「這麼突然？」

「……」

皇子無視克莉絲朵，逕自走向溫室入口。

從午睡中醒來的蓋亞和波妮也緩緩滑下石頭，似乎是久違地打算跟著皇子走。兩隻小熊貓從我腳邊經過時，我摸了摸牠們的背，提醒牠們別太調皮。

「原來『冰山貴公子』稱號都是真的。」伊娃有點沮喪地喃喃說道。

儘管皇子的個性和外表確實相差甚遠，但他沒有發脾氣說不准出去，這已經是進步了。

「沒事，我本來就比較喜歡待在室內，人多的地方對我來說很有負擔。」

「嘰。」

我輕聲安慰伊娃，晃過來的狄蜜則是蹭著我的小腿撒嬌。小女爵嘟了嘟嘴。

明天我還是來整理記事本裡的筆記好了。

「妳說伊娃曾經把皇子殿下當成結婚對象？不是決鬥對象嗎？」

已經有點醉的克莉絲朵，聲音也高了起來。

伊莉莎白忍不住笑意，一頭埋進枕頭裡。她這個新朋友只要開口，總是會說出好玩的內容。

雖說也有人指指點點，笑稱薩爾內茲女爵在生病之後性情大變，但伊莉莎白還是很喜歡現在這個「新」克莉絲朵。女爵不僅是討伐魔獸的英雄，為人更是直爽又風趣。

「他們是親戚，反正也結不了婚。」

「話雖如此，十六歲配二十四歲？那根本是當女兒養吧，女兒！」

「噗哈哈。」

就像現在，克莉絲朵這些不太符合自身年齡的發言，總是命中她的笑穴。笑到流淚的伊莉莎白，完全忘記自己也適用對方口中的情境

空氣中瀰漫著一股令人愉悅的酒香，克莉絲朵啜著被掌心溫熱的白蘭地。

在寬大的床鋪上，懶洋洋坐著的兩人和已經進入夢鄉的少女，正享受著她們的睡衣派對。

「她才喝了一杯熱紅酒就睡著了。」

「剛剛埋頭苦寫給父母的信，應該是累了。」

「看來是我們枕頭仗打得太激烈了。」克莉絲朵說著，又笑了起來。

伊莉莎白替熟睡的伊娃撥開臉上的髮絲，克莉絲朵則在準伯爵的空杯裡倒了些琴酒。

「十六歲這個年紀，就該做自己想做的事，結婚的事等晚一點再考慮也沒關係。想要權力的話就去爭取看看，有想學習的東西就去學，還可以四處旅行，交很多朋友。」

又是這種老成的口吻，準伯爵笑著接過酒杯。這時，克莉絲朵突然豎起食指。

「當然你們是例外，妳未婚夫跟伊娃完全不一樣。誰能贏過從六歲就想著要結婚的小孩？」

伊莉莎白哈哈大笑，差點滾下床。聽克莉絲朵說著這些十六歲怎麼樣、年紀怎麼樣的話題，讓她突然想拿個東西給女爵看。

伊莉莎白赤腳站到地上，開始在臥房的抽屜櫃裡翻找。克莉絲朵舉起酒杯，看著白蘭地在燈光下閃耀的色澤，發現好友久久不回來，便探頭看向她。

「伊莉莎白爵士？」

「找到了，妳看看這個，女爵。」

回到床上的伊莉莎白遞出一個小包裹，裡面滿滿都是泛黃陳舊的卡片和信紙。

「這是什麼？」

「這是我小時候和朋友互通的書信。」

「哇！」

克莉絲朵將各式各樣的紙張打開來看，歪歪斜斜的字跡和錯誤百出的文法，讓人忍俊不禁。內容也都是孩子氣的瑣事，不過身為貴族子弟，信件最後總是帥氣地簽下名字，看起來可愛無比。

「這張是賽德瑞克的信，妳看，是他十一歲時寫的。」

「那傢伙還會寫問候信啊？」

「哈哈哈哈。」

伊莉莎白大笑出聲，克莉絲朵也跟著咯咯笑，開始讀起那張信箋。不知是否因為白蘭地喝多了，眼前的字越看越模糊。她用力眨了眨眼，視線飄向下方。

真的，這完全是下意識地瞄了一眼。

「……這是，殿下的中間名嗎？」

「嗯？」

聞言，伊莉莎白的灰眼慢慢瞪大，兩人瞬間酒意全消。準伯爵連忙翻看那張信箋，只見在「賽德瑞克」和「李斯特」中間，還有一個被帥氣寫下的名字。

「……」

「還真的是啊。」

「啊啊，這是必須保密的……」

伊莉莎白掩面倒在床上，發出痛苦的呻吟。

克莉絲朵倒抽一口氣，中間名只有至親、摯友，或是戀人才能知道吧。有沒有能刪除記憶的魔法？

「他的中間名也太反差了吧。」

「什麼？」

「那種個性的人偏偏有這種名字，有夠好笑。就像『太陽餅裡沒有太陽，牛舌餅裡沒有牛舌』嗎？」

「嗯？」伊莉莎白半睜著眼問道。

剛才還嚇得下巴都要掉了，結果一躺到床上，睡意便瞬間襲來。

也對，準伯爵今天也上了一整天的班。克莉絲朵看到她那副模樣，眼皮也沉重起來。

雖然還是無言得想笑，睡意卻不斷襲來，她不再反抗，直接躺倒在床上。在閉上眼前最後看到的，是伊莉莎白放在抽屜櫃上的酒杯。

她把酒杯忘在櫃子上了啊……但那真的是他的中間名嗎？王子可是被那傢伙囚禁了耶……

——《男配角罷工後會發生的事02》完

CD046

# 男配角罷工後會發生的事 02

서브 남주가 파업하면 생기는 일


| | |
|---|---|
| 作　　者 | Sookym |
| 譯　　者 | 林禎雅、陳麗璇 |
| 封面設計 | P_YuFang |
| 封面繪者 | MITORI |
| 責任編輯 | 林雨欣 |
| 校　　對 | 呂佳諭 |
| 發　　行 | 深空出版 |
| 出 版 者 | 星巡文化有限公司 |
| 地　　址 | 臺北市中正區重慶南路一段57號3樓之5 |
| 電　　話 | (02)7709-6893 |
| 傳　　真 | (02)7713-6561 |
| 電子信箱 | service@starwatcher.com.tw |
| 官網網址 | www.starwatcher.com.tw |
| 初版日期 | 2025年9月 |
| 總 經 銷 | 聯合發行股份有限公司 |
| 地　　址 | 新北市新店區寶橋路235巷6弄6號2樓 |
| 電　　話 | (02)2917-8022 |


서브 남주가 파업하면 생기는 일 ⓒ
WHEN THE THIRD WHEEL STRIKES BACK
by Sookym
Copyright © 2020, Sookym
All Rights Reserved.
Complex Chinese Translation Copyright © 2025, Interstellar Publishing Ltd.
Complex Chinesetranslation rights arranged through Munpia Inc. and SilkRoad Agency, Seoul, Korea.

國家圖書館出版品預行編目(CIP)資料

男配角罷工後會發生的事 / Sookym 著 .
-- 初版 . -- 臺北市 :
星巡文化有限公司出版 : 深空出版發行 , 2025.09
冊； 公分
ISBN 978-626-74126-8-8( 第 2 冊 : 平裝 ). --
862.57 114005836

◎凡本著作任何圖片、文字及其他內容，未經本公司同意授權者，均不得擅自重製、仿製或以其他方法加以侵害，如經查獲，必定追究到底，絕不寬貸。
◎版權所有 • 翻印必究◎
◎本書如有破損、缺頁、裝訂錯誤請寄回更換